W0023359

THOMAS CHRISTOS

1966

Ein neuer Fall für Thomas Engel

Thomas Christos

1966

Ein neuer Fall für Thomas Engel

Roman

blanvalet

Sollte diese Publikation Links auf Webseiten Dritter enthalten, so übernehmen wir für deren Inhalte keine Haftung, da wir uns diese nicht zu eigen machen, sondern lediglich auf deren Stand zum Zeitpunkt der Erstveröffentlichung verweisen.

Penguin Random House Verlagsgruppe FSC® N001967

1. Auflage

Redaktion: Angela Kuepper
Umschlaggestaltung und -motiv: © Johannes Wiebel | punchdesign, unter Verwendung von Motiven von fStop Images GmbH/ Alamy Stock Photo und Reddavebatcave/Shutterstock.com
NG · Herstellung: sam
Satz: Buch-Werkstatt GmbH, Bad Aibling
Druck und Bindung: GGP Media GmbH, Pößneck
Printed in Germany
ISBN 978-3-7645-0737-4

www.blanvalet.de

Ach, da kommt der Meister!
Herr, die Not ist groß!
Die ich rief, die Geister
werd ich nun nicht los.
Aus: Johann Wolfgang Goethe, »Der Zauberlehrling«

Prolog

Augsburg, 1944

Die Sonne brannte unbarmherzig, es herrschte eine unerträgliche Hitze. Meier schwitzte und war erschöpft. Der zehn Kilometer lange Streckenabschnitt, den er zu Fuß kontrollieren musste, hatte dem knapp vierzigjährigen Bahnarbeiter stark zugesetzt. Aber nun konnte er an einem Wasserhahn am Stellwerk etwas trinken. Auch die schwarze Dampflokomotive, die einen langen Güterzug anführte, hatte am Wasserkran hinter der Signalanlage ihren Durst gelöscht und ließ keuchend Dampf ab. Während sie auf die Weiterfahrt wartete, wirkte sie, als ob sie mit den Hufen scharrte. Sie erinnerte Meier daran, dass er weitermusste, der letzte Streckenabschnitt, gut fünf Kilometer lang, wartete auf ihn. Mit schweren Beinen machte er sich auf den Weg, musste an dem endlos langen Güterzug vorbei. Als er die ersten Waggons erreichte, fielen ihm mit einem Mal die unzähligen Hände auf, kleine und große, die sich durch die Luken reckten. »Wasser, bitte Wasser, Wasser!«, drang es dutzendfach nach draußen.

Meier begriff sofort. Das mussten Juden sein, die ausgesiedelt wurden. Diese Transportzüge, wie sie genannt wurden, waren schon oft an ihm vorbeigefahren, aber er hatte sie nie weiter beachtet, zumal der Kontakt zu diesen Aussiedlern strengstens untersagt war. Aber jetzt, wo er nur wenige Meter vor den eingepferchten Menschen stand, die unter der sengenden Hitze litten, verzweifelt um Wasser bettelten und ihm zuwinkten, empfand er Mitleid. Er musste einfach handeln, musste helfen. Entschlossen kehrte er zum Stellwerk zurück, füllte zwei Eimer mit Wasser und schleppte sie zu den Waggons.

»Halt, stehen bleiben! Hände hoch!«, schallte es hinter ihm. Meier drehte sich erschrocken um und sah einen grün uniformierten Mann, der mit einem Gewehr auf ihn zielte. Bevor er die Situation richtig erfassen konnte, eilte ein zweiter herbei und schlug ihn mit dem Gewehrkolben nieder.

Als Meier wieder zu sich kam, spürte er fürchterliche Schmerzen. Er tastete nach seiner Stirn, die notdürftig verbunden war. Seine Augen waren mit Blut verklebt. Vorsichtig drehte er den Kopf und sah sich um. Er befand sich in einem dunklen Verlies. Ihm blieb keine Zeit, sich irgendwelche Gedanken zu machen, weil im nächsten Moment die Tür aufgerissen wurde.

»Mitkommen!«, hörte er einen Uniformierten, der ihm einen Fußtritt gab.

Meier rappelte sich auf. Es ging eine dunkle Treppe nach oben, dann befand er sich, immer noch benommen, in einem Raum mit hohen Fenstern. Er versuchte, sich zu orientieren. Nur schemenhaft erkannte er die Umrisse einiger Männer, einer davon trug einen schwarzen Umhang. Der ergriff jetzt auch das Wort und ratterte seine Sätze runter. Meier verstand nur Bruchstücke wie »Sondergericht«, »Volksschädling«, »Judenfreund«, »im Namen des Volkes« und am Ende: »Heil Hitler!«.

Bei Meier brach der Angstschweiß aus. Ihn überkam Todesangst.

1

Ostberlin, 1966

Dietrich Gromek war einer der Chefdolmetscher der DDR und wurde bei vielen Gesprächen der allerhöchsten Geheimstufe zwischen den Militärs des Warschauer Vertrags herangezogen. Der hochgewachsene Mittvierziger trug das Parteizeichen am Revers und sang vor seinen Genossen stets das Hohelied auf die Vorzüge des Arbeiter- und Bauernstaates – Gromek galt als ein Hundertfünfzigprozentiger. Niemand ahnte, dass er seine Zukunft trotzdem nicht im Sozialismus sah, sondern im kapitalistischen Westen, konkret in den USA, dem Land der unbegrenzten Möglichkeiten. Das Startkapital für sein neues Leben verdiente er sich durch konstantes Weiterleiten geheimer Gesprächsprotokolle an den Klassenfeind. Ihm war bewusst, was ihm bei einer Enttarnung blühte – auf Hochverrat stand die Todesstrafe. Aber er wähnte sich sicher, da er bei der Übermittlung seines brisanten Materials auf die übliche Tote-Briefkasten-Methode verzichtete. Vielmehr wählte er als Treffpunkt für seine Kontakte zu westlichen Agenten immer nur volle Restaurants, die eine Observation Spionageverdächtiger nahezu unmöglich machten – wie etwa das Café Warschau.

Da seine Frau seine Nebentätigkeit niemals gutgeheißen hätte, hatte Gromek vor einem Jahr die Scheidung eingereicht, was zur Folge hatte, dass er seinen Frühstückskaffee allein trinken musste.

Doch an diesem Morgen kam er nicht dazu. Gerade als er das Kaffeewasser aufsetzen wollte, sah er durch das Küchenfenster zwei dunkle Wartburg 312 vorfahren, aus denen Männer in grauen Anzügen stiegen. Er war sofort alarmiert. Die Operationsgruppe in der Spionageabwehr pflegte bei der Verhaftung öffentliches Aufsehen zu vermeiden und tauchte dementsprechend in den frühen Morgenstunden auf. Offensichtlich war er enttarnt worden. In seinem Brustkorb begann es zu brennen, Magensäure kroch die Speiseröhre hoch. Er versuchte, sich zusammenzureißen und den Schalter umzulegen. Tief durchatmen. Weg von der Panik, hin zu rationalem Handeln. Er wusste doch, was in solch einem Fall zu tun war.

Zunächst deponierte er die Minox in einer präparierten Spraydose, entsorgte anschließend den Zahlenstreifen, mit dem er die Funksprüche dechiffrierte, in der Toilette. Dass sein Radio, Modell Stern 3, für den Empfang von chiffrierten Funksignalen präpariert war, würde man nicht ohne Weiteres herausfinden.

Das Ganze hatte keine drei Minuten gedauert. Jetzt musste er schnellstens raus aus der Wohnung.

Über die Feuertreppe lief er nach unten. Klappte einwandfrei. Erleichtert verließ er das Haus durch den Hinterhof, den die Stasi-Leute merkwürdigerweise nicht gesichert hatten. Wurde er beschattet?

Im Laufschritt begab er sich in Richtung S-Bahnhof. Sein Ziel war der Treptower Park, in der Nähe der Spree Von dort aus würde er versuchen, in den Westen zu gelangen. Sein Plan schien aufzugehen, er war guter Dinge, als er die Stufen zum S-Bahnhof hochlief. Jedenfalls sah er nur drei Bauarbeiter am Bahnsteig stehen. Im nächsten Moment fuhr auch schon die S-Bahn ein. Euphorisiert wollte er einsteigen, da wurde er von dem Arbeitertrio zu Boden geworfen. Sie legten ihm Handschellen an, nahmen ihn in ihre Mitte und zerrten ihn zu einem Auto. Bevor sie ihm die Augen verbanden, konnte er gerade noch sehen, dass an der Autotür die Fensterkurbel und der Öffner fehlten.

Nach zehn Minuten Fahrt wurde Gromek in den Laderaum eines Lieferwagens verfrachtet. Der Wagen war nicht gut abgefedert, und obendrein stank es nach Abgasen. Er zweifelte nicht daran, dass er in das Geheimgefängnis der Staatssicherheit gebracht wurde. Als einer der wenigen wusste er von der Existenz dieser Einrichtung, die auf offiziellen Karten nicht verzeichnet war. Für normale Passanten unzugänglich, lag der Bau mitten in einem militärischen Sperrgebiet in Berlin-Hohenschönhausen.

Nach einer halben Stunde endete die Fahrt. Zwei Uniformierte führten ihn über endlose Treppen und lange Gänge in eine feuchtkalte Zelle, wo sie ihm das Tuch über den Augen entfernten. Das grelle Licht blendete ihn.

Gromek wurde bereits von einem Mann in einem dunklen Anzug erwartet.

»Sofort ausziehen!« Seine Stimme war kalt wie Eis.

»Jawohl«, hauchte Gromek matt und folgte dem Befehl. Die beiden Uniformierten begannen, seine Körperöffnungen und Achselhöhlen zu untersuchen. Gromek empfand die Prozedur als demütigend, wagte aber keinen Widerstand. Er hoffte, dass man ihn in der Zelle allein lassen würde. Er brauchte dringend Ruhe, um sich das weitere Vorgehen überlegen zu können. Aufgeben war keine Option. Doch seine Hoffnung erfüllte sich nicht.

»Anziehen!«, hallte es ihm entgegen.

Und wieder nahmen ihn zwei Uniformierte an die Kandare. Sie brachten ihn in ein schmales Verlies, gerade mal einen Meter breit. Es stank fürchterlich nach Fäkalien, und Gromek kämpfte gegen den Brechreiz.

»Du bleibst hier stehen, bis wir dich rufen! Wag es ja nicht, dich an die Wand zu lehnen!«

Gromek nickte matt. Endlich allein. Er musste Energie schöpfen für den einen Plan, der ihm noch blieb. Sein Körper war erschöpft, am liebsten hätte er sich hingelegt, aber das ging in diesem Loch nicht. Also versuchte er, sich an die Wand zu lehnen.

»Anlehnen verboten!«, brüllte ein Wärter, der durch das Guckloch in die Zelle linste. Gromek biss die Zähne zusammen und blieb stehen.

»Ich muss austreten!«, rief er nach einer Stunde.

»Nichts da!«, bekam er zur Antwort.

Gromek versuchte, sich zusammenzureißen, aber die Zeit schritt voran, und irgendwann konnte er seine Blase nicht länger kontrollieren. Die Reaktion des Wärters erfolgte prompt:

»Mitkommen zum Verhör!«

Man führte ihn in ein kleines, leeres Zimmer, wo er von zwei Männern in Zivil in Empfang genommen wurde. Auf dem Tisch stand die demontierte Spraydose, der darin eingerollte Film lag daneben. Damit wurde ihm seine Enttarnung vor Augen geführt. Er versuchte, die Nerven zu behalten und sich nichts anmerken zu lassen.

Einer der Männer, ein drahtiger Typ in einem abgewetzten Anzug, kam sofort zur Sache.

»Gromek, uns ist bewusst, dass Sie systematisch Informationen für den amerikanischen Geheimdienst gesammelt haben. Sie wissen, dass auf dieses Vorgehen die Todesstrafe steht.« Er hielt inne. »Aber Sie können Ihren Kopf aus der Schlinge ziehen«, schob er hinterher.

»Wir brauchen Namen. Mit wem arbeiten Sie zusammen?«, ergänzte sein untersetzter Kollege, während er ein Stück Käse auspackte, das Gromek bekannt vorkam.

»Ich bin ein kleiner Fisch. Ich kenne niemanden«, antwortete Gromek mit leiser Stimme. Die Stasi-Leute reagierten mit hämischem Gelächter.

»Ein kleiner Fisch, der Mikrofilme in einer Spraydose versteckt? Der mit seinem Radio Funksprüche empfängt?«, höhnte der Dicke und schnitt einige Käsestücke ab. »Kommt Ihnen der Emmentaler nicht bekannt vor? Ist aus Ihrem Kühlschrank. Den gibt's bei uns nur im Intershop.«

»Kann sich nicht jeder leisten. Wie viel Honorar zahlen die Amis?«, ergänzte sein Kollege und nahm ein Stück Käse entgegen.

Gromek hatte für die beiden, die sich sogar an seinen Lebensmitteln vergriffen hatten, nichts als Verachtung übrig.

»Sagen Sie einfach: ›Ich gebe auf. Ich arbeite seit drei Jahren für die Amerikaner‹!«

»Ich habe meine Wohnung für jemanden zur Verfügung gestellt. Ich kenne nur seinen Decknamen.«

»Erzählen Sie uns doch keinen Mist. Wir wissen Bescheid. Schon mal was vom Maulwurf gehört?«, meinte der Drahtige und grinste. »Wie du mir, so ich dir.«

Gromek verstand sofort. Es ging das Gerücht um, dass es in Westberlin einen Maulwurf gäbe, der für den Osten arbeitete. War er ein Alliierter? Ein deutscher Polizist? Oder gar jemand vom Verfassungsschutz? Wenn der ihn verraten hatte …

»Ich bin ein kleiner Fisch!«, wiederholte er, obwohl ihm bewusst war, dass die beiden ihm nicht glaubten.

»Es reicht! Unsere Geduld ist zu Ende. Dann eben zurück ins Einzelzimmer!«, brüllte der Dicke und zeigte auf die Tür.

Gromek stand langsam auf, senkte schuldbewusst den Blick und sagte dann mit leiser Stimme: »Ich will reden.«

»Ach ja?«, fragte der Drahtige und zog die Brauen zusammen. Das Eingeständnis sorgte offenbar für Skepsis.

Gromek nickte erschöpft. »Ich gebe auf. Hat ja doch keinen Sinn.«

»Dann mal los, hissen Sie die weiße Flagge, wir sind ganz Ohr!«

»Es gibt einen Block mit Aufzeichnungen«, begann er. »Der ist im Café Warschau deponiert.«

»Im Café Warschau? Wieso das denn?«

»Das war ein Treffpunkt«, erklärte Gromek.

»Und wo genau da?«

»In der Küche. Ich muss ihn selbst holen.«

Die beiden Männer tauschten sich leise aus, wandten sich dann an Gromek.

»Wir sind gleich zurück.«

Sie eilten aus dem Büro und ließen ihn mit einem Uniformierten zurück. Er vermutete, dass sie mit ihren Vorgesetzten über das weitere Vorgehen sprechen würden. Mit etwas Glück würde sein Plan aufgehen.

Er sollte recht behalten. Keine halbe Stunde später saß er mit den beiden Stasi-Männern in einem dunklen Wartburg, der zum Café Warschau fuhr. Das Restaurant in der Karl-Marx-Allee war sehr gefragt und bot über dreihundertfünfzig Gästen Platz. Auch an diesem Tag herrschte Hochbetrieb.

Vor dem Restaurant befreiten die beiden Stasi-Leute ihren Gefangenen von den Handschellen, um kein Aufsehen zu erregen.

»Ich gehe am besten vor«, meinte Gromek zu den beiden. Jetzt durfte er sich keinen Fehler erlauben.

»Na los!«

Gefolgt von seinen Bewachern, machte sich Gromek auf den Weg durch das Café. In der Küche duftete es herrlich nach Pilzen und Kräutern und zerlassener Butter, aber das Trio hatte keine Nase dafür. Gromek eilte an den Köchen vorbei, die Piroggen und andere polnische Spezialitäten im Akkord produzierten.

»Die Aufzeichnungen sind im Kühlraum«, sagte er dann. Sein Puls schnellte nach oben, als er die schwere Tür zum Kühlraum öffnete. Jetzt galt es das letzte Kapitel seines Plans aufzuschlagen.

Im Kühlraum entfernte er unter den strengen Blicken seiner Bewacher einige Kacheln von der Wand, bis er an einen Hohlraum gelangte. Darin lagerte eine kleine Metallbüchse.

Gerade als er sie öffnen wollte, ging der drahtige Offizier dazwischen.

»Lass mal, das ist unser Ding. Nachher holst du eine Knarre raus und spielst den Helden!«

Er nahm ihm die Metalldose aus der Hand und öffnete sie. Es war ein bisschen wie bei der Büchse der Pandora, auch wenn nicht alle Übel der Welt aus der Dose entwichen. Stattdessen schoss mit einem Zischen dichter schwarzer Qualm heraus. Er sorgte für Unruhe und Chaos, jedenfalls bei den Stasi-Offizieren. Gromek dagegen war vorbereitet, er hatte auf diesen Moment gewartet. Lautlos schob er sich an seinen Bewachern vorbei, schlug die schwere Eisentür hinter sich zu und ließ die beiden in ihrer kalten Zelle allein.

Er konnte es kaum fassen. Der schwierigste Teil seines Plans hatte problemlos funktioniert! Was jetzt folgte, war im Vergleich dazu weit weniger gefährlich. Aber er musste weiterhin die Nerven behalten und konzentriert bleiben. So, als wäre nichts geschehen, ging er in aller Seelenruhe durch das voll besetzte Café und fiel unter den zahlreichen Gästen gar nicht auf. Draußen warf er einen Blick die Karl-Marx-Allee entlang. Niemand Verdächtiges zu sehen. Die Luft war rein. Er atmete durch. Ein paar Minuten blieben ihm, höchstens. Dietrich Gromek musste schleunigst nach Westberlin, und zwar über den Teltow-Kanal.

2

Westberlin, 1966

1966 wurde die Fußball-WM in England ausgetragen, die Beatles brachten ihr Album *Revolver* heraus, und an einem versteckten Uferabschnitt der Havel, umringt von unberührter Natur, gaben sich Bienen und Hummeln ein Stelldichein und tänzelten nach den Klängen von »Good Day Sunshine«, einem neuen Song der Beatles, der aus dem kleinen Transistorradio ertönte. Sie störten sich nicht an dem jungen Liebespaar, das auf dem Blumenteppich lag und die Handvoll Enten beobachtete, die durch das spiegelglatte Wasser auf Erkundungstour gingen. Sie schwammen an einer schwarz-rot-goldenen Boje vorbei, auf die ein aufgemaltes Hammer-und-Sichel-Symbol gezeichnet war, und befanden sich damit im östlichen Teil des Kanals. Der Entenfamilie war das egal, diese Grenzen waren von Menschen erschaffen, damit hatten sie nichts zu tun.

Auch Thomas und Peggy hatten kein Auge für die Ost-Boje, sie hatten nur Augen füreinander. Das Auffälligste an den beiden waren ihre Frisuren. Peggy trug einen mutigen Kurzhaarschnitt im Stil von Jean Seberg, Thomas eine sogenannte Pilzfrisur, inspiriert von den Beatles.

»I'm in love and it's a sunny day …«, sang Peggy verliebt und gab Thomas einen sanften Kuss. Wider Erwarten reagierte der etwas unromantisch mit einem nachdenklichen Brummen.

»Was ist, Schatz?«

»Hoffentlich geht alles gut mit der Bewerbung.« Thomas richtete sich besorgt auf. Am nächsten Tag stand sein Bewerbungsgespräch bei der Berliner Polizei an.

»Aufgeregt?« Peggy rückte näher.

»Ein wenig schon. Obwohl das Unsinn ist, weil die Polizei hier unter Personalnot leidet. Aber man kann ja nie wissen ...«

»Eben! Die werden mit Kusshand einen Kriminalkommissar nehmen, der als Bester seines Jahrgangs abgeschlossen hat.«

»Und der in Düsseldorf Ärger mit seinen Kollegen bekam, weil er Kadavergehorsam hasst!« Thomas spielte auf die Ereignisse in seiner letzten Arbeitsstelle an. Er hatte auf eigene Faust einen Serienmörder zur Strecke gebracht, der während der Nazizeit gedeckt worden war. Dabei hatten einige seiner Kripokollegen eine unrühmliche Rolle gespielt, unter anderem waren sie in Polen an Kriegsverbrechen beteiligt gewesen. Auch sein Vater – ebenfalls Polizist – hatte sich an der Ermordung der jüdischen Bevölkerung schuldig gemacht. Daraufhin hatte Thomas seine Konsequenzen gezogen. Er hatte den Kontakt zu seinen Eltern abgebrochen und den Dienst in Düsseldorf quittiert. Er wollte mit Peggy, die in Berlin eine Arbeit bei einem Modedesigner begonnen hatte, einen Neustart wagen.

»Aber in deinen Unterlagen steht nichts von dem ganzen Ärger«, versuchte sie ihn zu beruhigen und gab ihm einen Kuss. Beide ließen sich wieder zurücksinken, und Thomas' Hand machte sich auf eine Erkundungsreise unter ihre Bluse. Das Bewerbungsgespräch war bald in weite Ferne gerückt. Peggys Haut fühlte sich samtweich an. Beide küssten sich, als müssten sie sich gegenseitig beatmen.

»Ganz schön heiß ...«, flüsterte er.

»Zeit für eine Abkühlung!«

Peggy richtete sich auf und begann, ihre Bluse aufzuknöpfen.

»Du willst doch nicht etwa schwimmen gehen? Wir haben keine Badesachen dabei«, wandte Thomas ein.

»Ja und?«, fragte sie frech.

»Nacktbaden ist bestimmt verboten!« Thomas schaute sich besorgt um.

»Wo kein Kläger, da kein Richter, oder? Weit und breit ist niemand zu sehen!«

Schnell hatte Peggy den BH und den Rest der Kleidung abgestreift. Lachend lief sie ins erfrischende Nass. Da konnte Thomas nicht zurückstehen. Auch er befreite sich in Windeseile von seinen Klamotten und folgte ihr mit einem Kopfsprung.

Zunächst tobten sie ausgelassen, dann nahm er sie in den Arm und küsste sie leidenschaftlich.

»Doch nicht hier!« Diesmal schaute sie sich besorgt um, und nun war es Thomas, der jegliche Bedenken über Bord warf.

»Ist doch keiner in der Nähe.«

»Stimmt! Nur der dahinten, am anderen Ufer.« Peggy zeigte auf die Uferseite jenseits der Grenzboje. Beide sahen einen Mann, der sich die Schuhe auszog und mitsamt seiner Kleidung ins Wasser stieg.

»Du, guck mal, der Mann schwimmt in seinen Klamotten.«

»Der kommt in unsere Richtung!«

Plötzlich wurde beiden klar, was der Mann vorhatte.

»Der will in den Westen fliehen«, raunte Thomas.

»Er muss es bis zur Boje schaffen!«, rief Peggy.

Aufgeregt verfolgten sie jeden einzelnen Schwimmzug des Mannes, der sich unaufhörlich näherte. Bald war er nur mehr zwanzig Meter von der Boje entfernt, dann zehn.

Plötzlich tauchten auf der anderen Uferseite zwei grau uniformierte Soldaten auf, die auf das Wasser schauten.

»Scheiße! Wenn die ihn nur nicht sehen!«

Im nächsten Moment zielte einer der Soldaten mit seiner Kalaschnikow auf den Mann im Wasser und drückte den Abzug. Die erste Garbe schlug neben ihm ein. Der Mann gab nicht auf, sondern schwamm hastig weiter. Jetzt hatte er die Boje fast erreicht. Thomas und Peggy hielten es vor Aufregung kaum aus.

»Weiter! Nur noch ein paar Meter!«, rief Peggy, die wie Thomas unter Strom stand.

»Jaaa!«, rief Thomas erleichtert, als der Flüchtende endlich den östlichen Teil der Havel hinter sich ließ. Bis zum rettenden Westufer war es nicht mehr weit. Der Mann legte eine Schippe drauf.

»Er schafft es!«, jubelte Peggy, aber dann stockte ihnen der Atem. Der Mann verlor anscheinend die Kontrolle über seinen Körper, begann hilflos, mit den Armen um sich zu schlagen, und geriet in Panik. Das Wasser um den sich windenden Mann schien zu kochen. Peggy und Thomas war klar, dass er sich in Lebensgefahr befand.

»Um Himmels willen! Er ertrinkt!«

»Er hat einen Krampf!«

Verzweifelt versuchte der Mann, den Kopf über der Oberfläche zu halten. Er schaffte es nicht. Thomas entschloss sich zu handeln. Er schwamm in langen Zügen auf ihn zu, wendete ihn in Rückenlage, packte den Mann und versuchte, ihn ans Ufer zu ziehen. In diesem Moment begannen die Grenzer zu schießen. Sie störten sich nicht daran, dass sich Thomas und der Mann im westlichen Teil befanden.

»Aufhören, ihr Schweine! Aufhören!« Empört nahm Peggy einen Stein und warf ihn in Richtung der Grenzer, was angesichts der Entfernung eher symbolischen Charakter hatte. Die Soldaten ihrerseits ließen sich von Peggys Protest nicht beeindrucken, sie schossen einfach weiter. Eine Kugel traf den Mann im Kopf. Er wand sich im Todeskampf und drohte Thomas in die Tiefe zu ziehen. Gefahr drohte auch durch die Soldaten, die einfach weiterschossen. Jetzt hatten sie es auf Thomas abgesehen.

»Thomas! Die bringen dich um! Schwimm zurück!«, schrie Peggy verzweifelt.

In letzter Sekunde konnte sich Thomas von dem Mann, der tödlich getroffen war, lösen und zum rettenden West-Ufer schwimmen. Erst als sie sahen, dass ihr Opfer sich nicht länger an der Wasseroberfläche halten konnte, senkten die Soldaten die Gewehre.

Erleichtert zog Peggy den erschöpften Thomas ans Ufer und versuchte, ihn zu beruhigen. Die Schüsse hatten indes einige Spaziergänger auf den Plan gerufen, die ihre Wut über die Ostberliner Grenzer hinausbrüllten. Auch zwei Polizisten waren herbeigeeilt und schauten nach dem Rechten. Sobald Thomas und Peggy in ihre Kleider geschlüpft waren, erklärten sie, was vorgefallen war.

»Wie kann man jemanden erschießen, der das Land verlassen will?«, fragte Peggy, der das Verhalten der Grenzsoldaten nicht in den Kopf ging. Die beiden Polizisten zuckten die Schultern. »So was kommt hier öfters vor«, meinte der eine.

Die Suche nach der Leiche, die noch in der Havel trieb, wollten sich Peggy und Thomas nicht anschauen. Sie machten sich auf den Weg nach Hause.

Der Schreck saß beiden den restlichen Tag über noch in den Knochen. Sie hatten zwar gelesen, dass der westliche Teil von Berlin von einer einundzwanzig Kilometer langen Mauer umklammert wurde und dass zahlreiche Bunker, Wachtürme, Unterwassersperren und mit Maschinenpistolen bewaffnete

Grenzsoldaten jede Flucht verhindern sollten – aber dass diese Typen so rücksichtslos vorgehen würden, damit hatten sie nicht gerechnet.

»Das war eine vorsätzliche Tötung, nach dem Strafrecht gilt das als Mord!«, fasste es Thomas zusammen.

Noch am selben Tag gaben die westlichen Alliierten und der Berliner Senat eine Protestnote ab, aber wie immer in solchen Fällen – und davon gab es in Berlin einige – prallte alles an den östlichen Machthabern ab. Die Grenzsoldaten hätten nur ihre Pflicht erfüllt, hieß es knapp. Wie dem auch sei, man fand Gromek an einem Bootssteg, in Bauchlage dümpelnd. Seine Flucht in den Westen war insofern geglückt, aber er hatte einen hohen Preis bezahlt. Und wie hätte er wohl reagiert, wenn er geahnt hätte, dass sein Leichnam zurück in den Osten überführt wurde? Er war Bürger der DDR. Nach Feststellung seiner Identität war den westlichen Alliierten klar, dass sie einen Topspion verloren hatten, nur zeigten sie kein Interesse, sein geheimdienstliches Doppelleben zu offenbaren – genauso wenig wie ihre östlichen Gegenspieler.

So war das eben. Fast jeder wusste, dass Berlin die Stadt der Spione war, aber der Kampf der Geheimdienste spielte sich fernab der Öffentlichkeit ab. Auch Thomas ahnte nichts von den wahren Hintergründen der Flucht, er hielt den Mann für einen der vielen unzufriedenen Bürger der DDR, die in den Westen wollten. Der ganze Vorfall bedrückte ihn sehr, zumal er selbst nur knapp dem Tode entronnen war. Aber er musste nach vorne schauen, weil das wichtige Bewerbungsgespräch bei der Berliner Polizei anstand.

3

Dachau, 1944

Man brachte Meier ins KZ Dachau, etwa zwanzig Kilometer von München entfernt.

Der buchstäblich kurze Prozess, der ihm gemacht wurde, und die unmittelbar erfolgte Deportation erschienen ihm wie ein Albtraum, aus dem es kein Erwachen gab. Doch es kam noch schlimmer. Er musste eine grausame Aufnahmeprozedur über sich ergehen lassen. Vollständiges Entkleiden, Rasur aller Körperhaare, Desinfektion mit klebrigem Lysol, immer begleitet von brutalen Schlägen, Tritten und Beleidigungen des Wachpersonals, das ihn zur Eile antrieb. Anschließend wurde er in eine verlauste blau-graue Häftlingskleidung mit rotem Winkel gesteckt, der ihn als politischen Häftling auswies. Es folgte die Registratur.

»Du bist nicht mehr Meier, du bist jetzt diese Nummer!«, brüllte ihn ein Wachmann zusammen und nannte eine Zahl, die sich Meier fortan merken musste. Und sein Martyrium ging noch weiter. Der Wachmann führte ihn vorbei an zahlreichen kahlköpfigen Gestalten, die von Uniformierten mit bellenden Schäferhunden übers Gelände gescheucht wurden, in eine freistehende, isolierte Baracke. Das Erste, was Meier ins Auge fiel, als er durch die knarrende Tür geschoben wurde, war ein Messingschild mit folgender Aufschrift:

MEINE VERORDNUNGEN WERDE ICH TREFFEN
ZU NUTZ UND FROMMEN DER KRANKEN,
NACH BESTEM VERMÖGEN UND URTEIL;
ICH WERDE SIE BEWAHREN VOR SCHADEN
UND WILLKÜRLICHEM UNRECHT.
EID DES HIPPOKRATES

Meier kannte Hippokrates nicht, auch begriff er nicht, warum er hierhergebracht worden war. Und dann stand er einem hochgewachsenen Mann in einem sauberen Kittel mit markanter Narbe auf der Wange gegenüber, der sich als Dr. Stahl vorstellte. Meier fasste sofort Vertrauen zu ihm, da der Doktor sich in Ton und Auftreten grundsätzlich vom grobschlächtigen Wachpersonal unterschied.

»Befolgen Sie meine Anordnungen, und Sie haben nichts zu befürchten«, machte Dr. Stahl ihm klar und bat ihn, auf dem Behandlungsstuhl Platz zu nehmen.

Kaum hatte Meier der Aufforderung Folge geleistet, betrat ein schwarz uniformierter Mann mit fettem, wuchtigem Hals und rasiertem Kopf den Raum. Sofort nahm er Haltung an und begrüßte Dr. Stahl, der eine Spritze aufzog, mit: »Heil Hitler, Herr Doktor!«

Anstatt den Gruß zu erwidern, richtete der Arzt seine Aufmerksamkeit auf den verschüchterten Meier, der nicht wusste, was ihn erwartete.

»Ich werde Ihnen nun ein Medikament verabreichen, bleiben Sie ganz ruhig«, kündigte Dr. Stahl an und injizierte ihm etwas in den Oberarm. Meier war so aufgeregt, dass er den Einstich nicht merkte.

»Was war das, Herr Doktor?«

Dr. Stahl ignorierte die Frage und blickte stattdessen auf

seine Uhr. Nach gut einer Minute wandte er sich an den SS-Mann.

»Sie können jetzt anfangen, Sturmbannführer.«

Der stellte sich drohend vor Meier auf und fixierte ihn.

»Für welche Organisation arbeitest du?«

Meier wusste nicht, was er antworten sollte, und schüttelte hilflos den Kopf.

»Nenne die Namen deiner Genossen!«, drängte der SS-Mann.

»Ich habe keine Genossen!«

»Du lügst, du Kommunistenschwein!«

»Das tue ich nicht«, beteuerte Meier mit weinerlicher Stimme.

»Ich werde die Wahrheit aus dir rausprügeln!«, brüllte der SS-Mann und holte aus seinem Stiefelschaft eine Nilpferdpeitsche, was aber nicht im Sinne des Arztes war.

»Stecken Sie das Ding weg!«

Zu Meiers Überraschung trat der SS-Mann zurück und machte Dr. Stahl Platz, der eine zweite Spritze aufzog.

»Ich erhöhe die Dosis«, erklärte Dr. Stahl und verabreichte Meier eine zweite Injektion. Danach ließ er erneut eine Minute verstreichen, ehe er dem ungeduldigen SS-Mann mit einer Geste zu verstehen gab, das Verhör fortzusetzen.

»Also noch mal. Nenn mir die Namen deiner Genossen!«

Meier wollte antworten, dass er keine Genossen hatte, brachte aber kein Wort heraus. Er begann plötzlich, unkontrolliert zu kichern, konnte sich nicht dagegen wehren.

»Was gibt es da zu lachen, du Schwein?«

Obwohl Meier sah, dass der SS-Mann eine Pistole zog und auf seinen Kopf zielte, kicherte er weiter.

»Hör auf damit!«

Die Drohung bewirkte bei Meier das Gegenteil. Nun brach er in schallendes Gelächter aus. Dass er sich in tödlicher Gefahr befand, war ihm nicht bewusst, weil er sich nicht mehr unter Kontrolle hatte.

Der Sturmbannführer fühlte sich durch Meiers Verhalten offenbar provoziert und entsicherte seine Waffe.

»Legen Sie die Pistole weg!«, herrschte Dr. Stahl ihn an. »Der Patient weiß nicht, was er tut.«

»Ach was, der simuliert nur. Er spielt den Verrückten.«

»Das ist das Meskalin. Es sorgt für eine Affektstörung, die Stimmung kann zwischen Trauer und Heiterkeit schwanken«, erklärte Dr. Stahl, der eine weitere Spritze aufzog.

»Ich dachte, das Zeug sorgt dafür, dass der Kerl die Wahrheit sagt!«

»Nur nicht ungeduldig werden, Sturmbannführer. Unsere Forschung, was die Wahrheitsdroge betrifft, befindet sich noch in den Anfängen.« Und schon verabreichte er Meier, der plötzlich von einem Weinkrampf heimgesucht wurde, eine dritte Dosis. »Man muss die psychische Instabilität des Probanden durch eine erhöhte Dosis Meskalin überwinden.«

Der Schuss ging jedoch nach hinten los. Es war, als ob Dr. Stahl Feuer mit Öl löschen wollte. Meiers Zustand verschlechterte sich nach der neuerlichen Dosis radikal. Er bekam Schweißausbrüche, ihm wurde übel. Bevor er das Bewusstsein verlor, hörte er noch, wie der Sturmbannführer, der ohnehin nichts von Meskalin-Versuchen hielt, sich über das misslungene Verhör ausließ.

Dr. Stahl unterbrach ihn mit den Worten: »Schaffen Sie ihn in die Todesbaracke.«

4

Berlin, 1966

Seit der Teilung der Stadt befand sich das Präsidium der Westberliner Polizei in einem der ehemaligen Gebäudekomplexe des Flughafens Tempelhof. Das Areal am Platz der Luftbrücke war während der Nazizeit entworfen und erbaut worden und kam monumental und protzig daher. Auf Thomas wirkte der Bau mit der Natursteinverkleidung und strengen Fassadengliederung nicht gerade einladend.

Viel lieber hätte er sein Bewerbungsgespräch im anderen Berliner Polizeipräsidium geführt, in der legendären »roten Burg« am Alexanderplatz, einem kriminalhistorisch bedeutenderen Ort. Während der Weimarer Republik war dort der berühmte Kriminalkommissar Ernst Gennat tätig gewesen, der Erfinder der »Mordkommission«, der unter anderem die Spurensicherung revolutioniert hatte.

Sei's drum. Es ging jetzt nicht um Nostalgie, sondern um ein Bewerbungsgespräch, das Thomas unbedingt erfolgreich absolvieren wollte. Also rein in den seelenlosen Protzbau. Entgegen seiner Befürchtung lief zunächst alles positiv. Der zuständige Personalreferent, ein Beamter namens Caspari, war sehr angetan von Thomas' Abschlusszeugnis und machte ihm klar, dass die Berliner Polizei unter Personalnot leide und frische, junge Kollegen suche. Nur leider nicht bei der Kripo, wo Thomas unbedingt hinwollte.

Aber so leicht gab er nicht auf.

»Ich könnte Ihnen im Mordkommissariat nützlich sein oder beim Einbruchdezernat oder auch bei der Sitte, ich bin sehr vielseitig einsetzbar!« Doch sosehr er sich auch ins Zeug legte, er biss bei seinem Gegenüber auf Granit.

»Bei der Kripo ist auf absehbare Zeit nichts zu machen. Was ich Ihnen anbieten kann, sind entweder die kasernierte Bereitschaftspolizei oder die Abteilung 1 der politischen Polizei. Dort könnten Sie bei der Observationstruppe anfangen.« Die kasernierte Bereitschaftspolizei kam für Thomas nicht infrage, da hätte er gleich beim Militär anheuern können.

»Politische Polizei?«, erkundigte er sich. »Könnten Sie mir deren Aufgabengebiete näher erläutern?«

»Als junger Beamter haben Sie keine Fragen zu stellen. Sie werden schon früh genug in den Dienst eingewiesen«, herrschte Caspari ihn an.

Thomas, der sich nicht als Bittsteller und Befehlsempfänger verstand, verzichtete auf eine saftige Replik und ballte die Faust in der Tasche seines Jacketts. Bloß keinen Streit mit Caspari beginnen, der saß schließlich am längeren Hebel.

»Sie haben natürlich recht. Aber es könnte doch sein, dass ich nicht über die erforderlichen Fähigkeiten verfüge. Insofern wäre es auch in Ihrem Interesse, wenn ich wüsste, was mich da erwartet«, sagte er höflich, ja, fast devot. Diese Melodie schien Caspari zu gefallen.

»Dann hören Sie mal zu. Es werden Beamte gesucht, die nicht nach Polizei aussehen, so wie Sie mit Ihren langen Haaren beispielsweise«, erklärte er und fügte ironisch hinzu: »Sie bekommen also keinen Tschako mit Kinnriemen.«

Zu Casparis Leidwesen gab sich Thomas mit der Antwort nicht zufrieden.

»Aber was muss ich da konkret machen? Nur observieren?«

Nun reichte es Caspari. »Wollen Sie oder wollen Sie nicht?!«

Thomas merkte, dass er nicht weiterkam. Da die kasernierte Bereitschaftspolizei auf keinen Fall infrage kam, blieb ihm nichts anderes übrig, als einzuwilligen. Eine Viertelstunde später wurde er von einem Kollegen abgeholt, der ihn zu seinem neuen Chef bringen sollte: Regierungsdirektor Böhmer, der in einem Seitentrakt des Präsidiums saß. Thomas wunderte sich über die Hektik in den Gängen. Mehrere Beamte hetzten über den Flur und blätterten dabei in Unterlagen, andere wiederum diskutierten engagiert in Kleingruppen. Es ging zu wie im Taubenschlag.

»Ist das hier immer so?«, wunderte sich Thomas.

»Die Abteilung kocht, der Maulwurf macht uns Dampf«, erklärte der Kollege.

»Maulwurf?«

»Es heißt, dass in der Berliner Polizei ein Maulwurf für die Stasi arbeitet. Die Amis haben schon einen dicken Hals. Aber ich denke da anders. Der sitzt beim Verfassungsschutz und nicht bei uns!«

Thomas verstand nur Bahnhof.

»Und was ist mit diesem Maulwurf? Was verrät er?«

»Er liefert unsere Männer ans Messer, die drüben für uns arbeiten. Einer von ihnen ist gestern bei seinem Fluchtversuch erschossen worden. Er wollte durch den Kanal schwimmen.«

Diese Information kam für Thomas unerwartet. Der Mann, der in seinen Armen erschossen worden war, war ein Spion gewesen? Ihm blieb keine Zeit, sich weiter darüber Gedanken zu machen, weil der Kollege ihn in das Büro von Regierungsdirektor Böhmer führte, einem kleinen, untersetzten Mann, der hinter einem riesigen Eichenschreibtisch und unter einem Porträt des Bundeskanzlers Ludwig Erhard residierte. Thomas, der Böhmer um fast zwei Köpfe überragte, wunderte sich über die Einrichtung des Büros mit Ledersofas und -sesseln, dicken Perserteppichen und opulenten Ölgemälden an der Wand. Es roch stark nach Nikotin, denn Böhmer rauchte wie ein Schlot.

»Zeig mir deine Unterlagen«, forderte sein neuer Chef ihn grußlos auf.

Thomas, der zwar keinen roten Empfangsteppich erwartet hatte, ärgerte sich über den rüden Ton, reichte aber die Mappe rüber.

»Caspari hat mir am Telefon gesagt, dass du lieber zur Kripo gehen würdest?« Böhmer kreuzte die Füße über dem Schreibtisch, bot aber Thomas, der wie ein Schuljunge dastand, keinen Platz an. Und erst recht keinen Kaffee, den er sich aus einer Porzellankanne gönnte.

»Weil ich keine Erfahrung mit der politischen Polizei habe«, antwortete Thomas ausweichend.

»Übrigens – warum gibt es in der DDR keine Banküberfälle?«, fragte Böhmer plötzlich mit ernster Stimme.

»Wie bitte?«

»Weil man zehn Jahre auf ein Fluchtauto warten muss«, erklärte Böhmer und klopfte sich vor Lachen auf die Schenkel. »Auf einen Wartburg oder Trabant, verstehst du?«

Jetzt erst begriff Thomas den lahmen Witz und zog aus Höflichkeit die Mundwinkel nach oben.

»Es gibt nichts Schöneres als Witze über den Pleite-Sozialismus. Aber Spaß beiseite, ich will dich mal ein wenig schlaumachen über uns«, meinte Böhmer und erteilte Thomas eine Nachhilfestunde. »Die Abteilung 1 ist unterteilt in mehrere Inspektionen. Die erste ist für die Bekämpfung von Naziverbrechen zuständig. Die zweite widmet sich der internen Überwachung der Polizei und der Bekämpfung der Stasi, also des MfS. Ich persönlich konzentriere meine Arbeit darauf, ich mag keine Kommunisten. Eines kann ich dir sagen: Wir sind nicht sonderlich beliebt, weil wir als Schnüffeltruppe gelten, die andere Kollegen überprüft.« Allzu klagend klang das nicht. Böhmer schien in Wahrheit Gefallen an seiner Macht über die Abteilungen zu haben.

»Warum müssen wir andere Kollegen überprüfen?«

»Weil die Kommunisten unsere Polizei unterwandern wollen.«

Thomas nickte. »Ich habe vom Maulwurf gehört …«

»Woher weißt du vom Maulwurf?« Böhmer fixierte ihn mit einem Verhörblick.

Da Thomas seinen redseligen Kollegen nicht in Schwierigkeiten bringen wollte, antwortete er ausweichend: »Das habe ich auf dem Flur aufgeschnappt.« Trotzdem brachte die Antwort Böhmer in Rage.

»Und so was nennt sich Diskretion! Ich habe diesen Idioten tausendmal gesagt, dass sie keine Interna ausplaudern sollen!«, polterte er los.

»Sie können beruhigt sein, Herr Regierungsdirektor, ich werde schon nichts ausplaudern«, versuchte Thomas, ihn zu beruhigen. »Würden Sie mir bitte erklären, welche Aufgaben auf mich warten?« Er gab Böhmer, der sich gerade eine neue Zigarette anstecken wollte, Feuer.

»Unser Aufgabengebiet ist die Abwehr des MfS und anderer Nachrichtendienste des Warschauer Paktes. Konkret heißt das, dass du verdächtige Subjekte observieren und Meldung erstatten musst. Und in Berlin schwirren die kommunistischen Spione wie Motten um das Licht, das kann ich dir sagen!«

Und das konnte er tatsächlich, und so erfuhr Thomas weiter,

dass die politische Abteilung eng mit den Alliierten und dem Landesamt für Verfassungsschutz zusammenarbeitete. Dabei waren die Amerikaner die wichtigsten Partner.

»Die Franzmänner nehmen das alles nicht so ernst, manchmal habe ich das Gefühl, als ob die gerne mit den Russen Wodka trinken würden. Die Tommys wiederum sind kompliziert und stellen tausend Fragen, aber die Amerikaner handeln. Und das ist gut so, ohne die CIA würde Berlin untergehen!«

Just in diesem Moment wurde die Tür aufgerissen, und ein Mann betrat grußlos das Büro. Unterschiedlichere Typen hätte sich Thomas nicht vorstellen können: Böhmer in vornehmem Zwirn, der fremde Besucher mit offenem Hemdkragen und verwaschenen Jeans, obendrein unrasiert. Ein wenig erinnerte er Thomas an den mexikanischen Banditen aus John Fords »Der Schatz der Sierra Madre«. Dessen ungeachtet sprang Böhmer auf und nahm Haltung auf. Thomas glaubte sogar ein leises Hackenschlagen zu hören.

»Leutnant Lopez, ich habe hier die Akte des Neuen zur Begutachtung!« Böhmer reichte dem Mann Thomas' Unterlagen und beeilte sich, ihm eine Tasse Kaffee einzugießen.

Der Mann nahm die Akte wortlos entgegen und ließ sich lässig in einen Ledersessel fallen. Während sein Kiefer unentwegt einen Kaugummi bearbeitete, überflog er die Schriftstücke, ohne Böhmer und Thomas eines Blickes zu würdigen. Böhmer meinte wohl, etwas erläutern zu müssen:

»Sein Vater war ebenfalls Polizist. Außerdem stammt er vom Niederrhein, das ist westdeutsche Provinz, er ist also kein Flüchtling aus dem Osten. Und da ist noch etwas … Er ist nicht sonderlich begeistert, in unserer Abteilung zu arbeiten.«

»Warum bist du nach Berlin gekommen?«, wollte Lopez von Thomas wissen. Sein amerikanischer Akzent war unüberhörbar.

»Weil ich einen Tapetenwechsel brauchte. Außerdem ist meine Verlobte hier«, antwortete Thomas, der sich fragte, wer dieser Mann war. Er sah Böhmer fragend an.

»Polizeileutnant Lopez ist unser amerikanischer Abwehroffizier.«

Die Antwort beeindruckte Thomas. Endlich lernte er einen richtigen amerikanischen Polizisten kennen. Er hatte während seiner Ausbildung sehr viel amerikanische Fachliteratur verschlungen. Thomas fand Amerika ohnehin faszinierender als Deutschland. Und das hatte viele Gründe. Die Amerikaner hatten die besseren Detektive, wie beispielsweise Sam Spade. Außerdem hatten sie die Jeans erfunden, hörten Rock 'n' Roll, aber vor allem hatten sie die Nazis besiegt. Und nun saß ihm ein leibhaftiger amerikanischer Polizist gegenüber, der die Beine lässig auf dem Schreibtisch eines deutschen Regierungsdirektors abgelegt hatte und Thomas' Akte überflog. Beeindruckender ging es nicht. Nur schade, dass er ihn nicht beachtete. Aber wenigstens hatte er nichts gegen seine Bewerbung einzuwenden.

»Sie können ihn einstellen«, kommentierte Lopez knapp, erhob sich und wandte sich grußlos zum Gehen. Vor der Tür aber blieb er doch noch stehen und schenkte Thomas zum ersten Mal einen Blick.

»Du trägst ja eine Levis.«

»Ja, und?«, wunderte sich Thomas.

»Gute Wahl!« Lopez blinzelte ihn an, und dann war er weg.

Jetzt erst traute sich Thomas die Frage zu stellen, die ihm auf der Zunge lag.

»Sie haben doch bestimmt eine SOKO Maulwurf. Ich würde da gerne mitarbeiten!«

»Kommt nicht infrage, du wirst dich vorerst von den anderen Kollegen fernhalten, ich traue denen wenig. Deine Aufträge wirst du nur von mir höchstpersönlich erhalten, ist das klar?«

»Verstanden.«

»Ich sehe dich morgen um sechs Uhr früh.«

Böhmer beendete das Gespräch und zeigte auf die Tür. Aber er gab Thomas noch eine Warnung mit auf den Weg. »Unterstehe dich, mit der S-Bahn zu fahren! Ulbrichts Klapperkiste gehört Pankow, und denen brauchen wir keine Westmark in den Hintern zu schieben!«

Trotzdem stieg Thomas auf dem Nachhauseweg vom Bus in die S-Bahn, die, wie Böhmer erwähnt hatte, unter ostzonaler Verwaltung, aber mit Westberliner Personal verkehrte. Ging einfach schneller, obendrein wohnte er unweit des S-Bahnhofs Heidelberger Platz. Unterwegs ließ er den Tag Revue passieren. Er war zwar jetzt bei der Berliner Polizei, aber er war nicht da, wo er hinwollte. Die Kripo konnte er zunächst vergessen. Stattdessen sollte er bei der sogenannten Schnüffeltruppe die Kollegen wegen möglicher Ost-Kontakte überprüfen. Was hieß das nun genau? Mehr Informationen hatte sein Chef bisher nicht rausgerückt. Überhaupt sein Chef … Er behandelte die Kollegen wie Untertanen und ihn persönlich wie einen völligen Anfänger. Er wollte ihm sogar vorschreiben, wie er zur Arbeit fahren sollte. Nur vor Lopez, dem amerikanischen Verbindungsoffizier, kuschte Böhmer wie ein kleiner Junge. Schon deswegen hatte Lopez bei Thomas gepunktet. Unabhängig davon, dass dieser amerikanische Polizist der lässigste Typ war, dem Thomas bisher begegnet war. Er würde alles dafür tun, ihn näher kennenzulernen.

Zu Hause angekommen, konnte er es kaum abwarten, Peggy, die gespannt auf ihn wartete, Bericht zu erstatten. Im Gegensatz zu Thomas sah sie alles optimistischer und versuchte, ihn aufzurichten.

»Immerhin haben sie dich genommen, alles Weitere wird sich ergeben. Außerdem kann es doch sein, dass du einen gefährlichen Ost-Agenten zur Strecke bringst!« Seit dem Zwischenfall an der Havel war sie nicht gut auf die »Ost-Fuzzis«, wie sie sie nannte, zu sprechen. Zum Glück konnte man von ihrer Wohnung aus die Mauer nicht sehen, wie es mancherorts der Fall war. Aber sie wohnten in Wilmersdorf in einem Gründerhaus mit sehr hohen Decken.

Es war fraglich, ob Thomas und Peggy dort eingezogen wären, wenn sie die traurige Vergangenheit dieses Hauses gekannt hätten. Bei den ursprünglichen Besitzern hatte es sich um eine wohlhabende jüdische Familie gehandelt, die das Haus 1938 für einen Spottpreis an einen Funktionär der Nazis hatte verkaufen müssen, um in die Niederlande auswandern zu können. Leider hatte diese Verzweiflungstat der Familie wenig genützt, sie war dennoch Opfer des Holocausts geworden. Das Haus dagegen hatte den Krieg einigermaßen gut überstanden und wurde von der Witwe des neuen Besitzers mehr oder weniger in Schuss gehalten.

Thomas und Peggy hatten die untere Wohnung gemietet, die aus zwei Teilen bestand. Zur Straße hin lagen die weitläufigen Zimmer der »Herrschaften«, hinten die kleineren Räume des Personals und die Küche. Verbunden wurden die beiden Wohnungen durch das sogenannte Berliner Zimmer. Unter normalen Umständen hätten Peggy und Thomas sich die große Wohnung niemals leisten können, aber die Witwe war dringend auf Miete angewiesen und verlangte nicht mehr als für eine Zweizimmerwohnung, zumal der Putz von den Wänden bröckelte und der Boiler nur ab und zu lauwarmes Wasser lieferte. Diese und noch mehr Mängel hatte Peggy in Kauf genommen, weil sie von einem eigenen Schneideratelier träumte und diese riesige Wohnung dafür geeignet wäre. Doch das war Zukunftsmusik. Noch arbeitete sie für einen bekannten Modeschöpfer, der in Grunewald einen Haute-Couture-Salon betrieb, welcher bei vielen Schauspielerinnen hoch im Kurs stand. Ihre Aufgabe bestand darin, die entsprechenden Kleidungsstücke nach seinen Entwürfen zu nähen. Ihr Chef schätzte ihre präzise und schnelle Arbeitsweise, ahnte aber nicht, dass sie seine Entwürfe im Unterschied zu den älteren Kundinnen nicht allzu aufregend fand. Peggy wollte in einer Modewelt leben, in der es farbenfroh, wild und unkonventionell zuging, so wie beispielsweise in der Carnaby Street oder Chelsea Road des »Swinging London«. Genauso wenig ahnte er, dass sie die Arbeit bei ihm nur als Zwischenstation ansah. Thomas wusste das natürlich besser und ermunterte seine Freundin, den nächsten Schritt zu wagen und sich selbstständig zu machen. Dass übrigens beide zusammenleben durften, war aufgrund des Kuppelei-Paragrafen, der unverheirateten Paaren ein gemeinsames Wohnen verbot, nur durch einen Trick der Witwe möglich. Sie hatte die große Wohnung einfach in zwei kleine unterteilt und logischerweise zwei Mietverträge ausgestellt. Außerdem hatten Thomas und Peggy ihr eine baldige Verlobung zugesagt. Die allerdings lag für beide in weiter Ferne. Sie hatten momentan andere Probleme. Beide wollten erst einmal in Berlin Fuß fassen.

5

Dachau, 1945

Meier hatte im Unterschied zu vielen anderen Leidensgenossen die Todesbaracke überlebt – das Meskalin hatte nur für eine tiefe Bewusstlosigkeit gesorgt. Und Meier überlebte auch die folgenden Monate in der KZ-Hölle. Er vermied alles, was ihn das Leben gekostet hätte. Er hielt sich an die zahlreichen Verbote der Lagerleitung, sprach mit anderen Häftlingen nie über Politik und nahm immer Haltung an, wenn ein Wachmann vorbeiging. Aber sein Überlebenswille ging nie so weit, dass er andere denunzierte oder gar mit den brutalen Kapos – den niederträchtigsten Schergen der SS – gemeinsame Sache machte. Er wollte in dieser Stätte des Martyriums seine moralischen Prinzipien nicht über Bord werfen und in dem Sumpf der Unmenschlichkeit nicht ertrinken.

Zu Meiers Überlebensstrategie gehörte auch, dass er den Kontakt zu anderen Häftlingen mied, er blieb ein Einzelgänger und vertraute sich keinem an, nicht einmal seinen Kameraden in dem überfüllten und stinkenden Schlafsaal, mit denen er den schimmelnden Strohsack teilte, der als Matratze diente. Er hatte es geschafft, eine Aufgabe als Läufer zu ergattern – so wurden die Boten genannt, die zwischen der Blockverwaltung, dem Postbüro, der Krankenstation und anderen Sektionen hin- und herpendelten Als Läufer genoss er relativ viele Freiheiten im

Unterschied zu den meisten Häftlingen, die ununterbrochener Zwangsarbeit ausgesetzt waren und unablässig mit Stiefeltritten und Knüppelschlägen traktiert wurden. Außerdem hatte seine Arbeit den Vorteil, dass er über die neuesten Neuigkeiten und Gerüchte außerhalb der KZ-Mauern informiert war, weil auch mancher SS-Mann verbotenerweise BBC hörte. Meier wusste also, dass an dem Sieg der Alliierten kein Zweifel bestand. Trotzdem weinte er vor Glück, als Ende April 1945 amerikanische Soldaten das Konzentrationslager befreiten.

Der Anblick der unzähligen Toten, nackt und dürr, die geschundenen Körper gestapelt wie Holz, führte den Soldaten, die Tod und Zerstörung gewohnt waren, vor Augen, wozu Menschen in der Lage waren. Die Überlebenden mit ihren glasigen Augen, leeren Blicken und ausgemergelten Körpern, die in völlig überfüllten Baracken eingepfercht vor sich hin vegetierten, litten an Ruhr, Tuberkulose und anderen Infektionskrankheiten im Früh- und Endstadium. Und dann der unbeschreibliche Verwesungsgeruch, der unbarmherzige Duft des Todes, der Leiden und der Folter.

Aber Meier, obwohl entkräftet, wollte seinen Befreiern jede Frage beantworten und ihnen jeden Winkel der Todesfabrik zeigen. Zunächst führte er sie zu den Unterkünften der Wachmannschaften, die im Unterschied zu den Häftlingen in einer anderen Welt lebten. Ihre Wohnungen waren auf den ersten Blick behaglich ausgestattet, es fehlte an nichts, nicht einmal an frischen Blumen in den Vasen. Doch beim näheren Hinsehen sah man Lampen aus tätowierten Hautstücken der Häftlinge und kleine Schrumpfköpfe in den Vitrinen. Spätestens bei diesem Anblick dachten nicht wenige G.I.s daran, mit den SS-Schergen kurzen Prozess zu machen, aber die düstere Führung war noch nicht zu Ende. Meier brachte die amerikanischen Offiziere auch zur einstöckigen Krankenstation, die etwas abseits gelegen war.

»Hier wurden Menschenversuche durchgeführt.«

Ein Sanitäter, der vor den Amerikanern nicht hatte fliehen können, bestritt das vehement.

»Es ist nur an Mäusen und Meerschweinchen experimentiert worden«, behauptete er dreist. »Manchmal auch an Rindern und Pferden, aber ...«

Meier fiel ihm ins Wort: »Lüge!« Nachdem er seit Langem auf diesen Augenblick gewartet hatte, führte er die Amerikaner zu einem hinteren Bau. Dort fanden sie eine funktionstüchtige Röntgenanlage und eine ausführliche Bibliothek mit zahlreichen Akten, in denen sich detaillierte Aufzeichnungen und Fotografien von den Menschenversuchen fanden. Die Regale waren voller Gefäße mit konservierten Körperteilen, alle fein säuberlich aufgereiht und katalogisiert. Nicht wenige G.I.s übergaben sich bei dem Anblick.

»Wer ist für dieses Schlachthaus verantwortlich?«, wollte ein Offizier mit stockender Stimme wissen, der noch bis an sein Lebensende mit diesen Bildern zu kämpfen haben würde.

Meier, der die Torturen in Dachau nur durchgehalten hatte, um eines Tages diese Frage beantworten zu können, gab bereitwillig Auskunft: »Dr. Stahl!«

6

Berlin, 1966

Thomas trat wie befohlen frühmorgens seinen Dienst bei Böhmer an, der ihm Instruktionen für seine neuen Aufgaben gab. Dass Thomas pünktlich war, hatte er der S-Bahn zu verdanken, obwohl Böhmer deren Benutzung verboten hatte. Auch der Berliner Senat forderte zum Boykott auf, aber vielen Leuten war der Geldbeutel näher als korrektes politisches Bewusstsein, zumal die Benutzung der langsamen Busse die Geduld auf eine harte Probe stellte.

Geduld musste auch Thomas aufbringen. Böhmer ließ ihn quasi verhungern. Anstatt ihm konkret zu erklären, welche Aufgaben auf ihn warteten, schickte er ihn erst einmal zur Materialstelle. Dort händigte man Thomas zunächst seine Dienstwaffe aus, eine Walther PPK. Dann einen Regenschirm mit eingebauter Kamera und eine kleine Minox samt Gebrauchsanweisung. Damit sollte er losziehen und Leute observieren.

Den Anfang machte ein betagter Schutzmann.

»Du heftest dich an ihn ran und lässt ihn nicht aus den Augen. Wenn der sich mit jemandem trifft, machst du ein Foto. Und jetzt voran!«, lautete der knappe Befehl von Böhmer.

»Kann ich ein paar Informationen über ihn haben?«, wagte Thomas zu fragen. »Was hat er sich denn zu Schulden kommen lassen?«

»Du sollst ihn observieren und keine Fragen stellen!«, kanzelte ihn Böhmer ab und zeigte auf die Tür. »Warte mal!«, rief er ihm hinterher.

Thomas, der auf dem Sprung war, sah ihn erwartungsvoll an. Würde doch noch eine Erklärung folgen?

»Warum kleben die Ulbricht-Briefmarken so schlecht? Weil die Leute auf die falsche Seite der Briefmarke spucken, hahaha! Und jetzt ab an die Arbeit.«

Thomas war genervt. Er wollte keine Witze hören, er wollte Erklärungen, Hintergründe. Für einen kritischen Geist wie ihn, der seine Arbeit hinterfragte, war Böhmers Verhalten mehr als enttäuschend. Er hatte kein Verständnis für seinen neuen Chef, der ihn wie eine Schachfigur behandelte. Es mochte undichte Stellen in der Abteilung geben, aber Thomas erwartete, dass man ihm vertraute. Er musste den misstrauischen Böhmer, der wohl überall einen Maulwurf witterte, einfach von seiner Zuverlässigkeit überzeugen.

Also tat er, was ihm aufgetragen worden war, und observierte den Schupo. Der machte einen sehr harmlosen Eindruck, stand den ganzen Tag auf seinem Podest in Sichtweite des neu errichteten Europa-Centers, auf dessen Dach ein mächtiger Mercedes-Stern thronte, und regelte den Verkehr wie ein Dirigent das Orchester. Die Umgebung war nett anzusehen, aber nach einer Weile fragte sich Thomas, worauf er bei der Observation überhaupt achten sollte. Auf Kontakte mit anderen Personen? Die gab es nicht, da der Polizist die ganze Zeit allein auf seinem Podest stand. Die Autos fuhren an ihm vorbei, keines hielt an, es gab überhaupt keine Möglichkeit einer Kontaktaufnahme. Nach vier Stunden wurde es Thomas zu blöd. Warum hatte ihm Böhmer diesen Auftrag gegeben? Wurde der Mann der Spionage verdächtigt oder der Korruption? Thomas' Ärger wuchs. Nur rumstehen und auf die Kreuzung starren wurde ihm zu viel. Er musste etwas tun, aber was? Vielleicht die Kamera am Regenschirm ausprobieren und den Schupo aufnehmen? Der Versuch scheiterte, weil der Mechanismus nicht funktionierte. Die Zeit zog sich endlos hin, und Thomas bekam Hunger. Aber die Currywürste und die fettigen Buletten, die in einem Imbiss um die Ecke angeboten wurden, reizten ihn nicht. Die Wampen seiner Kollegen, die sich offensichtlich nur von diesem Budenfraß ernährten, schreckten ihn ab. Gesünder erschien ihm die Lektüre einer Zeitung. Er zog aus einem Zeitungskasten eine *KLICK*, das auflagenstärkste Boulevardblatt Berlins. Doch schon die Schlagzeile stieß ihm übel auf. Da wurde gegen die langhaarigen Gammler gehetzt, die das Stadtbild verschandelten. Sie würden lieber Beatmusik hören, anstatt zu arbeiten. Thomas, der Rhythm & Blues liebte, beförderte das Blatt umgehend in den Abfalleimer und widmete sich wieder dem Schutzmann. Als dessen Ablösung kam, schrieb er einen äußerst unaufgeregten Bericht, den er spätnachmittags Böhmer vorlegte. Der las ihn zu seinem Erstaunen mit Interesse und machte sich eifrig Notizen. Thomas konnte nicht länger an sich halten und stellte eine Zwischenfrage.

»Gibt es Neuigkeiten in Sachen Maulwurf?«

Das war offensichtlich ein Fehler. Statt einer Antwort gab es von Böhmer einen neuen Auftrag. Thomas sollte als Nächstes einen Handelsvertreter für Alkohol-Zahncreme beschatten. Er wunderte sich nicht, dass er wiederum keine weiteren Informationen erhielt. Dennoch hakte er nach.

»Worauf soll ich denn bei dem Mann achten?«

»Du fährst ihm einfach hinterher und machst Fotos von seinen Kunden.«

Als Thomas auf den defekten Regenschirm hinwies, polterte

Böhmer los und schimpfte auf die technische Abteilung. »Dann eben keine Bilder. Schreib die Namen und Adressen der Kunden auf!«

Die Observation des Handelsvertreters, der mit der U-Bahn unterwegs war, hatte im Unterschied zu der des Polizisten den Vorteil, dass Thomas viel herumkam und Berlin als Stadt der Gegensätze kennenlernte.

In den Cafés am Ku'damm räkelten sich die ondulierten Witwen und spähten nach dem einen oder anderen Prominenten, der sich gelegentlich hier blicken ließ. Doch oft schlurften Invalide vorbei, die im Krieg Arme oder Beine oder beides verloren hatten und sich jetzt als Hausierer und Bettler durchschlugen. So mancher zog auch mit einem Leierkasten durch die Straßen und Höfe und versuchte so, seine karge Rente aufzubessern.

Am interessantesten aber fand Thomas die sogenannten Geisterbahnhöfe, ehemalige Haltestellen, die sich nach dem Mauerbau im Osten befanden. Die westlichen U-Bahnen fuhren zwar hindurch, durften aber nicht anhalten. Während sie langsam an den verlassenen und nur spärlich beleuchteten Bahnsteigen vorbeiglitten, konnte er die bewaffneten Ostgrenzer sehen. Thomas fand das alles sehr gespenstisch und konnte nachvollziehen, dass man von »Geisterbahnhöfen« sprach. Er erfuhr von einem BVG-Kontrolleur, dass die Ausgänge auf Ostberliner Seite zugemauert waren, um potenziellen Flüchtlingen aus dem Osten den Zugang zu den Bahnschächten zu verwehren und eine Flucht in den Westen zu verhindern.

Auch oberirdisch war die Teilung offensichtlich. Das pulsierende Herz Berlins, der Potsdamer Platz, schlug nicht mehr. Der in den Zwanzigerjahren verkehrsreichste Ort der Welt fristete jetzt das trostlose Dasein einer Ruine. Die nahe Grenzbefestigung hatte ihm den Todesstoß versetzt. Auch das Arbeiterviertel Kreuzberg mit seinen grauen Häuserfassaden, baumlosen Straßen und dunklen Hinterhöfen, bevölkert von Arbeitern und türkischen Gastarbeitern, verfiel von Tag zu Tag, während anderswo fleißig gebaut wurde, schließlich war im Krieg rund ein Drittel der Wohnungen und Häuser zerstört worden. Allerdings gab es auch angefangene Baustellen, auf denen seit Wochen die Arbeit ruhte. Thomas hatte von illegalen Bauspekulanten gelesen und ärgerte sich, dass er nicht bei der Kripo war, um gegen diese Subventionsbetrüger vorgehen zu können. Die kassierten zwar fleißig Bauförderungen, dachten aber nicht daran zu investieren. Stattdessen vergeudete er seine Zeit mit der Observation eines Mannes, der mit seiner Zahnpasta zig Läden aufsuchte. Und was die Suche nach dem Maulwurf anging, so lief auch sie gänzlich ohne ihn ab.

Als Thomas am nächsten Morgen das Büro seines Chefs betrat, um seinen Bericht abzugeben, wurde er von Rauchschwaden begrüßt. Böhmer hatte Besuch. Lopez kannte er schon, aber die beiden anderen Männer hatte er bisher noch nicht gesehen. Der eine, gut zwei Meter groß, fett und mit einem Brustkorb wie ein Bierfass, war eine furchteinflößende Gestalt in einem zerbeulten Anzug. Der andere war zwei Köpfe kleiner, dürr und steckte in feinem Zwirn. Böhmer dachte nicht daran, ihm die beiden vorzustellen. Er kam sogleich zur Sache.

»Da bist du ja endlich, wo warst du denn so lange?«

Thomas verstand die Hektik nicht, zumal er sogar fünf Minuten vor Dienstbeginn erschienen war. »Heute wird nicht observiert, wir brauchen dich anderweitig«, fuhr Böhmer fort. »Ein Kollege ist ausgefallen. Hast du Erfahrung mit Durchsuchungen?«

Thomas horchte auf. Das hörte sich nach richtiger Polizeiarbeit an.

»Natürlich, worum geht es konkret?«

»Keine Zeit für Erklärungen. Melde dich beim Kollegen Wagner, Büro 212.«

Trotz des Rauswurfs war Thomas Feuer und Flamme und suchte Wagner auf, der bereits auf ihn wartete. Im Dienstauto, einem dunklen Opel, ging es nach Charlottenburg. Wagner, der noch nach Schlaf roch, erwies sich als mundfaul, jedenfalls hielt auch er es nicht für nötig, Thomas mit Informationen zu versorgen. Irgendwann wurde es ihm zu blöd.

»Der Chef sprach von einer Durchsuchung?«

»Warte es ab, Kleiner.«

»Geht es nicht genauer?«, hakte Thomas nach, der sich nicht wie ein dummer Schuljunge abspeisen lassen wollte.

»Sag mal, du bist ja noch grün hinter den Ohren. Hast du überhaupt schon mal eine Wohnung durchsucht?«

»So frisch bin ich gar nicht, ich war bei der Düsseldorfer Kripo«, betonte Thomas, um klarzustellen, dass er kein Anfänger war.

»Warum bist du denn nach Berlin gekommen? Hier wohnen doch nur Witwen und Studenten.«

Wagners schroffe Art gefiel Thomas nicht, aber er sparte sich eine Antwort. So verlief der Rest der Fahrt schweigend. Erst als Wagner den Wagen gegenüber einem Altbau parkte, hielt er es für nötig, Thomas in den Einsatz einzuweisen.

»Wir warten jetzt, bis unser Mann aus dem Haus geht. Dann werden wir uns seine Wohnung vorknöpfen. Ich werde sein Radio unter die Lupe nehmen, um zu sehen, ob es präpariert ist und er Signale empfangen kann.«

Thomas fragte sich, ob der Einsatz etwas mit dem Maulwurf zu tun hatte. Er musste Wagner zum Reden bringen.

»Könnten Sie mir nicht auf die Sprünge helfen? Ich lerne

gerne hinzu, vor allem von einem erfahrenen Beamten, wie Sie es sind!«

Seine Taktik verfing bei Wagner, der sich gebauchpinselt fühlte.

»Dann hör mir genau zu, Kleiner. Wir wissen, dass die Amis hier in der Nähe verdächtige Signale geortet haben. Daraufhin haben wir die Bewohner näher unter die Lupe genommen und sind auf den Kollegen Caspari gestoßen. Er ist der einzige Polizist, der hier im Haus wohnt.«

»Caspari? Heißt so nicht der Beamte, der die Vorstellungsgespräche führt?«

»Richtig. Wäre möglich, dass er unser Maulwurf ist.«

»Verstehe!«

Im nächsten Moment ging die Tür auf, und eine etwa vierzigjährige Frau verließ das Haus.

»Seine Ehefrau. Sie geht immer vor ihm zur Arbeit, damit sie die S-Bahn kriegt.«

»Caspari ist also schon mal observiert worden?«

»Nicht von uns. Ich habe die Information von den Heinis vom Verfassungsschutz.«

»Sind die auch hier?«, wunderte sich Thomas, der sich über die Arbeitsteilung zwischen politischer Polizei und Verfassungsschutz nicht im Klaren war.

»Glaube nicht.«

»Warum durchsuchen die nicht die Wohnung?«

»Das ist Polizeiarbeit ... Da ist er!«

Thomas sah, wie Caspari, eine Aktentasche unter den Arm geklemmt, hektisch aus dem Haus trat. Wagner ließ ihn zunächst die Straße überqueren, bevor er ausstieg. Thomas folgte ihm brav und war gespannt, wie sein Kollege vorgehen würde.

»Kriegst du sie auf?«, fragte Wagner mit Blick auf die Haustür. Das ließ sich Thomas, ein Meister im Lockpicking, nicht zweimal sagen. Um das Zylinderschloss zu öffnen, benutzte er die Technik des Setzens. Dazu benötigte er zwei kleine Werkzeuge, die er immer dabeihatte. Zunächst setzte er den Spanner in den oberen Bereich des Schlosses ein, um die Verriegelungsmechanik zu bewegen und in Spannung zu halten. Dann führte er den Hook ein und drückte die Sperrelemente, oder auch Stifte, mit viel Fingerspitzengefühl einzeln herunter. In wenigen Sekunden war das Schloss geöffnet. Das nötigte sogar seinem ansonsten mürrischen Kollegen Respekt ab.

»Nicht schlecht, Herr Specht!«

Die beiden eilten die Holztreppe nach oben. Es knarrte unüberhörbar. Caspari wohnte auf der zweiten Etage. Wieder brauchte Thomas nur wenige Sekunden, um sich Einlass zu verschaffen. In der Wohnung widmete sich Wagner sofort dem Radio.

»Mal sehen, ob Kollege Caspari in Richtung Osten funkt.«

»Und was mache ich?«

»Keine Ahnung. War sowieso nicht meine Idee, dass du mitkommst.« Der Kollege konnte seine bärbeißige Art einfach nicht ablegen. Thomas nervte das, zumal Wagner noch einen draufsetzte: »Du kannst dich doch nützlich machen. Hol mir mal einen Ascher!«, befahl er und steckte sich eine Zigarette an.

»Ich würde hier nicht rauchen«, riet Thomas mit Blick auf den Aschenbecher.

»Warum das denn?«, fragte Wagner, der soeben mit einem Schraubendreher die Abdeckung des Radios entfernte.

»Es sieht so aus, als ob Caspari Pfeife raucht … Ihm würde eine Zigarettenkippe auffallen.« Thomas zeigte auf einige Pfeifen, die neben dem Aschenbecher lagen.

»Spielst du hier Sherlock Holmes, oder was?«, entgegnete Wagner lachend und nahm einen langen Zug von seiner Zigarette. Thomas ärgerte sich über die ignorante Antwort. Anstatt für Wagner den Aschenbecher zu holen, ging er ans Fenster. Er hatte ein ungutes Gefühl bei diesem Einsatz.

»Was ist mit dem Aschenbecher, verdammt?«

»Ich stehe lieber Schmiere.«

»Überflüssig, Caspari muss zum Dienst.«

»Offenbar nicht. Der kommt gerade zurück!«, warnte Thomas mit Blick auf die Straße. Er sah, wie Caspari die Fahrbahn überquerte und sich dem Haus näherte.

»Was? Sicher?«

»Weg hier!«, mahnte Thomas.

Hastig drückte Wagner die Zigarette aus, schraubte die Abdeckung des Radios behelfsmäßig an und eilte dann mit Thomas aus der Wohnung. Aber der Weg nach unten war versperrt, weil Caspari gerade den Hausflur betrat. Thomas zeigte geistesgegenwärtig nach oben, und Wagner verstand. Sie eilten leise die Treppe zur höher liegenden Etage hinauf und warteten ab, bis Caspari in die Wohnung ging.

»Wenn er Ihre Zigarette riecht, haben wir ein Problem!«

»Ach was«, winkte Wagner ab und wollte über die Treppe nach unten. In diesem Moment wurde die Wohnungstür aufgerissen. Caspari trat mit gezückter Pistole in das Treppenhaus. Als er Wagner sah, fackelte er nicht lange und schoss. Wagner taumelte zu Boden, während Caspari das Treppenhaus hinunterhetzte. Thomas ließ ihn laufen und wollte sich um seinen Kollegen kümmern, doch das Einschussloch mitten in Wagners Stirn ließ keine Interpretationen zu, zumal kein Puls mehr zu fühlen war. Da Thomas ihm nicht mehr helfen konnte, eilte er durch das Treppenhaus nach unten. Er musste Caspari stellen! Der lief seinerseits in eine leere Nebenstraße und rannte, gefolgt von Thomas, über ein Trümmergrundstück.

In den nächsten Minuten lieferten sich die beiden eine wilde Verfolgungsjagd, die sich über Hinterhöfe und halb zerbombte Häuser erstreckte. Thomas ließ sich nicht abschütteln. Er riss Leinen mit flatternder Wäsche nieder, kletterte über Mauern und Mülltonnen und überwand ein Hindernis nach dem anderen, sogar eine lebendige Kuh, die ihm den Weg versperrte.

Doch dann schien die wilde Hatz ein Ende zu haben. Caspari, der rund fünfzig Meter vor ihm um die Ecke gebogen war, schien plötzlich wie vom Erdboden verschluckt. Thomas sah sich hektisch um, entdeckte ihn jedoch nirgends. Er konnte sich das nicht erklären, denn die Straße war menschenleer. Thomas zweifelte schon an seinem Verstand, da entdeckte er etwas, was ihm verdächtig vorkam. Das Gitter eines Notausstiegs der U-Bahn war ein wenig verschoben. Es führte direkt zum U-Bahn-Schacht.

Thomas stieg vorsichtig die steilen Eisenstufen hinab. Unten angekommen, strömte ihm warme, stickige Luft entgegen. Es roch nach Schmierfett und heißem Staub. Wo war Caspari?

Die Antwort gaben hallende Schritte aus dem Untergrund. Thomas wagte sich in die Dunkelheit, orientierte sich an den schwachen Positionslichtern an den Wänden, die karges Licht spendeten. Immer tiefer drangen die beiden Männer in den Tunnel. Sie schoben die Tatsache beiseite, dass jederzeit eine U-Bahn heranrasen könnte. Thomas war froh, als nach einer Biegung eine Haltestelle auftauchte. Caspari, der einen Vorsprung von gut zwanzig Metern hatte, sprang auf den sicheren Bahnsteig. Wenige Sekunden später fuhr von der entgegengesetzten Richtung eine U-Bahn ein. Thomas verschärfte sein Tempo, um Caspari am Einsteigen zu hindern. Doch der ignorierte die

Bahn am Gleis gegenüber und sprang wieder in den Tunnel. Die auf dem Bahnsteig wartenden Fahrgäste sahen ihm kopfschüttelnd hinterher. Thomas fragte sich nach dem Sinn dieser Aktion und dachte scharf nach. Hier fuhr die U8. Die nächste Haltestelle war Bernauer Straße, ein Geisterbahnhof, der im Osten lag. Schlagartig wurde Thomas Casparis Plan bewusst. Er wollte offensichtlich nach Ostberlin flüchten!

Thomas entschloss sich, Caspari abzufangen, bevor er den sicheren Ost-Bahnhof erreichte. Es war eine paradoxe Situation, weil normalerweise die Menschen vom Osten in den Westen flohen.

»Geben Sie auf! Es hat doch keinen Sinn! Sie werden mich nicht los!«, schrie Thomas, während er weiterlief. Statt einer Antwort hörte er das Keuchen des Gejagten. Wenn jetzt hinter uns eine U-Bahn kommt, sind wir beide erledigt, schoss es Thomas durch den Kopf. Und dann hörte Thomas es zweimal laut knallen, sah Mündungsfeuer. Instinktiv zog er den Kopf ein, dachte aber nicht daran umzukehren.

In etwa fünfzig Metern Entfernung wurde es wieder heller. Der Geisterbahnhof kündigte sich an. Obwohl Thomas inzwischen schwer pumpte, legte er noch an Tempo zu. Er musste den Mörder seines Kollegen stellen, bevor er den Ostberliner Geisterbahnhof erreichte.

Als Caspari merkte, dass Thomas immer näher kam und er den rettenden Bahnsteig nicht erreichen würde, bog er in einen seitlichen Stollen. Thomas blieb kurz stehen, rang nach Luft und entschied sich, das Risiko auf sich zu nehmen und sich in das dunkle Loch zu wagen. Bereits nach wenigen Metern sah er buchstäblich schwarz. Vorsichtig tappte er voran. Irgendwo hier lauerte Caspari. Fiependes Keuchen ertönte. Jemand kam auf ihn zu. Instinktiv riss Thomas den rechten Fuß hoch, in der Hoffnung, den Angreifer abzuwehren. Volltreffer. Thomas machte einen Schritt zurück, wurde aber von einer Stange am Arm getroffen. Sein Gegner hatte sich offenbar wieder aufgerappelt. Trotzdem entschloss sich Thomas, alles auf eine Karte zu setzen, und startete einen Gegenangriff. Es stürzte sich einfach nach vorne und brachte den Angreifer zu Boden. Beide Männer rangen in völliger Dunkelheit miteinander. Thomas' Schulter schmerzte, dann spürte er Casparis Hände, die sich um seinen Hals schlossen und zudrückten. Seine Kräfte schwanden, er bewegte sich schon auf der Verliererstraße. Mit letzter Kraft gelang es ihm, seine PPK aus dem Gürtelholster zu ziehen und gegen Casparis Hals zu drücken. Der verstärkte seinen Würgegriff. Thomas zögerte kurz, dann drückte er zwei Mal ab. Casparis Todesschrei gellte durch die Dunkelheit.

Blut rieselte auf Thomas' Gesicht. Mit letzter Kraft schob er den Torso zur Seite, steckte die Waffe zurück ins Holster und kroch aus dem Schacht. Er musste hier weg. In Sicherheit war er noch lange nicht, denn vom Bahnsteig leuchtete ein DDR-Grenzer herüber.

»Halt! Stehen bleiben!«

Thomas dachte nicht daran. Er lief zurück in den Tunnel, rannte, wie er noch nie in seinem Leben gerannt war. Zu spät bemerkte er, dass ihm eine U-Bahn entgegenkam. Die Lichter blendeten Thomas, der sich zur Seite fallen ließ. Der Luftzug der Bahn streifte seine Wange, dann wurde es um ihn herum dunkel.

7

Thomas wachte auf und sah in zwei mandelförmige braune Augen. Träumte er? Nein. Sie gehörten einer jungen Frau, die offensichtlich aus Asien stammte. Sie trug einen weißen Kittel. Das Stethoskop um den Hals wies sie als Ärztin aus. »Wo bin ich?«, fragte Thomas mühsam. Er fühlte sich wie durch den Fleischwolf gedreht. Seine Schulter und sein Hals schmerzten, und der Schädel drohte ihm zu platzen.

»Sie sind im Krankenhaus«, erklärte die junge Ärztin mit sanfter Stimme und ohne einen fremden Akzent. »Ich bin Dr. Linh. Alles in Ordnung?«

Thomas brauchte eine Weile, um die Situation einordnen zu können. Das Letzte, woran er sich erinnern konnte, war die U-Bahn, die auf ihn zugerast war.

»Bin ich überfahren worden?«

»Zum Glück nicht. Die Bahn hat Sie nur gestreift. Aber Sie sind auf dem Boden aufgeschlagen und haben das Bewusstsein verloren.«

Thomas starrte auf seine Hand, die verbunden war.

»Ihre Hand musste genäht werden. Ist nicht weiter schlimm. In ein paar Tagen ziehe ich Ihnen die Fäden, dann ist alles gut.«

»Muss ich so lange hierbleiben?«

»Das wäre mir lieber. Es besteht der Verdacht einer Gehirnerschütterung.«

Thomas rappelte sich vorsichtig hoch.

»Ich passe schon auf mich auf.«

»Legen Sie sich besser wieder hin. Wenn Sie gehen, dann auf eigene Gefahr.«

»Schon gut, Doktor. Sagen Sie mir, wer hat mich im Tunnel gefunden?«

»Der U-Bahnfahrer hat sofort den Zug gebremst. Er dachte, er hätte Sie überfahren, aber dann stellte er erleichtert fest, dass Sie noch lebten.«

»Glück gehabt ...«

Thomas reichte ihr die Hand.

»Danke für alles. Wissen Sie, ich bin Polizist, und ich war sozusagen dienstlich im Tunnel ...«

Er unterbrach sich. Plötzlich musste er an den Einsatz denken. Wie in einem Film tauchten Bilder vor ihm auf: Caspari erschießt Wagner. Wagner liegt tödlich getroffen vor ihm. Thomas jagt Caspari durch den Tunnel. Ein Kampf auf Leben und Tod im dunklen Schacht. Sein Finger am Abzug der Dienstwaffe.

Thomas schloss die Augen. Ihm wurde zum ersten Mal klar, dass er einen Menschen erschossen hatte. Er wankte bei dem Gedanken, ihm wurde schwindlig, was der besorgten Ärztin nicht entging.

»Sie bleiben besser hier.«

»Es war Notwehr«, antwortete Thomas abwesend. Als er die Augen öffnete und in das irritierte Gesicht der Ärztin sah, versuchte er, sich zusammenzureißen. »Entschuldigen Sie, Frau Doktor, schon gut.«

»Wir wissen, dass Sie Polizist sind, Herr Engel, wir haben in Ihrer Tasche Ihre Dienstmarke, Ihre Waffe und den Ausweis gefunden. Vor einer Stunde hat ein Herr Böhmer angerufen, ich glaube, er ist Ihr Chef.«

Thomas nickte abwesend. Böhmer hatte bestimmt tausend Fragen.

»Ich würde mich dann gerne anziehen, wenn es möglich wäre.«

»Ihre persönlichen Sachen befinden sich in einer Tüte im Schrank, aber alles ist voller Blut …«

»Das macht nichts. Ich werde sie nachher wechseln. Ich muss jetzt ins Präsidium.«

Ohne ihre Antwort abzuwarten, stand er auf, doch auf dem Weg zum Schrank schwankte er wie ein Betrunkener und musste von Dr. Linh gestützt werden.

»Man erreicht das Ziel nur, wenn man geradeaus schreitet, sagt man bei uns in Vietnam«, erklärte sie schmunzelnd.

Thomas nahm ihre Hilfe gern in Anspruch und begann, sich anzuziehen.

»Sie stammen aus Vietnam?«

»Ja, aber ich habe in Bonn Medizin studiert.«

Trotz ihrer Hilfe merkte er, dass er sich kaum mehr auf den Beinen halten konnte. Seine Knie waren weich wie Gummi.

»Sie brauchen dringend Bettruhe«, mahnte sie.

»Ich will aber nicht im Krankenhaus liegen. Ich kann mich doch auch zu Hause ausruhen.«

»Na ja, besser, als wenn Sie zur Arbeit fahren.«

Das hatte Thomas jetzt ohnehin nicht mehr vor. Ihm war nicht danach, seinem Chef Rede und Antwort zu stehen. Umso größer seine Enttäuschung, als die Tür aufging und Böhmer höchstpersönlich das Krankenzimmer betrat.

»Regierungsdirektor Böhmer, ich muss mit dem Mann sprechen«, machte er der Ärztin klar, die ihn kritisch beäugte.

»Herr Engel ist nicht vernehmungsfähig«, antwortete sie mit fester Stimme.

»Schon gut, Doktor, ich kann meinem Chef einen kurzen Bericht erstatten«, meinte Thomas beschwichtigend.

Widerwillig verließ sie das Krankenzimmer.

Thomas setzte sich auf das Bett und legte los. Er schilderte, so gut er konnte, den Ablauf des Einsatzes. Zu seinem Erstaunen wurde er von Böhmer, der aufmerksam zuhörte und sich Notizen machte, kein einziges Mal unterbrochen. Er ließ Thomas zu Ende erzählen.

»Bist du sicher, dass Caspari tot ist?«

»Sehr sicher.«

Bevor Böhmer zu einer weiteren Frage ansetzen konnte, tauchte die Ärztin wieder auf und tippte stumm mit dem Zeigefinger auf ihre Armbanduhr. Böhmer sah aus, als wollte er ihr seinen Unmut darlegen, doch ihr strenger Blick schien ihn eines Besseren zu belehren.

»Na schön, ich habe ja alles notiert. Melde dich, wenn du wieder einsatzfähig bist.«

Grußlos verließ er den Raum. Ein paar persönliche Worte, wie ein »Wie geht's dir?« oder »Gute Besserung«, waren ihm nicht über die Lippen gekommen.

»Und jetzt möchte ich heim. Dort kann ich mich am besten erholen«, verkündete Thomas der immer noch skeptisch dreinblickenden Ärztin.

Als Peggy spät am Abend von der Arbeit heimkam und den lädierten Thomas im Bett vorfand, bekam sie einen Schreck. Sie kümmerte sich sofort um ihn, kochte ihm einen Tee und schmierte ihm ein Butterbrot. Natürlich wollte sie wissen, was passiert war, aber Thomas' Erschöpfung ließ das nicht zu. Er schlief in ihren Armen ein.

Am nächsten Morgen fühlte er sich fit genug, um Peggy alles

zu erzählen. Er ließ nichts aus, schilderte mit bewegten Worten den Tod seines Kollegen vor seinen Augen, beschrieb die Verfolgung durch den U-Bahn-Tunnel, die ihr dramatisches Ende unweit des Geisterbahnhofs fand.

»Ich musste schießen, Peggy, er hätte mich sonst umgebracht!«

Peggy, die gebannt zugehört hatte, zeigte absolutes Verständnis für sein Verhalten.

»Du hast richtig gehandelt, Liebling, außerdem war dieser Kerl ein Mörder.«

Ihre Worte taten ihm gut. Er hatte in Notwehr gehandelt. Nein, er hatte sich nichts vorzuwerfen.

8

Dachau, 1945

Dr. Stahl war sich vollkommen darüber im Klaren, dass die Amerikaner nach ihm fahndeten. Seine langjährige SS-Mitgliedschaft bildete dabei gar nicht das Hauptproblem. Es war seine Forschungsarbeit im Konzentrationslager, die ihm den Kopf kosten würde. Für ihn waren die Experimente, die er durchgeführt hatte, immer noch Forschung, die man sachlich und nach rein wissenschaftlichen Kriterien zu beurteilen hatte. Es herrschte Krieg, und es mussten schnelle Resultate erzielt werden, insofern konnte man mit Versuchen an Mäusen und anderen Tieren keine Zeit vergeuden. Davon abgesehen: Wie sollte man an Tieren wirksame Verhörmethoden erproben? Auch die anderen, tödlich verlaufenen Versuche, wie beispielsweise in der Unterdruckkammer, konnten nur mit Menschen durchgeführt werden, wollte man deutsche Piloten retten.

Dr. Stahl sah sich nicht als Kriegsverbrecher. Da er auf keinen Fall in die Hände der Alliierten fallen wollte, fasste er einen makabren Plan. Er verkleidete sich als KZ-Häftling und schloss sich einem der vielen Trecks der Flüchtlinge an. Und es gab zahlreiche Menschen, die nach dem Platzen des großdeutschen Traums ihr Heil in der Flucht im Westen suchten, viele mit Pferdefuhrwerken, manche schoben Handkarren mit ihrem Hab und Gut. Dazwischen waren immer wieder heimkehrende

Wehrmachtssoldaten in abgerissenen Uniformen zu sehen. Das Gedränge war groß und kam Dr. Stahl zugute, der hoffte, inmitten der Menschenmassen unerkannt nach München zu gelangen. Von dort aus wollte er mit seiner Ehefrau über die grüne Grenze nach Österreich und dann weiter nach Genua in Italien fliehen. In der Hafenstadt würde er Gesinnungsgenossen treffen, die ihm eine Flucht nach Südamerika organisieren konnten. Um nicht aufzufallen, hatte er sich die blonden Haare abrasiert. Seinen verräterischen Schmiss versuchte er, durch einen Verband zu bedecken. Natürlich hatte er sich sämtlicher verräterischer Dokumente entledigt. Hungern brauchte er nicht, da er an den Sammelstellen, die für die Flüchtlinge organisiert wurden, etwas Warmes zu essen bekam.

Dr. Stahls Befürchtungen hatten sich indes bewahrheitet: Die Alliierten fahndeten nach ihm, da er als einer der meistgesuchten Ärzte des Dritten Reiches galt. Die erste Straßenkontrolle ging glimpflich für ihn aus. Die amerikanischen Soldaten überprüften nur stichprobenartig die Papiere der Flüchtlinge und winkten ihn als KZ-Häftling durch. Doch bei der nächsten Kontrolle sah das anders aus. Diesmal nahmen die Soldaten keine Stichproben, sondern überprüften jede Person. Dr. Stahl reihte sich in die lange Schlange der Wartenden ein und überlegte fieberhaft, wie er der Kontrolle entgehen könnte. Als er unter den Wartenden einen hageren, etwa gleichaltrigen Mann in gestreiftem KZ-Drillich mit aufgenähtem gelbem Stern sah, der ein Blatt Papier aus einem Leinenbeutel holte, kam ihm eine Idee.

»Kamerad, meine Beine machen nicht mehr mit. Kannst du mir helfen?«, fragte er den Fremden mit schmerzverzerrtem Gesicht. Natürlich war der Mann bereit und bot dem vermeintlich Notleidenden seine Schulter zum Anlehnen an. Mit seiner Hilfe humpelte Dr. Stahl zum Straßenrand, wo er sich auf einen Stein setzte. Währenddessen marschierten Dutzende von Flüchtlingen an ihnen vorbei.

»Danke, Kamerad, ich bin so erschöpft …«

»Ruh dich ruhig aus«, sagte der Fremde und nahm neben ihm Platz.

»Wenn ich an meine Frau und Kinder denke … Wie wir aus den Waggons stiegen. Sie musste mit den Kindern nach rechts, ich nach links … Und wenig später waren sie zu Asche geworden. Warum? Ich begreife es nicht, warum ich überlebt habe, Kamerad …«, sinnierte Dr. Stahl, während er auf das Blatt schielte, das der Fremde noch immer in der Hand hielt.

»Mir geht es auch nicht anders. Ich hoffe bloß, dass diese Verbrecher dafür büßen müssen.«

»Was ist das für ein Papier? Eine Bescheinigung?«

Der Fremde nickte. »Ein Auszug aus der Entlassungsliste mit meinem Namen.«

Nach diesen Worten glaubte Dr. Stahl die Lösung für sein Problem gefunden zu haben. Die lag in einer Spritze und Ampulle, die er aus seiner Tasche herausholte.

»Es ist Zeit für mein Medikament«, erklärte Dr. Stahl, während er die Spritze auffüllte.

»Bist du Arzt?«, fragte ihn der Kamerad noch, dann bohrte sich die Spritze unvermittelt in dessen Unterarm. Der wusste zunächst gar nicht, wie ihm geschah. Er wollte um Hilfe schreien, aber Dr. Stahl beugte sich über ihn und hielt ihm den Mund zu, bis das Gift binnen Sekunden seine tödliche Wirkung erzielte. Die vorbeiziehenden Menschen hatten keine Augen für die beiden Männer am Straßenrand. Nachdem Dr. Stahl sich vom Tod des Fremden überzeugt hatte, lehnte er den leblosen Körper an einen Baumstumpf, so als wollte er ihn schlafen legen. Das Gift hatte er ursprünglich für sich aufgespart, um einer drohenden Verhaftung zu entgehen, aber so machte es mehr Sinn.

Mit den Papieren des ermordeten Mannes in der Tasche – er hieß Heinz Beckmann und kam aus München – konnte er nun gefahrlos jede Kontrolle passieren. Dass er die Identität eines Juden angenommen hatte, fand er makaber, aber doch amüsant.

Der Jude hat doch tatsächlich mein Leben gerettet, dachte er und musste lachen.

Als er am nächsten Tag die ersten Vororte von München erreichte, fiel ihm ein Stein vom Herzen. Er konnte es kaum erwarten, seine Ehefrau wiederzusehen und mit ihr die weiteren Schritte zu planen. Gerade als er eine Straße überqueren wollte, fuhr ein amerikanischer Jeep heran.

»Darf ich Ihnen helfen?«, fragte ein schwarzhaariger Armeeoffizier in akzentfreiem Deutsch.

»Das ist nicht nötig, Herr Offizier, haben Sie vielen Dank«, wehrte Stahl ab.

»Haben Sie es noch weit? Wir können Sie mitnehmen!«

Der Offizier stieg aus und legte fürsorglich den Arm um den vermeintlichen KZ-Häftling.

»Ach, den Rest schaffe ich schon zu Fuß.«

Doch der Offizier blieb hartnäckig, und Dr. Stahl hatte ein Problem, ihn loszuwerden.

»Es sind einige Unverbesserliche unterwegs, die es immer noch auf Juden abgesehen haben. Wo wollen Sie denn hin?«

»Zu einem Kameraden, nicht weit von hier, ich schaffe es schon.«

»Einem Kameraden?«

»Ja, einem Freund, der mir sehr geholfen hat.«

Der Offizier schien ihm die Lüge abzukaufen, jedenfalls reichte er ihm die Hand und verabschiedete ihn mit den Worten: *»Hacha bebkasha. Nickach youto barkab!«*

Das musste Hebräisch sein. Damit hatte Dr. Stahl nicht gerechnet, er verstand die Worte nicht, wusste auch nicht, was er sagen sollte. Deswegen nickte er verlegen und setzte seinen Weg fort. Aber dann hörte er erneut den Offizier rufen.

»Lo habant shoot?«

Dr. Stahl drehte sich zögernd um und musste feststellen, dass der Offizier ihn fixierte.

»Sie können kein Hebräisch?«, fragte der streng und ging auf ihn zu.

»Nein, ich habe es nie gelernt …«

»Und der gelbe Stern?«

»Meine Eltern, wissen Sie …«

Er kam nicht weiter. Mit einem Handgriff entfernte der Offizier den Verband um Dr. Stahls Kopf. Von einer Wunde war da keine Spur, und der Schmiss war jetzt nicht zu übersehen.

»Sie wollen ein Jude sein?!«

»Doch, doch. Aber ich … ich kann kein Hebräisch.«

»Shut up!«, fuhr ihm der Offizier wütend ins Wort. »Sie sind also wirklich ein Jude? Dann lassen Sie mal sehen. Hose runter!«

Dr. Stahl schüttelte den Kopf. Auf keinen Fall würde er sich vor dem offensichtlich jüdischen Offizier erniedrigen. Sein Spiel war aus.

9

Berlin, 1966

Thomas, wieder erholt, hatte sich in Böhmers Büro eingefunden. Dort traf er erneut auf die drei Männer, denen er vor seinem Einsatz bei Caspari begegnet war. Lopez kannte er schon. Der großgewachsene Mann hieß McNeil und war laut Böhmer ein Kollege von Lopez. Beim dritten im Bunde, einem gewissen Werner Hetzel, handelte es sich um einen Mitarbeiter des Verfassungsschutzes.

»Jetzt erzähl mal der Reihe nach, was passiert ist«, forderte Böhmer Thomas auf.

Thomas räusperte sich, dann lieferte er einen präzisen Bericht über den tödlich verlaufenen Einsatz. Kaum hatte er geendet, begann Böhmer mit einer Befragung, die Thomas einem Verhör gleichzukommen schien.

»Wo warst du, als Caspari das Feuer eröffnete?«

»Direkt hinter dem Kollegen Wagner.«

»Warum hinter ihm?«

»Das hatte sich so ergeben.«

»Oder hast du ihn absichtlich vorgeschickt?«

Thomas ärgerte sich über diese Unterstellung. »Als Schutzschild oder was? Das ist doch absurd.«

»Und warum hast du nicht sofort auf den Flüchtenden geschossen?«

»Weil ich zunächst nach dem Kollegen geschaut habe. Aber das habe ich doch schon gesagt!«

»Bist du dir absolut sicher, dass Caspari tot ist?«

»Ja.«

»Und Kollege Wagner soll in der Wohnung geraucht haben? Das halte ich für sehr unwahrscheinlich. Bestimmt hast du dir eine angesteckt!«

»Ich bin Nichtraucher. Fragen Sie sich lieber, warum Caspari zurückgekommen ist. Hat ihn vielleicht jemand gewarnt?«

»Er hatte vermutlich etwas vergessen oder ist misstrauisch geworden«, erklärte Böhmer und wandte sich an Hetzel: »Oder er hat einen Ihrer Männer auf der Straße entdeckt. Die sind in Sachen Observation nicht gerade unauffällig.«

»Auf meine Kollegen lasse ich nichts kommen! Davon abgesehen waren die nicht mal vor Ort«, winkte Hetzel ab und knöpfte sich nun seinerseits Thomas vor: »Hast du Caspari eigentlich gekannt?«

»Ich hatte mit ihm ein Einstellungsgespräch.«

»Aha«, kommentierte Hetzel vielsagend und brachte Thomas damit in Harnisch.

»Zweifeln Sie etwa an meinen Angaben? Glauben Sie, ich habe mir das alles ausgedacht?«

Hetzels flache Hand sauste klatschend auf den Tisch.

»Für Glaubensfragen ist die Kirche zuständig. Ich halte mich an Fakten. Und Fakt ist, dass du einen wichtigen Ost-Agenten erschossen hast, obwohl wir ihn lebend wollten!«

»Genau!«, gab ihm Böhmer recht und steckte sich eine neue Zigarette an. Thomas reichte es. Erst die unverschämten Fragen, dann der unerträgliche Rauch. Er brauchte frische Luft, also öffnete er einfach ein Fenster.

»Mach das Fenster zu!«, befahl Böhmer.

Thomas ignorierte die Aufforderung und ging seinerseits in die Offensive.

»Ich würde sehr gerne wissen, was sich hinter dem Fall verbirgt. Warum sollten wir Casparis Wohnung durchsuchen?«

»Du hast hier keine Fragen zu stellen«, wies ihn Böhmer zurecht. Damit war er bei Thomas auf der ganz falschen Schiene.

»Ich habe in Notwehr einen Menschen erschossen, und da soll ich keine Fragen stellen?«

»Vielleicht hast du ihn gar nicht erschossen. Vielleicht hast du ihn ja laufen lassen?«, mischte sich plötzlich Lopez ein, der den bisherigen Wortwechsel aufmerksam verfolgt hatte. Thomas platzte endgültig der Kragen.

»Das ist eine infame Unterstellung! Dieser Kerl hat meinen Kollegen vor meinen Augen erschossen, und ich habe ihn unter Lebensgefahr verfolgt!«

Sein Wutausbruch war heftig, aber Lopez schien davon unbeeindruckt. Er steckte sich gelassen ein Zigarillo an. Böhmer jedoch glaubte, seinem alliierten Verbindungsoffizier beistehen zu müssen.

»Reiß dich zusammen, Junge, du vergisst wohl, mit wem du es zu tun hast.«

»Mir ist es egal, mit wem ich es zu tun habe«, gab Thomas aufgebracht zurück. »Ich lasse mich nicht als Lügner hinstellen!«

Wieder schaltete sich Hetzel ein.

»Kann es sein, dass du kurz vor dem Einsatz mit einem anderen Kollegen aus der Abteilung gesprochen hast?«

Bevor Thomas darauf antworten konnte, sprang Böhmer ihm unerwartet bei.

»Wollen Sie etwa behaupten, Kollege Hetzel, dass jemand von meinen Leuten Caspari gewarnt haben könnte?«

»Na ja, Caspari war schließlich Polizeibeamter«, bemerkte Hetzel süffisant.

Jetzt drohte Böhmer der Kragen zu platzen.

»Was wollen Sie damit sagen? Dass die Berliner Polizei von Spionen verseucht ist? Kehren Sie doch erst einmal vor Ihrer eigenen Tür!«

Ehe Hetzel darauf etwas erwidern konnte, mischte sich McNeil ein. Es war das erste Mal, dass Thomas ihn reden hörte.

»*Shut up*, Gentlemen! *Shut up!* Wisst ihr, was die Sowjets mit Überläufern machen?« McNeil drückte seine Zigarette mit dem Fuß auf dem Parkett aus. »Sie fahren mit ihnen ins Stahlwerk und werfen sie in den Hochofen! Spione und Verräter brennen schnell.«

Böhmer und Hetzel nickten betreten. Je lauter McNeils Stimme wurde, desto tiefer versanken die beiden in ihren Sesseln.

»Caspari war der Maulwurf. Sein Radio war manipuliert. Er hatte Funkkontakt mit den Kommunisten. In seiner Wohnung haben wir weiteres Beweismaterial gefunden, unter anderem Mikrofilme. Außerdem hat sich seine Frau rechtzeitig nach Ostberlin abgesetzt. Wir wollen hoffen, dass er tot ist.«

McNeil hatte sich richtiggehend in Rage geredet.

»Er ist tot, Sir«, bekräftigte Thomas.

»Zu dir komme ich gleich noch«, wies ihn McNeil zurecht, ehe er sich wieder an Böhmer und Hetzel wandte. »Wir wissen nicht, welche Informationen er den Sowjets geliefert hat. Wir haben schon einen unserer wichtigsten Männer durch ihn verloren. Gromek war Chefdolmetscher, er hat uns mit brisanten Dossiers versorgt. Was glaubt ihr, wie unser Stadtkommandant über diese Panne denkt? Wofür beschützen wir euch, wenn ihr uns hintenrum in den Arsch fickt?«

Thomas, der sich über die drastische Wortwahl des Mannes wunderte, war trotzdem nicht eingeschüchtert. Er wollte jetzt endlich mehr über die Hintergründe des Einsatzes in Erfahrung bringen.

»Sir, habe ich Sie richtig verstanden, dass Caspari der sogenannte Maulwurf war?«

McNeil wandte sich an Thomas, dachte aber nicht daran, ihm zu antworten.

»Okay, und jetzt zu dir, Engel! Ich habe deine Story gehört. Du wirst sie noch mal erzählen, aber nicht hier.«

»Wir haben mit den beiden Gentlemen noch einiges zu besprechen«, mischte sich nun Lopez ein und deutete auf die Tür. »Du kannst gehen, jemand wartet draußen auf dich.«

Thomas sah fragend zu Böhmer, der den Blick auf den Boden gerichtet hatte. Offensichtlich hatten die beiden Amerikaner das Kommando übernommen, und da schien es ihm ratsam, ihren Anordnungen unkommentiert zu folgen.

Im Flur wurde er von einem etwa gleichaltrigen schwarzen G.I. erwartet.

»Hi, ich bin Jimmy Floyd. Beatles oder Rolling Stones?«, begrüßte der ihn auf Englisch.

So unerwartet die Frage, so spontan die Antwort.

»Kommt auf den Song an, momentan die Beatles, und du?«

»Die Supremes! Kennst du die?«

»Schon von gehört«, gab Thomas zu und verdiente sich damit ein anerkennendes Schulterklopfen des G.I.s.

»Das spricht für dich, Offizier Engel! Und jetzt *hurry up*, wir haben keine Zeit.«

Ohne eine Antwort abzuwarten, setzte er seinen schlaksigen Körper in Bewegung, und Thomas hatte Mühe, mit den wiegenden Schritten des G.I.s mitzuhalten.

Fünf Minuten später kutschierte ihn Jimmy im Jeep durch die Stadt. Der G.I. scherte sich nicht um die Straßenverkehrsordnung und bretterte in Höchsttempo über den Asphalt, ignorierte sämtliche rote Ampeln, trällerte dabei den Hit der Supremes, »You Keep Me Hangin' On«. Ein Berliner Schupo, der an einer Ampel den Verkehr regelte, stand sofort stramm und salutierte beim Anblick des rasenden G.I.s, als handelte es sich um den amerikanischen Präsidenten.

Die mangelnde Federung des Jeeps bewirkte, dass Thomas auf dem Sitz hin und her hopste. Sah zwar lustig aus, aber seine Gesichtsfarbe ließ keinen Zweifel daran, dass er mit dem Brechreiz kämpfte. Jimmy kümmerte sich nicht weiter um seinen Beifahrer, und statt dass er den Fuß vom Gaspedal nahm, fuhr er nur noch schneller.

»Zigarette gefällig?«

Anstatt sich um den Verkehr zu kümmern, kramte Jimmy aus seiner Tasche eine Packung Lucky Strike und hielt sie Thomas hin. Der schüttelte den Kopf. Ihn interessierte etwas anderes.

»Wo fahren wir eigentlich hin?«

»Zu unserem Headquarter«, antwortete Jimmy, der sich lässig mit seinem Zippo die Zigarette ansteckte, während er mit seinen Knien steuerte. Thomas blieb nur zu hoffen, dass er den halsbrecherischen Trip lebend überstehen würde.

Das tat er zum Glück. Keine halbe Stunde später erreichten sie das amerikanische Hauptquartier in Zehlendorf am Rand des Grunewalds. Jimmy salutierte der Torwache, die daraufhin die Schranke hochfuhr. Erst als er sich einem Flachbau näherte, erinnerte er sich daran, dass der Wagen auch über ein Bremspedal verfügte. Thomas, ziemlich seekrank, aber schwer erleichtert, dass er diesen irren Walkürenritt überlebt hatte, beeilte sich auszusteigen.

»Hey, was ist los? Ihr Deutschen mögt es doch schnell. Habt ihr nicht den Blitzkrieg erfunden?«

Thomas lächelte gequält und machte gute Miene zum bösen Spiel. Interessiert sah er sich um. Auf dem weiten Areal standen mehrere Gebäude im Kasernenstil, großzügig von Grünflächen unterbrochen. Uniformierte Männer wuselten überall herum, es herrschte geschäftiges Treiben.

»Willkommen im sowjetischen Hauptquartier!«, grinste Jimmy. Thomas mochte den jungen G.I. Er war einer der wenigen Menschen, die Thomas kannte, dessen Mundwinkel nicht nach unten gezogen waren. Obendrein schien er den Schalk im Nacken zu haben.

»Und wo geht's jetzt hin?«

»In die Gehirnwaschanlage.«

Unter einer Gehirnwaschanlage konnte sich Thomas nun nichts vorstellen, insofern war er mehr als gespannt, was ihn erwartete. Im Eingangsbereich eines flachen Gebäudes wurde Thomas von einem etwa eins fünfundachtzig großen, hageren Mann mit schütteren Haaren in Empfang genommen.

»Mein Name ist Dr. Egmont, und ich bin beauftragt worden, mit Ihnen einige Tests durchzuführen«, erklärte er auf Deutsch und führte Thomas in einen Raum, in dessen Mitte sich ein Tisch mit einer Apparatur darauf befand, die Thomas an ein großes Funkgerät erinnerte.

»Nehmen Sie bitte Platz, ich werde Ihnen alles erklären. Ich brauche nur einige Sekunden …«

Thomas setzte sich zögernd an den Tisch und harrte gespannt der Dinge, die da kommen würden. Was hatte Jimmy gesagt? War das hier etwa die Gehirnwaschanlage?

Dr. Egmont, dem Thomas' fragender Blick nicht entging, löste das Rätsel auf.

»Das ist ein Polygraph, im Volksmund Lügendetektor genannt. Mit seiner Hilfe werden wir herausfinden, ob Sie unsere Fragen wahrheitsgemäß beantworten.«

Ein Lügendetektor! Davon hatte Thomas schon gelesen. Er wusste, dass die amerikanische Justiz diese Geräte des Öfteren einsetzte, allerdings hatte er sich bis jetzt nicht näher damit beschäftigt. In Deutschland waren Lügendetektoren nicht zugelassen oder einfach kein Thema bei der Polizei.

»Ich werde Ihnen vor dem Test einige Fragen stellen, die sich um Ihren Einsatz drehen. Nach diesem Gespräch können Sie entscheiden, ob Sie den Test machen wollen. Diese Prozedur gehört zum Verfahren.«

»Und ich kann ablehnen?«

»Wir können Sie nicht dazu zwingen, aber ich würde Ihnen raten zuzustimmen.«

»Was meinen Sie damit?«

»Wenn meine Kollegen Sie befragen, dann dauert das mindestens einen halben Tag. Hier sind Sie schneller durch.«

In Thomas überwog die Neugier auf das seltsame Gerät. Er gab Dr. Egmont grünes Licht, der ihm daraufhin einige Fragen zum Ablauf des Einsatzes stellte. Nachdem Dr. Egmont die Antworten protokolliert hatte, schloss er Thomas an den Lügendetektor an.

»Mithilfe dieser Apparatur können die Erregungsschwankungen sichtbar werden, beispielsweise bei falschen Aussagen. Ich weiß, dass es als Beweismittel in Deutschland verboten ist, aber wir befinden uns im amerikanischen Sektor von Berlin, und hier ticken die Uhren anders.«

»Wie messen Sie meine Erregungsschwankungen?«

»Ich kann sehen, ob sich Ihre Atemfrequenz ändert, Ihr Puls, Ihr Blutdruck, ob Sie schwitzen oder zittern.«

»Ich bin bereit«, machte ihm Thomas deutlich.

Dr. Egmont begann, seine Fragen von vorhin zu wiederholen und blickte dabei immer wieder nach draußen. Während Thomas antwortete, bemerkte er, dass Dr. Egmont nicht bei der Sache war. Er strich sich nervös über das schüttere Haar, ja, er stand sogar auf und steckte sich eine Zigarette an. Obwohl Thomas sich nicht mit der ordnungsgemäßen Durchführung der Untersuchung auskannte, merkte er, dass etwas nicht stimmte. Dr. Egmont verhielt sich seltsam. Anstatt auf die Zeiger des Geräts zu schauen, trat er immer wieder ans Fenster.

»Das reicht jetzt, wir machen Schluss. Sie können gehen«, sagte er unvermittelt, schaltete den Detektor aus und entfernte die Papierstreifen von dem Gerät.

»Wie Sie meinen.« Thomas hätte zwar gerne das Resultat der Befragung erfahren, aber Dr. Egmont machte keinen gesprächsbereiten Eindruck. Also verließ er das Gebäude.

Die Cafeteria befand sich neben dem Eingang. Hinter einer Theke bediente eine junge Frau. Die Sandwiches in der Vitrine sahen sehr einladend aus. Sie waren mit Käse oder Schinken belegt sowie Salat und Tomatenscheiben. Thomas, der nur die deutschen Butterbrote kannte, lief das Wasser im Mund zusammen. Dummerweise konnte man nur mit Dollar bezahlen.

»Geht auf meine Rechnung«, hörte er Lopez sagen, der der Bedienung einen Schein hinlegte. Thomas, der nicht mit Lopez' Spendierfreude gerechnet hatte, nahm das Sandwich und biss hinein. Es schmeckte genauso gut, wie es aussah.

»Ist das meine Henkersmahlzeit?«, fragte er ironisch.

»Wir mussten diesen Test durchführen, so sind die Vorschriften«, erklärte Lopez, diesmal sichtlich aufgeräumt.

»Und wenn der Test mich der Lüge überführt? Vielleicht bin ich ja ein Ost-Spion.«

»Nein, das bist du nicht.«

»Dann können Sie doch das Geheimnis des Einsatzes lüften. Um was ging es da genau?«

»Wir haben den Maulwurf gesucht, der uns das Leben schwergemacht hat«, lautete die knappe Antwort.

»Und woher wissen Sie, dass Caspari der Maulwurf war? Ich meine, wenn jemand ihn gewarnt hat, dann läuft doch ein weiterer Maulwurf herum.«

»Wir glauben nicht, dass ihn jemand gewarnt hat. Es wussten nur ganz wenige von dem Einsatz. Böhmer, Hetzel, ich und mein Kollege McNeil.«

»Aber warum dann der Lügendetektor? Warum haben Sie mir nicht geglaubt?«

»Wir müssen absolut sicher sein. Das MfS hat die Berliner Polizei unterwandert und lässt viele der Polizisten für sich arbeiten, das ist ein großes Problem. Wenn es hier in Berlin hart auf hart kommt und die Sowjets einmarschieren, dann wird das die Nacht der langen Messer. Sie werden alle West-Polizisten, die nicht für sie arbeiten, verhaften und eliminieren, verstehst du?«

Thomas, der sich bisher nicht sonderlich mit Politik und Geheimdiensten beschäftigt hatte, nahm erstaunt diese drastische Prognose zur Kenntnis.

»Glauben Sie wirklich, dass es hier Krieg geben wird?«

»Ich glaube gar nichts. Aber ich weiß, dass wir uns mitten im Kalten Krieg befinden. Denk an die Kubakrise 1962. Wenn die Sowjets ihre Raketen nicht abgezogen hätten, wäre es zur Konfrontation gekommen. Und wenn Europa zum Schlachtfeld werden sollte, ist Berlin als Erstes fällig.«

Das leuchtete Thomas ein. Die westlichen alliierten Truppen

reichten kaum, um die Stadt gegen die geballte Kraft der Roten Armee zu verteidigen.

»Aber das würde kein Spaziergang für die Roten. In den Arsenalen der Berliner Polizei lagern modernste Waffen. Die Feuerkraft ist größer als die einer deutschen Infanterie-Division im Zweiten Weltkrieg. Noch Fragen?«

Eine hatte Thomas tatsächlich noch.

»Mal zurück zu meinem Einsatz. Glauben Sie, dass ich einen Fehler gemacht habe?«

Lopez hatte mit dieser Frage offenbar nicht gerechnet.

»Wir gehen normalerweise anders vor«, sagte er und hob die Hände. »Wir sichern uns gegenseitig ab. Aber im Tunnel hast du alles richtig gemacht. Nein, wenn jemand einen Fehler gemacht hat, dann wir. Wir hätten mit unserer MP zu ihm gehen sollen, statt die Berliner Polizei zu schicken.«

Lopez klopfte ihm auf die Schulter. Im Rausgehen winkte er Jimmy herbei und flüsterte ihm etwas zu. Der wandte sich daraufhin an Thomas.

»Ich soll dich nach Hause fahren. Du hast Feierabend.«

»Danke. Ich würde dir gerne was ausgeben, aber hier kann man nur mit Dollar bezahlen«, entschuldigte sich Thomas, der jetzt einfach nur zu Peggy wollte. Dafür nahm er sogar Jimmys Kamikaze-Fahrstil in Kauf.

Auf dem Weg zum Jeep wurde Thomas Zeuge einer seltsamen Szene. Zwei Männer standen vor einem amerikanischen Kombi und diskutierten heftig. Einer davon war Dr. Egmont, der gerade die Fahrertür seines Wagens geöffnet hatte. Bei dem anderen Mann handelte es sich um Lopez' Kollegen McNeil. Es ging hoch her, und McNeil hatte die richtige Betriebstemperatur erreicht: Er trommelte mit der Faust auf das Wagendach, um seinen Argumenten mehr Gewicht zu verleihen. Dr. Egmont dagegen blieb merkwürdig ruhig, schüttelte den Kopf, wirkte fast lethargisch. Unwillkürlich musste Thomas an das merkwürdige Verhalten des Arztes während seines Tests denken. Obwohl ihn der Streit nichts anging, hätte Thomas zu gern den Anlass gewusst.

»Oh, mein Boss ist wieder in Action«, kommentierte Jimmy und drängte Thomas, einzusteigen.

»Wer ist dein Boss? Dr. Egmont?«

»*No, no,* der andere. McNeil.«

Gerade als Thomas neben Jimmy Platz nehmen wollte, sah er, dass McNeil den Zeigefinger wie eine Waffe gegen Dr. Egmonts Brust streckte.

»Was ist da los?«

»Keine Ahnung. Ich höre immer weg, wenn sich weiße Männer streiten. Das geht mich nichts an.«

Thomas sah den beiden Amerikanern nach, aber Jimmys Fahrstil holte ihn schnell in die Gegenwart zurück.

»Sag mal, Jimmy, bin ich etwa dein Feind?«

»Absolut nicht.«

»Dann nimm bitte ein wenig Gas weg, ich kann dir sonst nicht garantieren, dass ich nicht auf den Sitz …«

»Nein! Nicht kotzen!«, schrie Jimmy und legte vor einer Ampel eine Vollbremsung hin. Thomas fiel fast kopfüber durch die Scheibe.

»Sorry, aber ich fahre so schnell, weil ich nachher noch einen Termin habe.«

»Okay, dann setz mich einfach bei der U-Bahn ab, den Rest schaffe ich allein.«

»Du bist großartig.«

»Das muss ja ein wichtiger Termin sein …«

»Ich muss nach Ostberlin. Schwarze, salzige Beluga-Fischeier holen, auf so was stehen die weißen Offiziere und Gentlemen.«

»Ach so, Kaviar. Den gibt's drüben?«

»Steuerfrei. Und ich kann als G.I. einfach rüber, werde an der Grenze nicht durchsucht. Privileg der Alliierten, du verstehst?«

Thomas nickte. Er wusste bereits, dass laut alliiertem Kontrollgesetz die Angehörigen der Siegermächte ohne Kontrolle nach Ostberlin konnten, was auch für die Angehörigen der sowjetischen Armee galt, die nach Westberlin durften.

»Warum fahren die nicht selbst hin?«

»Ha, wenn die fahren, dann nur, um ...« Jimmy zeigte Thomas grinsend die Feigenhand.

»Ist nicht wahr«, wunderte sich Thomas. Die Offiziere fuhren nach Ostberlin, um Sex zu haben? »Du machst Witze.«

Aber Jimmy schüttelte den Kopf.

»Nicht nur die schwarzen Eier sind dort billiger ... Topsecret«, grinste Jimmy, und Thomas wusste nicht, was er von der Geschichte halten sollte.

»Übrigens, habe ich dir schon gesagt, dass du perfekt Englisch sprichst? Wo hast du das gelernt, Mann?«

»Ich habe mich immer schon für Amerika interessiert.«

»Aha. Ich aber nicht für Germany«, grinste Jimmy. »Und auch nicht für die Verkehrsregeln.«

Dem konnte Thomas nicht widersprechen. Insofern machte er drei Kreuze, als Jimmy ihn einige Minuten später heil vor einer S-Bahn-Haltestelle absetzte.

In der Bahn ließ Thomas den Tag Revue passieren. Er hatte bis jetzt keine Erfahrung mit der Arbeit von Geheimdiensten gehabt. Sein ganzes Wissen stammte aus dem Film *James Bond 007 – Liebesgrüße aus Moskau*, den er im Kino gesehen hatte. Hätte Böhmer ihn vorher informiert, wäre die Durchsuchung anders verlaufen. Er selbst machte sich aber keine Vorwürfe. Wie hieß es so schön? Abhaken und weitermachen. Doch das Bild des toten Kollegen war nicht einfach aus seinem Kopf zu löschen. Er versuchte, sich abzulenken, und schaute nach draußen. Die S-Bahn ratterte nun an der Mauer vorbei. Beim Aussteigen sah er einige Jugendliche, die eine Scheibe im Waggon einschlugen. Das kam wohl öfters vor, hatte er von Peggy gehört, die so etwas schon mehrmals beobachtet hatte. Böhmer, der normalerweise jegliche Übertretungen des Gesetzes vonseiten der Jugendlichen als sittliche Verrohrung anprangerte, hatte für diesen Vandalismus, der einer kommunistischen Bahn galt, bestimmt volles Verständnis. Was für eine verrückte Welt, dachte Thomas und war froh, als er endlich zu Hause auf dem alten, durchgesessenen Sofa lag. Aber so richtig ausruhen konnte er nicht, da sein linker Arm schmerzte.

»Willst du nicht lieber zur Ambulanz?«, fragte ihn Peggy besorgt.

»Nicht nötig, das geht schon vorbei«, beruhigte Thomas sie. Doch in der Nacht wurden die Schmerzen unerträglich, sodass Peggy ihn ins Krankenhaus brachte. Dort trafen sie auf Dr. Linh, die Bereitschaftsdienst leistete. Sie sah sofort, dass sich die Wunde entzündet hatte. Die engagierte Ärztin machte sich Vorwürfe. »Warum habe ich Sie nur nach Hause geschickt? Am Ende bekommen Sie noch eine Blutvergiftung.«

»Das ist nicht Ihre Schuld«, machte ihr Peggy klar. »Thomas kann sehr stur sein.«

»Wir müssen die Wunde säubern, und zwar sofort.«

Thomas' Arm wurde örtlich betäubt und einer Wundversorgung unterzogen. Nach Hause durfte er nicht, sondern musste einige Tage im Krankenhaus bleiben und Antibiotika nehmen. Die besorgte Peggy hätte am liebsten in seinem Krankenzimmer geschlafen, aber das ging natürlich nicht. Thomas hatte Glück, dass er ein Einzelzimmer erhielt. Und Dr. Linh kümmerte sich sehr fürsorglich um ihren Patienten.

Schon am nächsten Tag langweilte es ihn, so untätig herumzuliegen. Nicht einmal ein Buch hatte er dabei, da blieb ihm nichts anderes übrig, als in den Fernsehraum zu gehen. Aber dort fühlte er sich als Nichtraucher und Fußballmuffel fehl am Platz. Die anderen Patienten, allesamt starke Raucher, wollten nur die Spiele der kürzlich begonnenen Fußballweltmeisterschaft in England sehen. Bis zur Übertragung starrten sie geduldig auf das Testbild und nebelten den Raum mit ihren Zigaretten ein. Nach den Fußballspielen lichteten sich die Reihen, da sich das Interesse an der Tagesschau in Grenzen hielt. Das nutzte Thomas aus, der nach einer gründlichen Lüftung des Zimmers in Ruhe die Nachrichten sehen konnte.

Zunächst wurde über einige große Demonstrationen in den USA gegen den Vietnamkrieg berichtet. Zahlreiche Studenten machten mobil, und ein schwarzer Bürgerrechtler namens Martin Luther King hielt eine Rede. Aus Protest verbrannten viele junge Männer ihre Einberufungsbescheide. In Berlin hatten sich Studenten in der Uni gegen den Krieg versammelt. Ihr Wortführer hieß Willy Spanowski. Einige ältere Patienten, die in den Fernsehraum schauten, begannen über Spanowski und die Studenten zu schimpfen.

»Der soll doch nach drüben!«

»Die sollen studieren!«

Ihre Schimpfkanonaden erinnerten Thomas an die Artikel des Boulevardblattes *KLICK* gegen Langhaarige und Studenten. Wie konnte man so borniert sein? Vielleicht sollte man die Studenten anhören, bevor man über sie herzog? Aber Thomas wollte jetzt keine Diskussionen mit den anderen Patienten führen und schlurfte in sein Zimmer zurück. Das Thema Vietnam ließ ihn nicht los.

Am nächsten Tag besorgte er sich eine Zeitung, aber viel schlauer wurde er nicht. Darin las er nur, dass die Amerikaner gegen die kommunistischen Nordvietnamesen kämpften, die das Land besetzen wollten. Aber wenn das so war, warum protestierten so viele Menschen gegen diesen Krieg? Andererseits konnte sich Thomas nicht vorstellen, dass die Amerikaner einen ungerechten Krieg führten. Sie hatten doch auch Deutschland von den Nazis befreit. Rein gefühlsmäßig stand er auf der Seite der Amerikaner, er mochte ihre Kultur, die Filme, die Musik. Wo konnte er sich über Vietnam objektiv schlaumachen? Als die junge Ärztin vorbeischaute, um seine Wunde erneut zu versorgen, sprach er sie an.

»Entschuldigen Sie die Frage, Dr. Linh, aber wie sind Sie eigentlich nach Berlin gekommen?«

»Ich habe in Deutschland studiert. Mein Vater hat viele Jahre in Bonn als Chefarzt gearbeitet, er war mit einer Deutschen verheiratet.«

»Sie haben eine deutsche Mutter?«, fragte Thomas, während die Ärztin mit einem sauberen Tuch die Wunde reinigte.

»Hatte. Als sie starb, bin ich mit meinem Vater nach Saigon zurückgekehrt, wir wollten eine Klinik aufbauen.«

Thomas biss die Zähne zusammen, als Dr. Linh mit der Desinfektion begann.

»Aber das hat nicht funktioniert?«

»Er ist dort auf tragische Art gestorben. Ich sah allein keine Zukunft und bin nach Deutschland zurückgekehrt, wie Sie sehen.«

Thomas war sich nicht sicher, ob seine Fragen sie berührten. Dr. Linh zeigte keine Regung, war stattdessen auf ihre Arbeit konzentriert. Als sie die Wunde verbunden hatte, wollte er sie trotzdem noch etwas fragen. Wenn sie schon aus Vietnam kam, konnte sie ihm vielleicht etwas aus erster Hand über den Krieg berichten.

»Darf ich Ihnen eine etwas naive Frage stellen?«

»Ja, bitte.«

»Warum wird in Vietnam eigentlich gekämpft? Ich meine, ich lese Zeitungen und gucke die Tagesschau, aber so ganz verstehe ich das nicht, auch weil sehr viele Menschen gegen diesen Krieg protestieren.«

»Das ist keine naive Frage, Herr Engel, aber ich bin Ärztin und keine Politikerin.« Ohne eine weitere Bemerkung stand sie auf, ging zur Tür und desinfizierte sich die Hände.

»Das kann ich verstehen«, sagte er, obwohl er ihre Antwort nicht einordnen konnte. Wusste sie zu wenig darüber, oder war ihr das Thema zu unangenehm oder gar zu heikel? Für Letzteres sprach, dass ihm eine kleine Träne auffiel, die sie sich abwischte, bevor sie aus dem Raum ging.

10

Dank der kompetenten Behandlung von Dr. Linh heilte die Entzündung an Thomas' Arm schnell, und er konnte das Krankenhaus nach wenigen Tagen verlassen. Unklar blieb aber seine berufliche Zukunft.

»Observieren kommt für mich nicht mehr infrage. Ich will endlich zur Kripo!«, machte Thomas Peggy deutlich, die ihn zu Hause überschwänglich begrüßt hatte. Auch an die Willkommensmusik hatte sie gedacht: Sie legte *Revolver* auf. Nur mit dem letzten Song, »Tomorrow Never Knows«, konnte Thomas wenig anfangen. Er klang in seinen Ohren sperrig und atonal, und John Lennons Stimme schien ganz weit weg. Doch die restlichen Stücke sorgten für die richtige Betriebstemperatur.

»Was hältst du davon, wenn wir heute tanzen gehen?«, schlug Peggy vor.

Thomas hielt viel davon. Die Diskothek, für die sie sich entschieden, lag in der Stadtmitte, in einer Seitenstraße vom Ku'damm. Peggys Chef hatte sie empfohlen. Dort würde die angesagteste Musik gespielt. Außerdem würden dort Männer verkehren, die vorher Frauen gewesen waren. Peggy, immer offen für verrückte Dinge, war Feuer und Flamme. Sie wollten bis in die Puppen tanzen, und da Berlin niemals schlief und im Unterschied zu Westdeutschland keine Sperrstunde kannte, fuhren sie mit dem Borgward dorthin, denn nach Mitternacht stellten die Busse und Bahnen ihren Betrieb ein.

Auf dem Kurfürstendamm – keine zwei Kilometer von der Mauer entfernt – konnte Berlin ein wenig die glamouröse Weltstadt der Zwanzigerjahre spielen. Die Schaufenster der Luxusgeschäfte, die Kinos und Cafés lockten Einheimische und Touristen an, und wenn man Glück hatte, konnte man sogar Mannequins bei der Arbeit sehen. Diese Prachtmeile war zweifelsfrei die A-Seite der Stadt. Wenn nur nicht diese langhaarigen jungen Leute, die sogenannten Gammler, das Glitzerbild trüben würden, dachten sich so manche. Dabei taten sie nichts anderes, als auf den Stufen der Gedächtniskirche zu sitzen, zu paffen und sich einen faulen Lenz zu machen. Aber gerade dieses Nichtstun war für viele Berliner und nicht wenige Touristen die blanke Provokation.

Davon konnten sich Peggy und Thomas selbst überzeugen, als sie an der Gedächtniskirche vorbeiliefen. Eine kleine Menschengruppe hatte sich zum spontanen Protest gegen die jungen Müßiggänger versammelt.

»Unter Adolf wären die alle im KZ«, ereiferten sich Rentner mit Hornbrillen und kurz geschorenen Haaren, und die Nerz tragenden Pensionsempfängerinnen bliesen ins gleiche Horn.

Peggy regte das fürchterlich auf. Sie wollte den jungen Leuten zur Seite springen, aber Thomas hielt sie davon ab.

»Bitte nicht. Lass die Spießer sich auskotzen!« Diese Bürger, die Adolf Hitler nachtrauerten – und davon gab es nicht wenige –, konnten ihn mal.

Kurze Zeit später musste er Peggy erneut beruhigen. Diesmal ärgerte sie sich über eine Gruppe von Taxifahrern, die sich über ein paar Demonstranten monierten. Es waren überwiegend junge Leute, die Plakate hochhielten mit der Aufschrift: AMIS RAUS AUS VIETNAM!

»Geht doch nach drüben! Da könnt ihr protestieren!«,

schimpften die Taxifahrer und ballten die Fäuste. Beim Anblick des Mobs lief Peggy rot an.

»Wir wollten uns doch heute nicht aufregen«, sagte Thomas beschwichtigend.

»Aber die Studenten haben recht. Man kann doch nicht zulassen, was die Amis dort in Vietnam machen!«, empörte sich Peggy.

»Weißt du denn etwas Genaues?«, fragte Thomas, der sich immer noch nicht im Klaren war, was er von dem Vietnamkrieg halten sollte.

»Sie bombardieren Städte und sprühen verbotene Unkrautvernichtungsmittel über die Felder, damit der Vietcong keine Deckung suchen kann.«

»Woher hast du das?«

»Habe ich letztens in einem Flugblatt gelesen.«

»Seit wann beschäftigst du dich denn mit Vietnam?«

Peggy sah ihn verständnislos an, dann zeigte sie ihm den Vogel.

»Ich bin doch nicht blind, ich will schließlich wissen, was in der Welt passiert.«

»Glaubst du, ich nicht?«, rechtfertigte sich Thomas, wohl wissend, dass sein Interesse in Sachen Politik noch Luft nach oben aufwies.

Peggys Chef hatte nicht zu viel versprochen. Die Diskothek war ein Ort des neuen Berliner Wahnsinns. Hier steppte der Berliner Bär im psychedelischen Zeitgeist. Hängende Spiegelkugeln schossen zahlreiche bunte Lichtpunkte auf die Gäste ab. Diaprojektoren warfen surreale Bilder mit knalligen Farben und geschwungenen Linien auf die Wände. Hunderte von Seifenblasen kreisten über der vollen Tanzfläche. Der passende

Soundtrack zu diesem optischen Overkill dröhnte aus den Lautsprechern: »Eight Miles High« von den Byrds.

Eight miles high and when you touch down
You'll find that it's stranger than known …

Das Publikum war ein irrer Cocktail: schrille Gestalten beiderlei Geschlechts, stramme kurzhaarige G.I.s, Herren in Einreihern, Damen in Cocktailkleidern und dazwischen irrlichternde Touristen aus der Provinz, die das Ganze vermutlich für eine Abteilung der Berliner Zoos hielten. Hier gab es quasi nichts, was es nicht gab. Peggy und Thomas gefiel dieser bunte Kosmos, aber noch mehr gefiel ihnen die Musik, die aus unzähligen Lautsprechern dröhnte. Sie fegten auf der Tanzfläche los, bis ihre Sohlen glühten. Als eine Abkühlung angesagt war, ging Thomas zur Theke und wurde von der Seite laut angesprochen: »Hey, *man*, das ist ja eine Überraschung.«

Jimmy, der auf einem Barhocker lümmelte, winkte herüber. Thomas grüßte zurück und stellte ihm Peggy vor. Jimmy nickte ihr freundlich zu und klopfte auf die Schulter seines Nebenmannes, eines ebenfalls schwarzen G.I.s.

»Ich bin mit Stevie hier. Wir zwei haben schon als Babys die Nachbarschaft unsicher gemacht«, erklärte Jimmy, fügte dann aber traurig hinzu: »Morgen geht's für ihn mit der Air America nach Saigon.«

»Aber vorher machen wir anständig Party«, ergänzte Stevie entschlossen.

Die Party sollte jedoch einen anderen Verlauf nehmen, und das hatte mit einigen weiß behelmten G.I.s zu tun, die wie ein wild gewordenes Überfallkommando in die Diskothek stürmten. Die Musik hörte augenblicklich auf zu spielen, das aber hinderte die Invasoren nicht, ihre Schlagstöcke im Takt zu bewegen.

»Shit, die MP!« Jimmy und Stevie gingen sofort auf Tauchstation.

»Was ist hier los, zum Teufel?« Thomas nahm instinktiv Peggy schützend in den Arm.

»Razzia der Amis. Ist gleich vorbei«, antwortete eine Frau im durchgeschwitzten Minirock und steckte sich eine Zigarette an. Offenbar betrachtete sie den knüppelnden Einsatz der Militärpolizei wie einen lästigen Regenschauer von kurzer Dauer. Da sich einige G.I.s ihre Party jedoch nicht vermiesen lassen wollten, entwickelte sich bald eine wüste Prügelei. Gläser flogen in Richtung der diensteifrigen MPs, die darauf nur gewartet zu haben schienen und die Schlagstöcke noch heftiger kreisen ließen. Beide Seiten schenkten sich nichts. Interessant und absurd an der ganzen Situation war, dass sich der körperliche Schlagabtausch nur zwischen Militärpolizisten und G.I.s abspielte. Die anderen Gäste wurden außen vor gelassen, es gab keine Kollateralschäden.

Trotzdem zogen es Peggy und Thomas vor, das Weite zu suchen. Draußen wurden sie von Jimmy angesprochen, der mit Stevie hinter einer Telefonzelle Deckung gesucht hatte.

»Hey, seid ihr mit dem Auto hier?«

»Ja, klar.«

»Könnt ihr uns mitnehmen? Wenn die MPs mich erwischen, kann ich Stevie morgen nach Saigon begleiten«, erklärte Jimmy mit ernster Stimme. Da brauchte Peggy nicht lange zu überlegen.

»Dann ab durch die Mitte, unsere Karre steht da drüben.«

Ein kurzer Blickwechsel mit Thomas, und schon rannte das Quartett auf die andere Straßenseite zum Borgward.

»Wo soll's hingehen?«, fragte Thomas wie ein Taxifahrer, während er den Motor startete.

»Mach schnell, die Militärbullen schauen zu uns rüber«, drängte Peggy, was Thomas zu einem Kavalierstart veranlasste, dass die Reifen qualmten.

»Hey, das ist mein Fahrstil!«, schrie Jimmy, der mit Stevie in die Rückbank gepresst wurde.

»Sag mir lieber, wo ihr hinmüsst.«

»Turner-Kaserne, nicht weit, am Hüttenweg«, rief Stevie.

»Den kenne ich nicht.«

»*No problem*, ich navigiere.«

Jimmy zeigte Thomas, wo es langging. Den Ku'damm runter und dann Richtung Spandau, vorbei an Häusern mit imposanten Gründerzeitfassaden und schmucklosen Nachkriegsbauten. Nach gut einer halben Stunde parkte Thomas den Wagen vor dem weiträumigen Kasernengelände.

»Leute, ihr habt uns eine Menge Probleme erspart«, bedankte sich Stevie beim Aussteigen.

»Könnt ihr uns erklären, warum die Militärbullen so geprügelt haben?«, wollte Peggy wissen, die den Einsatz der MP immer noch nicht verdaut hatte.

Jimmy, der bis jetzt ein fröhliches Gesicht aufgelegt hatte, schaute plötzlich ziemlich ernst drein: »Diese Diskothek ist off limits für normale G.I.s. Allerdings kassieren die weißen G.I.s bloß ein paar Beulen, während die schwarzen Arrest kriegen. Und mich hätten sie hundertprozentig nach Saigon geschickt.«

»Es genügt, dass ich morgen da hinmuss«, sagte Stevie niedergeschlagen. Die Aussicht, an die Front zu kommen, behagte ihm überhaupt nicht.

Jimmy versuchte, seinen Freund zu trösten, und nahm ihn in den Arm.

»Hey, Stevie, es wird alles gut gehen. Ich weiß es! Ich habe es auch überlebt!«

Thomas und Peggy hörten betreten zu. Dieser Krieg in der Ferne, der für sie beide nur im Fernsehen stattfand, war plötzlich ganz nah.

»Du warst in Vietnam, Jimmy?«, fragte Thomas.

»Paar Monate, aber ich bin Gott sei Dank verletzt worden, Beinschuss. Deswegen schiebe ich jetzt hier meinen Dienst.«

Thomas hätte gerne mehr darüber erfahren, aber Jimmy und Stevie drängte es in die Kaserne.

»Ihr beide seid schwer in Ordnung. Deshalb gibt es mit euch keine Handshakes zum Abschied.« Peggy und Thomas verstanden nicht, was er damit meinte. Die Erklärung folgte prompt. Stevie weihte die beiden in die Praxis der Getto-Faust ein. Für Peggy und Thomas kam das einem Ritterschlag gleich.

11

München, 1947

Dr. Stahl hatte nur noch fünfzehn Minuten zu leben. Er wartete darauf, dass man ihn aus seiner Zelle zur Hinrichtung führen würde. Tod durch den Strang. Zur Last war ihm aber nicht der Mord an dem ehemaligen KZ-Häftling Beckmann gelegt worden – dieses Verbrechen war unbemerkt geblieben. Stattdessen hatte ihn das Gericht des sogenannten Nürnberger Ärzteprozesses anhand zahlreicher Zeugenaussagen und Aktenfunde wegen Begehung von Kriegsverbrechen, Verbrechen gegen die Menschlichkeit sowie Mitgliedschaft in einer verbrecherischen Organisation verurteilt. Zu seiner Verteidigung hatte Dr. Stahl ausgeführt, dass er den hippokratischen Eid, wonach ein Arzt einem Kranken keinen Schaden zufügen dürfe, durchaus beachtet habe, allerdings habe er ihn zeitgemäß ausgelegt. Seine Menschenversuche hätten dem medizinischen Fortschritt gedient. Außerdem habe man sich im Krieg befunden, und es habe eine Ausnahmesituation geherrscht. Das sahen die Ankläger anders, und jetzt saß er in seiner Zelle und wünschte sich nur noch, dass die Vollstreckung des Urteils schnell und reibungslos ablaufen würde. Den Tod durch den Strang hatte er mehrmals während seines Dienstes im KZ miterlebt. Er wusste, zu welchen Pannen es dabei kommen konnte. Bei einer zu geringen Fallhöhe etwa brach das Genick des Delinquenten nicht, was zu einem qualvollen Tod durch Erwürgen führte. Bei vielen Häftlingen dauerte es folglich mehrere Minuten, bis der Tod sie erlöste. Im KZ hatte der qualvolle Todeskampf der Häftlinge Dr. Stahl nicht sonderlich gestört, aber jetzt, wo ihm das gleiche Schicksal drohte, sah die Sache logischerweise anders aus. Er ärgerte sich, dass er nicht selbst Hand an sich legen konnte, wie Hermann Göring, der sich wenige Stunden vor dem Hinrichtungstermin mit einer Zyankalikapsel einer Bestrafung entzogen hatte. Da sein Gnadengesuch abgelehnt worden war, blieb Dr. Stahl nichts anderes übrig, als auf die Hinrichtung zu warten. Die letzten Minuten bis zu seinem Tod kamen ihm endlos lange vor. Als die Zellentür endlich aufgeschlossen wurde, löste sich seine Spannung. Es musste alles schnell gehen!

Zu seinem Erstaunen holte ihn der Wärter nicht ab, sondern ließ einen jungen Offizier in Uniform eintreten, der ohne Umschweife zur Sache kam.

»Mein Name ist Oberleutnant Egmont. Im Namen der amerikanischen Regierung möchte ich Ihnen ein Angebot unterbreiten. Wir sind bereit, Ihrem Gnadengesuch stattzugeben, wenn Sie Ihrerseits bereit sind, mit uns zusammenzuarbeiten. Die Kenntnisse, die Sie in Ihren Versuchen und Experimenten gewonnen haben, können für uns von Bedeutung sein.«

Dr. Stahl war den Ausführungen des Offiziers mit leuchtenden Augen gefolgt. Er würde alles tun, um seinen Kopf aus der Schlinge zu ziehen.

»Natürlich bin ich bereit, mit Ihrer Regierung zu kollaborieren, aber das Gericht hat mich wegen dieser Arbeit zum Tode verurteilt.«

»Das Recht auf Begnadigung ist damit nicht verwirkt. Meine Behörde, der neu gegründete Geheimdienst CIA, legt großen Wert auf die Zusammenarbeit mit Ihnen. Der Nationalsozialismus ist Vergangenheit, wir sehen uns heute einem neuen Gegner gegenüber. Hinter dem Eisernen Vorhang wartet die Sowjetunion darauf, die Macht an sich zu reißen. Wir müssen insofern alles dafür tun, um die freie Welt zu schützen!«

Dr. Stahl traute seinen Ohren nicht. Aber er gedachte, seine Chance zu nutzen.

»Ich freue mich, mit Ihnen die freie Welt schützen zu dürfen. Sie wissen vielleicht, dass für uns der Kommunismus ein viel größerer Feind war als das amerikanische Volk!« Er reichte Egmont die Hand. Der schlug ein, richtete dann aber eine Warnung an ihn.

»Sollten wir der Ansicht sein, dass Sie, nur um Ihren Kopf zu retten, eine Zusammenarbeit simulieren, werden wir Sie wegen Hochverrat anklagen. Darauf steht auch die Todesstrafe.«

»Wenn ich einmal unterschreibe, können Sie sich hundertprozentig auf mich verlassen«, versicherte Dr. Stahl, der sich, um seinen Kopf zu retten, auch mit den Sowjets zusammengetan hätte. Erleichtert, dem Tod ein Schnippchen geschlagen zu haben, verließ er mit seinem Lebensretter die Todeszelle, die in Hörweite des Innenhofs lag. Dort befand sich ein Holzgerüst mit einem Galgen, und dort fanden jetzt die Hinrichtungen statt. Dr. Stahl wollte so schnell wie möglich von hier fort. Im nächsten Moment hörte er, wie die Falltür unter dem Galgen beiseitegeschoben wurde. Es folgte ein kurzes knackendes Geräusch, das durch das Gebäude hallte.

Das war das Genick, schoss es ihm durch den Kopf. Sein verurteilter Arztkollege hatte Glück im Unglück gehabt.

Glücklich schätzte sich auch Oberleutnant Egmont, dass er seinen deutschen Kollegen für die Zusammenarbeit gewinnen konnte. Dr. Stahls dunkle Vergangenheit interessierte den jungen Offizier nicht. Ihm ging es nur um die wissenschaftliche Seite. Mit welchen Mitteln konnte man Menschen manipulieren? Das war auch Thema seiner Dissertation in Harvard gewesen. Sein Doktorvater, ein Mitarbeiter des früheren Geheimdienstes OSS, hatte ihn daraufhin der Behörde empfohlen, und der frischgebackene Doktor Egmont hatte die Berufung sofort angenommen. Der ambitionierte und karrieresuchende Jungpsychologe empfand seinen neuen Job als Privileg. Er würde sein Land gegen die neuen äußeren Feinde schützen, ausgestattet mit großzügigen Forschungsmitteln und weitreichender Freiheit. Egmont selbst war von seinem Wesen her ein friedfertiger Mensch, der Gewalt im Alltag verabscheute und seine Aggressionen im Zaun hielt – er ärgerte sich nicht einmal über Autofahrer, die ihm die Vorfahrt nahmen.

12

Berlin, 1966

Thomas hoffte, nach dem missglückten Einsatz von den unseligen Observationen befreit zu werden. Er bat Böhmer um eine andere Aufgabe. Doch der tat ihm nicht den Gefallen.

»Entweder du schiebst hier deinen Dienst, oder du kommst zur Bereitschaftspolizei. Die Kripo kannst du dir abschminken!«, machte er ihm in aller Deutlichkeit klar.

»Aber ich weiß nicht, ob ich für diese Abteilung geeignet bin«, gab Thomas zu bedenken. Böhmer wollte nichts davon hören.

»Bitte, du kannst kündigen. Da ist die Tür!«

Kündigen kam für Thomas nicht infrage. Dann hätte er sich in Berlin einen neuen Job suchen müssen. Nur welchen? Also biss er wieder einmal in den sauren Apfel.

»Was steht denn als Nächstes an?«

Böhmer lachte überlegen und holte eine Mappe aus der Schublade.

»Wusste ich's doch! Also, pass auf. Dein neues Zielobjekt ist ungefährlich, er ist ein Maulheld und kann nur Reden schwingen.«

Böhmer öffnete die Mappe und zeigte auf einige Zeitungsausschnitte.

»Willy Spanowski, vierundzwanzig Jahre alt und aus Hannover, studiert aber hier. Er ist ein führendes Mitglied des SDS, des Sozialistischen Studentenbundes.«

Thomas kannte Spanowski von den Fernsehnachrichten her. Interessiert überflog er die Artikel und stellte schnell fest, dass die Berliner Zeitungen nicht gut auf den Mann zu sprechen waren. Sie nannten ihn einen Krawallmacher und Radikalinski.

»Hefte dich an seine Fersen. Ich will alles über ihn wissen. Wann er aus dem Haus geht, wann er wiederkommt, wo er hingeht, wen er trifft, wann er scheißen geht, alles! Ich will wissen, was in seiner durchgeknallten Birne vor sich geht.«

»Sie meinen also seine Lebensgewohnheiten, Kontaktpersonen und andere Details« übersetzte Thomas.

»Ich merke schon, du denkst mit«, lobte ihn Böhmer und schlug ihm auf die Schulter. Thomas konnte auf das Kompliment verzichten. Er warf einen Blick auf eines der Bilder von Spanowski, und in ihm kamen Zweifel auf. Ein Studentenführer als Spion?

»Glauben Sie wirklich, dass er ein Ost-Agent ist?«

»Er handelt zumindest im Interesse des Ostens, er könnte als Einflussagent tätig sein, der die naiven Studenten aufhetzt. Letztens hat er mit anderen Genossen auf die Eingangstüren des Henry-Ford-Baus der Freien Universität widerliche Parolen geschmiert. *Ami go home! Killer go home!*«

»Warum kümmert sich der Verfassungsschutz nicht um ihn?«

»Das tun die bestimmt, aber ich traue denen nicht. Die sind mit Sicherheit zur Hälfte von den Russen unterwandert. Außerdem möchte ich mich bei unseren amerikanischen Freunden rehabilitieren. Unsere Abteilung hat einiges wiedergutzumachen.«

Thomas kommentierte das nicht. Er hatte sich nichts vorzuwerfen.

»Spanowski hat kein Telefon, sonst hätten ihn die Amerikaner schon längst abgehört«, ergänzte Böhmer und schlug die Akte zu. »Du kannst mit diesem Auftrag also Punkte machen. Sei froh, dass ich dir diese Chance gebe!«

»Und wie komme ich zu der Ehre?«

»Weil du unter den langhaarigen und gammeligen Studenten mit deiner Nietenhose und der Beatles-Mähne nicht auffällst.«

Thomas störte es, wie Böhmer über die Studenten sprach, aber eine Diskussion mit ihm machte wohl wenig Sinn. Der hatte obendrein noch eine Order auf Lager.

»Du wirst deine Berichte nur mir geben und mit keinem anderen Kollegen darüber sprechen. Und jetzt auf, die Arbeit wartet!«

Bevor die Tür ins Schloss fiel, versuchte Thomas einen Handel.

»Wenn ich den Auftrag zur Zufriedenheit erledige, besteht wenigstens dann die Möglichkeit, zur Kripo zu kommen?«

Böhmer rollte die Augen und deutete auf die Tür.

Thomas machte sich an die Arbeit. Böhmers Verdacht, dass Spanowski womöglich als Einflussagent tätig war, motivierte ihn. Ideal wäre es natürlich, wenn er ihn als Spion entlarven würde. Mit diesem Pfund könnte er wuchern und seine Ansprüche auf die Versetzung zu der Kripo zementieren – so jedenfalls seine Hoffnung. Aber zunächst galt es, sich seinem Zielobjekt zu nähern.

Als Erstes wollte er zu Spanowskis Wohnung fahren. Doch dazu kam er nicht, denn gerade als er auf den S-Bahnhof zuhielt, fuhr ein roter Sportwagen heran und versperrte ihm den Weg. Thomas erkannte sofort den neuen Alpha Spider, das Auto war ein wahrer Hingucker. Und am Steuer saß kein Geringerer als Hetzel.

»Ich muss mit dir sprechen, Engel.«

»Worum geht es denn?«, fragte Thomas, der Hetzel nicht hinterm Steuer eines solchen Wagens vermutet hätte.

»Steig ein!«

Neugierig stieg Thomas ins Auto.

»Haben sie dich im Krankenhaus gut verarztet?«

»Danke der Nachfrage. Was wollen Sie von mir?«

»Eine Gegenfrage: Magst du die Karre?«

»Ich müsste lügen, wenn ich Nein sagen würde.« Der Spider spielte halt in einer anderen Liga als sein betagter Borgward.

»Was würdest du sagen, wenn das dein neuer Dienstwagen wäre?«

Thomas hielt die Frage für einen Witz. Was wollte Hetzel von ihm?

Der antwortete mit aufheulendem Motor. Der feuerrote Spider röhrte davon und zog alle Blicke der Passanten auf sich. Und Hetzel grinste lässig dabei. Für Thomas wirkte er trotzdem wie ein James Bond für Arme, aber das behielt er lieber für sich. Er fragte sich, weshalb ihn Hetzel durch Berlin kutschierte. Die Spritztour hatte in einer Seitenstraße hinter dem Ku'damm ein Ende.

»Ich will dir mal was zeigen«, meinte Hetzel, nachdem sie ausgestiegen waren, und betrat ein Lokal mit abgedunkelten Scheiben. Der Laden gefiel Thomas nicht. Es stank nach kaltem Rauch, und außerdem erinnerten ihn die roten Lampen an einen Puff. Sie waren wohl die einzigen Gäste. Neugierig setzte er sich neben Hetzel an die Bar, der sich hier offenbar auskannte. Hinter der Theke stand ein hagerer Mann mit einem wahren Skelettschädel, der Hetzel zunickte. Der schnippte großspurig mit den Fingern. Daraufhin brachte der Barkeeper eine Whiskyflasche und zwei Gläser an den Tisch.

Als Hetzel Thomas einschenken wollte, bedeckte der mit der flachen Hand das Glas.

»Die haben auch Milch hier«, scherzte Hetzel und goss sich das Glas fast voll. »Wohl sein, mein Junge!« Er prostete Thomas zu. »Du sollst Spanowski beschatten, nicht wahr?«

Thomas war sich nicht sicher, ob Böhmer Hetzel informiert hatte. Deswegen verzichtete er auf eine Antwort.

»Ach komm, ich weiß doch Bescheid. Er hat dir auch gesagt, dass wir uns ebenfalls um diesen Studentenfuzzi kümmern.«

Thomas fragte sich, ob Hetzel ein Mikrofon in Böhmers Büro installiert hatte.

»Wenn Sie sowieso über alles informiert sind, wieso fragen Sie mich dann?«

»Weil ich ein bisschen angeben will. Du sollst wissen, dass unser Verein viel mehr auf der Pfanne hat als Böhmers Gurkentruppe …«

Thomas wurde das Gespräch langsam unangenehm. Ihn ging die Rivalität zwischen der politischen Polizei und dem Verfassungsschutz nichts an, zumindest wollte er für niemanden Partei ergreifen.

»Ich gehe jetzt lieber. Wie es aussieht, bin ich kein geeigneter Gesprächspartner.«

Hetzel fasste Thomas kumpelhaft am Arm.

»Warum? Ich weiß doch, dass du keine Lust hast, von morgens bis abends Leute zu bespitzeln.«

In diesem Moment wurde das Licht abgedunkelt, und Musik setzte ein. Ein Lichtstrahl erfasste eine dunkelhaarige Frau im engen Kleid, die sich betont lasziv auf eine kleine Bühne zubewegte, die Thomas jetzt erst entdeckte. Irritiert sah er zu Hetzel, der ihm zublinzelte.

»Klasse, was?«

Thomas begriff. Hetzel hatte ihn tatsächlich in einen Stripclub geführt. Worauf sollte das Ganze hinauslaufen? Auf ein Anwerbegespräch in einer ranzigen Bar?

Genau das hatte Hetzel offenbar vor, denn während der weiteren Unterhaltung spulte die Frau auf der Bühne ihr Entkleidungsprogramm ab.

»Wir haben bessere Kontakte zu den Amis als Böhmer, übrigens auch zu den Engländern und Franzosen, wobei die Letzteren keine Ahnung vom Geheimdienst haben. Nein, die Amis sind die erste Adresse, und ohne die läuft in Berlin nichts.«

Thomas schüttelte ärgerlich den Kopf. Sein Blick fiel auf die Stripperin, die routiniert und fast gelangweilt ihren Tanz absolvierte.

»Du brauchst ja nicht bei Böhmer zu kündigen, sondern kannst gelegentlich mal die Ohren spitzen, wenn du bei ihm bist.« Hetzel sah Thomas erwartungsvoll an.

»Ich soll für Sie als Spitzel arbeiten?«, fragte Thomas ungläubig.

»Spitzel hört sich so negativ an … Ich sage dazu lieber Informant. Böhmer hat doch auch ein paar Kollegen von dir bei uns inkognito laufen.«

»Kann ja sein, aber ich halte mich da raus. Ich bin ein stinknormaler Kripobeamter, auch wenn ich momentan nur observiere.«

»Mir ist sowieso klar, dass du zu uns kommen wirst. Ich kriege jeden!« Hetzels Grinsen wurde breiter.

»Es hat wirklich keinen Zweck, Herr Hetzel, Sie vergeuden nur Ihre kostbare Zeit.«

Mittlerweile hatte sich die Frau auf der Bühne emsig ans Werk gemacht und stand nur noch in einem silbernen Bikini da. Ein Tusch ertönte, und sie entledigte sich des Oberteils, das sie in Hetzels Richtung warf. Der fing es gekonnt auf und warf ihr eine Kusshand zu, bevor sie in der Garderobe verschwand. Peinlich, dachte Thomas. Hetzel schien seine Gedanken zu lesen und versuchte, sich zu rechtfertigen.

»Glaubst du, ich bin aus Vergnügen hier? Das ist ein dienstliches Gespräch.«

Thomas ersparte sich einen Kommentar.

»Ich möchte, dass du deinen neuen V-Mann kennenlernst, besser gesagt handelt es sich um eine V-Frau.« Wie auf Bestellung tauchte eine junge Frau im Morgenmantel aus einer dunklen Ecke auf. Es war die Stripperin.

»Ihr könntet ein gutes Team werden.«

Aber der Zug war für Thomas abgefahren. Ihm reichte es, er war kein Spitzel, und auch wenn er Böhmer nicht leiden konnte, war er nicht bereit, ein doppeltes Spiel zu spielen. Kopfschüttelnd stand er auf und wollte die Bar verlassen.

»Hör mir zu, Junior. Sie ist eine meiner Besten. Ideal für Honigfallen.«

»Honigfallen?« Den Ausdruck kannte Thomas nicht.

»Ich merke schon, du musst noch viel lernen. Sie verdreht Männern den Kopf, macht sie gefügig, und ich habe sie dann in der Hand. Die beste Art, an Informationen zu kommen. Ist eine gängige Praxis der Stasi und des KGB.«

»Ich kann mit dieser Arbeitsweise nicht dienen«, kanzelte ihn Thomas ab. Draußen überlegte er sich, ob er Böhmer über dieses Gespräch informieren sollte. Nein, er wollte sich damit nicht länger befassen. Er würde Spanowski beschatten, weil ihm das die einzige Möglichkeit zu sein schien, irgendwann zur Kripo zu kommen. Ach ja, was hatte ihm Hetzel gesagt? Ich kriege jeden? Ihn, Thomas, jedenfalls nicht.

13

Conny Martin war eine ambitionierte Reporterin. Wie Peggy und Thomas kam sie aus Düsseldorf und versuchte ebenfalls, in Berlin Fuß zu fassen, nachdem ihre Karriere in ihrer Heimatstadt in eine Sackgasse geraten war. Frustriert hatte sie feststellen müssen, dass sich die Lokalredaktion nicht als berufliches Sprungbrett eignete. Jedenfalls wollte sie nicht bis an ihr Lebensende über Kleingärten und Schützenvereine schreiben. Da traf es sich gut, dass ein großes Berliner Verlagshaus junge, ambitionierte Journalisten aus ganz Deutschland suchte. Das klang verlockend für Conny, auch weil Berlin als das Schaufenster des Westens galt und die Bundesrepublik viel Geld für Kultur in die geteilte Stadt pumpte. Und kulturell war hier definitiv einiges los. Beste Voraussetzungen für Conny, die auf ihre erste große Reportage wartete. Weil sie Wert auf gute Fotos legte, hatte sie sich eine teure Nikon F Photomic T zugelegt und kräftig geübt. Dass der Beruf des Fotojournalisten als reine Männerdomäne angesehen wurde, ignorierte sie. Was die Typen konnten, konnte sie auch. Männer spielten in ihrem Leben momentan ohnehin keine Rolle. Sie wolle sich keine Klöten ans Bein binden, sagte sie immer. Männer hatten Angst vor starken Frauen! Insofern hatte sie den Umzug nach Berlin gewagt und freute sich auf das Bewerbungsgespräch beim Sohn des Verlagsleiters, einem glatt rasierten Endzwanziger. Der war sofort von ihr begeistert, wobei das weniger an ihrer Bewerbungsmappe lag als an ihrem eng anliegenden Kostüm.

»Sie können bei uns anfangen, Conny. Wir brauchen für die *KLICK*, die auflagenstärkste Boulevardzeitung Deutschlands, dringend dynamische Reporterinnen.« Er legte eine Hand auf ihre Schulter. Conny, die sich nicht gerne begrapschen ließ, hätte sie am liebsten weggeschlagen, aber sie wollte den Job und machte deshalb gute Miene zum bösen Spiel.

»In der Ausschreibung stand, dass auch Reportagen gewünscht sind.«

»Natürlich! Sie brauchen bei uns nicht über Kaninchenzüchtervereine zu schreiben.«

»Aber besteht die Möglichkeit, auch mal außerhalb von Berlin eingesetzt zu werden? Momentan passiert viel in London oder Paris. Musik, Mode, alles ist in Aufruhr!«

»Natürlich, Conny. Wir fangen zunächst in unserer schönen Hauptstadt an, aber ich gebe Ihnen mein Wort, dass Sie auch woanders eingesetzt werden.«

Seine Antwort ermunterte sie, ihn auf ihre fotografischen Ambitionen anzusprechen.

»Was ich noch sagen wollte … Ich fotografiere auch und wäre sehr flexibel einsetzbar.«

Mit dieser Option aber biss sie bei ihm auf Granit.

»Das mit dem Knipsen von Bildern lassen Sie mal sein, das ist nix für hübsche Frauen mit rot lackierten Nägeln.«

Damit würde ich dir gern deine glatt rasierte Babyfresse perforieren, hätte sie ihm am liebsten ins Gesicht gesagt, aber erneut hielt sie sich zurück. Stattdessen setzte sie eine freundliche Miene auf und versuchte, ihn mit Argumenten zu überzeugen. Sie holte eine Mappe aus ihrer Tasche, die sie auf dem Schreibtisch platzierte.

»Vielleicht wollen Sie doch einen Blick auf meine Fotos werfen?«

»Das wäre die reinste Zeitverschwendung. Meine Bildredakteure arbeiten nur mit Männern, die zeigen mir einen Vogel, wenn ich eine Dame einstelle.«

Er klang nicht so, als ob sie ihn überreden könnte, also schluckte sie die Kröte. Immerhin hatte sie den Job.

Nach zwei Tagen Observation hatte Thomas ein sehr widersprüchliches Bild von dem Studenten der Soziologie gewonnen. Im Grunde gab es zwei Spanowskis. Der eine war höflich und alles andere als extrovertiert. Er bewohnte ein möbliertes Zimmer in Kreuzberg, in einem Hinterhof über einer Galerie, die von einigen Berliner Künstlern betrieben wurde. Dort pflegte er ein ausgesprochen freundliches Verhältnis zu seinen Nachbarn, zum großen Teil Rentner, die seit Jahrzehnten dort wohnten. Er grüßte sie höflich, trug ihre Einkaufstüten nach oben, kehrte das Treppenhaus und streichelte den Dackel des Hausmeisters. Nichtraucher Spanowski schien auch nicht zu trinken, mit Ausnahme der Flasche Milch, die er jeden Morgen im Molkereigeschäft kaufte. Das einzig Auffällige an ihm waren sein gestreifter Pullover und die Tatsache, dass er immer mit einem Buch unter dem Arm rumlief, was ihm in Verbindung mit seiner randlosen runden Brille einen betont intellektuellen Anstrich gab.

Sobald er aber mit seinem Fahrrad zur Freien Universität fuhr, und das machte er täglich um Punkt zehn, kam der zweite Spanowski zum Vorschein. Thomas, der zwar *Der seltsame Fall des Dr. Jekyll & Mr. Hyde* gelesen hatte, war dennoch erstaunt, dass sich ein Mensch auch in der Realität so radikal verändern konnte. Das begann damit, dass er schon beim Betreten des Hauptgebäudes, des Henry-Ford-Baus, eine andere Körperhaltung einnahm. Das Rückgrat spannte sich nach hinten, und der Brustkorb pumpte sich auf. So schritt er durch das Foyer wie ein Direktor, der seine Fabrik betritt. Und seine Arbeiter – in diesem Fall die Studenten – grüßten ihn sogleich, einige lässig, andere respektvoll, aber die meisten mit leuchtenden Augen. Kam er an einer Wandzeitung oder an einem der vielen an den Wänden angebrachten Transparente vorbei, blieb er kurz stehen und inspizierte Text und Schrift. Oft korrigierte er dann wie ein Lehrer mit seinem Stift den einen oder anderen Satz oder strich ihn sogar durch. Spanowski schien jeden Studenten im Campus zu kennen, zumindest kannte ihn jeder. Mit dem einen oder anderen wechselte er vertraute Worte, manchmal im gönnerhaften Habitus, manchmal etwas zu vertraulich.

Auch während der Vorlesungen im Hörsaal mischte er kräftig mit. Er zeigte keine Hemmungen, den dozierenden Professor zu unterbrechen und zu korrigieren oder ihn mit Sätzen wie diesem zu konfrontieren: »Wenn wir es schaffen, den Transformationsprozess, einen langwierigen Prozess, als Prozess der Bewusstwerdung der an der Bewegung Beteiligten zu strukturieren, werden die bewusstseinsmäßigen Voraussetzungen geschaffen, die es verunmöglichen, dass die Eliten uns manipulieren.«

Thomas schrieb fleißig mit, verstand aber nur wenig und hatte das Gefühl, dass die Studenten, die an Spanowskis Lippen hingen, auch nicht immer wussten, wovon er sprach. Spanowski schien überdies an einer *-ionitis* zu leiden, wie eine Zeitschrift ironisch angemerkt hatte: »Produktion«, »Reproduktion«, »Subsumtion«, »Integration«, »Transformation«, »Abstraktion«, »Repression«, »Manifestation«, »Manipulation«, »Revolution«, »Konterrevolution«, »Obstruktion« … Sollte sich doch Böhmer an dem Polit-Chinesisch ergötzen.

Verständlich war Thomas allerdings das Referat eines amerikanischen Gaststudenten aus Berkeley, der sehr anschaulich den Vietnamkrieg erklärte. Er legte dar, dass die Vietnamesen schon immer gegen ihre Kolonisierung gekämpft hatten, sei es gegen die französische Kolonialherrschaft seit dem Jahr 1858 oder gegen die japanische Besetzung im Zweiten Weltkrieg. Nachdem die Franzosen 1954 in Dien Bien Phu von der Unabhängigkeitsbewegung Vietminh besiegt worden waren, die von dem Kommunisten Ho Chi Minh angeführt wurde, fiel die Entscheidung, das Land nach dem Vorbild Deutschlands und Koreas zu teilen. Nördlich des siebzehnten Breitengrades führte Ho Chi Minh einen kommunistischen Staat und südlich des siebzehnten Breitengrades errichtete der Katholik Ngo Dinh Diem eine korrupte Minderheitsregierung mit Konzentrationslagern hinter demokratischer Fassade. Die vorgesehenen Wahlen wurden von Diem mit Einwilligung der USA abgesagt – man fürchtete einen Sieg des Nordens. Fazit: Die Amerikaner unterstützten den antikommunistischen Süden, während die Sowjetunion und die Chinesen dem kommunistischen Nordvietnam beistanden. Zunächst schickten die Amerikaner Militärberater und anschließend reguläre Truppen. Auslöser des Ganzen war der sogenannte Tonkin-Zwischenfall, ein Angriff nordvietnamesischer Torpedoboote auf ein amerikanisches Kriegsschiff. Der Referent bezweifelte diesen Angriff und bezeichnete ihn als Täuschung seiner Landsleute, um einen Kriegsgrund zu konstruieren. Thomas musste unweigerlich an den Beginn des Zweiten Weltkriegs denken. Bekanntlich hatten die Nationalsozialisten ihren Überfall mit einem angeblichen polnischen Angriff begründet. Wiederholte sich diese perfide Taktik in Vietnam? Thomas konnte die Angaben des Studenten zwar nicht überprüfen, aber einiges erschien ihm plausibel. Vor allem aber konnte er nicht nachvollziehen, warum die amerikanische Armee so viele zivile Opfer in Kauf nahm.

Die Abende verbrachte Spanowski nicht wie viele seiner Kommilitonen in einer der zahlreichen Pinten der Stadt, sondern bei seinen Genossen des SDS, der auf einer Etage des ehemaligen »Stabshauptamts beim Reichskommissar für die Festigung deutschen Volkstums« residierte. Der Umgang untereinander war zwanglos, man duzte sich, man diskutierte engagiert und intensiv, was Thomas gefiel. Auch in der SDS-Zentrale war Spanowski der unbestrittene Wortführer, immer flankiert von einem seiner Kommilitonen namens Josef, einem Psychologiestudenten mit struppigen Haaren, die einem Pudel zur Ehre gereicht hätten. Mit seiner hautengen Jeans und dem kunterbunten Hemd wäre er glatt als Beatmusiker durchgegangen. Dagegen sah Thomas mit seiner Pilzfrisur und Jeans noch relativ normal aus, jedenfalls unter den Studenten, die ihn für ihresgleichen hielten. So konnte er unbehelligt die Diskussionen verfolgen. Einige Wortbeiträge erschienen ihm plausibel, beispielsweise prangerte man an, dass der westdeutsche Staat gut zwanzig Jahre nach Kriegsende immer noch von Nazis durchdrungen war, auch an oberster Spitze – Bundespräsident Lübke hatte während des Krieges als Bauleiter KZ-Häftlinge zur Zwangsarbeit gezwungen. Und im Bundesjustizministerium agierten noch viele Juristen mit brauner Vergangenheit. Einer der Studenten brachte es auf den Punkt, als er sagte, dass »die Täter noch unter uns« seien. Dazu passte, dass seit 1964 eine Partei namens NPD in den hessischen und bayerischen Landtagen ihre rechtsextremen Positionen vertrat. Thomas konnte da nur zustimmen. Doch als sich die Diskussionen um Themen wie Revolution und gesellschaftliche Veränderungen drehten, bekam er Probleme. Die Aussagen erschienen ihm zu theoretisch und abstrakt, soweit er die Wortbeiträge überhaupt verstand. Auch hatte er die zahlreichen schlauen Gelehrten nicht gelesen, die zitiert wurden, um die eigene Meinung zu zementieren, wie zum Beispiel Herbert Marcuse, Wilhelm Reich oder Ernst Bloch.

Trotzdem gefiel ihm, dass seine Altersgenossen – die meisten waren ja nicht älter als er – sich über eine bessere Zukunft stritten, über ein besseres Leben. Aber musste man für eine bessere und demokratische Gesellschaft tausend Bücher lesen und sie auch noch gut zitieren können? Ging das nicht ein bisschen einfacher? Thomas war überfordert. Er wollte einfach ein Kripobeamter sein, denn unabhängig davon, wie eine zukünftige Gesellschaft aussehen würde: Polizisten wurden seiner Meinung nach immer gebraucht. Er konnte sich nicht vorstellen, dass Verbrecher aussterben würden. Ein Mord war ein Mord, unabhängig vom politischen System. Spanowski dagegen träumte von einer neuen Gesellschaft ohne Unterdrückung, ohne Besitz und ohne Parteien, er träumte quasi von einer Art Paradies, so weit verstand ihn Thomas. Die Menschen sollten sich in Volkskommunen zusammentun. Wie das genau funktionieren sollte, blieb vage und abstrakt. Doch als Spanowski die Kommune in einem anderen Zusammenhang erwähnte, wurde es für Thomas interessant. Spanowski sprach davon, dass man in Berlin eine Kommune gründen wolle, wo Männer und Frauen gemeinsam in einem Haus leben sollten. Die traditionelle Familienstruktur mit »autoritärem Vater« und »fügsamer Mutter« sollte gesprengt werden und einer neuen Lebensform weichen. Thomas war ganz Ohr und musste an seine Familie denken. Er war autoritär erzogen worden, das Wort des strengen, unfehlbaren Vaters war Gesetz, wie in den meisten deutschen Haushalten. Insofern gefiel ihm dieser Aspekt der Kommune.

Und Spanowski legte nach: »In einer solchen Kommune, der Lebensform der Zukunft, wird keiner etwas besitzen, alle werden alles mit den anderen teilen.«

»Das bedeutet doch, dass man auch die Partner teilen kann. Eifersucht wäre dann etwas für Spießer«, warf Josef ein und erntete viel Zustimmung.

»Das ist korrekt. Überhaupt muss man die herkömmliche Struktur einer Beziehung infrage stellen. Ist die Liebe nicht eine Erfindung der bürgerlichen Gesellschaft?«, stellte Spanowski zur Diskussion.

Erneut wurde Zustimmung der Anwesenden laut. Thomas jedoch kam da nicht mit. Er dachte an Peggy. Er liebte sie doch, das war keine Erfindung! Spanowski und seine Freunde wussten nicht, wovon sie sprachen. Plötzlich fiel ihm auf, dass sich unter den Anwesenden nur wenige Frauen befanden. Und von denen kam kein Wortbeitrag, was ihn stutzig machte. Was dachten sie über Begriffe wie Partnertausch und Eifersucht?

»Und, wie findest du Spanowskis Ansichten?«, wollte Peggy wissen, als sie den todmüden Thomas spät abends endlich zu Gesicht bekam. Die Observation kostete ihn täglich etliche Stunden.

»Teilweise ganz gut, beispielsweise über die vielen Nazis in der Gesellschaft. Aber wenn er über Revolution spricht, komme ich nicht mit. Entweder er erfindet neue Fremdwörter, oder er redet Fachchinesisch.«

»Du machst dich über ihn lustig!«

»Ich bin nun mal Polizist und kein Soziologieprofessor. Wenn der mit seinen Kumpels über seine Theorien doziert, muss ich passen. Die haben sämtliche kommunistischen Theoretiker gelesen und auswendig gelernt … Aber heute haben sie auch über andere Themen gesprochen, über neue Lebensformen. Spanowski will eine Kommune gründen, wie er es nennt.«

»Eine Kommune? Erzähl!«

»Er denkt darüber nach, mit einigen Mitstreitern eine Wohnung zu mieten und zusammenleben.«

»Da könnte doch etwas dran sein, findest du nicht?«

»Auch wenn es quasi keine Beziehungen gibt? Wenn jeder mit jedem ins Bett gehen kann?«

»Das haben die so gesagt?«

»Na ja, die wollen alle in einem Zimmer schlafen. Feste Partnerschaften wären tabu. Wer sich eifersüchtig verhält, ist für die ein Spießer.«

»Na ja, warum muss man überhaupt heiraten? Sagen wir mal so, man kann mit der Ehe ja auch warten«, überlegte Peggy, während Thomas einen ganz anderen Gedanken hegte.

»Mich wundert es, dass sich bloß die Männer zu Wort gemeldet haben. Kann es nicht sein, dass sie sich im Grunde nur austoben wollen? Wenn Spanowski eine Freundin hätte, würde er bestimmt ganz anders reden, von wegen ›Eifersucht ist was für Spießer‹!«

Seine Schlussfolgerung kam bei Peggy nicht gut an.

»Das geht unter die Gürtellinie!«, protestierte sie lautstark, was wiederum Thomas nicht nachvollziehen konnte.

»Warum regst du dich denn so auf? Er ist arrogant, gebraucht Fremdwörter, die keiner versteht, und will so die Welt verbessern? Für mich ist das ein eitler Selbstdarsteller, der jetzt einen Harem im Gewand einer sogenannten Kommune gründen will. Und seine Anhänger, diese Kindergarten-Revolutionäre, klatschen auch noch begeistert!«

Thomas' Wutrede erzeugte bei Peggy eine scharfe Reaktion.

»Da ist jemand, der neue Ideen vorbringt, und schon ziehst du ihn durch den Kakao.«

»Ich bin halt kein Apostel, der Jesus hinterherläuft«, meinte Thomas in Anspielung auf Josef.

»Also wirklich, du bist unmöglich! Man könnte glatt meinen, du wärst neidisch auf ihn.«

»Neidisch? Warum das denn?«

»Weil er sich gegen Autoritäten wendet. Er würde sich jedenfalls von seinem Chef nicht so rumkommandieren lassen wie du!«

»Soll ich dir mal sagen, warum ich ihn observiere? Weil ich sonst meinen Job an den Nagel hängen kann«, gab Thomas ehrlich zu und hoffte auf Peggys Verständnis. Fehlanzeige.

»Spanowski würde sich von einem Vorgesetzten so was nicht bieten lassen«, wiederholte sie. »Er ist kein Duckmäuser.«

»Nimm das zurück!«

»Nein!«

Und so ging es verbal noch eine Weile hin und her, bevor das Gespräch abrupt endete. Eine wütende Peggy verzog sich in ihr Zimmer und setzte sich an ihre Nähmaschine. Thomas, der ebenso stur sein konnte, sah nicht ein, ihr zu folgen und die weiße Flagge zu hissen.

Auch am nächsten Morgen herrschte zwischen beiden Funkstille. Sie saßen sich zwar gegenüber, wechselten aber beim Kaffee kein Wort miteinander. Keiner suchte den Blick des anderen. Es war der erste große Streit, seit beide sich kennengelernt hatten. Immer noch verärgert, verließ Thomas die Wohnung und fuhr nach Charlottenburg. Dort wollte Spanowski eine Demonstration anführen.

14

Als Thomas den Steinplatz erreichte, hatten sich bereits Hunderte Studenten und andere Protestierende gegen den Vietnamkrieg eingefunden, viele von ihnen ausgestattet mit Plakaten und Transparenten. Es war die erste große Demonstration in Berlin gegen den Einsatz der Amerikaner im Vietnamkrieg. Thomas wunderte sich nicht, dass Spanowski sofort die Initiative ergriff und sich alles um ihn drehte. Als er einige Mitstreiter begrüßte, fiel Thomas wieder der krausköpfige Josef auf, der förmlich an Willy klebte. Spanowski seinerseits winkte den übrigen Demonstranten zu, sprach mit dem Einsatzleiter der Polizei und handelte die Wegstrecke aus. Die Presse hatte sich eingefunden, unter anderem der SFB mit einem Übertragungswagen.

Unter den Journalisten befand sich auch Conny, im Schlepptau Otto Kogel, einen Fotografen der *KLICK*, der sie nicht ernst nahm.

»Was habe ich gehört? Du wolltest auch Fotos knipsen?!«, feixte er. Conny überhörte die Frage. Sie wollte stattdessen ihre Chance nutzen und einen guten, spannenden Artikel liefern, obwohl sie sich gar nicht für Politik interessierte. Was sie nicht ahnte: Auch Thomas Engel, den sie aus Düsseldorf kannte, nahm an der Demonstration teil, allerdings in seiner Funktion als observierender Polizeibeamter.

Der Demonstrationszug setzte sich pünktlich in Bewegung, natürlich mit Spanowski an der Spitze, neben sich Wolfgang Neuss, ein bekannter und umtriebiger Berliner Kabarettist, der aufgrund seiner Kritik am Vietnamkrieg bei Funk und TV in Ungnade gefallen war. Als Thomas zu seiner Überraschung Peggy unter den Demonstranten entdeckte, zog er sich lieber zurück und begleitete den Demonstrationszug vom Bürgersteig aus, um nicht von ihr gesehen zu werden. Gleichzeitig durfte er aber auch Spanowski nicht aus den Augen verlieren. Die Protestierenden marschierten, wie von der Polizei gefordert, brav in Dreierreihen. Es ging friedlich, ja, fast fröhlich zu, da viele scherzten und nicht die Parolen wiederholten, die Spanowski mit seinem Megafon vorgab.

Nach einer Weile fiel Thomas auf, dass die Stimmung bei vielen Passanten zu kippen begann. Das war nicht verwunderlich, denn die Amerikaner waren allgemein beliebt: Vor drei Jahren hatte John F. Kennedy über eine Million Menschen mit seiner Rede begeistert, die mit seinem legendären Spruch »Ich bin ein Berliner!« für Jubel gesorgt hatte. Logisch, dass etliche mit ihren Kommentaren nicht hinterm Berg hielten.

»Die sollte man einsperren!«

»Die studieren von unseren Steuergeldern!«

»Die sind doch alle von drüben gesteuert!«

Trotz dieser Unmutsäußerungen lief die Demo friedlich ab. Sie erreichte den Bahnhof Zoo, dann ging es über die Joachimsthaler Straße weiter auf den Kurfürstendamm. Vom Café Kranzler aus beobachteten ondulierte, Sahnekuchen essende Witwen das lebhafte Treiben. Einige missverstanden die Texte auf den Plakaten und glaubten an eine Parade für die Amerikaner.

»Ist Kennedy wieder da?«, fragte eine Dame, der wohl entgangen war, dass der Präsident 1963 einem Attentat zum Opfer gefallen war.

Schließlich endete die Demonstration vor dem Amerika-Haus am Bahnhof Zoo. In dem Gebäude, das in den Fünfzigerjahren als Begegnungsstätte zwischen Berlinern und Amerikanern erbaut worden war, fanden Ausstellungen, Filmvorführungen und Sprachkurse statt. Doch an diesem Tag bezeichnete es Spanowski als »Propagandastätte der amerikanischen Aggression«. Er stellte sich mit seinem Megafon vor den Eingang und skandierte seine Parolen gegen den Vietnamkrieg. Sein Einsatz zeigte Wirkung. Nicht wenige Protestierende, denen die Demonstration bisher zu ruhig verlaufen war, begannen zu murren. Man diskutierte das weitere Vorgehen, jemand schlug ein Sit-in vor dem Gebäude vor. Die Polizei hingegen, die mit dem bisherigen Verlauf zufrieden war, wurde unruhig und stellte sich schützend vor dem Amerika-Haus auf. Ein Überfallwagen, der Verstärkung brachte, fuhr heran. Unter den Anwesenden entdeckte Thomas Hetzel, der einem Mann mit einem Fotoapparat Anweisungen gab. Offensichtlich war auch der Verfassungsschutz aktiv.

Die Durchsage des Einsatzleiters klang etwas bürokratisch und wurde von den Demonstranten respektlos mit Gelächter quittiert: »Räumen Sie bitte den Platz! Bei Nichtbefolgung geraten Sie in den Bereich der polizeilichen Zwangsmaßnahmen und machen sich strafbar!«

Thomas, der vom Bürgersteig aus das Ganze verfolgte, spürte die nahende Konfrontation und machte sich Sorgen um Peggy, die er in der Menge nicht mehr ausmachen konnte. Um der aufgeheizten Stimmung entgegenzutreten, eilte der besorgte Hausherr des Amerika-Hauses, Ernest Colton, nach draußen und versuchte, zwischen Polizei und Spanowski zu vermitteln. Thomas hörte, dass er Spanowski und einige Demonstranten in das Haus einlud, damit man in Ruhe über Vietnam diskutieren könne. Während der Einsatzleiter der Polizei über diese »Kapitulation« schimpfte, nahm Spanowski das Angebot an. Gemeinsam mit einer Delegation folgte er Colton, der höflich um Einlass bat. Als der Einsatzleiter ihn wegen der Einladung zur Rede stellte, erhielt er vom amerikanischen Hausherrn Nachhilfe in Sachen freie Meinungsäußerung.

»Bei uns in den Staaten wird auch gegen den Krieg demonstriert, warum also nicht im freien Berlin?«

Thomas, der dicht an Spanowski bleiben wollte, zwängte sich zwischen die Polizisten und betrat ebenfalls das Foyer.

Conny indes war unzufrieden mit dem Geschehen vor dem Amerika-Haus, obwohl die Protestierenden lautstark »Amis raus aus Vietnam!« skandierten. Dann flogen zwei Eier aus der Menge in Richtung Amerika-Haus. Als Eiweiß und gelber Dotter sich mit der blauen Mosaikfassade vermischten, sah der Einsatzleiter rot. Sofort schickte er Beamte los, um die Eierwerfer zu verhaften. Die flüchteten lieber in das Amerika-Haus und mischten sich unter die anderen Studenten und Besucher. Das Chaos nahm seinen Lauf. Polizisten, Demonstranten und Besucher liefen wie ein aufgeschreckter Hühnerhaufen durch das Gebäude, sehr zum Leidwesen von Mr. Colton, der vergebens versuchte, Ruhe und Ordnung in das Durcheinander zu bringen.

Thomas seinerseits tat sein Bestes, Spanowski nicht aus den Augen zu verlieren. Als er ihn die Treppe hinauflaufen sah, eilte er ihm hinterher, verlor ihn im Gedränge jedoch aus den Augen. Sein Blick fiel auf eine junge Frau in einem geblümten Kleid, die in einer Ecke einsam hockte und ihn mit glasigen Augen anstarrte. Sie kicherte leise und ließ die Arme kreisen. Es war ein verstörender Anblick, aber Thomas hatte keine Zeit, ihrem

Gebaren auf den Grund zu gehen, er musste sich auf die Suche nach Spanowski konzentrieren.

Hektisch öffnete er eine der Türen im ersten Stock und betrat einen großen Raum mit holzgetäfelten Wänden. Was er dort sah, verschlug ihm die Sprache. Spanowski hockte mit blutenden Händen über dem reglosen Dr. Egmont, dessen Kopf in einer großen Blutlache lag. Thomas überflog den Tatort. Neben dem niedergestreckten Mann lag ein blutverschmierter Gegenstand.

»Kriminalkommissar Thomas Engel! Bleiben Sie ruhig!«

Thomas ging langsam auf Spanowski zu, der sich nervös die blutverschmierten Hände an seiner Hose abwischte.

»Ich ... ich habe nichts damit zu tun«, stammelte er und stieß einen Stuhl um.

»Treten Sie bitte zur Seite ... die Hände nach oben!«, forderte ihn Thomas auf.

Doch Spanowski sprang unvermittelt auf Thomas zu, stieß ihn zur Seite und lief hinaus. Thomas rappelte sich wieder auf und stürmte die Treppe nach unten und auf den Ausgang zu.

»Da oben liegt ein Toter! Sichern Sie den Tatort!«, rief er einem Polizisten zu und wedelte mit der Dienstmarke.

»Thomas! Was machst du denn hier?«, hörte er Peggy irgendwo aus der Menge rufen.

Aber Thomas hatte keine Zeit für Peggy. Er verfolgte Spanowski, der jetzt über die Hardenbergstraße rannte. Thomas blieb an ihm dran, wühlte sich durch die Menschenmenge vor dem Amerika-Haus, stieß dabei eine junge Frau um. Als er ihr hastig auf die Beine half, erkannte er die vietnamesische Ärztin wieder, die ihn behandelt hatte. Offenbar demonstrierte sie auch gegen den Krieg in ihrer Heimat.

»Habe ich Sie verletzt?«

Sie schüttelte irritiert den Kopf, und Thomas setzte seine

Verfolgung fort. Er rannte Spanowski hinterher, der soeben in die Unterführung in Richtung Zoo rannte. Thomas schloss zu ihm auf und sah, wie Spanowski durch den Eingang huschte. Offensichtlich wollte er sich unter die Besucher mischen und untertauchen. Thomas brauchte einen Moment, um sich im Gelände zu orientieren. Linker Hand befand sich das Elefantenhaus, geradeaus der Flamingo-See. Und Spanowski? Der schloss sich einer Menschentraube an, die der Fütterung der Löwen in ihrem Gehege beiwohnen wollte. Thomas eilte schnurstracks auf ihn zu. Spanowski, der mit Thomas nicht gerechnet hatte, geriet in Panik und versuchte, über die Mauer des Geheges zu fliehen. Dabei verlor er das Gleichgewicht und rutschte aus, erwischte zum Glück einen metallenen Vorsprung und baumelte hilflos über dem Wassergraben, genauer gesagt knapp über den Löwen, die ihn mit großen Augen und geöffnetem Maul anglotzten. Er schrie laut um Hilfe, aber die anderen Besucher, zum großen Teil Rentner, trauten sich nicht, ihm beizustehen. Thomas dagegen handelte beherzt. Er erwischte die rechte Hand von Spanowski und zog ihn hoch. Die Anwesenden quittierten seine Rettungsaktion mit Applaus, aber darauf konnte Thomas gerne verzichten.

»Wie blöd kann man sein, auf diese Mauer zu springen?«, herrschte er Spanowski an und nahm ihn in den Polizeigriff.

»Was wollen Sie von mir? Das ist Freiheitsberaubung.«

»Sie sind vorläufig festgenommen!«

Verärgert schob Thomas den fluchenden Spanowski vor sich her zum Ausgang.

»Sie brechen mir ja die Arme. Geht das nicht sanfter?«

Thomas konnte es nicht fassen. Der Typ hatte Nerven! Anstatt sich bei ihm zu bedanken, dass er ihm das Leben gerettet hatte, stellte er auch noch Ansprüche.

Nachdem Thomas Spanowski im Präsidium abgeliefert hatte, begab er sich sofort zu Böhmer, der ihn in seinem Büro mit den üblichen Verdächtigen erwartete: Lopez, McNeil und Hetzel.

Sofort stach Thomas das Tatwerkzeug ins Auge, das auf dem Schreibtisch platziert war: eine etwa dreißig Zentimeter große Skulptur der Freiheitsstatue. An der Fackel klebte noch Blut.

»So, meine Herren, Sie kennen ja unseren Herrn Engel bereits. Er hat den Mörder gefasst«, Böhmer klopfte dem verdutzten Thomas auf die Schulter.

Leutnant Lopez nickte knapp und reichte Böhmer ein Schreiben.

»Gemäß § 7 des Alliierten Gesetzes übernehmen wir jetzt den Fall. Das Opfer war ein amerikanischer Staatsbürger, und wir sehen unsere Interessen berührt.«

»Natürlich, meine Herren, walten Sie Ihres Amtes! Sie können jederzeit auf meine Beamten zurückgreifen, wir stehen zu Ihrer Verfügung.«

Dieses Angebot war angesichts der Rechtslage überflüssig, denn die Alliierten hatten ohnehin Zugriff auf die Berliner Polizei. Das wusste Lopez anscheinend, denn er winkte verärgert ab und wandte sich Thomas zu.

»So sehen wir uns also wieder«, begann Lopez. »Offensichtlich bist du ein Freund von Verfolgungen ... Na, dann verrate uns mal, wie du den Burschen geschnappt hast.«

Thomas begann mit Spanowskis Observation und endete mit seiner Verhaftung im Zoo.

»Er ist also geflohen, als du dich als Polizist ausgewiesen hast?«

»Richtig. Er wischte sich zunächst die blutverschmierten Hände ab und stürmte dann nach draußen.«

»*Well done!*«, lobte Lopez knapp, was aus seinem Mund sehr positiv klang.

Auch der mürrische McNeil, der normalerweise mit netten Kommentaren geizte, nickte zufrieden. Hetzel dagegen begann, sich die Finger zu maniküren, als ob ihn das alles gar nichts anginge. Offenbar gönnte er Böhmer und Thomas den Erfolg nicht.

Nun fühlte sich Böhmer bemüßigt anzugeben. »Es hat sich eben ausgezahlt, dass ich den jungen Kollegen Engel instruiert habe, Spanowski nicht aus den Augen zu lassen. Mir war von vornherein klar, dass dieser Kerl gemeingefährlich ist!« Thomas ärgerte sich über seinen Chef. Er hatte von Spanowski als harmlosem *Maulhelden* gesprochen. Insofern freute er sich, dass Lopez Böhmers Eigenlob mit einem genervten Augenrollen kommentierte.

»Sie kommen bestimmt auf eine Briefmarke«, sagte Hetzel grinsend und kassierte einen giftigen Blick von Böhmer. Lopez dagegen, der keine Lust auf einen verbalen Schlagabtausch seiner deutschen Mitarbeiter hatte, stand entschlossen auf.

»Teilen Sie Ihren Beamten mit, dass wir Spanowski jetzt verhören werden.«

»Ich werde alles veranlassen«, meinte Böhmer beflissen und zeigte Thomas die Tür: »Wir brauchen dich nicht mehr.«

Doch anstatt zu gehen, wandte sich Thomas Lopez zu. Ihm war eine waghalsige Idee gekommen.

»Sir, dürfte ich an dem Verhör teilnehmen?«

Seine Frage sorgte bei den Anwesenden für Erstaunen.

»Hast du nicht verstanden, Officer? Wir übernehmen die Ermittlungen«, erklärte Lopez kopfschüttelnd.

»Deswegen würde ich ja gern dabei sein. Ich bin ein großer Fan der amerikanischen Polizei und habe während meiner Ausbildung viele amerikanische Fachbücher über Verbrechensbekämpfung gelesen.«

Thomas' Begeisterung quittierte Lopez mit einem wohlwollenden Nicken – McNeil dagegen schüttelte unwirsch den Kopf. Es war unübersehbar, dass er nichts von Thomas' Plan hielt. Nun sah sich Böhmer genötigt, mahnend einzugreifen.

»Du lässt jetzt die Herren ihre Arbeit machen. Schreib lieber ein ordnungsgemäßes Protokoll über den Einsatz.«

Thomas überhörte den Befehl und wandte sich an Lopez, von dem er sich am ehesten Unterstützung erhoffte.

»Ich werde mich nicht einmischen, Sir. Ich will nicht ermitteln, ich will nur ein bisschen hospitieren. Ihnen über die Schulter blicken. Ich bin mir sicher, dass ich viel von Ihnen lernen kann. Und natürlich werde ich ein ausführliches Protokoll über den Einsatz anfertigen!«

»Genug, Engel. Wenn du jetzt nicht aufhörst, ziehe ich andere Seiten auf«, ermahnte ihn Böhmer, wurde aber sogleich von Lopez zurechtgewiesen.

»Einen Moment bitte!«

Der Leutnant nahm McNeil vertraulich an die Seite und flüsterte ihm etwas ins Ohr, was diesen zu einem brummigen »Okay« veranlasste.

»Einverstanden, Officer, du kannst ein paar Lektionen bekommen«, rief Lopez Thomas zu, der seine Freude darüber zurückhielt, weil er Böhmer nicht provozieren wollte. Er war mehr als zufrieden, hatte er doch zwei Fliegen mit einer Klappe geschlagen: Erstens würde er bei einem richtigen Mordfall ermitteln, und zweitens durfte er seinen amerikanischen Vorbildern beim Verhör beiwohnen.

15

Drei Stühle, ein Tisch mit einer verwaisten Schreibmaschine darauf, und von der Decke hing wie ein Galgen die nackte Glühlampe. Mit anderen Worten: Der Vernehmungsraum im Präsidium hätte sich auch im Stasi-Knast in Hohenschönhausen befinden können. Spanowski wurde aber nicht der Spionage verdächtigt, sondern des Mordes. Lopez und McNeil, die ihn vernahmen, hatten ihre Stühle demonstrativ beiseitegeschoben und standen ihm drohend mit verschränkten Armen gegenüber.

Wie es sich für einen Hospitanten ziemte, hielt sich Thomas diskret im Hintergrund und spielte Zaunkönig. Auch er stand mit verschränkten Armen da. Spanowski dagegen rutschte unruhig auf seinem Stuhl herum wie der Zappelphilipp aus dem *Struwwelpeter*.

»Mit euch rede ich nicht. Ihr habt mich festgesetzt! Ich werde gegen meine Verhaftung öffentlich protestieren. Das ist ein Fall für die Menschenrechtskonvention der UNO!«, tönte er. Dass sich ausgerechnet die Justiz der »amerikanischen Aggressoren und Imperialisten« seiner angenommen hatte, wollte ihm nicht in den Kopf gehen.

»Das können Sie gerne machen, Mr. Spanowski, aber wussten Sie nicht, dass Berlin unter alliierter Kontrolle steht? Sie sind doch sonst so belesen.«

»Alliierte Besatzung!«, berichtigte ihn Spanowski.

Lopez zog sich einen Stuhl heran und nahm Platz. Er sah Spanowski amüsiert an.

»Ohne uns könnten Sie und Ihre Studenten doch gar nicht demonstrieren und Krawall machen. In Ostberlin würde man kurzen Prozess mit euch machen.«

»Sie haben doch keine Ahnung. Ich führe mit Ihnen keine politischen Debatten«, winkte Spanowski arrogant ab. Seine Miene spiegelte seine Geringschätzung für seine Gesprächspartner wider. Offensichtlich hielt er sie für intellektuelle Leichtgewichte.

»Deswegen sind wir auch nicht hier, Mr. Spanowski. Es geht um Mord. Und da haben Sie schlechte Karten. Sie sind auf frischer Tat ertappt worden. Verraten Sie uns doch: Warum haben Sie Dr. Egmont erschlagen?«

»Ich weiß gar nicht, was Sie von mir wollen. Ich bin unschuldig.«

»Nein, Mr. Spanowski, das sind Sie nicht«, entgegnete Lopez und bot Spanowski eine Zigarette an. Der nahm sie zwar entgegen, schnippte sie aber demonstrativ weg. Sein freches Verhalten rief McNeil, der bisher geschwiegen hatte, auf den Plan.

»Sofort die Zigarette aufheben!«, befahl er.

»Stecken Sie sich Ihre Befehle sonst wohin!«, gab Spanowski zurück und zeigte ihm den Stinkefinger. McNeil reagierte auf diese Provokation mit wütendem Schnaufen, das einem gereizten Stier in nichts nachstand.

»Bitte, Mr. Spanowski, provozieren Sie meinen Kollegen nicht. Er kann sehr, sehr böse werden ...«, mischte sich Lopez scheinbar besorgt ein. Schlagartig wurde Thomas klar, dass die beiden Amerikaner das Verhör nach dem Schema »Good cop – bad cop« durchziehen wollten. Dabei fiel Lopez die Rolle des

Guten zu, während McNeil den Bösewicht spielte, was Thomas naheliegend fand.

»Die Zigarette!«, wiederholte McNeil und fixierte sein Gegenüber eindringlich. Das schindete Eindruck bei Spanowski, der die Zigarette aufhob.

»Ersparen Sie uns ein langes Verhör. Sagen Sie doch einfach, was passiert ist«, forderte ihn Lopez auf.

»Gar nichts. Ich bin in den Raum rein, und da lag der Ami in seinem Blut.«

»Ami? Das war Dr. Egmont, Bursche! Einer meiner besten Freunde. Und du hast ihn im Auftrag deiner Kommunisten umgebracht!« Um seiner Aussage mehr Gewicht zu verleihen, garnierte sie McNeil mit lautem Fingerknacken. Nicht nur Spanowski, sondern auch Thomas zuckte bei dem Geräusch zusammen.

»McNeils Geduld neigt sich anscheinend dem Ende zu«, kommentierte Lopez eher beiläufig.

»Richtig. Wenn du schlau bist, wirst du jetzt reden. Warum streitest du alles ab? An deinen Händen war sein Blut. Das Labor hat eindeutige Beweise.«

Zur Überraschung aller antwortete Spanowski auf Lateinisch.

»Nemo tenetur se ipsum accusare!«

»Was willst du mir damit sagen, du Klugscheißer?«, polterte McNeil.

»Tja, da hätten Sie mal in der Schule aufpassen sollen«, sagte Spanowski, grinste überheblich und freute sich über die düsteren Gesichter der Amerikaner. Umso größer sein Erstaunen, als Thomas den Satz übersetzte.

»Niemand ist verpflichtet, sich selbst anzuklagen.«

»Oh, ein Bulle mit Latinum.« Er warf Thomas einen abschätzigen Blick zu.

Der ließ sich aber nicht provozieren. Er fragte sich, wie die beiden Amerikaner das Verhör weiter gestalten würden. Sie taten es in der gewohnten Arbeitsteilung. McNeil, ganz der böse Bulle, ließ jetzt sämtliche Zurückhaltung fallen. »Dann reden wir Tacheles, du Kommunistenschwein! Hast du Dr. Egmont im Auftrag der Sowjets umgebracht?«

Spanowski zeigte McNeil einen Vogel. »Sie haben doch keine Ahnung!«

Wütend spuckte McNeil auf den Boden und holte zum Schlag aus – aber Lopez, der gute Bulle, ging dazwischen.

»Ich habe Sie gewarnt, Mr. Spanowski. Mein Kollege versteht keinen Spaß.«

Um das zu bekräftigen, holte McNeil Fotos aus seiner Brieftasche, die er Spanowski vor die Nase hielt. Auf den Bildern waren Männer zu sehen.

»Wassili Makos ... John Berger ... Boris Binali ...«

»Ja, und? Wer sind diese Männer?«

»Seine Opfer. Wollen Sie auch in seine Sammlung?«, fragte Lopez grinsend.

»Ich sage jetzt nichts mehr. Ich will einen Anwalt sprechen. Das steht mir rechtlich zu!«

»Du bist hier nicht bei der deutschen Polizei. Du bist bei uns. Den Amerikanern. Deiner Schutzmacht!«, zischte McNeil und mischte die Fotos wie Spielkarten. Spanowski bekam jetzt richtig kalte Füße.

»Fassen Sie mich nicht an! Ich bin unschuldig!«

»Als Präsident Kennedy in Berlin war, war ich im Puff und habe ihm Nutten besorgt. Jetzt weißt du, mit wem du es zu tun hast.«

»Ich bin unschuldig! Ich lasse mir nichts anhängen!«, brüllte Spanowski und sprang auf. »Ich will hier raus!«

McNeil packte ihn am Kragen und setzte ihn unsanft wieder auf den Stuhl. Er hob drohend den Zeigefinger, wurde aber von Lopez zur Seite geschoben. Der Leutnant redete leise auf McNeil ein, deutete dabei auf Thomas. Es entspann sich eine leise, intensive Diskussion zwischen den beiden Männern, die damit endete, dass McNeil nachgab.

»Okay, du Bastard, morgen geht's weiter«, meinte er zu Spanowski. »Aber der junge Deutsche wird dann nicht mehr dabei sein.«

Thomas verstand. Sie wollten ihn auf die harte Tour ohne lästige Zeugen befragen. Ihm kam eine Idee.

»Wenn das so ist, dann kann ich ihm doch jetzt noch einige Fragen stellen, oder?«

Erneut überraschte er die beiden Amerikaner mit seiner frechen Frage. Lopez schien seine Art zu gefallen; ohne auf McNeils Antwort zu warten, nickte er ihm zu.

Was Thomas den beiden verschwieg, war die Tatsache, dass er in einem Fachbuch über Polizeipsychologie über sogenannte Red Flags gelesen hatte, unbewusste Signale, die auf täuschendes Verhalten schließen ließen. Dazu gehörten einerseits körperliche Zeichen, wie etwa Hautverfärbungen oder nervöses Wegschauen, genauso wie ausweichende Antworten durch detailreiche Beschreibungen. Thomas sah jetzt endlich eine Möglichkeit, sein Wissen in einem Verhör anzuwenden. Würde Spanowskis Körper ihn verraten? Diesbezüglich hatte er sich einige Fragen ausgedacht, die er dem Studenten stellen wollte.

»Ich begreife nicht, warum Sie die Tat bestreiten, Herr Spanowski. Sie haben sich mit blutverschmierten Händen über den toten Dr. Egmont gebeugt, und dann sind Sie auch noch weggelaufen.« Thomas schaute Spanowski ins Gesicht. Der hielt dem Blick stand.

»Verhält sich so ein Unschuldiger?«

»Ich weiß auch nicht, warum ich geflohen bin, es war eine Kurzschlussreaktion«, antwortete Spanowski.

»Dann erzählen Sie Ihre Geschichte. Wir sind ganz Ohr!«

Thomas' sachlicher Ton beruhigte Spanowski, er fasste ein wenig Vertrauen.

»Ich bin in das Gebäude, ich wollte die amerikanische Flagge, die aus dem Fenster hing, entfernen … Als ich den Raum zur Straße betrat, lag da der Mann. Ich habe geguckt, ob er noch lebt, und dann tauchten Sie auf.«

»Können Sie das genauer beschreiben? Ich würde gerne jede Kleinigkeit hören.«

»Was für Kleinigkeiten?«, brauste Spanowski auf. »Er lag da blutend auf dem Boden, und ich wollte ihm helfen!«

»Und warum sind Sie weggelaufen?«

»Ich dachte, er wäre tot«.

»Haben Sie seinen Puls gefühlt?«

»Nein, das habe ich nicht, aber er hat sich nicht bewegt, und da war das ganze Blut um seinen Kopf. Ich bin kein Mörder! Kapieren Sie das nicht?« Spanowskis Stimme bebte vor Aufregung. Während die beiden Mienen der Amerikaner signalisierten, dass sie ihm kein Wort glaubten, sah Thomas ihn ruhig und gefasst an, ja, fast verständnisvoll.

»Versetzen Sie sich mal in unsere Lage. Würden Sie diese Story glauben?«

»Na ja … ich weiß, das klingt eher unlogisch«, gab Spanowski selbstkritisch zu. »Aber ich war es nicht!«

»Außerdem hat man Ihre Fingerabdrücke auf der Statue gefunden.«

»Dann habe ich sie eben angefasst … ich weiß es nicht mehr.«

»Was Sie hier an den Tag legen, nennt sich Salamitaktik. Immer häppchenweise mit der Wahrheit rausrücken. Das bringt doch nichts.«

Spanowski schüttelte heftig den Kopf. Entweder er schauspielerte, oder er verzweifelte, schoss es Thomas durch den Kopf. Er beschloss, den Druck zu erhöhen.

»Sie haben ihn erschlagen, Herr Spanowski.«

»Nein, *nein!*«

Spanowski trommelte mit der Faust auf den Tisch. Dann begann er zu heulen, was McNeil zu einem sarkastischen Kommentar verleitete.

»Hey, Mann, wir sind hier nicht im Actors Studio! Überlass das lieber Marlon Brando, der kann das besser als du.«

»Ich war es aber nicht … Wäre ich doch nur nicht weggelaufen. Ich Idiot!«, jammerte Spanowski.

»Und so einer will Revolution machen? Der ist eine Null«, spottete McNeil über Spanowski, der jetzt einen Weinkrampf bekam.

»Das macht keinen Sinn mehr«, meinte Lopez und beendete das Verhör.

Bei der anschließenden Manöverkritik waren sich Lopez und McNeil einig.

»Der hält nicht lange durch«, war sich Lopez sicher. »Die Indizien sind erdrückend, das Belastungsmaterial ist überwältigend.«

»Was für ein mieser Schauspieler! Was will er uns denn erzählen? Wer glaubt dem seine Story? Morgen werde ich ihn noch mal durch die Mangel drehen, und da will ich alle Einzelheiten hören«, brummte McNeil, der grußlos den Raum verließ. Nun wagte Thomas sich vor, dem etwas auf der Zunge lag.

»Darf ich Ihnen eine Frage stellen, Leutnant Lopez?«

»Bitte!«

»Ist Mr. McNeil Ihr Boss?«

»Es ist kompliziert«, deutete Lopez an und wechselte das Thema: »Ich erwarte morgen deinen Bericht über Spanowskis Verhaftung.«

»Sie können sich auf mich verlassen.«

Lopez nahm das zufrieden zur Kenntnis. »Bring ihn mir vorbei, wenn er fertig ist.«

Bevor Thomas sich im Präsidium daranmachte, das Protokoll zu schreiben, rekapitulierte er das Verhör. Wie stand es nun um die Red Flags? Wie hatte sich Spanowski verhalten? Sagte er die Wahrheit oder log er? Soweit Thomas es beurteilen konnte, hatte Spanowski keine verräterischen Signale ausgesandt. Beispielsweise hatte er immer direkt geantwortet und sich nicht in ablenkende Details geflüchtet, um von der Wahrheit abzulenken. Sein Wutausbruch und der anschließende Weinkrampf deuteten nach Thomas' Einschätzung nicht, wie McNeil vermutete, auf schauspielerisches Talent, sondern auf echte Empörung. Er verhielt sich wie jemand, den man zu Unrecht eines Mordes verdächtigte. Außerdem war er seinem Blick nicht ausgewichen, so als ob er nichts zu verbergen hätte. Das alles bestätigte Spanowskis Version. Andererseits hatte Spanowski sich mit blutverschmierten Händen über Dr. Egmont gebeugt. Danach hatte er sich der Verhaftung widersetzt und war geflohen. Das sprach nicht gerade für seine Unschuld. Thomas wurde unsicher und fragte sich, ob Spanowski nicht vielleicht doch über schauspielerisches Talent verfügte, wie McNeil vermutete. Schließlich hatte er ihn während der Observation erlebt, wie er in unterschiedliche Rollen geschlüpft war. Zu Hause war er der brave Student, in der Uni der wortgewaltige Revoluzzer, dem seine Anhänger an den Lippen hingen. Er wusste immer ganz genau, was er tat, ein selbstbewusster Typ, der bei der Demonstration auf Augenhöhe mit dem Einsatzleiter verhandelte. Spanowski war sozusagen der geborene Führer. Und so einer verlor aus Angst vor einer Verhaftung die Nerven und lief in Panik davon? Schwer zu glauben für Thomas.

Spanowskis Anhänger dagegen hielten ihn für unschuldig. In der linken Studentenschaft begann es zu brodeln. Auch Peggy konnte sich nicht vorstellen, dass Spanowski – der Stachel im Hintern des Wohlstandsbürgers, wie sie es nannte – ein Mörder war. Das machte sie Thomas deutlich, als der von der Arbeit nach Hause kam.

»Da bist du ja endlich! Wo warst du denn die ganze Zeit?«, fragte sie ungeduldig.

»Heute auf der Arbeit haben sich die Ereignisse überschlagen, du glaubst es nicht«, antwortete Thomas, der es nicht abwarten konnte, mit Peggy zu reden. Doch die war auf dem Sprung.

»Lass deine Jacke an, wir müssen los.«

»Wohin denn?«, wunderte sich Thomas.

»Zu einer Veranstaltung. Solidarität mit Spanowski! Willy Spanowski ist im Knast, weil er angeblich einen Amerikaner ermordet haben soll. Hast du kein Radio gehört?«

Schlagartig wurde Thomas klar, dass er ein Problem hatte. Ein großes Problem. Wenn Peggy erfuhr, dass ausgerechnet er Spanowski verhaftet hatte, gäbe es mehr als ein Donnerwetter. Sie würde ihm die Hölle heiß machen. Trotzdem musste er mit ihr darüber sprechen, aber in aller Ruhe.

»Ja, deswegen wäre es besser, wenn du nicht hingehen würdest …«

»Auf keinen Fall! Kommst du oder kommst du nicht?«

»Peggy, bitte, lass uns hierbleiben!«

Daran dachte Peggy jedoch nicht. Spanowskis Verhaftung hatte sie zu sehr aufgewühlt. Thomas blieb allein zurück und ärgerte sich über seine Freundin. Sie war auf dem Anti-Amerika-Trip. *Solidarität mit Spanowski!* Wenn er das nur hörte. Seine Genossen und Peggy wussten ja gar nicht, was im Amerika-Haus passiert war. Sie war doch sonst so kritisch. Er würde mit ihr sprechen, wenn sie von der Veranstaltung zurückkehrte.

Doch als Peggy weit nach Mitternacht nach Hause kam, hatte der Schlaf ihn schon eingeholt.

Am nächsten Morgen, beide tranken Kaffee in der Küche, sollte es endlich zum Gespräch kommen. Zunächst erzählte Peggy, dass sie sich mit einigen Studenten getroffen habe, die sich mit Spanowski solidarisiert hatten.

»Das ist ein Justizskandal! Seine Kommilitonen planen einige Aktionen, um ihre Solidarität zu zeigen. Wenn ich Zeit habe, werde ich mitmachen.«

Thomas hörte aufmerksam zu, wagte aber keinen Kommentar abzugeben, was Peggy natürlich auffiel.

»Warum sagst du nichts dazu?«

»Na ja, das alles ist ein wenig kompliziert.« Thomas suchte fieberhaft nach einem passenden Anfang.

»Hast du ihn gestern auch beschattet?«

Thomas nickte.

»Dann müsstest du ja gesehen haben, dass er auf dieser Demonstration war.«

»Richtig.«

»Ja, dann kannst du doch bezeugen, dass er nichts mit dem Mord zu tun hat!«, fiel es ihr plötzlich ein.

Thomas rotierte innerlich. Er traute sich nicht ins kalte Wasser zu springen und reinen Tisch zu machen. Zumal er rein theoretisch über laufende Ermittlungen gar nicht reden dürfte. Außerdem war Peggy zu geladen. Ein sachliches Gespräch würde unter diesen Umständen nichts bringen.

»Ich muss jetzt zum Dienst, Peggy. Können wir nicht heute Abend über alles reden? Da haben wir auch mehr Zeit …«

Er drückte ihr hastig einen Kuss auf die Wange und wollte schnell los, da klingelte es. Als er die Tür öffnete, machte er die Erfahrung, dass Weglaufen die falsche Option war.

»Herr Engel, Sie sind ja ein Held!«

Die Hauswirtin, Lockenwickler auf dem Kopf, stand mit leuchtenden Augen vor der Tür, eine Zeitung in der Hand.

»Wie bitte?«

»Sie sind berühmt, Herr Engel!«

Die gute Frau schlug die *KLICK* auf. Sofort sprang Thomas und der herbeigeeilten Peggy eine unerwartete Schlagzeile ins Auge: MUTIGER POLIZIST VERHAFTET MÖRDER. Daneben prangte ein Bild von Thomas. Offensichtlich hatte die Berliner Polizei sein Dienstfoto an die Presse weitergeleitet.

Das war eine Katastrophe. In seiner Not versuchte er es mit Galgenhumor.

»Jetzt stehe ich auch in der Zeitung«, scherzte er verlegen und merkte sogleich, dass er mit seiner flapsigen Bemerkung richtig viel Öl ins Feuer gegossen hatte.

»Das … das … kann … nicht sein!«, stammelte Peggy fassungslos. »Du hast ihn …«

Schlimmer hätte es nicht kommen können, sagte sich Thomas und schob sich an der verdutzten Hauswirtin vorbei nach draußen. Er hätte dableiben und Peggy alles erklären können, aber das tat er nicht. Er hatte dafür jetzt keinen Kopf.

16

Hessen, 1952

Meier hatte zwar das KZ überlebt, aber sein Leben war ruiniert. Sein Sohn war im Krieg gefallen, die Ehefrau hatte ihn verlassen. Und das Stigma des Kommunisten, das die Nazis ihm angeheftet hatten, klebte wie Scheiße unter seinem Schuh und verfolgte ihn bis in die junge Bundesrepublik. Da er im Westen Berufsverbot erhielt, suchte er sein Glück in der DDR und fand bei der Deutschen Reichsbahn eine Anstellung. Doch seine Hoffnung, als Bahnwärter arbeiten zu können, erfüllte sich nicht. Stattdessen teilte man ihn wieder als Streckenläufer ein. Jeden Tag, von frühmorgens bis spätabends, bei jedem Wetter, musste er seinen zwanzig Kilometer langen Streckenabschnitt kontrollieren. Zu Fuß. Für einen gehbehinderten Kriegsversehrten war das eine Strapaze, die er nicht lange ertrug. Er bat den Abschnittsleiter um Versetzung, handelte sich aber eine Rüge ein. Da auch seine Kollegen das geforderte Arbeitspensum nicht schafften, beschwerten sie sich gemeinsam bei dem zuständigen Parteisekretär. Der Schuss ging nach hinten los, die neu gegründete sozialistische Gesellschaft konnte keine Querulanten gebrauchen. Die Volkspolizei betrachtete Meier als einen vom Westen gekauften Rädelsführer. Da er ahnte, was ihm blühte, setzte er sich lieber in den Westen ab. Doch er kam vom Regen in die Traufe, denn jetzt wurde er für einen Ost-Spion gehalten, da man ihm seine kleine Revolte gegen die harten Arbeitsbedingungen nicht abnahm. Die Organisation Gehlen, aus der später der Bundesnachrichtendienst hervorgehen sollte, verhaftete Meier, verkaufte ihn als »dicken Fisch« an die CIA und kassierte ordentlich Kopfgeld.

Meier wurde in die Villa Schuster, ein abgeschiedenes Gebäude in einem Wald in Hessen, verfrachtet und dort in ein medizinisches Untersuchungszimmer geführt. Als er an der Wand den Eid des Hippokrates las, überkam ihn ein fatales Déjà-vu. Er musste an Dachau denken, an die Krankenbaracke. Aber es kam noch schlimmer. Der Mann im Arztkittel, der ihn auf der Liege festschnallte und ihn an ein Gerät anschloss, war tatsächlich ein alter Bekannter: Dr. Stahl!

Meiers Gedanken rotierten. Wie konnte das sein? Warum war er jetzt bei den Amerikanern, die ihn doch verurteilt hatten? Oder hatten sie ihn etwa freigesprochen? Dr. Stahl seinerseits erkannte Meier nicht, oder er tat so, als würde er ihn nicht kennen. Ihm wurde von einem amerikanischen Offizier assistiert, der etwas abseits stand und eifrig Notizen machte. Meier verstand die Welt nicht mehr. Er war so aufgeregt, dass er gar nicht bemerkte, wie der Amerikaner ihm eine Spritze gab. Danach maß er seinen Blutdruck, während Dr. Stahl ihm eine Substanz einflößte.

Meier wusste nicht, dass es sich um eine neue Droge namens LSD handelte, die der Schweizer Wissenschaftler Albert Hofmann aus dem Mutterkorn entwickelt hatte. Da Dr. Stahl und Dr. Egmont keine exakten Erkenntnisse über die Wirkung hatten, versuchten sie bei der Dosierung das Prinzip »Try and Error«. Die Resultate fielen alles andere als erfolgversprechend aus. Meier durchlebte an diesem Vormittag die unterschiedlichsten Gefühlsschwankungen. Zunächst überkam ihn Traurigkeit, begleitet von starken Heulkrämpfen, dann folgten unvermittelt Schuldgefühle. Es war wie damals in KZ Dachau, wo er ganz ähnliche Torturen hatte erleiden müssen. Und auch dieses Experiment lief aus dem Ruder. Meier fiel ins Koma, und Dr. Stahl und Dr. Egmont gingen davon aus, dass er nicht überleben würde. Bevor er den G.I.s zur »Entsorgung« im Wald übergeben wurde, wachte er jedoch auf.

Der diensthabende Offizier schickte ihn weg und riet ihm, weit weg ein neues Leben zu beginnen. Daran dachte Meier nicht. Er zeigte Dr. Stahl – oder besser: Dr. Jäckel, wie er sich jetzt nannte – bei der Staatsanwaltschaft an. Meier behauptete, dass der Arzt schon in Dachau an Menschenexperimenten beteiligt gewesen sei.

Das bekam ihm jedoch schlecht. Dr. Jäckel überhäufte ihn mit Verleumdungsanzeigen, dann wurde Meier auch noch wegen Schwarzhandels angezeigt und kam in Haft. Aber wenigstens konnte er seine Strafe in einem normalen westdeutschen Knast absitzen.

17

Berlin, 1966

Thomas hatte sich vor der Auseinandersetzung mit Peggy in seine Arbeit geflüchtet. Die Fertigstellung des Protokolls über den Einsatz bot ihm eine willkommene Ablenkung von seinen privaten Problemen. Als er fertig war, holte er den Obduktionsbericht ab und wollte sich schnellstens auf den Weg zu Lopez machen, als er vor dem Polizeipräsidium von einer jungen Frau angesprochen wurde, die er aus Düsseldorf kannte: Conny Martin.

»Hey, du Held, nicht so schnell, ich wollte zu dir!«

Thomas war überrascht, Conny in Berlin zu treffen.

»Was machst du denn hier?«

»Was wohl? Dich zum Berliner Superbullen hochjazzen!«

Zum Beweis hielt sie die *KLICK* mit seinem Foto auf der Titelseite wie einen Pokal in die Höhe. Seine Reaktion fiel anders aus, als vermutlich von ihr erhofft.

»Das ist auf deinem Mist gewachsen? Na, danke!«

»Ich musste den Pressefritzen der Polizei ganz schön bearbeiten, bis er deinen Namen und ein Foto rausrückte!«

»Ich lege echt keinen Wert auf Publicity. Außerdem habe ich ziemlichen Ärger bekommen.«

»Ärger, weil du als mutiger Polizist beschrieben wurdest?«

Thomas hatte keine Lust, Conny von seinen Problemen mit

Peggy zu erzählen, außerdem musste er dringend zur amerikanischen Kommandantur in Spandau.

»Schon gut, Conny, aber ich bin ziemlich in Eile.«

»Kein Problem! Dann sag mir, wann du Zeit hast.«

»Was willst du denn von mir?«

»Eine Reportage über dich. Was du hier machst, wie du arbeitest … Das wäre doch was, oder?«

Doch darauf konnte Thomas gerne verzichten. »Nein, danke.«

»Jetzt sei mal nicht so egoistisch. Ich will doch bloß auch ein Stück vom Kuchen.«

Connys Penetranz nervte Thomas. Anstatt zu antworten, hetzte er zur Bushaltestelle. Aber wenn Conny eine Story wollte, ließ sie sich nicht so leicht abschütteln.

»Wo musst du denn hin? Ich kann dich fahren!«, rief sie ihm hinterher. Damit traf sie ins Schwarze. Thomas, der sich nicht bei Lopez verspäten wollte, nahm ihr Angebot an. Als sie erfuhr, dass er zur amerikanischen Kommandantur wollte, konnte sie ihre Neugierde nicht im Zaun halten.

»Aha! Was geht denn da vor? Spuck mal aus!«

»Erzähl du mal lieber, was du hier in Berlin machst.«

»Ach, das Rheinland war mir einfach zu klein. Die großen Geschichten passieren doch woanders, wie hier in Berlin. Und als die *KLICK* tüchtige Reporter suchte, habe ich sofort zugeschlagen.«

»Schön für dich, aber von mir bekommst du keine Informationen, ich darf darüber nicht reden.«

Damit gab sich Conny nicht zufrieden.

»Dieser Spanowski, was ist das für ein Typ? Hat er sich gewehrt? Hat er eine Waffe gehabt?«

»Kein Kommentar.«

»Wer sind seine Hintermänner?«

Sosehr sie sich auch bemühte, sie biss auf Granit. Thomas blieb mundfaul und hatte nur ein »Danke schön!« für sie übrig, als sie ihn vor der Kommandantur absetzte.

Pünktlich lieferte Thomas seine Unterlagen bei Leutnant Lopez ab. Der zeigte sich sowohl mit dem Protokoll wie dem Obduktionsbericht zufrieden. Die deutschen Gerichtsmediziner hatten gute Arbeit geleistet, Lopez sah keine Veranlassung, einen amerikanischen Arzt hinzuzuziehen. Dr. Egmont war durch einen Schlag auf den Hinterkopf zu Tode gekommen.

»Was liegt denn als Nächstes an? Kann ich bei der Durchsuchung von Spanowskis Zimmer dabei sein?«, fragte Thomas ungeduldig. Auf keinen Fall wollte er zurück zu Böhmer.

»Das ist schon erledigt«, antwortete Lopez zu Thomas' Bedauern. »Wir brauchen dich für einen anderen Job.«

Was Lopez damit meinte, sollte Thomas eine halbe Stunde später erfahren.

Beide saßen in einem bulligen Ford Mustang, den Lopez souverän durch den Verkehr steuerte. Auch für den Leutnant bestand die deutsche Straßenverkehrsordnung nur auf dem Papier. Die Berliner Verkehrspolizisten quittierten seinen wilden Fahrstil mit strammem Salutieren.

»So ist das eben, wenn man den Krieg gewinnt«, grinste Lopez, dem Thomas' erstaunter Gesichtsausdruck nicht entging.

»Sind Sie schon lange in Berlin?«

»Seit über zehn Jahren. Und im Unterschied zu Kennedy sage ich: Ich bin kein Berliner! Nein, ich bin hier, weil das mein Job ist. Meine Frau denkt da nicht anders, sie weigert sich hierherzuziehen«, erklärte Lopez und fügte ironisch hinzu: »Auch weil ihr Deutschen kein Farbfernsehen habt.«

»Warum gefällt Ihnen die Stadt nicht?«

»Ich hasse Mauern. Außerdem leben hier zu viele Alte. Aber der wichtigste Grund ist, dass von dieser Stadt immer Kriege ausgingen. Zuerst von eurem Kaiser und dann von eurem Führer.«

»Das war nicht mein Führer, Mr. Lopez. Ich weiß sehr genau, was er und die Nazis angerichtet haben. Und ich weiß auch, wer diesem Spuk ein Ende gesetzt hat. Unter anderem die Amerikaner.«

»Und jetzt sollen die Amerikaner einen Weltkrieg für diese Stadt riskieren? Eine Stadt, die sich nicht ernähren kann. 1948, als die Sowjets Berlin von allem abschnürten, haben wir aus der Luft euer Überleben gesichert. Und jetzt ist es noch immer nicht besser. Jeden Tag werden Hunderttausende Eier und Liter Milch Hunderte Kilometer weit per Lastwagen und Eisenbahn transportiert. Lächerlich! Übrigens wäre es für die Kommunisten ziemlich einfach, Westberlin zu kassieren, ganz ohne Waffengewalt. Sie müssten sich ganz einfach wehren, den Müll und die Abwässer zu entsorgen, die der Westen produziert. Westberlin würde dann in Müll ersticken und fauliges Wasser saufen. Aber die Roten kassieren lieber die eineinhalb Millionen Gebühren.«

»Sie würden also Westberlin aufgeben und den Sowjets überlassen?«, fragte Thomas erstaunt, der mit so einem sarkastischen Vortrag von Lopez nicht gerechnet hatte.

»Ich bin kein Politiker. Ich schiebe hier meinen Dienst als Cop.«

Lopez grinste zu Thomas rüber und bot ihm ein Kaugummi an.

»Zurück zu unserem Job. Wie ist es deiner Ansicht nach zu dem Mord gekommen? Ich will ein Szenario von dir hören.«

Thomas ließ sich das nicht zweimal sagen. Das Thema behagte ihm mehr als Politik.

»Spanowski betritt den Raum und will die amerikanische Flagge entfernen. Er trifft auf Dr. Egmont, der ihn daran hindern will. In dem folgenden Handgemenge erschlägt Spanowski Dr. Egmont. Ich weiß gar nicht, warum er das abstreitet. Mit einem guten Anwalt würde er mit Totschlag davonkommen.«

»Klingt plausibel, bis auf den Totschlag. Ich sage, Spanowski hasst Amerikaner und hat den Tod von Dr. Egmont bewusst in Kauf genommen.«

»Das würde erklären, warum er als Tatwerkzeug ausgerechnet die Freiheitsstatue gewählt hat«, ergänzte Thomas.

»Ja, das hätte auch aus einem Film von Billy Wilder sein können. Irgendwie ganz schön ironisch, einen Amerikaner mit der Freiheitsstatue zu erschlagen … Du kennst doch Billy Wilder?«

»Ich habe *Manche mögen's heiß* gesehen.«

»Dann solltest du dir *Eins, zwei, drei* angucken. Herrlich zynischer Film. Spielt in Berlin!«

»Danke für den Tipp. Eine Frage: Wird Spanowski hier oder in den USA angeklagt?«

»Das muss der Stadtkommandant entscheiden. Denkbar ist, dass er hier vor Gericht kommt. Wir wollen mit der deutschen Staatsanwaltschaft zusammenarbeiten. Mal sehen, wie das funktioniert, so ein Fall ist noch nie vorgekommen …«

»Mein Chef Böhmer hält Spanowski für einen Einflussagenten, Sie auch?«

»Das ist Spekulation. Es kann sein, dass er Egmont im Auftrag der Roten umgebracht hat, aber das können wir nicht beweisen. Wir müssen mit solchen Vorwürfen vorsichtig sein, um unnötige Konflikte mit den Sowjets zu vermeiden. Für uns ist wichtig, dass er Egmont umgebracht hat. Und das steht eindeutig fest.«

Thomas, der aufmerksam zuhörte, fiel noch eine Frage ein.

»Hat Dr. Egmont eigentlich für die amerikanische Polizei gearbeitet?«

»Wie kommst du denn darauf?«

»Er hat mit mir doch einen Lügendetektor-Test gemacht.«

»Ach so. Nein, er war kein Polizist«, lautete die knappe Antwort.

»Und wissen Sie, warum er im Amerika-Haus war?«

»Du bist ganz schön neugierig ...«

»So habe ich es gelernt, Leutnant. Ist es ein Fehler zu fragen?«

»Keineswegs. Dr. Egmont war mit seiner Tochter da. Sie haben eine Ausstellung von irgendeinem amerikanischen Fotografen besucht.«

»Dr. Egmont lebte also mit seiner Familie in Berlin?«

»Richtig. In Little America.«

»Little America? Noch nie davon gehört«, musste Thomas zugeben.

»Dann wird es ja Zeit. Wir fahren nämlich dorthin.«

Die amerikanische Wohnsiedlung, in der vornehmlich Offiziere und Bedienstete der amerikanischen Armee wohnten, befand sich am Hüttenweg in Dahlem. Als Lopez Little America erreichte, traute Thomas seinen Augen nicht. Befand er sich noch in Berlin oder in einem amerikanischen Suburb? Die typisch eingeschossigen Bungalows mit den roten Briefkästen und die amerikanischen Straßenkreuzer vor den Garagen kamen ihm aus vielen amerikanischen Filmen bekannt vor.

Lopez amüsierte sich über Thomas, der aus dem Staunen nicht herauskam.

»Da bist du baff, was? Willkommen in Little America!«

Thomas fielen die Frauen auf, die vor den Häusern standen. Manche unterhielten sich über die flachen Zäune hinweg, andere arbeiteten in den Gärten.

»Offiziersfrauen haben keinen Job. Alles Mütter und Hausfrauen«, kommentierte Lopez.

»Ist ihnen nicht langweilig hier?«

»Sie sind Eintönigkeit gewohnt. Abwechslung ist Mangelware. Nicht einmal beim Kochen, da der typische Amerikaner immer nur das Gleiche will, Steak mit Fries oder Fries mit Steak, haha«, amüsierte sich Lopez und parkte das Auto vor einem Flachbau hinter einem Armee-Pick-up.

»Hier wohnte Dr. Egmont.«

Ein schwarzer G.I. saß auf dem Trittbrett des Armee-Pickups und rauchte eine Zigarette. Thomas erkannte ihn sofort wieder. Es war Jimmy, den er mit Peggy aus der Diskothek geschmuggelt hatte. Beide grüßten sich zu Lopez' Erstaunen per Gettofaust.

»Ihr kennt euch gut?«

»Nur flüchtig«, antwortete Thomas, der Jimmy wegen der Vorfälle in der Diskothek nicht kompromittieren wollte. Er folgte Lopez in den Bungalow und betrat ein weiteres Stück Amerika. Als Erstes fiel ihm auf, dass es keine Wände gab, die Wohn-, Ess- und Kochbereich trennten. Das gefiel ihm. Es wirkte alles so großzügig und weiträumig. Auch die Einrichtung fand seinen Gefallen: die roten Diner-Barhocker vor der Essecke, der gemütliche Schaukelstuhl und die plüschigen Sofas vor dem Kamin. Nur die überdimensionierte Kuckucksuhr empfand er als störend.

»Die Frau da drüben ist Mrs. Egmont. McNeil kennst du ja schon.« Thomas sah zu einer blonden, ondulierten Mittvierzigerin in einem rosa Cocktailkleid, die im Essbereich mit McNeil plauderte und zu scherzen schien. Das irritierte Thomas. Immerhin war gestern ihr Ehemann erschlagen worden, und eine trauernde Witwe sah doch normalerweise anders aus.

»Und die junge Lady dort ist Rachel, seine Tochter.«

Auch Rachel, die ein weites geblümtes Kleid trug und Regale eines Sideboards ausräumte, schien wegen des Verlusts ihres Vaters keine Trübsal zu blasen. Jedenfalls summte sie leise vor sich hin und tänzelte leicht dabei. Sie kam Thomas vage bekannt vor.

»Mr. McNeil wird dir sagen, wie du dich nützlich machen kannst«, meinte Lopez, der zu seinem Kollegen trat. McNeil hatte auch sofort eine Aufgabe für Thomas.

»Hilf der jungen Lady beim Einpacken.«

Thomas verstand zwar nicht den Sinn der Aktion, nickte aber artig.

»Und wenn du eine Tonbandspule siehst, sagst du Bescheid.«

»Tonbandspule?«

»Richtig. Nun mach schon, pack ein.«

Thomas ärgerte sich, dass McNeil ihm den Sinn der Aktion nicht erklärte, wollte aber seine Laune nicht an Rachel auslassen.

»Ich bin Thomas Engel, Kripo Berlin.«

Er reichte ihr die Hand und wunderte sich, dass sie ihn wie einen alten Freund anlächelte.

»Hi, Tom.« Sie hatte einen süßen amerikanischen Akzent, den Thomas lustig fand.

Seine Verwunderung stieg, als sie ihn an der Hand nahm und in einen anderen Raum führte, der offenbar als Büro diente.

»Wir müssen alle Sachen von Daddy einpacken, okay?« Sie zeigte auf zwei leere Kartons, die auf dem Schreibtisch standen. Die Bücherregale waren schon ausgeräumt.

Thomas wollte sich an die Arbeit machen, da fiel ihm ein, woher er sie kannte. Sie war das Mädchen, das sich so merkwürdig auf der Treppe im Amerika-Haus verhalten hatte.

»Was ist? Was guckst du?«, fragte sie, als sie seinen prüfenden Blick bemerkte.

»Ich habe dich gestern im Amerika-Haus gesehen.«

»Kann sein, Tom. War viel los da«, sagte sie und brachte Thomas zum Staunen. War viel los da? Immerhin war ihr Vater erschlagen worden. Seine Verwunderung über ihre Wortwahl stieg, als sie zum Plattenspieler ging und eine Platte auflegte.

»These boots are made for walkin'!«, sang Nancy Sinatra, und Rachel summte munter mit. Thomas kam das unpassend vor.

»Ich will ja nichts sagen, aber dein Vater ist gestern ermordet worden.«

»Na und? Muss ich deswegen die Flagge auf Halbmast setzen?«, antwortete sie frech und sang jetzt mit Nancy Sinatra mit.

»You keep lying, when you oughta be truth …«

Das ging Thomas nun doch zu weit. Er schaltete kurzerhand den Plattenspieler aus.

»Ich finde eine Party jetzt unpassend.«

Das sah Rachel offenbar anders.

»Weißt du, was ein Daddy ist? Das ist jemand, der da ist, wenn man Probleme hat, oder der bei Thanksgiving den Truthahn verteilt. So einen Daddy habe ich nie gehabt! Du hast bestimmt einen Daddy, auf den du stolz bist.«

»Nein, habe ich nicht, aber ich würde einen Tag nach seinem gewaltsamen Tod trotzdem nicht Nancy Sinatra auflegen«, machte ihr Thomas klar.

»Okay, okay, okay … Dann lege ich eben eine Schweigeminute ein«, meinte sie sarkastisch und widmete sich wieder dem Ausräumen der Regale. Obwohl sich Rachel seiner Ansicht nach deplatziert verhielt, wollte Thomas nicht zu schnell den Stab über sie brechen. Sie machte einen sympathischen Eindruck, er mochte ihre Augen, die Offenheit ausstrahlten. Thomas vermutete, dass sie mit dem Tod ihres Vaters in Wahrheit nicht klarkam und die Trauer mit flapsigen Bemerkungen überspielen wollte. Es brachte also nichts, ihr mit erhobenem Zeigefinger zu kommen. Daher versuchte er es andersherum.

»Ich mag den Song übrigens. Der ist richtig cool.«

Damit hatte Rachel nicht gerechnet. Auch nicht, dass Thomas ihr die Gettofaust anbot, obwohl er sich nicht sicher war, ob sie als Mädchen die Geste überhaupt kannte. Doch Rachel erwiderte sie und grinste.

»Du bist der erste Deutsche, der sie kennt. Du wirst mich also nicht verhaften?«

»Noch nicht«, antwortete Thomas schmunzelnd und blinzelte sie an. »Frieden?«

»Frieden, Herr Kommissar!«

Erneute Gettofaust. Das Eis war gebrochen. Beide widmeten sich wieder der Aufräumarbeit.

»Denk an das Tonband«, sagte Rachel.

»Warum ist das so wichtig?«

»Keine Ahnung, aber wenn der dicke McNeil es will, soll er den Kram haben«, antwortete sie und legte einige kleine Rollen in einen Karton.

»Sind das Tonbandspulen?«

»Nein, das sind Filmrollen. Daddy war Hobbyfilmer.«

Thomas warf einen Blick auf eine der Rollen und las *Saigon '66*.

»Oh, er war in Vietnam!«

»Er war überall … nur nicht zu Hause!«, kommentierte Rachel niedergeschlagen.

Thomas, der gerade Dr. Egmonts Terminplaner in Händen hielt, blätterte interessiert darin.

»Nicht trödeln«, mahnte Rachel und legte den Kalender zugeklappt oben auf den Karton. Das Aufräumen ging weiter, was Thomas zunehmend frustrierte. Er war Polizist und kein Möbelpacker.

»Reich mir mal bitte das Bild.« Rachel zeigte auf ein eingerahmtes Foto, das auf dem Schreibtisch stand. Es zeigte Dr. Egmont in Armeeuniform neben einem Mann im Arztkittel. Auffällig an dem Fremden war der Schmiss in seinem Gesicht. Thomas nahm das Bild und gab es Rachel, die es in einen Karton packte.

»Weißt du, was dein Vater in Vietnam gemacht hat?«

»Nein. Er sprach nie mit uns über seine Arbeit.«

»Hat dich das denn nicht interessiert?«

»Nicht wirklich. Ich hätte es lieber gehabt, wenn er sich auch mal für seine Tochter interessiert hätte.«

»Aber ihr wart doch gestern gemeinsam im Amerika-Haus.«

»Ausnahmsweise wollte er mit mir etwas besprechen. ›Lass uns dahin gehen, da sind wir ungestört‹, hat er gesagt.«

»Und worüber wollte er sich mit dir unterhalten?«

Rachel zuckte mit den Schultern. »Weiß nicht. Er wirkte jedenfalls ganz ernst. So kannte ich ihn überhaupt nicht. Deswegen fand ich es komisch, dass er dann doch keine Zeit hatte. Na ja, statt ihm habe ich ein paar Freunde getroffen. Können wir nicht über was anderes reden? Daddy ist nicht mehr da, und übermorgen bin ich auch nicht mehr hier!«

»Wie meinst du das?«

»Ich fliege mit Mom nach L.A. zurück. Daddy kommt zwar mit, aber in der Holzklasse.«

Den Witz fand Thomas wieder deplatziert, reagierte aber diesmal lockerer. »Ich glaube, ich sollte dich wohl verhaften!«

»Ach komm, du bist gar kein richtiger Bulle. Dazu bist du viel zu nett.«

Im nächsten Moment strich sie ihm über den Kopf. Täuschte er sich oder flirtete Rachel tatsächlich mit ihm? Sie bemerkte offenbar seine Unsicherheit und legte nach.

»Vor dir steht ein junges Mädchen, das bald zurückfliegt. Und heute Abend will es Party machen. Die Bar heißt Eagle. Du bist eingeladen.«

Thomas sah sie erstaunt an.

»Aber vorher bringst du bitte die Kartons nach draußen! Wir sind fertig.«

In der Tat war nichts mehr einzuräumen. Rachel ging zur Küchenzeile und gesellte sich zu ihrer Mutter, die immer noch mit den beiden Amerikanern zugange war. Als Thomas die Kartons in den Pick-up laden wollte, fiel ihm eine blonde Nachbarin auf, die ihren Vorgarten kehrte, obwohl kein Körnchen Dreck zu sehen war. Die Frau lugte immer wieder neugierig rüber und erinnerte Thomas an Frau Böttger, eine Nachbarin aus seinem Heimatort, die den lieben langen Tag nichts Besseres zu tun hatte, als die Bewohner der Straße zu beobachten. Allerdings trug die Amerikanerin keine Kittelschürze wie Frau Böttger, sondern eine enge rote Karottenhose, die auf eine strikte Diät schließen ließ. Offenbar kämpfte sie gegen die Gefahren des Alters.

»Bring die Kartons zusammen mit Jimmy weg. Aber durchsucht im Hauptquartier noch mal alles nach dem Tonband, verstanden?«, ertönte es hinter Thomas. McNeil war soeben mit Jimmy aus dem Haus getreten und zeigte auf den Pick-up.

»Kann ich mich nicht anderweitig nützlich machen?«, fragte Thomas, der sich eine spannendere Aufgabe wünschte. McNeil ignorierte seine Frage, während Lopez, der zu seinem Wagen ging, ihm ein knappes »Nein!« zur Antwort gab.

»Wann wird denn Spanowski verhört?«

»Das ist jetzt unser Job, du fährst mit Jimmy.«

Lopez entging Thomas' enttäuschtes Gesicht nicht, aber diesmal blieb er hart. Thomas musste sich fügen und mit Jimmy nach Spandau zum amerikanischen Hauptquartier fahren. Diesmal ging es in einen schmucklosen rechteckigen Bau. Nachdem Jimmy ihn einer netten uniformierten Dame namens Mary am Empfang vorgestellt hatte, trugen sie die Kartons in einen großen Lagerraum.

Zu zweit machten sie sich an die Arbeit.

»Was ist denn so wichtig an dem Tonband?«, wollte Thomas wissen.

»Keine Ahnung. Wenn mein Boss etwas verlangt, dann erledige ich das, ohne zu fragen. Ich bin wie ein Roboter«, antwortete Jimmy schmunzelnd.

»Bei mir ist es anders. Ich will immer wissen, weswegen man etwas von mir verlangt«, betonte Thomas, der darunter litt, dass seine kritische Haltung bei der Polizei nicht immer auf offene Ohren stieß.

Eine halbe Stunde später hatten sie die Kisten erneut untersucht – ohne Erfolg.

»Und was mache ich jetzt? Ich habe keine Lust, zurück ins Präsidium zu gehen«, gab Thomas zu.

»Ich lade dich zu einem Burger ein, einverstanden?«, fragte Jimmy und rannte bei Thomas offene Türen ein.

»Und wo?«

»Lass uns zur Truman Hall fahren.«

Thomas konnte sich nichts darunter vorstellen, war aber neugierig. Bevor beide in den Wagen stiegen, fiel ihm etwas ein.

»Sag mal, Jimmy, wo sind eigentlich die ganzen Militärpolizisten?«

»Was sollen die hier?«, fragte Jimmy und kletterte auf seinen Sitz.

»Was wohl? Wenn du zu uns ins Präsidium kommst, dann wimmelt es von Polizisten.«

»Unsere Polizei hat ihr Hauptquartier dahinten.« Er deutete die Straße entlang.

»Und wo waren wir gerade?«

Die Frage irritierte Jimmy. »Hey, *man*, hier sitzt die CIA!« Er startete den Wagen, und sobald Thomas eingestiegen war, fuhr er los.

»Das ist die CIA-Zentrale?« Verwundert blickte Thomas auf das Gebäude.

»Was dachtest du denn?«

»Moment … Ich kapiere das nicht. Lopez und McNeil sind doch Polizisten.«

»Lopez schon. McNeil nicht. Er ist der Berliner CIA-Boss. Wusstest du das nicht?«

Thomas schüttelte erstaunt den Kopf.

»Ich habe ihn für einen normalen Polizisten gehalten.« Er zählte eins und eins zusammen. »Kann es sein, dass Dr. Egmont auch ein Mitarbeiter bei der CIA war?«

»Natürlich war er das. Er hat doch neulich mit dir den Idiotentest gemacht.«

»Aber mir war nicht bewusst, dass er für den Geheimdienst gearbeitet hat.«

Thomas ärgerte sich, dass weder Lopez noch Böhmer ihm McNeils Position erklärt hatten. Aber so war es eben, sie nahmen ihn nicht ernst und behandelten ihn von oben herab, was ihn wurmte. Er wusste ja selbst, dass er noch viel lernen musste, aber in Sachen Verhörtechnik fühlte er sich gegenüber den Amerikanern nicht wirklich im Nachteil. Er war sicher, dass sie mit ihrer »Good-Cop-Bad-Cop«-Nummer bei Spanowski nicht weiterkommen würden.

Thomas lag mit seiner Vermutung richtig.

Auch beim zweiten Verhör wiederholte Spanowski seine Unschuld. Damit provozierte er den rabiaten McNeil, dem der Kragen platzte und der Spanowski mit der flachen Hand ins Gesicht schlug. Nur mühsam gelang es Lopez, seinen grimmigen Kollegen zur Räson zu bringen. Logischerweise herrschte im Auto während der Fahrt zur Kommandantur dicke Luft zwischen den beiden.

»Du hättest dich nicht einmischen dürfen, Lopez. Ich hätte diesen Typen noch weich bekommen!«

»Indem du ihn totschlägst, oder was?«

»Misch dich nicht in meine Arbeit ein!«

»Das ist mein Job. Ich ermittle bei Mord.«

»Egmont war einer meiner Jungs.«

Da McNeil stur blieb, versuchte es Lopez auf die sanfte Tour.

»Im Grunde brauchen wir kein Geständnis. Jedes Gericht wird ihn aufgrund der Beweislage verurteilen.«

»Ich will ihn trotzdem zu einem Geständnis kriegen. Es geht mir ums Prinzip.«

»Sei doch vernünftig, Mann. Willst du, dass Spanowski den Märtyrer spielt und uns die Presse auf den Hals hetzt?«

»Ich hätte ihn schon gestern zum Reden gebracht. Aber der junge Bulle musste unbedingt Zuschauer spielen. Ich hätte das niemals erlauben sollen.«

»Ach komm, heute war der Junge nicht dabei, und trotzdem gab es kein Geständnis.«

»Weil dieser Spanowski ein Kommunistenschwein ist. Die sind zäher als meine Sohle!«

Lopez merkte, dass er bei McNeil auf Granit biss. Der Kerl war völlig uneinsichtig. So ging das nicht!

»Ich werde mich beim Kommandanten beschweren. Ich will nicht, dass du in meinen Job reinpfuschst!«, drohte er, was bei McNeil nur ein herablassendes Lächeln provozierte.

Thomas, der nicht ahnte, dass er mit seiner Prognose bezüglich des Verhörs richtiglag, ließ sich von Jimmy ein Einkaufszentrum zeigen, das ihm gigantisch vorkam: die Truman Hall. Sie beherbergte den größten Supermarkt, den er je gesehen hatte. Bei der Fülle an Produkten und Gütern des täglichen Lebens kam er aus dem Staunen nicht heraus. Obendrein handelte es sich um Dinge, die er teilweise nicht mal kannte und die direkt aus den USA importiert waren.

»Alles ist billiger hier, steuerfrei. Aber man kann nur mit amerikanischem Ausweis kaufen.«

Kaum hatte sich Thomas vom Anblick der zahlreichen Einkaufstüten aus Papier und vollen Einkaufswagen erholt, wartete die nächste Überraschung auf ihn, und zwar in Gestalt eines Foodtrucks, der all die Dinge anbot, die er aus amerikanischen Filmen kannte, wie Hotdog und Hamburger.

»Der Burger schmeckt zweifelsfrei besser als die deutsche Frikadelle, nur das Miller aus der Dose kommt nicht gegen das Düsseldorfer Alt an!«, lautete sein Fazit. Das hinderte beide trotzdem nicht daran, auf ihre neue Freundschaft anzustoßen.

»Meine Mom muss dich kennenlernen«, sagte Jimmy unvermittelt und schleppte Thomas zu einem Passbild-Automaten. Beide hatten großen Spaß an den Fotos.

»Ich schicke eines davon nach Harlem zu meiner Mom. Die wird sich wundern, dass ich einen weißen Freund habe«, scherzte er. »Ich habe bisher so ein Foto nur mit Stevie gemacht.«

Thomas war sich der Ehre bewusst und steckte das Foto in seine Brieftasche, direkt neben Peggys Bild.

»Hast du schon was von Stevie gehört?«

Die Frage ging Jimmy unter die Haut. Er, der sonst immer ein Lächeln im Gesicht hatte, schüttelte ernst den Kopf und fügte mit gedämpfter Stimme hinzu: »Noch nicht. Hoffentlich hat er eine gute Zeit dort. Ich möchte nicht mit ihm tauschen.«

»Ist es so schlimm in Vietnam?«

Jimmy nickte stumm und nahm sich Zeit mit der Antwort.

»Sagen wir mal so. Ich würde von dort keine Ansichtskarte schicken.«

Aber Dr. Egmont hatte eine Postkarte aus Vietnam geschickt, fiel Thomas ein.

»Dr. Egmont war auch in Vietnam. Wusstest du das?«

»Keine Ahnung. Interessiert mich nicht.« Jimmy winkte ab. Das Schicksal des Arztes war ihm offenbar herzlich egal. Thomas dagegen ging der Fall nicht aus dem Kopf.

»Hast du denn eine Vorstellung, was er dort gemacht haben könnte?«

»Jedenfalls ist er bestimmt nicht durch den Dschungel getappt und hat gegen Charlie gekämpft.«

»Charlie?«

»So nennen wir die Vietcong.«

»Aber du hast gegen Charlie gekämpft?«

»Ein halbes Jahr lang. Bin dann wie gesagt verletzt und nach Berlin versetzt worden. Aber Dr. Egmont sah nicht so aus, als ob er jemals die Front gesehen hätte.«

»Willst du darüber sprechen, wie es war?«

Das Thema behagte Jimmy nicht.

»Sollen wir nicht lieber über Musik reden?« Ohne Thomas' Antwort abzuwarten, begann er zu singen: »You can't hurry love ...«

Sein Versuch, vom Thema abzulenken, schlug fehl. Er sah in Thomas' Gesicht und brach ab.

»Hey, *man*, was ist? Singe ich etwa zum Abgewöhnen?«

»Du hast wirklich Talent, Jimmy, aber ich hätte gern gewusst, was in Vietnam wirklich abgeht. Und zwar von jemandem, der da war. Der die Wahrheit kennt. Der mir keine Märchen erzählt.«

Jimmy seufzte. »Du weißt schon, dass ich dir keine Bitte abschlagen kann, was?«

Warum auch?, dachte Thomas. Jimmy wusste doch, dass er ihm vertrauen konnte.

»Wie soll ich anfangen? Vielleicht so ... Wir landeten irgendwo in der Nähe von Danang oder so, überall grüne Reisfelder, hübsche Dörfer in Bambusfeldern, Palmen überall. Auf den Bergen Regenwälder, echt wie im Paradies, obwohl ich nicht sehr gläubig bin. Hier sollte Krieg sein? Nein, wir würden hier Spaß haben, dachten wir. Fehlanzeige. Es dauerte nicht lange, und wir hatten unseren ersten Einsatz. Das lief so. Man setzte uns mit den Hubschraubern irgendwo ab, und dann ging es los. Wir mussten Charlie suchen, seine Stellungen und Waffenlager. Meistens in Dörfern. Aber wie erkennt man einen Feind, der keine Uniform trägt? Egal. Alle wurden verhaftet, dann kamen die Säuberungsaktionen. Hinein in die Wälder. Das Paradies wurde zur Hölle. Unsere Offiziere, allesamt weiß, nannten das ›Feuertaufe‹. Hört sich feierlich an, heldenhaft, aber in Wahrheit ist es ein Massaker. Nahkampf. Mann gegen Mann. Das Lachen vergeht dir schnell, wenn eine Granate einschlägt und deinem Kameraden die Augäpfel aus dem Kopf reißt. Oder wenn die Palmen mit Blut besprenkelt werden.«

Jimmy schloss die Augen und schlug sich gegen die Schläfe, als wollte er die Erinnerungen aus seinem Kopf vertreiben. »Das willst du nicht hören, *man* …«

Thomas legte einen Arm um die Schultern seines Freundes und versuchte, ihn zu beruhigen.

»Ich kann das vertragen, Jimmy«, versicherte er, obwohl ihm die Schilderungen zusetzten.

Nach einer Pause fuhr Jimmy fort, langsam und bedächtig, als würde er alles noch einmal erleben.

»Wir trafen auf Reisbauern, auf Frauen, auf Kinder, auf Alte, die waren geschockt, als wir schwer bewaffnet antanzten. Wir suchten nach Charlies Verstecken. Unsere Offiziere machten Druck, wir mussten alles niederbrennen. Zippo-Angriff hieß das, du hältst dein Feuerzeug einfach an das Strohdach. Es brannte wie Zunder. Alles wurde vernichtet, die Häuser, die Ernte, der Reis. Und wo war Charlie? Keine Spur. Als wir weiterzogen, hinterließen wir verbrannte Erde und verkohlte Bauern. Weißt du, wie verbranntes Menschenfleisch riecht? Das geht dir nie mehr aus der Nase! Da hilft nur Dope …«

Die drastische Beschreibung ging Thomas nahe, aber Jimmy war noch nicht fertig.

»Und dann dieser Dschungel. Da ist Nebel, man sieht nichts, es ist schwül, andauernd stechen einen Moskitos, dann die Blutegel! Shit. Was will ich dort? Als schwarzer Mann den gelben Mann töten, weil der weiße Mann es befiehlt? Die weißen Kids mit Beziehungen und Geld konnten zu Hause bleiben und ihren verdammten Arsch retten!« Jimmy spuckte verächtlich auf den Boden und schüttelte entschieden den Kopf. Als er das betroffene Gesicht von Thomas sah, versuchte er, ihn aufzurichten.

»Hey, ist alles okay. Solange ich hier meinen Job erledige,

geht es mir optimal. Und meine Mom ist happy, ich bin ihr einziges Kind. Als ich in Vietnam war, hat sie jeden Tag gebetet, dass mir nichts passiert. Immerhin musste sie mich nicht im grauen Zinksarg abholen, so wie andere Mütter ihre Söhne. Jetzt verstehst du vielleicht, warum ich alles tue, was mein Boss McNeil verlangt. Lieber ein wenig Arschkriechen als in die Hölle da drüben!«

»Das kann ich verstehen, ich würde auch lieber hier bei der CIA arbeiten …«

»Ich bin nicht bei der CIA. Die nehmen keine Typen wie mich.«

»Warum denn nicht?«, fragte Thomas erstaunt.

»Kann es sein, dass du ein bisschen grün hinter den Ohren bist? Ich bin schwarz, Mann!«

»Moment, Jimmy, ich dachte immer, dass nach dem Amerikanischen Bürgerkrieg …«

Jimmy fiel ihm lachend ins Wort. »Ja, klar doch, die Sklaverei wurde abgeschafft. Trotzdem werden wir Schwarzen viel häufiger eingezogen als Weiße und als Kanonenfutter verheizt. Übrigens, schon mal was vom Ku-Klux-Klan gehört?«

»Die haben doch letztens Beatles-Platten verbrannt, weil sie Beatmusik als Werk des Teufels bezeichnen!«

»Richtig. Ansonsten verbrennen sie die Häuser von Schwarzen und üben Lynchjustiz. Nein, der Bürgerkrieg hat nicht viel für uns gebracht. Als Schwarzer wird man wegen eines Strafzettels aus dem Auto gezerrt. Und dann halten die Cops die Knarre an deine Schläfe. Es ist absurd, aber hier in Berlin bin ich kein Schwarzer, sondern amerikanischer G.I. Die Deutschen respektieren mich, salutieren sogar. Der Einzige, der mich wie einen Neger behandelt, ist mein Boss. Und der kann mich jederzeit aus dem sicheren Nest werfen und in die grüne Hölle zurückschicken, wenn ich aufmucke.« Jimmy hob die Hände und ließ sie resigniert wieder sinken. Sein Vortrag war zu Ende.

»Das alles hört sich gar nicht gut an. Mir war das nicht klar«, gab Thomas selbstkritisch zu. Jimmys Schilderungen vom Krieg in Vietnam und dem Alltag der Schwarzen in den USA hatten eine Menge Illusionen über sein geliebtes Amerika zerstört. Aber gab es denn keinen Lichtblick? Die Hoffnung auf Besserung? »Irgendwann muss doch diese Diskriminierung ein Ende haben!«

»Schon mal was von Martin Luther King gehört, dem Bürgerrechtler? Was hat der gesagt? *I have a dream!* Tja, drei Jahre ist das jetzt her, doch von der Erfüllung dieses Traums ist bis heute nichts zu spüren.«

Was sollte Thomas dazu sagen? Ihm fiel nur ein knappes »Scheiße!« ein. Das wiederum wollte Jimmy nicht akzeptieren. Die Laune seines Freundes musste gehoben werden.

»Hey, *man*, alles wird besser!«, rief er ihm aufmunternd zu und zitierte singend wieder die Supremes: »You can't hurry love ...«

Mit anderen Worten: Geduld und Zuversicht waren bei der Bewältigung der Probleme gefragt. So dachte jedenfalls Jimmy, der wieder lächelte und seine strahlend weiße Zahnreihe aufblitzen ließ, was Thomas ein wenig optimistisch stimmte. Trotzdem sagte er ab, als Jimmy eine weitere Runde Budweiser ordern wollte. Zu Hause warteten noch einige Probleme mit Peggy, die er zu lösen hatte. Probleme, die auf sein Konto gingen. Er musste sie unbedingt aus dem Weg räumen.

»Ich sollte langsam mal nach Hause und mit meiner Freundin etwas klären«, kündigte er an. Er konnte sich nicht länger vor der fälligen Aussprache drücken.

»Behandle sie gut, *man*, das *girl* ist schwer in Ordnung!«, ermahnte ihn Jimmy ungewohnt ernst.

»Das ist sie. Und ich liebe sie.«

Bevor Thomas nach Hause fuhr, kaufte er mit Jimmys Hilfe eine Tafel amerikanische Schokolade und ein Glas Erdnussbutter für Peggy. Sozusagen als Versöhnungsgeschenk. Er wollte sich bei ihr nicht nur für sein Verhalten am Morgen entschuldigen, sondern ihr von der Verhaftung und Spanowskis Flucht erzählen. Und er würde ihr versprechen, alles zur Aufklärung des Falls beizutragen, was ihm möglich war – obwohl unter kriminalistischen Gesichtspunkten die Indizien gegen den Studentenführer sprachen. Das jedenfalls stand auf Thomas' Agenda. Daraus wurde aber nichts, denn er traf Peggy zu Hause nicht an.

Es wird spät werden!, stand auf einem Zettel, mehr nicht. Thomas ärgerte sich. Peggy zeigte offenbar kein Interesse an einer Klärung des Streits. *Es wird spät werden* … Der Zettel landete im Mülleimer. Thomas fragte sich, was er mit dem angebrochenen Abend anfangen sollte. Vielleicht auch ausgehen. Aber wohin? Als er das Radio einschaltete und Nancy Sinatras »These Boots Are Made for Walkin'« ertönte, fiel ihm Dr. Egmonts Tochter ein. Sie hatte ihn doch in eine Bar namens Eagle eingeladen. Das Bild von Rachel schoss ihm durch den Kopf, wie sie im Amerika-Haus verstört auf den Stufen saß. Sofort befand sich Thomas wieder im Ermittlermodus. Hatte sie womöglich etwas gesehen, was mit dem Mord zusammenhing? Er musste noch mal mit ihr sprechen. Mithilfe des Telefonbuchs in der Telefonzelle vor der Wohnung fand Thomas schnell die Adresse der Bar heraus.

Der kernige Türsteher mit Sonnenbrille baute sich vor Thomas wie eine Mauer auf und machte ihm klar, dass der Eintritt nur für Amerikaner galt.

»Ich bin mit einem amerikanischen Mädchen verabredet«,

versuchte Thomas zu erklären, wurde aber komplett ignoriert. Er ließ sich von dem Muskelpaket jedoch nicht einschüchtern und wagte einen Blick in den Club. Tatsächlich entdeckte er Rachel vor der Theke. Sie war jetzt nicht das Hippie-Mädchen im geblümten Kleid, sondern eine gelungene Kopie von Nancy Sinatra im engen Cocktailkleid und mit ondulierten Haaren.

»Hey, Rachel, sag dem Gorilla, dass er mich reinlassen soll!«, rief er frech am Türsteher vorbei. Bevor der *Gorilla* auf Thomas' Dreistigkeit reagieren konnte, stürmte sie herbei und zog ihn einfach in die Bar.

»Tom, das ist so cool, dass du da bist!« Sofort fiel sie ihm um den Hals und stellte ihn ihren amerikanischen Freunden vor. Thomas grüßte höflich in die Runde, bekam eine Dose Bier und musste mit allen anstoßen. Unter anderen Umständen wäre er in die Clique eingetaucht, hätte mitgescherzt und sich an den Gesprächen beteiligt, aber er war nicht privat hier. Er musste Rachel unter vier Augen sprechen und wartete auf eine Möglichkeit. Die ergab sich, als »When a Man Loves a Woman« von Percy Sledge gespielt wurde. Er bat sie um den Tanz, und sie willigte sofort ein. Während der einfühlsamen Liebesballade kreisten beide wie ein verliebtes Paar eng umschlungen auf der Tanzfläche. Als er sie zu befragen versuchte, schüttelte sie den Kopf. Sie wollte den romantischen Moment nicht gestört sehen. Thomas musste also weitertanzen, ja, er musste sich sogar ihren Kuss nach dem Ende des Songs gefallen lassen. Unangenehm war ihm das nicht, aber es irritierte ihn und brachte ihn aus dem Konzept, zumal auch das nächste Stück, »It's All Over Now, Baby Blue«, Rachels Flirtoffensive verstärkte. Sie klammerte sich noch enger an Thomas, küsste seinen Hals und ließ ihn ihre Brüste spüren. Thomas musste sich zusammenreißen, denn erstens hatte er sie sozusagen dienstlich aufgesucht, und zweitens war er immerhin mit Peggy liiert, die er liebte. Rachel dagegen plagten solche Gedanken nicht, insofern war es nicht verwunderlich, als sie ihn nach dem Tanz beiseitenahm und ihm eine überraschende Frage stellte.

»Bringst du mich jetzt nach Hause? Ich will mit dir allein sein!«

Das war genau in Thomas' Sinn. Endlich konnte er sie unter vier Augen sprechen. Da es bis zu ihrem Haus nicht allzu weit war, gingen sie zu Fuß. Rachel nahm wie selbstverständlich seine Hand, und beide schlenderten wie ein frisch verliebtes Pärchen über die Straße. Immer wenn Thomas zum Sprechen ansetzte, reagierte sie mit einem *Psst.* Offensichtlich wollte sie die laue Mondnacht genießen. Thomas blieb geduldig, seine Zeit würde kommen. Und die kam auch, als beide den Bungalow der Egmonts erreichten. Drinnen war es dunkel. Rachels Mutter schlief wohl schon. Rachel führte Thomas um das Haus herum zum Garten, und beide machten es sich auf der Hollywoodschaukel bequem.

»Du darfst nicht denken, dass ich mit jedem Jungen ausgehe. Ich habe schon mal ein Date gehabt, aber da ist nichts gelaufen. Ein wenig Necking, ja, aber kein Petting. Ich war noch nie verliebt, weißt du, aber bei dir ist es anders.«

»Du kennst mich doch gar nicht«, entgegnete Thomas lächelnd. Er war nicht in Rachel verliebt, wollte sie aber nicht vor den Kopf stoßen, da er schließlich seine Fragen loswerden wollte.

»Doch, du hast tolle Augen, bist witzig und ein wenig schüchtern, nicht so aufdringlich.«

»Darf ich dir trotzdem einige Fragen …?«

Weiter kam Thomas nicht, weil Rachel ihm mit einem Kuss den Mund verschloss.

Zunächst zierte sich Thomas ein wenig, aber dann gab er seinen Widerstand auf. Es war das erste Mal, dass er ein anderes Mädchen als Peggy küsste, und es gefiel ihm. Rachels Lippen hatten es ihm angetan, außerdem roch sie verführerisch. So schwer es ihm fiel, setzte er der Knutscherei irgendwann ein Ende, schließlich war er nicht zum Vergnügen hier. Sanft schob er sie beiseite und strich ihr über die Haare.

»Nur ein, zwei Fragen, dann können wir weitermachen, okay?«

Anstatt ihm zu antworten, nahm Rachel seine Hand und legte sie auf ihre Brust.

»Du hast mich doch gerne, oder?«

»Natürlich, aber es wäre schön, wenn du mir aus der Patsche helfen könntest«, antwortete Thomas und befreite seine Hand sanft aus ihrem Griff.

»Hast du ein Problem?«, fragte sie besorgt.

Er nickte mit gespielt ernster Miene. Hoffentlich nimmt sie mir das ab, dachte er.

»Mein Boss verlangt einen Bericht, aber ich kann ihn ohne deine Hilfe nicht schreiben.«

»Dann kommst du einfach mit mir nach L.A.! Ich mag dich.«

Sie schien tatsächlich einen Narren an ihm gefressen zu haben.

»Bitte, Rachel, willst du mir helfen oder nicht?«

»Also, was möchtest du wissen? Beeil dich mit deinen Fragen, dann haben wir es hinter uns.«

»Ich würde gerne etwas über deinen Daddy und deine Mom wissen. Kann es sein, dass sie nicht allzu traurig ist?«

»Gut möglich, warum fragst du?«

»Weil ich das für meinen Bericht wissen muss. Haben sich deine Mom und dein Dad gestritten?«

»Das war beider Hobby«, antwortete sie schulterzuckend.

»Und warum?«

»Mein Gott, warum ist eine Ehe kaputt? Keine Liebe. Nur Hass. Deshalb musst du mit mir nach L.A. Dort ist kein Hass. Alle lieben sich!«

Als wollte sie ihm das beweisen, begann sie, ihn erneut zu küssen. Thomas küsste sie zurück, allerdings nur flüchtig auf die Wange. Er musste sich jetzt zusammennehmen.

»Sie mochten sich also nicht?«

»Ich will nicht über ihre Ehe sprechen. Ich fand das alles sehr schlimm. Wenn ich mal heirate, dann wird das besser.«

»Erzähl mir trotzdem was über deine Eltern. Warum hat es denn bei ihnen gekracht?«

»Mama hat ihm vorgeworfen, zu viel Geld ausgegeben zu haben.«

»Was meinte sie damit?«

»Er hat wohl Aktien verkauft, deswegen stellte sie ihn zur Rede. Sie dachte, er würde heimlich spielen, aber das ist Unsinn. Dad konnte nicht einmal pokern.«

»Aber was hat er mit dem Geld gemacht?«

»Weiß nicht, und das ist jetzt auch egal. Ich will nicht mehr darüber sprechen.«

Thomas dachte nicht daran, ihren Wunsch zu akzeptieren. Er wollte so viele Informationen über Dr. Egmont wie nur möglich.

»Ist dein Vater denn fremdgegangen?«

»Das machen doch alle Männer.«

»Ich nicht«, versicherte Thomas und nahm schnell seine Hand von Rachels Brust.

»Gefalle ich dir nicht, Tom?«

»Natürlich, Rachel. Aber ich habe noch einige Fragen.«

»Dann mach schnell!«

»Weißt du, mit wem er fremdging?«

»Keine Ahnung, aber er muss ganz schön verknallt gewesen sein. Er wollte Mom verlassen.«

»Er wollte euch verlassen?«

Nun wurde es Rachel zu viel. Verärgert stand sie auf.

»Warum reden wir nur über ihn?«

Thomas zog sie sanft zurück.

»Bitte, Rachel, wir sind gleich durch.«

Zu seinem Erstaunen machte sie es sich auf seinem Schoß bequem.

»Eine Sache noch. Du hast gesagt, dein Vater wollte mit dir im Amerika-Haus sprechen. Warum hat er es denn nicht getan?«

»War typisch für ihn«, sagte Rachel gleichgültig. »Er versprach viel, aber dann ging die Arbeit doch vor.«

»Das heißt?«

»Na ja, er hat halt lieber mit dem dicken McNeil geredet. Der tauchte nämlich plötzlich auf.«

»McNeil? Der war an dem Tag im Amerika-Haus?«

»Der ist da öfters«, antwortete sie, während sie mit Thomas' Haaren spielte.

»Kannst du mir etwas über das Gespräch der beiden sagen?«

»Nö, aber sie waren sehr laut und haben sich nach oben verzogen.«

»Aha! Und dann?«

»Keine Ahnung, ich war nicht ganz da …«, meinte sie schuldbewusst und senkte den Kopf.

»Hattest du getrunken?«

»Ich trinke doch nicht! Das ist uncool!«

»Moment … Du hast Drogen genommen?«

»Okay, jetzt weißt du's. Und nun will ich meine Belohnung!«

Wie selbstverständlich begann sie, ihn erneut zu küssen, und

Thomas, der sie weiter ausfragen wollte, hatte alle Hände voll zu tun, sie halbwegs auf Abstand zu halten.

»Kannst du mir sagen, was dein Vater bei der CIA gearbeitet hat?«

»Nein. Er hat nie mit uns darüber gesprochen. Das hab ich doch schon gesagt.«

»Hat er etwas mit Spionage zu tun gehabt?«

»Daddy als Spion? Haha, das ist witzig. Und jetzt ist Schluss mit Daddy, bitte, Tom!«

Rachels Lust, über ihren Vater zu sprechen, war sichtlich erschöpft. Sie wollte sich stattdessen mit Thomas beschäftigen. Er hatte ihr den Kopf verdreht, obwohl er es gar nicht darauf angelegt hatte und sich auch nicht aufdringlich verhielt, wie die anderen Jungs aus Little America. Auf jeden Fall brachte sie ihn in ein Dilemma. Peggy würde die Art und Weise, wie er Rachel befragte, mit Sicherheit nicht gutheißen. Also zog er die Notbremse und schob sie sanft beiseite. Er brauchte jetzt mindestens eine Armlänge Abstand.

»Welche Drogen hast du genommen?«

Sie holte ein Blättchen Papier heraus, das sie Thomas reichte.

»White Rabbit.«

»Was ist das?«

»Acid natürlich, du Dummchen!«

Thomas verstand. LSD. Er hatte von dieser Droge gehört, die in Berlin in bestimmten Kreisen wie den Künstlern am Wannsee angeblich die Runde machte. Er selbst war bislang nicht damit in Berührung gekommen.

»Wo hast du das her?«

»Direkt aus L.A. Der Trip ist bei den *boys* und *girls* in Little America der Renner. Willst du auch? Wir können uns die Portion teilen.«

Thomas winkte ab.

»Hast du schon öfters LSD genommen?«

»Ein paar Mal … Sollen wir es nicht mal gemeinsam probieren? Das wäre was!«

»Ich würde dir gerne vorher noch ein paar Fragen stellen …«

»Ich antworte nur, wenn du das probierst!«

Thomas schüttelte den Kopf.

»Guck, ist doch nichts dabei«, sagte sie und leckte am Papierstreifen.

»Okay, aber du musst antworten.«

»Jaja, wenn's sein muss.«

Um sie zu beruhigen, strich er flüchtig mit der Zunge über das Papier. Er war sich sicher, dass sich die Wirkung in Grenzen halten würde.

»So, und jetzt zu deinem Vater. Hatte er eigentlich Feinde?«

Anstatt ihm zu antworten, schloss sie die Augen und legte den Kopf auf seine Schulter.

»Hallo, Rachel!«

»Daddy kannte auch Acid«, sagte sie plötzlich.

»Er nahm Drogen?«, wunderte sich Thomas.

»Das glaube ich nicht. Aber als ich mit Mom in seinem Arbeitszimmer war und wir Liebesbriefe von anderen Frauen suchten, habe ich auf seinem Schreibtisch einige Unterlagen gesehen. Auf einer Mappe stand *topsecret.* Natürlich war ich neugierig und habe ein bisschen geblättert. Da stand etwas über die Wirkung von Drogen. Seltsam, nicht wahr?«

Thomas wurde hellhörig und wollte nachfragen, da merkte er plötzlich, dass ihr Kopf, der auf seiner Schulter ruhte, immer schwerer wurde.

Thomas fasste es nicht. Rachel, die auf seinem Schoß saß, verwandelte sich langsam in ein Skelett, ihr Körper zerfiel bis auf die Knochen. Er geriet in Panik, sprang auf und schob sie beiseite. In Todesangst brüllte er in die Nacht hinaus, hörte aber seine eigene Stimme nicht. Irritiert fasste er sich an den Kopf, versuchte, sich zu konzentrieren. Verwundert sah er, dass Rachel wieder Menschengestalt angenommen hatte und auf dem Rasen Pirouetten drehte. Endlich begriff Thomas, was los war. Die Droge hatte von ihm Besitz ergriffen. Was jetzt? Ihm wurde schwindlig, der Boden unter seinen Füßen begann zu beben. Er musste hier weg. Er musste nach Hause.

Zunächst rannte Thomas über die Straßen, bis er an einer U-Bahn-Station vorbeikam. Die Buchstaben auf dem Schild tanzten wild, und er konnte den Namen der Station nicht lesen. Egal, er wollte mit der Bahn fahren und eilte daher die Stufen zum Bahnsteig hinunter. Unten angekommen, musste er eine Pause einlegen. Sein Herz pochte wie ein Metronom im Presto-Modus. Um zur Ruhe zu kommen, setzte er sich auf eine Bank und schloss die Augen. Als er sie wieder öffnete, befand er sich im Tunnel vor dem Geisterbahnhof und kämpfte mit Caspari um Leben und Tod. Doch diesmal fand der Kampf nicht in der Dunkelheit statt. Im Schacht war es taghell. Was für ein Horrorfilm lief da ab? Thomas wehrte sich gegen diese Bilder und schlug sich mehrmals mit der Hand auf den Kopf, um sie aus seinem Hirn zu vertreiben. Vergebens. Er sah, wie er die Waffe aus dem Holster zog und Caspari erschoss.

»Nein! Nein!« Thomas schrie den Bahnhof zusammen und rannte die Treppe hinauf. Er wollte endlich wieder zur Ruhe kommen. Als er ein Taxi vor der U-Bahn-Station sah, stieg er ein. Es war ein Wunder, dass er dem Fahrer seine Adresse nennen konnte.

Weit nach Mitternacht kam er nach Hause. Peggy schlief bereits fest. Er dagegen war hellwach, in seinem Kopf drehten sich die Gedanken im Kreis. Im Zentrum des Strudels nahm ein bekanntes Gesicht immer klarere Konturen an: Dr. Egmont im Amerika-Haus. Er lag in seinem Blut. Eine Tür ging auf, und Spanowski betrat den Raum. Nein, nein, sagte sich Thomas, das ist Einbildung. Spanowski war doch der Täter!

Thomas stürmte ins Badezimmer und hielt den Kopf unter den Wasserhahn. Danach legte er sich auf das Sofa. Wie nur konnte er endlich zur Ruhe kommen? Neben dem Plattenspieler lag die neue LP der Beatles, *Revolver*. Wie von Geisterhand begann das letzte Stück zu spielen, mit dem Thomas sonst nichts anfangen konnte, weil es in seinen Ohren fremdartig, chaotisch und seltsam klang. Aber jetzt hörte er alles mit anderen Ohren. Er tauchte in eine neue Welt ein, lauschte kreischenden Möwen und sah Indianer, die über die Prärie ritten. Und John Lennon sang, als käme er von einem anderen Planeten. Es war paradox. Thomas konnte jedes Wort verstehen, die Zeilen gefielen ihm: »Lay down all thoughts, surrender to the void …«

Genau das tat Thomas. Er versank in einen tiefen, traumlosen Schlaf.

18

Hessen, 1952

Zwei Eimer Wasser hatten Meiers Leben ruiniert, ein Eimer Benzin sollte es jetzt beenden. Meier wollte nicht mehr leben. Er war gerade aus der Haft entlassen worden und stapfte mit vier Litern Benzin durch den Forst zu dem Ort, der ihm so viel Unglück beschert hatte, zur Villa Schuster. Dort wollte er sich vor den Augen von Dr. Jäckel und seinen amerikanischen Freunden verbrennen. Diese Menschen sollten sehen, was sie angerichtet hatten. Ob die Aktion Schuldgefühle bei ihnen auslösen würde, interessierte Meier nicht. Er wollte seinem beschissenen Leben ein Ende setzen. Doch das Haus im Wald, die *Folterbude*, wie er sie nannte, stand leer. Von einem Waldarbeiter erfuhr er, dass die Amerikaner es seit Langem nicht mehr benutzten.

Da stand er nun mit seinem Eimer Benzin. Was sollte er tun? Sich trotzdem das Leben nehmen? Während er hin und her überlegte, hörte er ein leises, jammervolles Winseln. Es kam von einem Sack, der von einem Ast hing. Jemand hatte einen Welpen ausgesetzt und seinem Schicksal überlassen. Der kleine, tapsige Kerl machte einen jämmerlichen Eindruck und schaute Meier mit großen Augen an. Der bekam Mitleid und nahm ihn wie ein Baby auf den Arm. Das kleine Wollknäuel schmiegte sich an Meier und schaute ihn mit seinen großen Augen dankbar an. Meier, der bisher nicht als Tierfreund aufgefallen war, wusste, dass er sich um das hilflose Wesen kümmern würde.

»Kleiner, wenn ich mich umbringe, wirst du auch nicht überleben.«

Aber was sollte er jetzt mit dem Benzin machen?

19

Berlin, 1966

Peggy war beunruhigt. Das Bett neben ihr war leer. Wo war Thomas? Seit sie zusammenlebten, hatte er die Nacht nie woanders verbracht. Was war ihm zugestoßen? Ihre Unruhe legte sich erst wieder, als sie ihn schlafend auf dem Sofa im Wohnzimmer fand.

»Hallo?! Was ist denn mit dir los?«

Anstatt ihr zu antworten, sah sich Thomas, der sich wie durch den Wolf gedreht fühlte, prüfend um und hoffte, dass die Wirkung des Trips vorbei war. Erleichtert stellte er fest, dass seine Umgebung normal aussah. Die Farben spielten nicht mehr verrückt, die Proportionen der Möbel stimmten wieder.

»Alles gut«, antwortete er und stand mühsam auf. Er brauchte jetzt eine heißkalte Wechseldusche und torkelte auf schwachen Beinen ins Bad.

»Hast du dich gestern betrunken?«

»Mir war nur schlecht, irgendwas Bescheuertes gegessen«, log er und stieg in die Duschkabine. Ihm war das Ganze unangenehm. Er ärgerte sich über sich selbst. Warum hatte er diesen Scheiß probiert? Überhaupt der Trip. Er konnte sich an jede Szene dieses wirren Films erinnern. Auf keinen Fall würde er die Erfahrung noch mal machen wollen. Ihm ging es nicht in den Kopf, dass Rachel und andere dieses Zeug freiwillig nahmen.

»Wo warst du denn gestern Nacht?«

»Dienstlich unterwegs«, antwortete er knapp und ärgerte sich, dass der Boiler wieder mal kein heißes Wasser hergab.

»Wir wollten doch gestern über alles sprechen«, erinnerte Peggy ihn vorwurfsvoll.

»Als ich von der Arbeit kam, habe ich nur deinen Zettel gefunden.«

»Du hättest ja warten können!«

Ärgerlich verließ sie das Bad und zog sich im Schlafzimmer an. Thomas, der eigentlich das Gespräch mit ihr suchte, dachte trotzdem nicht daran, ihr zu folgen. Er nahm Peggy ihren Vorwurf übel. Aber dann gab er doch nach und wagte einen Versuch.

Er traf Peggy im Flur an. Sie wollte offenbar ohne den obligatorischen Frühstückskaffee zur Arbeit.

»Jetzt hör mir bitte zu. Ich will dir sagen, was mit Spanowski los ist. Ich habe ihn in flagranti erwischt. Er stand mit blutigen Händen über dem blutenden Mann. Als ich ihm sagte, dass ich Polizist bin, hat er das Weite gesucht. Der ist bestimmt kein Unschuldslamm!«

»Hast du denn gesehen, wie er den Mann umgebracht hat?«

»Das nicht, aber kannst du mir erklären, warum er getürmt ist?«

»Vielleicht hatte er Angst vor dir.«

»Ich habe ihn nicht bedroht.«

»Heißt es nicht ›im Zweifel für den Angeklagten‹?«

»Richtig. Aber da sind nun mal wenige Zweifel.«

Peggy war noch längst nicht überzeugt.

»Ich glaube ihm trotzdem! Er ist ein rotes Tuch für die Amis, weil er gegen den Vietnamkrieg ist.«

»Ich habe ihn verhaftet, nicht die Amerikaner! Mir geht es um Gerechtigkeit!«

Thomas bemerkte, dass Peggy ihn anstarrte.

»Was ist?«

»Du hast einen Knutschfleck!«

Verlegen griff sich Thomas an den Hals, um das Corpus Delicti zu verdecken.

»Nein, das …«, stammelte er.

»Bin ich blind?« Sie schob seine Hand beiseite. Der rote Fleck war nicht zu übersehen.

»Gestern Nacht also dienstlich unterwegs gewesen …« Peggy klang bitter, sehr bitter.

»Ja, verdammt … und nein … Das ist eine komplizierte Geschichte.«

Sie schüttelte gekränkt den Kopf, wollte nichts mehr hören. Er war bei einer anderen Frau gewesen, das hätte sie niemals von ihm gedacht … Thomas, der sie gut kannte, las ihre Gedanken und setzte zu einer Erklärung an.

»Pass auf, Peggy …«

Weiter kam er nicht. Peggy drehte sich einfach um und ging. Thomas, der retten wollte, was nicht zu retten war, lief ihr hinterher, aber sie schlug ihm die Tür vor der Nase zu. Thomas hätte sich am liebsten in den Hintern getreten. Ein größeres Eigentor hätte er nicht schießen können. Warum hatte er Rachel nicht in die Schranken gewiesen?

Fieberhaft dachte er nach, wie er den Schaden wiedergutmachen konnte. Er würde sich auf jeden Fall bei Peggy entschuldigen und ihr die Sache mit Rachel erklären. Und er würde alles dafür tun, um für Spanowski Gerechtigkeit walten zu lassen. Sollte es entlastende Indizien oder Hinweise geben, würde er ihnen nachgehen. Und nach dem Gespräch mit Rachel gab es tatsächlich gewissen Klärungsbedarf. Da er seiner Ansicht nach ein gutes Verhältnis zu Lopez hatte, beschloss er, mit ihm über McNeil zu sprechen.

Er traf einen übel gelaunten Lopez in der amerikanischen Kommandantur an. Ihm waren einige Flugblätter sauer aufgestoßen, in denen Spanowski als Justizopfer der amerikanischen Besatzer dargestellt wurde.

Ein Komitee namens *Freiheit für Spanowski* behauptete obendrein, dass er in der Haft misshandelt worden sei.

»Unser Stadtkommandant liest so etwas nicht gerne, auch wenn das linke Flugblätter sind. Er will verhindern, dass Spanowski zum Märtyrer wird. Wir sollen diesen Kerl ab jetzt mit Samthandschuhen anfassen«, erklärte Lopez, nachdem er Thomas das Flugblatt zu lesen gegeben hatte.

»Haben Sie das denn nicht gemacht?«, fragte Thomas spitz.

Lopez verzichtete auf eine Antwort, weil er McNeil offenbar nicht vor Thomas bloßstellen wollte. Trotzdem stach dieser in die offene Wunde.

»In einem meiner amerikanischen Lehrbücher habe ich gelesen, dass man auch beim Bad-Cop-Good-Cop-Spiel nicht handgreiflich werden darf.«

»McNeil ist halt etwas impulsiv und noch vom alten Schlag. Er mag keine Kommunisten, keine Freimaurer, keine Schwarzen, keine Langhaarigen.«

»Außerdem ist er kein Bulle«, deutete Thomas an.

»Was willst du damit sagen?«

Thomas antwortete mit einer Gegenfrage. »Warum haben Sie mir verschwiegen, dass er der CIA-Boss in Berlin ist?«

Sein herausfordernder Ton kam bei Lopez nicht gut an.

»Was soll das hier werden? Ein Verhör? Überhaupt, warum bist du hier? Wir haben keine Aufgaben mehr für dich. Böhmer kann es kaum erwarten, dich wiederzusehen.«

Er nahm sich eine Zigarette aus der Schachtel und legte demonstrativ die Füße auf den Schreibtisch.

»Ich will doch dazulernen«, meinte Thomas beschwichtigend und beeilte sich, Lopez Feuer zu geben. »Vielleicht können Sie mir erklären, wie die Zusammenarbeit zwischen Polizei und Geheimdienst funktioniert.«

»Ich bin Polizist und er Geheimdienstler. Er versucht, Schaden von unserem Land abzuwenden – mein Gott, dir muss doch klar sein, was ein Geheimdienst ist.«

»Ich wüsste gern, mit welchen Aufgaben McNeil betraut ist.«

»Informationen sammeln, auswerten, was weiß ich. Er ist jedenfalls kein Geheimagent oder Spion, wenn du das meinst. Und jetzt muss ich arbeiten.« Lopez nahm eine Akte vom Schreibtisch und begann, sie zu studieren. Thomas ließ sich aber nicht abwimmeln.

»Ich würde gerne über den Fall Spanowski sprechen.«

»Was denn noch?«

»Ich frage mich, ob wir uns das Ganze nicht noch mal in aller Ruhe durch den Kopf gehen lassen sollten …«

»Wie meinst du das?«

»Ich habe in meinen amerikanischen Lehrbüchern gelesen, dass …«

»Hör mir mit deinen amerikanischen Lehrbüchern auf!«, fiel Lopez ihm genervt ins Wort. »Sag einfach, was du denkst.«

Das tat Thomas auch und kam ohne Umschweife zur Sache.

»Morgen fliegen Dr. Egmonts Ehefrau und seine Tochter Rachel in die Staaten zurück. Vielleicht sollten Sie mit ihnen sprechen?«

»Warum das denn?«

Thomas zögerte mit der Antwort, weil McNeil plötzlich das Büro betrat.

»Rede ruhig weiter. Mr. McNeil und ich haben keine Geheimnisse voreinander.«

Thomas, der lieber mit Lopez unter vier Augen gesprochen hätte, hatte keine Wahl und fuhr fort.

»Falls Spanowski die Wahrheit sagt – davon gehe ich zwar nicht aus –, nämlich dass er tatsächlich nach Egmonts Tod den Raum betreten hat, müsste jemand anders als Täter infrage kommen. Sollten wir das nicht auch in Betracht ziehen? Wie sieht es beispielsweise in seiner näheren familiären Umgebung aus? Eine Befragung von Ehefrau und Tochter würde gewiss nicht schaden.«

Lopez hörte ihm zu, und sein Mienenspiel wechselte währenddessen zwischen Interesse und Staunen. Auch McNeil verzog unübersehbar das Gesicht, allerdings drückte seine Miene absolute Fassungslosigkeit aus. Aber da musste Thomas durch.

»Wie ich erfahren habe, kriselte es zwischen den Eheleuten gehörig, Dr. Egmont wollte seine Gattin verlassen …«

»Du verdächtigst Mrs. Egmont?«, unterbrach ihn Lopez.

»Nein, aber können wir ausschließen, dass sie im Amerika-Haus war? Und was Rachel angeht … Vielleicht hat sie doch etwas Verdächtiges gesehen? Eine Kleinigkeit, die wichtig sein könnte? Dr. Egmont hatte offenbar mit Drogen zu tun.«

»Dr. Egmont war ein Drogendealer?«, fragte Lopez leicht spöttisch nach, während McNeil Thomas' Frage überhaupt nicht komisch fand.

»Und dann ist da die Tatsache, dass er bei der CIA war. Mich würde schon interessieren, in welcher Funktion …«

»Stopp! Du verbrennst dir die Zunge.«

Thomas, der in Fahrt war, überhörte McNeils Warnung.

»Ich fasse nur meine Ermittlungen zusammen, Mr. McNeil«, sagte er betont sachlich, was bei McNeil tiefes Stirnrunzeln provozierte. Er wollte schon zu einer heftigen Replik ansetzen, da ergriff Lopez, der die Situation nicht eskalieren lassen wollte, das Wort.

»Erstens: Seine Mitarbeit für die CIA spielt hier keine Rolle. Zweitens: An dem Vormittag, als Dr. Egmont von diesem wild gewordenen Studenten umgebracht wurde, hatte seine Frau für einige Frauen eine Tupperware-Party organisiert. In deinen amerikanischen Lehrbüchern nennt man das Alibi, nicht wahr?«, fragte er süffisant.

Im Unterschied zu Lopez hielt McNeil nichts von Ironie. Er postierte sich vor Thomas und drohte ihm mit dem Zeigefinger.

»Mrs. Egmont war glücklich mit ihrem Mann verheiratet. Das weiß ich ganz genau, *boy*. Weil Brian Egmont einer meiner besten Freunde war. Und jetzt zieh ab, sonst mache ich dir Beine!«

Seine Drohung prallte an Thomas ab. So leicht wollte er sich von McNeil nicht ins Bockshorn jagen lassen.

»Einer Ihrer besten Freunde? Und deshalb haben Sie ihn vor ein paar Tagen vor dem CIA-Büro fast zusammengeschlagen?«

Das saß. McNeil packte Thomas am Schlafittchen.

»Was erlaubst du dir?«

Lopez wollte intervenieren, aber diesmal schüttelte McNeil den Kopf.

»Der Bursche hat eine Grenze überschritten!«

»Das habe ich nicht, Sir. Ich suche die Wahrheit«, hielt Thomas mutig dagegen.

»Wenn du so weitermachst, drehe ich dich durch die Mangel, Kleiner!«

»Sie können mich von mir aus fertigmachen, Mr. McNeil, aber vorher würde ich gerne den Grund Ihres Streits im Amerika-Haus in Erfahrung bringen.«

Nach diesen Worten dauerte es eine Weile, bis McNeil seine Fassung wiederfand.

»Was hast du da gesagt?«

»Dass Sie sich an dem Tag von Dr. Egmonts Tod ebenfalls im Amerika-Haus befanden.«

Der Satz brachte das ohnehin volle Fass zum Überlaufen. Thomas fing sich eine schallende Ohrfeige von McNeil ein. Nun schritt Lopez ein und stellte sich schützend vor Thomas, der sich nur mühsam aufrappelte.

»Bist du wahnsinnig?«

McNeil ließ von Thomas ab und verzog sich mit Lopez in die Ecke. Beide diskutierten leise und heftig, während Thomas, der seinen Kragen zurechtrückte, beobachtete, wie Lopez das Flugblatt vom Schreibtisch nahm und es McNeil vor die Nase hielt. Daraufhin verließ McNeil mit hochrotem Kopf das Büro. Lopez wandte sich warnend an Thomas.

»Nimm dich in Acht vor McNeil, er ist eine menschliche Dampfwalze.«

»Mr. Lopez, Sie sind doch auch ein Cop. Ich will nicht wieder mit den Lehrbüchern anfangen, aber es sind viele offene Fragen zu klären.«

»Junge, was soll das? Warum versuchst du krampfhaft, Spanowski zu entlasten? Du glaubst doch nicht ernsthaft, dass Mrs. Egmont etwas mit dem Tod ihres Mannes zu tun hat? Oder gar der Berliner CIA-Chef?«

»Ich glaube gar nichts. Ich stelle nur Fragen, mehr nicht. Und eine der Fragen ist, ob wir etwas übersehen haben, was für die Ermittlung von Belang ist.«

Lopez schüttelte ärgerlich den Kopf.

»Case closed.« Er zeigte auf die Tür. Bevor Thomas den Raum verlassen hatte, gab ihm Lopez etwas mit auf den Weg, was

ihn noch mehr motivieren sollte, an dem Fall dranzubleiben: »Ohne Zweifel hast du Talent, aber benimm dich nicht wie ein Amateur.«

Nach dieser Von-oben-herab-Tour von Lopez wollte und konnte Thomas nicht zur Tagesordnung übergehen. Schließlich hatte er Spanowski verhaftet, es war also immer noch sein Fall! Und den wollte er ordentlich lösen. Warum ignorierte Lopez die Fakten? McNeils cholerische Reaktion zeigte doch, dass Thomas in ein Wespennest gestochen hatte. *Case closed?* Von wegen. Thomas betrachtete die Ermittlungen als noch längst nicht beendet und überlegte die nächsten Schritte. Als Erstes musste er Informationen über Egmont sammeln. Was wusste er über ihn? Er war verheiratet und hatte eine Tochter. In der Ehe kriselte es gewaltig, und er wollte seine Familie verlassen. Wegen einer anderen Frau? Auch wenn Mrs. Egmont offenbar über ein Alibi verfügte, durfte diese Spur nicht ignoriert werden. Was konnte sonst noch wichtig sein? In welcher Funktion arbeitete er für die CIA? Warum war er in Vietnam gewesen? Was hatte es mit dem geheimen Bericht über die Wirkungen von Drogen auf sich? Noch stocherte Thomas im Nebel, er brauchte mehr Informationen. Allerdings fanden sich weder im Polizeipräsidium noch in der Ausländerbehörde Auskünfte über Dr. Egmont. Als CIA-Mitarbeiter lebte er im Kokon der amerikanischen Alliierten, die keine Angaben an die Berliner Behörden weitergaben. Aber Thomas gab so schnell nicht auf. Er nahm sich die Ermittlungsakte vor. Zu seiner Verwunderung hatten die Kollegen der Spurensicherung nur Fotos vom Opfer gemacht und nicht vom Tatort. Auf seine Nachfrage hin hieß es:

»Wir haben das getan, was notwendig war. Die Tatwaffe gesichert und die Kleidung des Opfers durchsucht.«

»Warum wurde der Tatort nicht auf Fingerabdrücke untersucht?«, erkundigte sich Thomas.

»Weil das nicht notwendig war. Wir haben von der Tatwaffe Spuren genommen, das war wichtig.«

Die Antwort befriedigte ihn nicht, aber er wollte sich auf keine Diskussionen einlassen, die ohnehin zu nichts geführt hätten. Stattdessen fuhr er selbst zum Amerika-Haus, um sich den Tatort in Ruhe anzusehen.

Dort angekommen, fiel ihm etwa ein Dutzend Studenten auf, die mit Plakaten gegen Spanowskis Verhaftung protestierten. Schnell drückte Thomas sich an ihnen vorbei ins Gebäude. Der Geschäftsführer hatte zwar einen auswärtigen Termin, aber sein Stellvertreter, ein junger Intellektueller mit runder Nickelbrille, erwies sich als auskunftsfreudig, auch wenn er Thomas nicht wirklich weiterhelfen konnte. Über Dr. Egmont wusste er nur zu sagen, dass er Psychologe war.

»Haben Sie ihn am Tag seines Todes gesehen oder gar mit ihm gesprochen?«

»Vielleicht habe ich ihn gegrüßt, aber dann aus den Augen verloren. Hier war so viel Hektik, ich kann mich nicht erinnern.«

»War seine Gattin hier?«

»Das weiß ich nicht.«

»Und Mr. McNeil?«

»Sie meinen unseren CIA-Repräsentanten? Doch, ich glaube, ihn gesehen zu haben, bin mir aber nicht sicher.«

Da eine weitere Befragung ihm nicht sinnvoll erschien, wollte Thomas als Nächstes zum Tatort.

»Dürfte ich noch mal in den Raum, in dem alles passiert ist?«

»Natürlich!« Der freundliche Angestellte ging voraus und schloss ihm auf.

»Da wären wir. Das ist unser Leseraum, wie Sie an den vielen Büchern sehen«, erklärte er mit Blick auf das lange Regal an der Wand.

»Ist der Raum immer verschlossen?«

»Normalerweise nicht. Aber wir haben seit dem schrecklichen Vorfall niemanden reingelassen.«

»Ich würde mich gerne ein wenig umsehen.«

»Selbstverständlich. Und fragen Sie ruhig, wenn Sie noch etwas wissen wollen …«

Der junge Mann kehrte zu seiner Arbeit zurück, und Thomas versuchte, sich einen Überblick zu verschaffen. Er fragte sich, warum sich Dr. Egmont in dem Leseraum aufgehalten hatte, als Spanowski aufgetaucht war. Dessen Aussage nach war er in das Zimmer gestürmt, um vom Fenster aus die amerikanische Flagge zu entfernen. Thomas überzeugte sich, dass das von den bodentiefen Fenstern aus ohne Weiteres möglich wäre. Insofern klang Spanowskis Aussage plausibel. Thomas ließ den Blick prüfend durch den Raum schweifen. Unter einem Stuhl unweit des Tatorts entdeckte er eine Spielkarte. Es war ein Pikass. Thomas fiel ein kleiner rostbrauner Fleck an der Kante auf. War das Blut? Er wickelte die Karte in sein Taschentuch und steckte sie ein. Die Kollegen vom Labor sollten sich darum kümmern.

Bevor Thomas sich zum Gehen wandte, warf er einen Blick auf die ausgelegten Zeitschriften. Ihm fiel eine Ausgabe der *New York Times* auf. Sie kündigte eine Serie über die CIA an. Thomas trennte die Seite mit dem Artikel heraus und steckte sie ein – er musste seine Wissenslücken über McNeils Verein füllen.

20

Als Lopez in sein Büro zurückkehrte, traute er seinen Augen kaum. Zwei uniformierte Militärpolizisten waren dabei, den Schreibtisch zu durchsuchen.

»Was geht hier vor, verdammt?«

»Wir haben unsere Befehle, Sir«, lautete die knappe Antwort eines der Männer, der sich jetzt das Wandregal vornahm.

»Und wer hat euch befohlen, mein Büro zu durchsuchen?!«

»Ich.«

Lopez drehte sich um und blickte in das breit grinsende Gesicht von McNeil, der lässig am Türrahmen lehnte.

»Mit welchem Recht?«

»Ist alles abgesegnet.« Er hielt Lopez einen Zettel vor die Nase. »Order von ganz oben.«

Lopez überflog das Papier. »Was versprichst du dir davon?«

»Nimm es nicht persönlich, Lopez, aber ich muss auf Nummer sicher gehen. Egmont hat brisantes Material hinterlassen. Ich brauche das verfluchte Tonband!«

»Und das soll ich hier heimlich horten?«

»Ich vertraue niemandem. Ich habe sogar meinen eigenen Schreibtisch durchsuchen lassen«, scherzte McNeil. Lopez hingegen fand das Ganze überhaupt nicht lustig.

»Wie soll ich unter diesen Umständen mit dir zusammenarbeiten?«

»Wie immer. Ich bin der Koch und du der Kellner.«

Lopez ließ sich nicht provozieren. »Was suchst du genau?«

»Es ist brisant, das sollte reichen, oder?«

»Du kannst doch nicht einfach hier bei mir rumschnüffeln. Ich werde Beschwerde gegen dich einlegen.«

»Mach das ruhig, du wirst aber nicht weit kommen, und das weißt du auch.«

McNeil hatte recht. Die Hackordnung war eindeutig: Die CIA war gegenüber der Militärpolizei weisungsbefugt. Lopez hatte nicht die Macht, McNeil in die Schranken zu weisen.

»Sir, wir haben keine Bänder gefunden«, meldete einer der Polizisten.

Auf einen Wink von McNeil hin verließen die Männer das Büro. McNeil wandte sich wieder an Lopez, dem die Wut ins Gesicht geschrieben stand.

»Übrigens rate ich dir, den jungen deutschen Bullen nicht in Schutz zu nehmen.«

»Worauf willst du hinaus?«

»Ich arbeite auf meine Art und Weise. Ich war es, der Kennedy die Weiber besorgt hat …«

»Nicht schon wieder diese alten Storys«, winkte Lopez ab.

»Solange ich der Boss bin, wirst du dir das anhören müssen«, entgegnete McNeil. »Also zum Mitschreiben: Halte mir den Kerl vom Leib!«

»Warum? Weil er wissen wollte, was du mit Egmont kurz vor seinem Tod im Amerika-Haus besprochen hast?«

»Das ist lachhaft. Verdächtigst du mich jetzt etwa auch?« McNeil klopfte sich lachend auf die Schenkel. Lopez ließ sich davon nicht beeindrucken.

»Worum ging es denn bei dem Gespräch?«

McNeil ignorierte die Frage und steckte sich stattdessen eine Zigarette an.

»Besorge das Tonband, dann befördere ich dich zum Obersheriff von Neu-Mexiko.«

»Ich stamme aus Alaska, McNeil.«

»Aus Alaska? Du? Willst du mich auf den Arm nehmen?« McNeil schüttelte herablassend den Kopf. »Hispanos in Alaska, armes Amerika …«

Lopez überhörte den Affront und reichte McNeil stattdessen den Aschenbecher rüber.

»Komm, McNeil, erzähl schon, mir kannst du doch vertrauen. Vielleicht kann ich dir ja helfen.«

»Du schleimst, Lopez, lass das. Ich weiß genau, dass du hinter meinem Job her bist.«

»Warum das denn?«

»Weil du dich dann an keine Gesetze mehr zu halten brauchst. Du bist Gott.« Er aschte demonstrativ auf den Boden, drehte sich um und ging zur Tür hinaus.

»Auf ein Wort, McNeil!«

»Was ist?«

»Warum hast du dich überhaupt mit Egmont gestritten? Gibt es da etwas, was ich wissen muss?«

»Das geht dich nichts an.«

»Ich bin ein Cop und ermittle in dem Fall.«

»Du bist Kellner, sonst nichts.«

»Ich werde trotzdem seine Kartons durchsuchen lassen. Vielleicht findet sich etwas, was für die Ermittlungen wichtig ist.«

Damit überspannte Lopez ganz offenbar den Bogen. McNeil ging auf ihn zu und drohte mit seinem Zeigefinger wie mit einer Pistole.

»Erstens: Die Ermittlungen sind abgeschlossen, in ein paar Tagen kommt der Staatsanwalt nach Berlin. Zweitens: Die Kartons gehen mit der Post in die Staaten zu Mrs. Egmont. Peng!«

McNeil machte grinsend kehrt und ließ einen irritierten Lopez zurück. Die Geschichte schmeckte ihm nicht, aber er wusste, dass er am kürzeren Hebel saß. Davon abgesehen bestand für ihn kein Zweifel an Spanowskis Täterschaft.

Der Kollege vom Polizeilabor stellte sich stur. Er hatte keine Lust, die Spielkarte nach Fingerabdrücken und Blutspuren zu untersuchen.

»Ich brauche dazu eine Bescheinigung der Kripo!«, machte er Thomas klar. Der ließ sich nicht abwimmeln und ging zum Gegenangriff über.

»Wie Sie wollen, dann werde ich Herrn Regierungsdirektor Böhmer mitteilen, dass Sie sich seinen Anordnungen widersetzen. Oder wollen Sie ihn gleich selbst informieren? Ich gebe Ihnen gerne seine Durchwahl!«

Darauf konnte der Kollege anscheinend verzichten. Er wollte sich keinen Ärger mit Böhmer einhandeln, der wegen seiner internen Untersuchungen gefürchtet war.

Das Warten auf die Resultate vom Labor überbrückte Thomas mit einem Besuch von Spanowskis Wohnung. Die war zwar schon durchsucht worden, aber Thomas wollte sich selbst ein Bild machen. Er kam problemlos in das möblierte Zimmer, weil die ältere Hauswirtin beim Anblick seiner Dienstmarke sofort Rede und Antwort stand. Sie war voll des Lobes über ihren Mieter, beklagte sich weder über laute »Negermusik« noch über Nikotingeruch. Es gab auch niemals Frauenbesuch, mit Ausnahme seiner netten Mama, die in Hannover lebte. Alles in allem konnte sie nur Positives über den jungen Mann berichten, zumal er ihre Kochkünste schätzte.

»Er liebt meine Königsberger Klopse, das kann doch kein Mörder sein!« Ihr Fazit klang in ihren Augen logisch, genügte aber keinen kriminalistischen Kriterien. Spanowskis Vorliebe beschränkte sich nicht nur auf deftige Hausmannskost, nein, er verschlang auch massenweise Bücher. Bis an die Decke reichten die Bücherregale in seinem Zimmer. Wo Spanowski seine Klamotten aufbewahrte, war Thomas ein Rätsel. Er schien von Luft und Lesen zu leben. Nur zwei Menschen, die er mit gerahmten Bildern über seinem Bett würdigte, spielten in seinem Leben offenbar eine Rolle: seine Mutter und Karl Marx.

Einige Indizien wiesen darauf hin, dass Spanowski nicht ganz der friedliebende Zeitgenosse war, den die Hauswirtin in ihm sah. Da waren zunächst zwei Flugblätter mit folgenden Überschriften:

Zerschlagt den amerikanischen Imperialismus
CIA = Verbrecher

Der Titel eines der Bücher irritierte Thomas: *Das Attentat als politische Waffe*. Offensichtlich hatte sich Spanowski mit politischen Morden beschäftigt. Und es konnte durchaus sein, dass er von Dr. Egmonts Mitgliedschaft bei der CIA wusste. Spekulieren wollte Thomas jedoch nicht, er suchte Fakten.

Zwischen den Bücherbergen fand er zwei Kartons. Der erste war randvoll mit Broschüren über die Kulturrevolution in der Volksrepublik China. Thomas hatte die Schriften schon in der Universität gesehen, Spanowski hatte daraus zitiert. Woher stammte der Karton? Die chinesischen Schriftzeichen auf dem Absender halfen ihm nicht weiter.

Im zweiten Karton befanden sich Propagandaschriften aus der DDR, unter anderem eine mit dem bezeichnenden Titel *CIA-Agenten in Ostberlin*. Beim Durchblättern entdeckte Thomas den Namen von McNeil, der als »CIA-Statthalter« bezeichnet wurde. Beide Kartons wiesen nicht nur darauf hin, dass Spanowski Kontakte mit Ostberlin pflegte, sondern möglicherweise auch Egmont kannte. Als Bürger Westdeutschlands konnte Spanowski problemlos mit seinem Pass nach Ostberlin fahren – im Unterschied zu den Berlinern, die immer warten mussten, dass ihnen Passierscheine ausgestellt wurden. Aber warum fuhr er überhaupt dorthin?

21

Maryland, 1963

»Wenn Sie Informationen von einem Verdächtigen erzwingen müssen, können Sie natürlich körperliche Gewalt anwenden, ihn zusammenschlagen oder mit Elektroschocks traktieren. Es gibt aber auch andere Techniken – Methoden, die auf die Psyche wirken. Man entzieht beispielsweise jemandem den Schlaf oder jegliche Reize. Wirksam ist auch stundenlanges Stehen auf einer Stelle, das eine fatale Kettenreaktion im Körper des Betroffenen auslöst: Füße und Gelenke schwellen an. Die Flüssigkeit im Körper sammelt sich in den Beinen. Die Folge sind Ödeme, die irgendwann platzen. Obendrein versagen die Nieren und reinigen das Blut nicht mehr. Der Kreislauf macht nicht mit … und so weiter. Am Ende kommt es unweigerlich zum Tod. Man stirbt im Stehen. Deshalb müssen Sie zusehen, dass das Objekt vorher aussagt. Tote geben keine Informationen!«

Dr. Egmont hatte seinen Vortrag beendet, und die Zuhörer, angehende Verhörspezialisten der US-Army, hatten fleißig mitgeschrieben. Seine Kenntnisse über wirksame Verhörmethoden konnten sie auch in einem Handbuch nachlesen, das er mit anderen Spezialisten verfasst hatte. Dass diese Methoden nichts anderes als Folter darstellten, war offensichtlich, aber der Begriff kam in Egmonts Wortschatz nicht vor. Folter klang negativ, Verhör oder Vernehmung dagegen sachlich.

Die Kenntnisse, die Dr. Egmont mit Dr. Jäckel alias Dr. Stahl gewonnen hatte, hatten nur teilweise Eingang in das Buch gefunden. Leider hatten ihre Experimente in Camp King nicht zu befriedigenden Resultaten geführt – die Wahrheitsdroge blieb ein unerfüllter Traum der CIA. Das hatte Egmonts Karriere allerdings nichts anhaben können, im Gegenteil, er galt als einer der führenden Verhörexperten, der in zahlreichen Schulungszentren der CIA und des FBI Lehrgänge gab.

Das viele Reisen wirkte sich allerdings negativ auf seine Ehe aus. Seine Gattin, die aus einer wohlhabenden Familie aus Los Angeles stammte, kam damit nicht zurecht. Sie hatte keinen Handlungsreisenden geheiratet, der nur an den Wochenenden zu Hause war, wenn überhaupt, sondern einen Psychologen, der für die Regierung arbeitete. Obendrein kamen ihr Gerüchte zu Ohren, die sie aufhorchen ließen. Ihr Mann würde die Nächte in den Hotels nicht allein verbringen. Zunächst tat sie das als Unsinn ab, aber dann fand sie Spuren von rotem Lippenstift auf seinem Hemdkragen und stellte ihn sofort zur Rede. Nun musste er sich einem Verhör unterziehen.

Brian Egmont bestritt vehement den Seitensprung, konnte aber ihren Verdacht nicht zerstreuen. Ihr Misstrauen blieb, sie drohte mit einer Scheidung, die ihn sehr viel Geld gekostet hätte. Insofern war er erfreut, dass er wegen einer neuen Aufgabe versetzt werden sollte. Man bot ihm an, an einem Handbuch über Verhörmethoden zu arbeiten, das für die amerikanischen Verbündeten auf der ganzen Welt gedacht war. Zunächst reagierte er skeptisch darauf, dass es nach Berlin ging, weil er lieber nach Paris oder London gezogen wäre. Aber als er hörte, dass ein alter Bekannter – McNeil – in Berlin weilte, nahm er den Auftrag an.

Die Begeisterung seiner Ehefrau über die geteilte Stadt hielt sich in Grenzen, aber sie hatte ihren Gatten wenigstens stets in Sichtweite. Seine Vorgesetzten hatten auch nichts dagegen, dass er wieder bei Dr. Jäckel, den er scherzhaft Dr. Jekyll nannte, vorstellig wurde. Er fragte ihn, ob er an einer erneuten Zusammenarbeit interessiert sei. Der Arzt, der mittlerweile als Internist in Kassel lebte, nahm das Angebot an, zumal die CIA sehr gut bezahlte.

22

Berlin, 1966

Thomas machte sich kurz entschlossen auf den Weg zur Haftanstalt Tegel. Die Anstaltsleitung gestattete ihm ein Gespräch mit Spanowski. Der erklärte sich zwar dazu bereit, bestand aber auf der Anwesenheit eines deutschen Justizbeamten. Nur kein weiteres Verhör ohne Zeugen!

»Vielen Dank, Herr Spanowski, dass Sie für ein Gespräch zur Verfügung stehen«, begann Thomas, während Spanowski auf einem Stuhl Platz nahm. »Wie geht es Ihnen?«

»Wie es jemandem geht, der von einem brutalen Bullen mit der flachen Hand ins Gesicht geschlagen wird, damit man keine Spuren sieht«, antwortete der Studentenführer kühl.

»Das tut mir leid, damit habe ich nichts zu tun«, stellte Thomas klar.

»Kommen Sie endlich zur Sache!«, winkte Spanowski ab.

»Okay. Also, Sie haben in Ihrer Wohnung zwei Kartons, die mein Interesse geweckt haben. Es geht um die Broschüren aus Ostberlin. Woher haben Sie die?«

»Von wo wohl? Aus Ostberlin.«

»Sie waren also dort in der chinesischen Botschaft?«

»Messerscharf kombiniert, Herr Kommissar. Bekanntlich pflegt die BRD keine diplomatischen Beziehungen zur Volksrepublik China. Insofern bleibt nur Ostberlin.«

Wieder einmal hatte Spanowski den Schalter auf Arroganz umgelegt. Thomas ließ sich nicht provozieren.

»Und die anderen Schriften?«

»Was soll das hier darstellen? Fragen über meine politische Gesinnung?«

»Die interessiert mich nicht. Ich ermittle in einem Mordfall.«

»Ach, hören Sie doch auf! Sie arbeiten für die amerikanischen Imperialisten.«

Thomas ging nicht auf den Vorwurf ein und setzte seine Befragung fort.

»Zurück zu den Broschüren. In einigen geht es auch um die Berliner CIA.«

»Und?«

»Sie hatten behauptet, Sie würden Dr. Egmont nicht kennen. Wussten Sie tatsächlich nicht, dass er für die CIA tätig war?«

»Unsinn, ich habe mich bisher nicht mit der CIA beschäftigt.«

»Sie haben doch die Propagandaschriften gelesen.«

»Habe ich nicht. Mein Interesse galt nur dem Karton mit den chinesischen Broschüren.«

»Ach, und warum?«

»Weil wir die verkaufen. Damit finanzieren wir unsere politische Arbeit.«

»Und die anderen Schriften verkaufen Sie nicht?«

Spanowski musste lachen.

»Sie können ja damit Ihr Glück versuchen!«

»Vielleicht erklären Sie mir, was daran so witzig ist. Ich möchte gern mitlachen.«

»Das Material, von dem Sie sprechen, habe ich am Grenzübergang von Mitarbeitern des MfS bekommen. Ich sollte es im Westen verteilen beziehungsweise an der Uni verkaufen.«

»Und?«

»Ich bin doch kein Lakai des revisionistischen DDR-Systems«, sagte Spanowski und wies den Gedanken weit von sich.

»Wirklich nicht?«

»Sie haben tatsächlich keine Ahnung. Ich will Ihnen das mal erklären!«

Spanowski schaltete jetzt in den Agitationsmodus. Zunächst holte er tief Luft, und dann legte er los, so wie er es im überfüllten Audimax zu tun pflegte.

»Ulbricht und seine Parteibonzen haben jeden Kontakt zur Arbeiterklasse verloren. Sie residieren in der Prominentensiedlung Wandlitz und lassen sich in kugelsicheren sowjetischen Tschaika-Limousinen kutschieren. Nein, die DDR ist kein sozialistischer Staat. Es handelt sich vielmehr um eine Klassengesellschaft eigenständiger Prägung, die nur scheinbar an den Sozialismus erinnert. Dort herrschen antagonistische Widersprüche mit eigenständiger Dynamik, man kann auch von einem staatsbürokratischen Kollektivismus sprechen.«

Thomas war nach Spanowskis Vortrag nicht schlauer als vorher. Er hatte seinem Polit-Chinesisch nicht folgen können.

»Ich merke schon, Ihr Interesse an Politik ist rudimentär«, kommentierte Spanowski Thomas' ratlose Miene. »Wussten Sie übrigens, dass Ihr oberster Chef, Polizeipräsident Duensing, ein hohes Tier in der Wehrmacht war?«

»Nein, aber das wundert mich auch nicht. Dass die Polizei keine blütenweiße Weste hat, ist mir schon bekannt.«

»Und für solche Leute arbeiten Sie?«

»Ich arbeite nicht für irgendwelche Leute. Ich arbeite für die Gerechtigkeit, um mit Ihren Worten zu sprechen.«

Spanowski gab dem Justizbeamten mit einem Wink zu verstehen, dass er keinen Wert mehr auf eine Fortführung des Treffens lege. Bevor beide den Raum verließen, fiel Thomas die Spielkarte ein, die er in der Nähe des Tatorts gefunden hatte.

»Sagen Sie, Herr Spanowski, was halten Sie von Skat, Poker oder anderen Kartenspielen?«

»Ich hasse Kartenspiele«, lautete seine knappe Antwort.

Thomas blieb nachdenklich zurück und zog Fazit: Er glaubte Spanowski, dass er Egmont nicht gekannt hatte. Und offensichtlich hatte er mit der Spielkarte nichts zu tun.

Nach dem Gespräch mit Spanowski fuhr Thomas ins Präsidium.

Zunächst suchte er das Labor wegen der Spielkarte auf, musste aber erfahren, dass man den Fleck nicht als Blut identifizieren konnte. Obendrein waren die Fingerabdrücke aufgrund einer Panne im Labor nicht zu gebrauchen. Einer der Kollegen hatte versehentlich die Karte ohne Handschuhe aus dem Taschentuch genommen.

»Aber melden Sie das bitte nicht Herrn Böhmer, der macht uns die Hölle heiß!«

Thomas versprach es dem verängstigten Techniker, obwohl er sich maßlos über ihn ärgerte. Wie sollte er die Spielkarte nun einordnen? Stand sie mit der Tat in Verbindung? Da Thomas vorerst keine Antwort darauf fand, verstaute er sie in seiner Brieftasche. Als er das Präsidium verließ, um sich auf den Weg nach Hause zu machen – er wollte heute unbedingt mit Peggy sprechen –, lief er dummerweise Böhmer über den Weg, der ihn sofort an die Kandare nahm.

»McNeil hat sich über dich beschwert. Du hast dich widerborstig benommen. Bist du von allen guten Geistern verlassen?«, polterte er sogleich los.

»Ich habe nur meine Pflicht als Kriminalbeamter erfüllt. Es sind halt noch einige Fragen offen.«

»Du bist kein Kripomann! Außerdem hast du keine Fragen zu stellen. Unsere amerikanischen Freunde haben dir eine Chance gegeben, und du hast sie bitter enttäuscht. Es war sowieso dreist von dir, dich über meinen Kopf hinweg Leutnant Lopez anzubiedern!« Böhmer hatte sich richtiggehend in Rage geredet.

»Aber das war doch nicht gegen Sie gemünzt!«

Böhmer, der in Eile war, ließ sich auf keine Diskussion mit Thomas ein und winkte ab.

»Ab morgen wartet der Dienst auf der Straße auf dich!«

23

Saigon, 1966

Unablässig steckte der General kleine rote Nadeln in die schöne Reliefkarte von Vietnam, die fast die ganze Wand einnahm.

»Hier haben die Bastarde schon angegriffen …«

»Sie sind so aktiv?«, wunderte sich Dr. Egmont, dem die hohe Luftfeuchtigkeit im Büro des Generals zu schaffen machte. Er war erst am Morgen am Saigoner Flughafen Tan Son Nhat gelandet und kämpfte noch mit dem Jetlag.

Der General nickte zur Antwort. Die Fläche aus roten Nadeln hatte sich wie eine Blutlache über die Karte ausgebreitet. Dr. Egmont konnte seine Verwunderung nicht verbergen.

»Aber gibt es denn so viele Kommunisten in Südvietnam?«

»Drei Viertel des Landes im Süden werden vom Vietcong kontrolliert.«

Die Zahl versetzte Egmont in Staunen.

»Sorry, General, aber ich habe Worte des Präsidenten genau im Ohr. Er hat in einer Fernsehansprache gesagt: ›Wir kommen voran. Der Einfluss des Vietcongs auf die Bevölkerung ist gering.‹«

»›Wer in der Demokratie die Wahrheit sagt, wird von der Masse getötet‹, sagte schon Platon. Nein, der Präsident kann es sich nicht erlauben, der amerikanischen Öffentlichkeit die wahre Situation zu beschreiben. Die Lage ist viel komplizierter als angenommen. Wir kämpfen hier nicht nur gegen Kommunisten, sondern auch gegen Nationalisten, Buddhisten und weiß der Teufel, wie die alle heißen! Und in wenigen Tagen werden wir mit der Bombardierung von Nordvietnam beginnen.«

»Ob das etwas bringen wird …«

»Es ist nur ein Baustein, Dr. Egmont, deswegen wird die Army ihre Präsenz in diesem verfluchten Land erhöhen müssen. Der Präsident hat zu den bereits stationierten 250.000 Soldaten weitere 50.000 in Aussicht gestellt.«

Die Schachtel mit den Nadeln war jetzt leer, und der General suchte in der Schreibtischschublade nach Nachschub. Die Pause nutzte Dr. Egmont für eine wichtige Frage.

»Ich würde gerne wissen, welche Aufgabe man mir zugedacht hat.«

Dr. Egmont war nicht freiwillig in Saigon. Man hatte ihn per Dienstanweisung hierhergeschickt, trotz der ursprünglichen Zusicherung, keine Dienstreisen mehr antreten zu müssen.

»Die Roten haben unzählige Sympathisanten, die uns das Leben schwer machen. Männer und Frauen mit schlechtem Einfluss. Das muss unterbunden werden. Und unser Programm Hades wird es unterbinden.«

»Hades? Meinen Sie den Hades aus der griechischen Mythologie?«

»Richtig. Den Herrscher der Unterwelt. Den Gott des Todes. Das sind wir, Dr. Egmont. Sie sind einer der fähigsten Verhörexperten der Army. Sie werden für die Schulung verantwortlich sein. Die Südvietnamesen brauchen in dieser Hinsicht viel Nachhilfe. In Sachen Verhörtechnik sind sie äußerst ineffektiv. Ich schlage vor, Sie machen sich in einem Gefängnis ein eigenes Bild davon.«

Auf Veranlassung des Generals wurde Dr. Egmont zum ehemaligen Schlachthaus von Saigon gefahren, das jetzt als Gefängnis diente. In den ehemaligen Lagerhallen, in denen früher das Schlachtvieh in Käfigen auf sein Ende wartete, waren jetzt unzählige Menschen eingepfercht – für Dr. Egmont ein verstörender Anblick.

»Alles Vietcong«, erklärte der südvietnamesische Verbindungsoffizier lapidar, ein drahtiger Mann mit hohen Wangenknochen, der ihn durch den Bau führte. Es stank bestialisch nach Kot, Urin und Schweiß. Und dann die Geräuschkulisse. Schmerzensschreie der Inhaftierten, Gebrüll der Wärter, Bellen von Wachhunden.

In einer dunklen Ecke fiel Egmont eine alte grauhaarige Frau auf, abgemagert bis auf die Knochen, die leise wimmerte. Sie lag auf dem dreckigen Steinboden und war am Hals wie ein Hund angekettet. Unwillkürlich musste er an seine Kindheit denken, an Pluto, den geschundenen Hund des Nachbarn, der immer angekettet gewesen war und den er oft heimlich gefüttert hatte. »Ich werde dich befreien, Lion, das verspreche ich dir«, hatte er dem Hund versichert. Und was war jetzt mit dieser Frau?

»Warum hat man sie angekettet?«

»Agentin«, sagte der Verbindungsoffizier knapp.

»Was hat sie verbrochen?«

»Agentin!«, wiederholte der Offizier nur und drängte weiter.

Dr. Egmont aber blieb stehen.

»Sie soll eine Agentin sein?«, fragte Dr. Egmont ungläubig mit Blick auf die Frau, die vor sich hin vegetierte.

»Ja, Sir! Wir müssen jetzt weiter.« Der Verbindungsoffizier drängte und führte Egmont in einen Nebenraum, von wo aus er unbemerkt durch einen halb durchlässigen Spiegel in das Verhörzimmer schauen konnte. Soeben wurde ein halbwüchsiger Junge mit zerlumpter Hose von zwei vietnamesischen Uniformierten verhört. Die beiden brüllten ihn an und traktierten ihn mit Ohrfeigen. Der Junge, übersät mit Hämatomen, heulte und schüttelte immer wieder verzweifelt den Kopf. Dr. Egmont konnte gar nicht hinsehen.

»Wie alt ist der Junge?«

»Zwölf«, antwortete der Verbindungsoffizier mit Blick auf seine Unterlagen.

»Zwölf? Das ist doch noch ein Kind ... Warum wird er verhört?«

Der Verbindungsoffizier überflog erneut die Akte.

»Agent.«

Als Egmont sah, dass das Verhör vollends aus dem Ruder lief und der Junge jetzt mit einem Bambusstock malträtiert wurde, schüttelte er ärgerlich den Kopf.

»Ein Verhör muss einen Sinn haben! Was hat der Junge verbrochen?«

»Agent«, wiederholte der Mann wie ein Papagei.

»Das ist ein Kind. Sehen Sie das nicht?«

Der Verbindungsoffizier, der Egmonts Empörung nicht nachvollziehen konnte, lächelte verlegen.

»Lachen Sie nicht so blöd!«, schrie ihn Dr. Egmont zusammen, verließ den Raum und verlangte, sofort ins Hotel gefahren zu werden. Auf eine Konfrontation mit so viel Brutalität und Gewalt war er nicht vorbereitet gewesen. Und dann diese grenzenlose Ignoranz des Offiziers, der Kinder und alte Menschen als Agenten brandmarkte. Am liebsten wäre er direkt wieder nach Berlin geflogen, aber sein Auftrag hatte noch gar nicht richtig begonnen. Er sollte weiteren Verhören beiwohnen, um sie auszuwerten.

So blieben ihm auch an den folgenden Tagen Besuche im Gefängnis nicht erspart, um die Verhöre zu protokollieren. Und jedes Mal musste er an der angeketteten alten Frau vorbei, was an seinen Nerven zerrte. Auch die Vernehmungen, die er durch den Spiegel hautnah miterlebte, nahmen ihn mit. Bei den Verdächtigen, die vor Schmerzen brüllten, handelte es sich um Kinder, Greise, Frauen und Mönche, angeblich allesamt Vietcong-Spione. Und jeder von ihnen wurde fast totgeprügelt.

Nach drei Tagen hatte Dr. Egmont genug gesehen. Er wollte zurück nach Berlin, um mit Dr. Stahl ein Konzept zu erarbeiten. Als er zum letzten Mal das Gefängnis verließ, sah er, wie ein Wachhabender den leblosen Körper der alten Frau von der Kette nahm.

»Ist sie tot?«, fragte er.

»Verdurstet.«

»Sie hat die ganzen Tage nichts zu trinken bekommen? Sind Sie wahnsinnig?«

»Ist alles legal«, antwortete der Verbindungsoffizier und holte aus seiner Tasche ein zerfleddertes Buch. Egmont erkannte es sofort. Es handelte sich um eine Broschüre, an der er mitgearbeitet hatte.

»›Ein Wasserentzug kann bei einer Vernehmung‹ …«

»Hören Sie auf! Ich kenne das selbst!«, schrie ihn Egmont nieder. »Sie haben die Frau elendig verdursten lassen! Gibt es hier denn keinen Arzt?«

»Ein Arzt in einem Gefängnis?«, fragte der Verbindungsoffizier, als hätte er sich verhört.

Dr. Egmont resignierte und erwiderte nichts darauf.

Während des Rückflugs nach Berlin ging es ihm nicht gut. Sein neuer Auftrag machte ihm zu schaffen. Er hatte früher selbst an Verhören teilgenommen, sogar an tödlich verlaufenden. Die bedauerte er nicht, weil sie seiner Ansicht nach gegen Feinde der freien Welt gerichtet gewesen waren. Außerdem hatte es sich um erwachsene Männer gehandelt und nicht um Kinder, Frauen und Greise. Dr. Egmont hatte sich während der Jahre einen inneren Schalter zugelegt, mit dem er Emotionen abstellen konnte. Doch diesmal funktionierte der Schalter nicht. Das Bild der alten Frau ging ihm nicht aus dem Kopf. Sie tat ihm leid. Sehr leid. Er fühlte sich mitschuldig an ihrem Tod. Er hätte sie freilassen sollen. Aber er war kein Held. Schon als Kind nicht, als er sich doch nicht getraut hatte, den armen Pluto zu befreien.

24

Berlin, 1966

Thomas war fest entschlossen, mit Peggy zu reden. Ein klärendes Gespräch war mehr als überfällig und eine Entschuldigung für sein Verhalten ebenfalls. Eine Schachtel Pralinen und ein Blumenstrauß sollten als Geste des guten Willens dienen. Doch das erhoffte ruhige Zwiegespräch fiel ins Wasser, denn zu seinem Erstaunen hatte sich mindestens ein Dutzend jüngerer Männer in der Wohnung eingefunden. Einige von ihnen hatte er schon im Umfeld von Spanowski bemerkt, wie diesen Josef, dessen Pudelkopf nicht zu übersehen war. Irritiert blickte sich Thomas um und war froh, als Peggy aus der Küche kam. Sofort nahm er sie beiseite.

»Hey, was ist denn hier los? Was wollen die Typen?«

»Ach, lässt du dich auch mal wieder blicken?«

»Kannst du mir das hier bitte erklären?«

»Komm mit, dann wirst du schon sehen, worum es geht«, antwortete sie spitz und wollte an ihm vorbeigehen. Ärgerlich hielt er sie am Arm fest.

»Peggy, ich bin heute wegen dir früher nach Hause gekommen. Wir müssen reden!«

»Wir können über alles reden, deswegen sind die ganzen Leute ja hier.«

Thomas verstand nur Bahnhof.

»Das ist das Komitee für Spanowskis Freilassung. Wir überlegen gerade, wie wir Willy helfen können, den du in den Knast gebracht hast.«

»Darüber wollte ich doch auch mit dir reden! Das Ganze ist nicht so einfach.«

»Ach ja? Vielleicht hat deine neue Freundin Verständnis für dich.« Sie zeigte auf den kleinen verräterischen Fleck an seinem Hals, der einfach nicht verschwinden wollte.

»Das war doch nichts. Ich habe eine junge Frau befragt, und sie war etwas zu stürmisch ...«

Peggy zeigte ihm den Vogel und ließ ihn links liegen. Ihr Interesse galt der Diskussion im Berliner Zimmer, die von den Anwesenden intensiv geführt wurde. Jeder glaubte sich mit besonders langen Bandwurmsätzen profilieren zu müssen. Thomas taten bei Begriffen wie »Polizeiapparat« und »Justizsystem« die Ohren weh. Auch nervten ihn die endlosen Beiträge über das repressive, aggressive und kapitalistische System. Thomas wagte aber nicht, die Notbremse zu ziehen und alle rauszuwerfen, weil er keinen weiteren Ärger mit Peggy riskieren wollte. Allerdings hielt sich auch ihre Begeisterung über die langen Wortbeiträge in Grenzen.

»Hört mal zu, Leute! Ihr könnt gerne noch stunden- und wochenlang über das Elend des Planeten diskutieren, aber das hilft Willy nicht. Der Arme schmachtet immer noch im Knast!«

»Dann mach doch einen Vorschlag, Peggy«, forderte Josef sie auf, der sich bisher mit einem besonders regen Redeanteil hervorgetan hatte.

»Man könnte ihn befreien«, schlug sie vor.

»Wie meinst du das, befreien?«

»Na, aus dem Knast. Letztens lief doch im Fernsehen die Serie über den Postraub in England, *Die Gentlemen bitten zur*

Kasse. Da haben sie auch einen der Posträuber aus dem Knast befreit.«

Thomas konnte es nicht fassen. Was redete Peggy da? War sie von allen guten Geistern verlassen? Zu seiner Beruhigung waren auch die anderen Anwesenden von ihrem Vorschlag nicht allzu angetan.

»Ne, also, das geht hier nicht!«

»Wie sollen wir das denn hinkriegen?«

Als Thomas, der von der Tür aus das Treiben beobachtete, Peggy zu sich winkte, wurde er ausgerechnet von Josef erkannt.

»Hey, Leute, ist das nicht der Bulle, der Willy verhaftet hat? Sein Foto war doch letztens in der *KLICK!*«

»Stimmt! Das ist er«, gab ihm ein anderer recht.

»Der will uns bespitzeln«, schlussfolgerte ein Dritter.

»Du arbeitest wohl für die Amis?«

Auf einmal zog Thomas wie ein Magnet die ganze Aufmerksamkeit auf sich. Über zwanzig Augenpaare starrten ihn aggressiv an. Um die Situation zu entschärfen, trat er die Flucht nach vorne an.

»Nun beruhigt euch, Leute, ich bin zwar Bulle, aber kein Spitzel.«

Seine Klarstellung nutzte nichts. Alle starrten ihn wie einen Schwerverbrecher an. Sie ballten die Fäuste, zeigten ihm den Stinkefinger. In seiner Not bat Thomas Peggy per Blickkontakt um Klärung. Die sprang ihm sofort bei.

»Jetzt beruhigt euch mal, er ist doch kein Spitzel!«, rief Peggy in die Gruppe. »Das ist Thomas, mein Freund. Er kann euch alles erklären.«

Doch der Meute war nicht nach Klärung. Man schimpfte immer lauter über Thomas, bezeichnete ihn als »Diener des Staatsapparats« und »Büttel des amerikanischen Imperialismus«. Zunächst flogen harmlose Papierkugeln in seine Richtung, dann regnete es glimmende Zigarettenkippen.

»Ihr spinnt doch! Hört sofort auf damit!«, rief Thomas erbost und suchte hinter der Tür Deckung.

Auch Peggy versuchte, ihm beizustehen: »Lasst das sein, verdammt noch mal!«

»Warum nimmst du diesen Arsch in Schutz?«, schallte es ihr entgegen. Peggy, von der Situation überfordert, sah hilflos zu Thomas, der den Rückzug antrat. Den Helden zu spielen hätte nichts gebracht, diese Idioten waren in der Überzahl. Peggy eilte ihm mit schlechtem Gewissen hinterher und fing ihn vor der Haustür ab.

»Die meinen es nicht so, Thomas. Ich werde das mit ihnen klären, warte doch!«

»Wenn du etwas klären willst, dann wirf die raus! Und zwar sofort.«

»Ich habe sie doch eingeladen! Außerdem sind die im Grunde harmlos.«

»Sag mal, geht's noch? Du willst diese Meute in Schutz nehmen?« Thomas war jetzt außer sich.

»Nein, nein, aber die denken halt, dass du für den Polizeiapparat arbeitest …«

»Polizeiapparat? Jetzt redest du auch schon so einen Stuss. Ich bin Polizist und habe einen Mann verhaftet, der des Mordes verdächtig ist!«

»Ja, dann kannst du ihnen das doch erklären.«

»Mit denen kann man nicht reden. Die glauben mir kein Wort, und du, Peggy, auch nicht. Und das finde ich wirklich traurig.«

In diesem Moment tauchten Josef und einer seiner Kumpel aus der Wohnung auf.

»Hey, lass Peggy in Ruhe! Verschwinde bloß«, bellte er los und schlug Thomas unvermittelt ins Gesicht.

»Bist du verrückt geworden?«, schrie Peggy und half Thomas auf die Beine. Der wischte sich das Blut von den Lippen und suchte das Weite. Er hätte die Wohnung polizeilich räumen lassen können, aber das wollte er Peggy nicht antun. Nicht noch mehr Öl ins Feuer gießen!

Eine Stunde später saß er völlig erledigt in einer Eckkneipe und dachte über den Tag nach. Irgendwie war er heute überall zwischen die Fronten geraten. McNeil hielt ihn für einen Kommunisten, Spanowski und seine Kumpane für einen Büttel des amerikanischen Imperialismus. Dabei wollte er nur anständig ermitteln. Bevor er ein Bier bestellen konnte, ertönte aus der Jukebox Freddy Quinn, der in seinem Lied »Eine Handvoll Reis« den Krieg in Vietnam verherrlichte.

Thomas reichte es. Er zog den Stecker aus der Musikbox, was beim Wirt und den übrigen Gästen gar nicht gut ankam.

»Du bist wohl nicht ganz dicht im Kopf?«, schallte es ihm unisono entgegen. Auch hier drohte ihm also Ärger. Schnell suchte er das Weite. Der einzige Mensch, der ihm normalerweise Trost hätte spenden können, war Peggy, aber mit ihr war auch alles aus dem Ruder gelaufen. Was sollte er tun? Es gab zwar in Berlin keine Sperrstunde, aber er konnte schlecht seine Zeit bis in den frühen Morgen in einer Kneipe verbringen. So entschloss er sich, in der Laube der Hauswirtin zu übernachten. Er hatte mit Peggy dort letztens den Rasen gemäht.

Unterwegs machte er an einem der neuen Lebensmittelautomaten halt und deckte sich mit Brot, Käse und Milch ein. Er hatte den ganzen Tag nichts gegessen.

Die Laube befand sich auf dem Gelände eines der vielen Berliner Kleingartenvereine und war dank der hohen Hecke nicht einsehbar. Sie war mehr eine Datscha als eine Laube, verfügte über eine kleine Küche, Wohnzimmer und Schlafkammer. Nicht groß, aber mehr als ausreichend für ihn. Kühlschrank, Spülstein und Kochofen waren in gutem Zustand. Ein kleiner Tisch mit Stühlen, ein bequemes Sofa und sogar ein Bett in der schmalen Kammer strahlten Behaglichkeit aus. Nur die Blümchentapete war Thomas einen Tick zu viel, aber das störte jetzt nicht.

Nachdem er seinen Hunger gestillt hatte, legte er sich hin, konnte aber noch nicht einschlafen. Zu viel schwirrte in seinem Kopf herum, der Tag war einfach zu turbulent gewesen. Er musste sich ablenken, vielleicht durch ein Buch oder eine Zeitschrift, aber in der Laube fand er nur ein Kochbuch in Sütterlin. Da fiel ihm der Artikel der *Times* über die CIA ein, der sich in seiner Jackentasche befand.

Je mehr er las, desto wacher wurde er. Er musste sich eingestehen, dass er bis jetzt eine sehr naive Vorstellung von der Arbeit der CIA gehabt hatte. Der Geheimdienst jagte nicht nur gegnerische Spione, wie das beim Maulwurf der Fall war, er organisierte auch Staatsstreiche und half beim Sturz demokratisch gewählter Regierungen, um amerikanische Wirtschaftsinteressen durchzusetzen, wie bei der Operation Ajax im Iran 1953. Ein Jahr später war die Operation Success in Guatemala gefolgt. Beide Male wurden die gewählten Präsidenten »entfernt«. Im Iran hatte man im Auftrag der amerikanischen Ölindustrie gehandelt, in Guatemala dem der United Fruit Company. Aber das war nicht alles. Auch in Vietnam hatte der Geheimdienst seine Finger im Spiel, um unliebsame Politiker loszuwerden, beispielsweise durch manipulierte Urnen bei den Wahlen. Offenbar steckte die CIA auch hinter dem Attentat auf den südvietnamesischen Präsidenten Diem, den sie durch willige Militärs ersetzte. Kein schmutziger Trick, keine illegalen Aktionen wurden ausgelassen, um die Gegner der amerikanischen Politik zu bekämpfen. Der Artikel endete damit, dass viele Operationen und Einsätze der CIA gar nicht ans Licht der Öffentlichkeit gelangten.

Aber konnte das alles stimmen? Andererseits war die *Times* alles andere als ein sowjetisches Kampfblatt, außerdem lag die Zeitung offen im Amerika-Haus herum. Die Frage nach Dr. Egmonts Funktion bei der CIA stellte sich nun umso dringender. Konnte es nicht doch sein, dass Spanowski irgendwelche geheimen Aktionen von Egmont herausgefunden hatte? Oder war er nur im falschen Moment am falschen Ort gewesen? Thomas fasste einen Plan. Einen kühnen Plan. Einen gefährlichen Plan.

25

Saigon, 1966

Nach seinem Aufenthalt in Saigon traf sich Dr. Egmont mit seinem alten Mitarbeiter Dr. Stahl. Beide sollten einen Schulungsplan für die südvietnamesischen Polizeikräfte ausarbeiten. Im Unterschied zu Stahl, der einen lukrativen Auftrag witterte, hielt sich die Begeisterung von Egmont in Grenzen. Denn diesmal ging es nicht um die Bekämpfung von Staatsfeinden, sondern um die Bespitzelung und Verfolgung eines großen Teils der Bevölkerung, einschließlich der Kinder. Doch er konnte den Auftrag nicht ablehnen, seine Vorgesetzten bestanden darauf. Dr. Egmont musste sich fügen und ein weiteres Mal nach Saigon fliegen, um an vorbereitenden Meetings mit anderen CIA-Mitarbeitern teilzunehmen.

Schon nach der ersten Sitzung mit seinen Kollegen, die im Unterschied zu ihm ihre Aufgabe mit großem Engagement angingen, wäre er am liebsten zurückgeflogen. Er schwänzte den Umtrunk mit ihnen und ließ sich von einem G.I. zum Hotel fahren. Im Auto roch es streng, und Dr. Egmont befahl dem Fahrer, die Klimaanlage einzuschalten. Obwohl die Kühlung auf Hochtouren lief, ließ der Gestank nicht nach.

»Was riecht hier denn so, verflucht noch mal?«

»Das sind bestimmt die Beweisstücke, Sir.«

»Welche Beweisstücke?«

»Neben Ihnen, Sir.«

Egmont entdeckte einen kleinen Leinensack auf dem Sitz neben ihm. Als er einen Blick hineinwarf, sah er ein Dutzend abgeschnittener Ohren.

»Was ist das denn?«

»Ohren, Sir.«

»Das sehe ich. Sind Sie verrückt geworden?«

»Das ist ein Befehl, Sir. Ich muss die Ohren ins Hauptquartier fahren, als Beweis für tote Charlie!«

Egmont begann zu würgen. Der G.I. bremste den Wagen, konnte aber nicht verhindern, dass Dr. Egmont sich in den Leinensack übergab.

Im Hotel angekommen, suchte er nach Ablenkung und orderte eine Hostess. Dass er während seiner Reisen öfters die Dienste von Prostituierten in Anspruch nahm, gehörte zum Job. Die Firma zahlte diesen Service, weil sie ihre besten Mitarbeiter bei Laune halten wollte. Aber diesmal hätte er lieber darauf verzichten sollen, denn als die junge Frau ausgezogen neben ihm lag, regte sich bei ihm nichts. Wie in ähnlichen Fällen versuchte die Hostess, das übliche Programm abzuspulen, um die Libido eines lahmenden Freiers zu reaktivieren, aber Dr. Egmont winkte ab. Er bezahlte sie und schickte sie weg. In diesem Moment verfluchte er seine Reise nach Saigon. Aber es sollte noch schlimmer kommen. Unter der Dusche wurde er von einer kleinen bunten Schlange gebissen. Er versuchte, die Nerven zu behalten, und erinnerte sich an die Anweisungen für solche Fälle. Er musste schnellstens mit der Schlange zum Arzt, damit der ihm das passende Serum spritzen konnte. Nachdem er das Reptil mit seinem Schuh erschlagen hatte, ließ er sich von einem Taxi zum internationalen Hospital fahren. Als US-Bürger wurde er sofort zum Leiter der Klinik gebracht, einem gewissen Professor Phan.

»Sie haben Glück im Unglück, Dr. Egmont. Die Schlange ist nicht giftig«, beruhigte ihn der Arzt. Egmont erfuhr, dass der Professor in Deutschland studiert hatte und seit einem Jahr wieder in Saigon arbeitete. Egmont gab sich seinerseits als Zivilangestellter einer amerikanischen Aufbauorganisation aus. Er mochte den sympathischen Mediziner und zeigte sich erfreut, als er ihn am nächsten Tag auf der Terrasse des französischen Clubs wiedertraf, einem beliebten Treffpunkt für Ausländer in Saigon.

Beide kamen ins Gespräch, und Egmont nahm gerne eine Einladung des Professors an. Der wohnte seit dem Tod seiner deutschen Ehefrau mit seiner Tochter – ebenfalls einer Chirurgin – in einem ehemaligen französischen Herrschaftshaus mit großzügigem Palmengarten. Eine Idylle inmitten dieser hektischen Stadt, die Dr. Egmont genoss. Trotzdem verstand er nicht, dass der Professor das sichere Deutschland gegen das unruhige Saigon getauscht hatte.

»Darf ich Sie fragen, warum Sie nicht in Deutschland arbeiten, Professor? Sie waren doch Chefarzt einer Klinik, und … na ja … wie soll ich sagen …«

»Sie wollen sagen, dass es dort sicherer und angenehmer ist als hier, nicht wahr?«

»Richtig … Nehmen Sie es mir bitte nicht übel, aber in diesen Zeiten in Vietnam zu leben …«

»In der Tat hätten meine Tochter und ich es in Deutschland leichter als hier, aber wir sind Vietnamesen. Unser Platz ist in unserer Heimat.«

Die Antwort – obwohl er sie nicht nachvollziehen konnte – nötigte Dr. Egmont Respekt ab. Dr. Phan war ein Mann mit Prinzipien. Aber auch der offenen Worte, wie er sich überzeugen konnte.

»Dr. Egmont, wir beide wissen, dass Sie kein Geschäftsmann sind. Sie arbeiten doch für einen Geheimdienst, ich vermute mal, für die CIA.«

Dr. Egmont fühlte sich ertappt, aber ihm kam es nicht in den Sinn, seinem kultivierten Gegenüber eine Komödie vorzuspielen. Er antwortete stattdessen mit einem knappen »Ja« und hoffte, dass der Professor ihm keine weiteren Fragen über seine Aufgaben stellen würde. So indiskret verhielt sich sein Gastgeber tatsächlich nicht, obwohl er eine brisante Frage in petto hatte.

»Glauben Sie, dass dieser Krieg zu gewinnen ist?«

Die Frage kam unerwartet und erwischte Dr. Egmont auf dem falschen Fuß. Obwohl er am liebsten mit der Wahrheit rausgerückt wäre und verneint hätte, nickte er und versuchte, siegessicher zu wirken.

»Äh, die Kommunisten werden besiegt werden.«

»Die Antwort kam etwas zögernd«, schmunzelte der Professor. Erneut fühlte sich Dr. Egmont ertappt. Er konnte seinem feingeistigen, intelligenten Gastgeber nichts vormachen. Doch der dachte nicht daran, ihn bloßzustellen; stattdessen versuchte er, ihm mit ruhigen Worten den Konflikt zu erklären.

»Es geht hier nicht um einen Krieg zwischen Kommunismus und dem freien Westen. Es geht darum, dass die Vietnamesen die Fremdherrschaft satt haben. Sie wollten sich von den Franzosen befreien und jetzt von den Amerikanern.«

»Nordvietnam ist kommunistisch, Professor, das ist keine Demokratie.«

»Südvietnam ist eine Militärdiktatur, Dr. Egmont, ohne amerikanische Hilfe hält sie sich keinen Monat über Wasser.«

»Aber Nordvietnam wird von China und der UdSSR unterstützt«, wandte Dr. Egmont ein.

»Sie liefern Waffen, das ist alles. Und im Unterschied zu den

Amerikanern kämpfen keine russischen oder chinesischen Soldaten in Vietnam«, erinnerte ihn der Professor leicht schmunzelnd. Was sollte Dr. Egmont darauf erwidern? Die Worte seines charmanten Gegenübers, frei von jedem Fanatismus, klangen einleuchtend. Auch die nächste Frage brachte ihn in Erklärungsnot.

»Kennen Sie die UN-Charta? Das Gewaltverbot? Da heißt es, dass kein Land ein anderes angreifen darf. Warum bombardieren dann die Amerikaner Nordvietnam? Diese Operation trifft überwiegend Wohnsiedlungen, Schulen, also zivile Ziele. Sie hat keinen militärischen Nutzen, denn die Vietnamesen nehmen alles in Kauf, sie wollen die Wiedervereinigung.«

»Herr Professor, ich bin kein Politiker, ich weiß es nicht.«

Dr. Egmonts Antwort klang wie eine Ausflucht, sie war es aber nicht. Er hatte sich tatsächlich niemals um Politik gekümmert, sondern immer die Aufgaben erledigt, die seine Regierung von ihm verlangt hatte. Aber vielleicht war das ein Fehler?

»Was hielten Sie davon, wenn man mit Nordvietnam verhandeln würde?«, fragte Professor Phan.

»Das wäre wohl die einzige Möglichkeit, um aus diesem Schlamassel herauszukommen«, antwortete Dr. Egmont entwaffnend ehrlich.

»Aber Sie wissen schon, dass Ihre Regierung Verhandlungen strikt ablehnt?«

Das wusste Egmont sehr wohl. Um der Bevölkerung weiteres Leid zu ersparen, erschienen ihm Verhandlungen mehr als vernünftig. Fatalerweise saß er nun in Vietnam, um eine Operation auszuarbeiten, die den Krieg nicht nur verlängern, sondern auch sehr viel Unglück über die Bevölkerung bringen würde. Er selbst wollte kein Hades sein. Vielmehr fühlte er sich wie Theseus im Labyrinth des Minotaurus – aber ohne den rettenden roten Faden.

26

Berlin, 1966

Thomas wurde in aller Früh von einer Drehorgel geweckt. Irgendwo in der Laubenkolonie ertönte die Melodie von »Happy Birthday« aus einem Leierkasten. Wem die morgendlichen Glückwünsche galten, wusste Thomas nicht, aber er war froh, nicht verschlafen zu haben, denn er hatte sich einiges vorgenommen. Doch bevor er seinen waghalsigen Plan anging, wollte er zu Hause duschen, sich umziehen und die Minox holen.

Das Chaos, das sich ihm in der Wohnung bot, verschlug ihm augenblicklich den Atem. Er musste aufpassen, wo er hintrat, denn überall lagen schlafende Männer auf dem Boden. Das Berliner Zimmer glich einem Nachtlager. Wo war Peggy?

Thomas fand seine Freundin im Schlafzimmer. Und neben ihr lag Josef, Spanowskis Jünger, der ihm am Abend zuvor einen Kinnhaken verpasst hatte. Er war zwar angezogen, aber das spielte für Thomas keine Rolle. Der Platz neben Peggy gehörte ihm, und genau das würde er diesem Josef deutlich machen. Er zog ihn unsanft hoch und warf ihn einfach aus dem Bett. Josef, noch schlaftrunken, landete auf dem Boden. Er sah ihn verdutzt an und verstand nicht, was los war. Aber Peggy, die wach geworden war, verstand sehr wohl.

»Thomas!«

»Was hat der Typ in meinem Bett gemacht?«

»Es ist gestern sehr spät geworden.«

»Na und? Deswegen muss er sich nicht an dir vergreifen!«

»Hey, sag mal, was bist du denn für ein Spießer? Peggy gehört dir doch nicht allein«, protestierte Josef gähnend und begann, sich zu strecken.

»Was soll die Scheiße? Spielen die hier Kommune, oder was?«

Als Thomas Josef am Schlafittchen packen wollte, griff Peggy ein.

»Jetzt lass ihn endlich in Ruhe! Er … er … Wie heißt du überhaupt?«

»Na, großartig! Du liegst mit einem Typen im Bett, dessen Namen du nicht kennst!«

»Fändest du es besser, wenn ich ihn kennen würde?«

Ihre freche Antwort machte Thomas noch wütender. Am liebsten hätte er dem Typen eine Ohrfeige verpasst, aber dann wäre die Situation vollends aus dem Ruder gelaufen. Er trat lieber den Rückzug an. Bevor er die Wohnung verließ, nahm er die Minox aus dem Schrank, die er für seinen Plan benötigte. Draußen vor der Haustür versuchte er, sich zu beruhigen. Nein, er durfte sich jetzt nicht weiter aufregen. Er musste die Nerven behalten. Sein Privatleben war zwar momentan im Eimer, aber da musste er durch. Schließlich hatte er noch etwas vor. Er würde aufs Ganze gehen, ohne Netz und doppelten Boden.

Entschlossen stieg er in seinen Borgward und fuhr zunächst in die Höhle des Löwen, ins amerikanische Hauptquartier nach Spandau. Da er mit seinem Wagen nicht auf das Gelände fahren durfte, parkte er vor dem Tor. Er zeigte dem Wachposten seinen Dienstausweis und erklärte, dass er einen Termin bei McNeil habe. Das klang überzeugend genug, ihn durchzulassen.

Nachdem Thomas die erste Hürde überwunden hatte, suchte er zielstrebig das CIA-Gebäude auf. Zuerst vergewisserte er sich bei Mary, der netten Sekretärin, ob McNeil da war. Nein, war er nicht. Genau das wollte Thomas hören.

»Ich suche meinen Schlüsselbund. Ich glaube, ich muss ihn verloren haben, als ich vorgestern die Kartons in den Lagerraum getragen habe. Und ohne Schlüssel bin ich aufgeschmissen«, erklärte er und setzte seinen Hundeblick auf. Mary hatte Mitleid mit ihm.

»Dann sehen Sie doch noch mal im Lagerraum nach, vielleicht finden Sie ihn ja.«

Das ließ sich Thomas nicht zweimal sagen. Und er hatte Glück, die Kartons standen noch unverändert herum. Thomas verlor keine Sekunde und begann, sie zu durchsuchen. Als er den Terminkalender von Egmont fand, konnte er endlich die Minox einsetzen. Er fotografierte die Seiten des Kalenders ab, bis der Film voll war. Danach durchsuchte er hektisch die anderen Kartons, bis er gut zwei Dutzend Schmalfilme fand. Sie waren mit entsprechenden Jahreszahlen beschriftet. Am liebsten hätte Thomas alle Filme eingesteckt, was aber nicht ging. So entschied er sich für die Filme mit dem jüngsten Datum. Als er Schritte hörte, steckte er drei Filme in seine Tasche. Keine Sekunde später tauchte Mary auf.

»Haben Sie den Schlüssel gefunden? Brauchen Sie Hilfe?«

»Nicht nötig, er lag unten im Karton.« Thomas zeigte ihr lächelnd seinen Schlüsselbund. Die höfliche Sekretärin reagierte erleichtert.

»Möchten Sie einen Kaffee und auf Mr. McNeil warten?«

Das war ein Angebot, das Thomas höflich ausschlug. Lieber fuhr er mit seiner Beute zum Polizeipräsidium. Er sollte sich zwar um zehn Uhr bei Böhmer blicken lassen, aber er ließ den Termin einfach sausen. Stattdessen marschierte er zur kriminaltechnischen Abteilung. Normalerweise war sie den Beamten der Kripo vorbehalten, aber Thomas umschiffte diese Hürde mit einer Notlüge.

»Ich brauche Abzüge der Minox, weil ich Regierungsrat Böhmer Bericht erstatten muss.« Und wieder wirkte der Name Böhmer Wunder. Der anfänglich murrende Fotolaborant machte sich gleich an die Arbeit, da auch er keinen Ärger mit Böhmer wollte. Aber Thomas hatte noch einen weiteren Wunsch. Er verlangte und bekam einen Filmprojektor, um »Beweismittel« zu begutachten. Natürlich war ihm bewusst, dass er sich mit seiner Aktion auf gefährliches Terrain begab – aber er wollte endlich Antworten auf seine drängenden Fragen.

Es handelte sich um Acht-Millimeter-Farbfilme der Firma McGregor Out Door, die in eine Papphülle gepackt waren. Egmont hatte sie beschriftet: *Berlin 1964*, *Dr. Jekyll's birthday 1965*, *Saigon 1966*. Thomas entschloss sich, die Filme in chronologischer Reihenfolge zu sehen, und legte zunächst den Berlin-Film ein.

Der Projektor ratterte los und entführte Thomas in die vergangene Welt von Dr. Egmont. Die Sequenzen waren kurz, aber nicht verwackelt. Dr. Egmont wusste offensichtlich mit der Kamera umzugehen. Der erste Streifen, nicht länger als drei Minuten, zeigte Szenen von einem Fest der Berliner Polizei im Olympiastadion. Es waren Polizisten zu sehen, die auf den Dienstmotorrädern Kunststücke vorführten, Turner, Hundestaffeln und vieles mehr.

Thomas legte den zweiten Film ein, die Geburtstagsfeier. Zunächst sah er ein großes, auffälliges Haus im Fachwerkstil. Dann fuhr ein Taxi vor, aus dem ein Mann und eine Frau ausstiegen. Thomas stoppte den Film. Der Mann kam ihm bekannt vor. Er überlegte, und schließlich fiel es ihm ein: Es handelte sich zweifelsfrei um den Arzt mit dem markanten Schmiss auf der Wange, der auf dem Foto in Dr. Egmonts Büro zu sehen gewesen war. Es folgten Aufnahmen einer feuchtfröhlichen Geburtstagsfeier, an der mehrere amerikanische Offiziere in Uniform teilnahmen. Der Mann mit dem Schmiss pustete die Kerzen einer Torte aus – offensichtlich handelte es sich bei ihm um das Geburtstagskind und somit um besagten Dr. Jekyll.

Der dritte und letzte Film war 1966 in Saigon gedreht worden. Zunächst fing Dr. Egmont Straßenszenen ein, wie fahrende Autos und Mopeds, eine Pagode oder Häuser im Kolonialstil. Aber dann sah Thomas eine tote Schlange, die Egmont vor die Kamera hielt. In völligem Kontrast dazu standen die nächsten Aufnahmen. Eine ehemalige französische Villa, ein wunderschöner Palmengarten. Und auf der Terrasse saß ein älterer Herr mit asiatischem Aussehen in einem hellen Anzug, der mit einer Teetasse in die Kamera prostete. Die Aufnahme erfasste eine junge Frau, die verlegen beide Hände vors Gesicht hielt, sodass man sie nicht erkennen konnte.

Das waren die vier Filme. Was konnte Thomas aus diesem Puzzle für die Ermittlungen gewinnen? Aber er hatte ja noch mehr, da war der Kalender, den er abfotografiert hatte.

Da der Kollege im Fotolabor zügig arbeitete, konnte Thomas wenig später zwanzig Abzüge mitnehmen, die sämtliche Kalendereintragungen der letzten zehn Wochen von Dr. Egmont wiedergaben. Thomas studierte die einzelnen Seiten. Egmonts letzte Eintragung lautete *12 AH, Meeting.* Eine Stunde davor hatte er offenbar mit Dr. Jekyll telefoniert – *11 Phone/Dr. Jekyll.* Einmal schien er diesen Mann auch in Berlin getroffen zu haben, im *Bureau.* War damit das CIA-Büro gemeint? Mit den anderen Eintragungen konnte Thomas nichts anfangen, weil er nicht wusste, was sich hinter den Kürzeln verbarg. Ansonsten erwies sich Egmont als Theaterfreund, er besuchte regelmäßig das Theater am Schiffbauerdamm.

Welche Rückschlüsse ließen sich aus den Eintragungen ziehen? Für Thomas rückte dieser ominöse Dr. Jekyll in den Fokus seines Interesses. Egmont hatte kurz vor seinem Tod mit ihm gesprochen. Thomas vermutete, dass es sich um einen Deutschen handelte, weil der Schmiss auf eine Mitgliedschaft in einer Studentenvereinigung hindeutete. Thomas entschloss sich, diesen Mann näher unter die Lupe zu nehmen. Vielleicht hatte Rachel ihn schon einmal gesehen? Er beschloss, ihr ein Foto von ihm zeigen, dessen Abzug allerdings vom Film gemacht werden musste. Ihm fiel ein, dass sie heute mit ihrer Mutter zurückfliegen wollte, er musste sie abpassen. Um die Abflugzeit zu erfahren, rief er im Flughafen Tempelhof an. Der Flug nach L.A. über Frankfurt war für siebzehn Uhr angesetzt. Das Foto musste also schnellstens entwickelt werden, und genau das versuchte er, dem Kollegen von der Kriminaltechnik deutlich zu machen, als er ihm den Schmalfilm von Dr. Jekylls Geburtstag aushändigte.

»Das ist etwas aufwändig, aber möglich. Ich muss zunächst den positiven Film in ein Negativ übertragen und dann normal entwickeln.«

»Und wenn Sie schon dabei sind … Am Anfang des Films ist eine Außenaufnahme eines Fachwerkhauses zu sehen. Davor parkt ein Taxi. Ich brauche das Kennzeichen.«

Peggy konnte sich nicht richtig auf ihre Arbeit konzentrieren. Sie sollte die Schnittmuster für die neue Kollektion korrigieren, aber ihre Gedanken kreisten um Thomas. Zum Glück war ihr Chef zu Hause geblieben, weil er die Spiele der Fußballweltmeisterschaft, die gerade in England ausgetragen wurde, nicht verpassen wollte. Peggy, die mit Fußball nichts am Hut hatte, verstand nicht, warum sich Thomas so eifersüchtig benommen hatte. Es war nichts mit diesem Josef gelaufen, der hatte sich nur im Bett breitgemacht, weil er keinen anderen Platz zum Schlafen gefunden hatte. Thomas sollte sich an die eigene Nase fassen, die Sache mit dem Knutschfleck war noch nicht vom Tisch. Sie musste unbedingt mit ihm über alles sprechen. Alle Unklarheiten beseitigen. Sie liebte ihn doch immer noch, sehr sogar, auch wenn sie nicht verstand, was in letzter Zeit mit ihm los war. Sie überlegte, ob sie ihn auf der Arbeit anrufen sollte. Doch er kam ihr zuvor.

»Ich bin es, Thomas …«

»Ich wollte dich auch gerade anrufen«, rief Peggy erfreut in den Hörer.

»Ich vermisse dich, Peggy.«

»Ich dich auch!«

»Sollen wir nicht mal in Ruhe reden? Bin mir sicher, dass sich alles klären lässt.«

»Ganz bestimmt!« Peggy atmete auf. Thomas schien ebenso zu empfinden wie sie.

»Bist du heute Abend zu Hause?«, wollte er wissen.

»Natürlich, warum fragst du?«

»Na, weil gestern die Bude voll war.«

»Heute bestimmt nicht!«

»Ich bin dann gegen neunzehn Uhr da«, versprach er. »Dann kommt alles auf den Tisch.«

»Und du hast dann auch wirklich keinen Dienst mehr?«

»Garantiert nicht.«

»Liebst du mich noch?«

»Natürlich! Und du mich?«

»Na klar! Bis dann also!«

Peggy fiel ein Stein vom Herzen. Alle Probleme würden sich

in Wohlgefallen auflösen. Versöhnung stand an, und das war gut so. Sie liebten sich doch!

Der Laborant hatte schnell und sorgfältig gearbeitet. Mit dem Foto des mysteriösen Dr. Jekyll konnte Thomas mehr als zufrieden sein, der Unbekannte war deutlich zu erkennen. Nun galt es, Rachel das Foto zu zeigen. Ihm blieben noch zwei Stunden bis zu ihrem Abflug. Er musste sich beeilen. Zum Glück befand sich das Präsidium in einem Gebäude des weitläufigen Flughafenareals. Thomas hetzte zum eigentlichen Flughafengebäude, das er vorher noch nie betreten hatte. Schon der Eingangsbereich imponierte durch seine Größe, wurde von der riesigen Abfertigungshalle mit ihrer gewaltigen Höhe aber noch weit übertroffen. Wie verloren stand Thomas im größten Gebäude, das er je betreten hatte. Nun konnte er nachvollziehen, dass Tempelhof als Inbegriff des nationalsozialistischen Größenwahns galt. Wie dem auch sei, er musste in dieser riesigen Halle Rachel finden. Suchend lief er die Schalter der Airlines ab und hatte Glück. Rachel stand gelangweilt vor dem Abflugschalter der Pan Am, mit dem Rücken zu ihrer Mutter, die sich mit McNeil unterhielt. Auf den konnte Thomas getrost verzichten. Hastig suchte er hinter einer Stellwand Deckung. Als sie in seine Richtung schaute, winkte er ihr zu und legte gleichzeitig den Finger seiner freien Hand über die Lippen. Natürlich verstand Rachel. Sie eiste sich von ihrer Mutter los und ging auf ihn zu.

»Hey, das ist ja super, dass du mich verabschieden willst!«

Rachel fiel ihm um den Hals, und ehe er sich's versah, spürte er ihre Lippen an seinem Hals.

»Bitte nicht, Rachel!«

Zu spät.

»Souvenir!«, sagte Rachel und grinste frech. Und Thomas

wusste, dass er Peggy einen weiteren Knutschfleck erklären müsste. Aber er machte gute Miene zum bösen Spiel, weil jetzt Wichtigeres anstand.

»Rachel, kannst du mir noch einmal helfen?«

»Willst du noch einen Trip?«

Thomas schüttelte den Kopf.

»Das Zeug ist scheiße. Du solltest die Finger davon lassen!«

»Wenn du mit mir kommst, werde ich nur noch Cola trinken.«

Sie meinte es tatsächlich ernst, jedenfalls sah sie ihn mit verliebten Augen an. Thomas fragte sich, warum das Mädchen so auf ihn abfuhr. Noch mehr fragte er sich allerdings, ob sie diesen Dr. Jekyll kannte. Gespannt zeigte er ihr das Foto.

»Kennst du diesen Mann?«

Beim Anblick des Fotos verzog Rachel angewidert das Gesicht.

»Pah, der mit der ekligen Narbe im Gesicht.«

»Dein Vater hat mit ihm mal Geburtstag gefeiert ...«

Rachel schüttelte den Kopf. »Keine Ahnung.«

»Okay, was weißt du über ihn?«

»Ist eine peinliche Story. Mom und ich sind vor ein paar Monaten heimlich hinter Daddy hergefahren. Mom dachte, er würde sich mit einer Frau in einem Hotel treffen. Aber Daddy saß da mit diesem Scarface, beide haben gegessen und sind irgendwelche Papiere durchgegangen.«

»Ist er ein deutscher Arzt?«

»Keine Ahnung, ich kenne ihn doch nicht. Aber ein Amerikaner ist er nicht. Der saß so steif da ... Kann ich schlecht erklären.«

Thomas wollte zu einer weiteren Frage ansetzen, aber Rachel, ihre Mutter im Blick, gab ihm einen Kuss.

»Mom sucht nach mir. Ich muss leider gehen, Tom!«

»Noch etwas. Weißt du, worüber sich dein Daddy im Amerika-Haus mit McNeil unterhalten hat?«

Rachel schüttelte bedauernd den Kopf.

»Nein, leider nicht. Leb wohl, Tom, und schreib mir!«

Während Rachel zum Schalter zurückging, wollte sich Thomas schnell aus dem Staub machen, um McNeil nicht über den Weg zu laufen. Das funktionierte nicht. Der wuchtige Amerikaner, flankiert von zwei Muskelmännern, tauchte plötzlich im Eingangsbereich auf. Thomas schwante Übles.

»Hey, Greenhorn! Du hast heute nach mir gefragt, habe ich gehört?«, dröhnte es durch die Halle.

»Ja, aber das hat sich erledigt …«

Dummerweise begnügte sich McNeil nicht mit dieser Antwort.

»Und was habe ich gehört – du hast deinen Schlüssel gesucht?«

»Ja, Sir, ich hatte ihn im Lagerraum vergessen.«

»Erzähl mir keine Märchen. Du hast in den Kartons von Dr. Egmont gewühlt. Was hast du gesucht?«

»Meinen Schlüssel, Sir.«

»Oder hattest du es etwa auf das Band abgesehen?«

»Welches Band, Sir?«

»Schluss jetzt. Du kommst mit, ich habe da noch einige Fragen.«

Das roch nach ziemlichem Ärger. Spätestens jetzt wusste Thomas, dass eine Unterhaltung mit dem bulligen CIA-Mann keine gute Wahl war. McNeil würde ihn in die Mangel nehmen, und darauf konnte er gerne verzichten. Er musste sich schnellstens aus dem Staub machen.

»Ich habe alles beantwortet, Sir.«

»So? Und warum hast du hinter unserem Rücken den Genossen Spanowski besucht?« Offenbar war er über jeden Schritt von Thomas informiert. Umso mehr ein Grund, McNeil aus dem

Weg zu gehen, zumal der wieder drohend seine Fingerknöchel knacken ließ. Fieberhaft überlegte Thomas, wie er verschwinden konnte. Viel Zeit blieb ihm nicht, da sich McNeil zielstrebig in seine Richtung bewegte. Augen zu und durch! Im nächsten Moment stürmte Thomas wie ein Rugbyspieler in gebückter Haltung in Richtung Eingangsbereich, eilte an erstaunten Fluggästen vorbei, stieß einige von ihnen samt ihrem Gepäck fast um und musste dann aber feststellen, dass ihm vor dem langen Foyer zwei bullige Männer den Weg versperrten. Hastig änderte er die Richtung und stürzte eine Treppe hinunter. Irgendwann ging es nicht weiter, er stand vor einem Kellergang mit mehreren Metalltüren. Die erste war verschlossen, die zweite ebenso, aber die dritte konnte er mit der Schulter aufstoßen. Er befand sich nun in einem dunklen Gang, der ins schwarze Nichts führte. Egal, er musste da durch. Er riss ein Streichholz an, um sich zu orientieren. Thomas glaubte das Schleichen vorsichtiger Schritte zu vernehmen, hielt inne und lehnte sich dicht gegen die Wand, bis wieder Stille einkehrte. Hatte er McNeil und seine Männer abgeschüttelt? Er tastete sich vorsichtig an der Wand entlang, spürte irgendwann die Klinke einer Metalltür, zum Glück war sie nicht verschlossen. Vorsichtig öffnete er sie einen Spaltbreit und sah einen langen, beleuchteten Gang. Vielleicht führte er nach draußen? Thomas schob sich nahezu lautlos hinein. Plötzlich ertönten Stimmen, und er rechnete mit dem Schlimmsten. Erleichtert stellte er fest, dass sie einigen schwarzen G.I.s gehörten, die unerwartet um die Ecke auftauchten. Unter ihnen befand sich Jimmy, der gekonnt mit einem Basketball hantierte.

»Jimmy!«

»Hey, *man*, was suchst du denn hier?«

Keiner der beiden hatte mit dieser Begegnung gerechnet.

»Ich wollte hier raus … aber … Kann ich dich kurz sprechen?«, fragte Thomas mit angespannter Stimme. Jimmy warf einen Blick in Thomas' verzweifeltes Gesicht und zögerte nicht. Er reichte den Ball einem seiner Freunde und gab ihnen mit einer Geste zu verstehen, dass sie vorgehen sollten. Dann wandte er sich Thomas zu, der ihn hilfesuchend ansah.

»Was ist los, *man?*«

»Jimmy, ich muss hier weg, dein Boss ist hinter mir her.«

»Mein Boss? Meinst du McNeil?«

»Richtig, aber erspare mir die Einzelheiten. Hauptsache, ich kann von hier verschwinden.«

Jimmy, der sich ohnehin aus Problemen anderer Leute raushielt, stellte keine weiteren Fragen. Er blinzelte Thomas zu und bedeutete ihm, ihm zu folgen. Erleichtert lief Thomas hinter Jimmy durch ein Labyrinth von mäßig beleuchteten, feuchten Gängen und steilen Treppen. Er wunderte sich über den Orientierungssinn seines Freundes, und als ob dieser Gedanken lesen könnte, meinte er: »Hoffentlich finde ich den Weg zur Sporthalle zurück, wir spielen heute gegen die Airforce Boys.«

»Im Keller des Flughafens?«

»Klar, du ahnst nicht, was hier unten alles los ist. Früher hatten die Nazis unter dem Flughafen ihre Luftschutzbunker. Jetzt hat sich die Air Force dort breitgemacht. Die haben einen Stützpunkt hier unten, kontrollieren die Luftbewegungen des Ostens … Alles topsecret, okay?!«

»Keine Sorge, ich plaudere nichts aus.«

Plötzlich blieb Jimmy mitten in einem Gewölbe stehen.

»Shit. Ich habe ein Problem. Ich glaube, hier bin ich falsch.« Er kratzte sich umständlich am Kopf und sah sich um.

»Vielleicht diese Treppe hoch …«

Beide versuchten ihr Glück und stiegen die Stufen hoch, die vor einer riesigen Halle endeten: dem Hangar des Flughafens.

Thomas sah ein halbes Dutzend Flugzeuge, dazwischen Monteure und andere Bedienstete. Zufrieden zeigte Jimmy auf ein riesiges Tor am anderen Ende der Halle.

»Du brauchst nur da durchzugehen, bis zum Ausgang dahinten. Halte dich aber links und fern vom militärischen Teil des Flughafens. Schaffst du das allein?«

»Das schaffe ich, Jimmy. Ich danke dir!« Sie gaben sich die Gettofaust. »Ich erkläre dir bei Gelegenheit die Story.«

»Lieber nicht. Ich will damit nichts zu tun haben. Und jetzt verschwinde!«

Bevor Thomas sich auf den Weg machte, fiel ihm noch etwas ein. Er zückte das Foto von Dr. Jekyll.

»Kennst du diesen Mann? Schon mal gesehen?«

Jimmy warf einen Blick darauf, schüttelte den Kopf, und dann ging jeder seines Weges.

Es sollte ein klärendes Gespräch werden. »Alles kommt auf den Tisch«, hatte Thomas versprochen, und Peggy nahm das wörtlich und besorgte zwei Pizzas von einem italienischen Lokal in Schöneberg. Sie selbst kannte dieses italienische Gericht nicht, aber ihr Chef hatte die Teigfladen, die mit Käse und Wurst belegt waren, als leckerste Spezialität seit der Erfindung der Currywurst gepriesen. Thomas, der gerne ausländische Gerichte probierte, würde sich bestimmt freuen, genauso wie auf die Flasche Lambrusco, die sie auf Empfehlung des Wirts kaufte. Insofern sprach alles für ein gelungenes Versöhnungstreffen. Das ließ allerdings auf sich warten, da Thomas keine Anstalten machte, nach Hause zu kommen. Eine frustrierte Peggy wartete über zwei Stunden und fühlte sich wie bestellt und nicht abgeholt. Ihre Stimmung sank immer tiefer in den Keller. Vergebens versuchte sie, ihn von einer Telefonzelle aus im Präsidium zu erreichen.

Als es um einundzwanzig Uhr an der Tür klingelte, schöpfte sie Hoffnung. Thomas hatte bestimmt den Schlüssel vergessen. Doch der bullige Mann im Trenchcoat, der sie an der Tür einfach beiseiteschob und in die Wohnung polterte, war nicht Thomas, genauso wenig wie sein rabiater Begleiter, der ihm folgte. Peggy brauchte einige Sekunden, um sich zu fassen. Was ging hier vor?

»Wo ist Engel? Wir müssen ihn sprechen!«, brummte der Mann, während sein Kollege durch die Zimmer stapfte und nach Thomas suchte.

»Wer sind Sie, verdammt?«

»Ich heiße McNeil, aber das spielt keine Rolle. Wo ist Engel?«, wiederholte der Mann und steckte sich ein Zigarillo an.

»Boss, er scheint nicht hier zu sein«, meldete sein Kollege aus der Küche. Daraufhin wandte sich McNeil an Peggy, die immer noch nicht wusste, was hier gespielt wurde.

»Baby, wo ist Engel? Wo ist er hin?«

»Das Baby kannst du dir in den Hintern schieben!«, warf ihm Peggy entgegen. Sie war auf hundertachtzig, zumal McNeils Kollege jetzt wie ein Kellner mit einer Pizza auftauchte.

»Boss, Sie lieben doch Pizza!«

McNeil ließ sich das nicht zweimal sagen und griff beherzt zu.

»Pfoten weg«, begehrte Peggy wütend auf. »Die habe ich nicht für euch besorgt!«

McNeil biss trotzdem hinein.

»Da muss mehr Käse drauf!«, brummte er dann und warf die Pizza wie einen Diskus durch das Zimmer, ehe er mit seinem Paladin wieder verschwand.

Peggy hätte losheulen können, aber sie verbiss sich die Tränen. Unbändige Wut kam in ihr auf. Was hatten sich diese beiden Typen nur erlaubt? Was wollten sie von Thomas?

27

Conny Martin war unzufrieden. Entgegen der Zusage ihres Chefs wartete sie vergebens auf einen überregionalen Auftrag. Außerdem wurde ihre Arbeit ihrer Ansicht nach nicht wertgeschätzt. So hatte der Chef ihren Artikel über die erste Vietnam-Demo in Berlin als *zu wenig politisch* kritisiert. Seiner Ansicht nach hätte sie die Demonstranten mehr kritisieren sollen. Und die von ihr in Aussicht gestellte Homestory über den mutigen Polizisten Thomas Engel hatte sie auch nicht geliefert. Thomas' Absage hatte sie geärgert, aber in ihren Augen war das kein Drama. Dass Reportagen ins Wasser fielen, gehörte halt zum Job. Schwamm drüber und weiter ging's, so ihre Devise. Aber bitte nicht nur in Berlin. Die *KLICK* berichtete doch auch über London, Paris und New York! Warum wurde sie nicht mal in Erwägung gezogen? Stattdessen musste sie mitansehen, wie die vielversprechenden Aufträge bei Chefreporter Hasso Fieber landeten, der im Auftrag der Redaktion die ganze Welt bereisen durfte.

Conny mochte den stets braun gebrannten Hasso, aber ihrer Ansicht nach hätte er wegen seines Aussehens lieber ins Schauspielerfach wechseln sollen. Er schrieb gefällig und ansatzweise auch spannend, aber alles in allem hausbacken. Heutzutage, wo die Welt im Umbruch war, musste man journalistisch neue Wege gehen, fand Conny, zumindest flotter schreiben und heißere Themen anpacken. Gegen Hasso persönlich hatte sie nichts, er war ein freundlicher Kollege mit guter Kinderstube, stets höflich und ein wahrer Kavalier, der den Damen die Tür aufhielt und in die Jacke half. Allerdings kursierten Gerüchte, dass sich hinter seiner charmanten Fassade ein Casanova verbarg, der nichts anbrennen ließ. Conny, die keinen moralischen Kompass kannte und durchaus gelegentliche Affären pflegte – was aber mehr ihrem Hormonspiegel geschuldet war –, verurteilte seine Eskapaden nicht. Heutzutage war man eben nicht prüde. Trotzdem hielt sie ihn auf mindestens eine Armlänge Abstand, und das hatte einen einfachen Grund: Sie fing niemals etwas mit einem Kollegen an. Außerdem blockierte er ihre Karriere. Das wurde ihr einmal mehr bewusst, als das amerikanische Militär anbot, der Redaktion eine große Vietnam-Reportage zu ermöglichen. Sofort wurde Hasso auserwählt. Natürlich war das unter journalistischen Gesichtspunkten ein vergiftetes Geschenk, da die Amerikaner einen PR-Artikel erwarteten, das wusste auch die Redaktion. Trotzdem reizte Conny der Trip nach Saigon. Als sie es wagte, ebenfalls ihre Ansprüche auf die Reportage zu erheben, winkte ihr Chef ab. Dafür sei Hasso vorgesehen.

»Aber Sie wollten mir doch auch mal eine Chance mit einer Auslandsreportage geben!«

»Wie stellen Sie sich das vor? Soll ich unserem Chefreporter sagen, dass er in Berlin bleiben muss, weil eine Frau den Job bekommt?«

»Männer und Frauen sind gleichberechtigt, steht im Grundgesetz«, rief Conny ihm ins Gedächtnis. Vergebens. Ihr Chef erwies sich als beratungsresistent.

»Ach Conny, seien Sie mal ehrlich. Was wollen Sie in Vietnam? Da herrscht Krieg. Da sind Militärs, davon verstehen Sie doch nichts!«

»Ich will ja nichts sagen, aber der gute Hasso hat auch nicht gedient.« Conny war fest entschlossen, nicht klein beizugeben. Leider blieb ihr Chef stur.

»Aber er würde nicht die Nerven verlieren, wenn es mal knallt.«

»Ich auch nicht. Ich bin hart im Nehmen.«

»Es geht da um Politik.«

»Haben Sie das auch Hasso gesagt? Bis jetzt drehten sich seine Reportagen um alles, was mit Politik nichts zu tun hat.«

Das Gespräch glich einem Pingpong-Spiel, die Argumente flogen hin und her, bis es dem Chef irgendwann zu bunt wurde.

»Also gut, dann sind Sie halt zweite Wahl. Sollte sich Hasso die Knochen brechen oder sich einen Tripper einhandeln, werden Sie ihn ersetzen. Zufrieden?«

Vermutlich glaubte er, das Thema damit vom Tisch zu haben. Aber Conny ließ sich nicht so leicht abspeisen. In ihr keimte eine Idee.

Thomas tat es leid, dass er das Treffen mit Peggy hatte platzen lassen, aber in Berlin fühlte er sich nicht mehr sicher. Er war ins Visier von McNeil geraten. In welches Wespennest hatte er bloß mit seinen Ermittlungen gestochen? War Spanowski etwa doch unschuldig? Musste er als Sündenbock für eine Tat herhalten, die er gar nicht begangen hatte? Wer steckte dann hinter Egmonts Tod? Und hatte sein Ableben mit seiner Tätigkeit bei der CIA zu tun? Welche Bedeutung spielte das Tonband? Eine mögliche Antwort erhoffte sich Thomas von dem mysteriösen Arzt mit dem markanten Schmiss, den Egmont Dr. Jekyll und Rachel Scarface nannte. Er rief sich die Romane über Sherlock Holmes in Erinnerung, die er in seiner Jugend verschlungen hatte. Es galt, die vorhandenen Spuren zu untersuchen und alle erdenklichen Fakten zu berücksichtigen, um daraus den logischen Schluss für die Aufklärung eines Falles zu suchen. Das nannte man deduktives Vorgehen. Der gesuchte Arzt war eine Spur. Er schien ein besonderes Verhältnis zu Dr. Egmont zu haben, hatte sogar kurz vor seinem Tod mit ihm telefoniert. Bei Dr. Jekyll handelte es sich aller Wahrscheinlichkeit nach um einen Spitznamen. Sagte die Wahl dieses Namens etwas über die Persönlichkeit des Unbekannten aus? Hatte er eine dunkle Seite, gar eine dämonische, wie die Figur aus dem Roman? Egmont mied jedenfalls den wahren Namen des Mannes. Thomas musste ihn ausfindig machen. Einen Anhaltspunkt hatte er: das Frankfurter Taxi, das den Mann zu dem Fachwerkhaus gefahren hatte.

Bis Frankfurt am Main war es ein weiter Weg, der zunächst als Transitverkehr über die alte Reichsautobahn verlief, die von Berlin Richtung Westen führte. Eine Vergnügungsfahrt war das nicht, da die betagten Stoßdämpfer des Borgwards die zahlreichen Schlaglöcher der Holperstrecke nur unzureichend abfedern konnten. Um seine Knochen und das Fahrgestell zu schonen, musste Thomas das Fahrtempo drosseln, was wiederum zur Folge hatte, dass er den Abgasen der Laster ausgesetzt war, die ihn überholten. Insofern schlug er drei Kreuze, als er nach Mitternacht die Schlaglochrepublik verließ und den westdeutschen Kontrollpunkt Helmstedt sowie die gut asphaltierte Autobahn erreichte. Thomas überlegte kurz, ob er am Postamt an der Grenze eine Karte an Peggy schreiben sollte. Aber was, wenn McNeil und seine Leute sie abfingen und anhand des Poststempels seinen Aufenthalt herausfanden? Das Risiko wollte er nicht eingehen. Er würde Peggy alles später erklären. So setzte er seine Fahrt fort und kehrte in einer kleinen Pension ein, wo er die Nacht verbrachte. Frisch ausgeruht fuhr er am nächsten Morgen nach Frankfurt ins Polizeipräsidium, um den

Halter des Taxis beziehungsweise dessen Fahrer zu ermitteln. Der Beamte im Straßenverkehrsamt konnte ihm weiterhelfen, und so steuerte er wenig später den Borgward in den Innenhof des Taxiunternehmens. Der Mann erkannte auf dem Foto zwar seinen damaligen Fahrgast wieder, kannte aber dessen Namen nicht.

»Ich kann mich noch erinnern, weil es eine lange Fahrt war. Vom Frankfurter Hauptbahnhof ins Camp King, wo eine Feier stattfand.«

»Wo ist dieses Camp King?«

»Rund zwanzig Kilometer von hier entfernt, nicht weit von Oberursel. Ich weiß auch noch, dass ich seine Geburtstagstorte von einem Konditor abgeholt habe.«

Thomas konnte sich unter Camp King nichts vorstellen. Der Taxifahrer erklärte ihm, dass es sich um eine Siedlung handelte, die während des Krieges als Gefangenenlager für amerikanische Piloten gedient hatte. Jetzt gehörte sie der amerikanischen Armee. Deswegen hatte er sich auch gewundert, dass dort ein Deutscher seinen Geburtstag feierte.

Thomas ließ sich den Weg erklären und fuhr in Richtung Taunus. Im Camp King angekommen, stellte er fest, dass die Angaben des Taxifahrers zutrafen. In dem Areal, das weiträumig umzäunt war, wimmelte es von Soldaten und Army-Angehörigen. Vom Tor aus konnte Thomas etwa ein Dutzend Häuser ausmachen, darunter auch das große Fachwerkhaus aus dem Film. Doch nun hatte er ein Problem. Die Siedlung konnte er nicht näher in Augenschein nehmen, weil die Wachen am Tor einen Passierschein verlangten, den er nicht vorlegen konnte. Als er seinen Polizeiausweis zeigte, winkten sie genervt ab.

»Das ist amerikanisches Gebiet«, musste er sich vorhalten lassen.

Wie sollte Thomas unter diesen Umständen in das Camp gelangen und nach Dr. Jekyll recherchieren? So schnell gab er jedoch nicht auf. Von einer Telefonzelle aus rief er den Taxiunternehmer an und fragte nach der Konditorei, bei der er die Geburtstagstorte abgeholt hatte. Der Mann konnte ihm erneut weiterhelfen, und Thomas machte sich auf den Weg ins Zentrum der Kleinstadt.

»Die amerikanische Kommandantur hatte eine Erdbeertorte bestellt und auch bezahlt«, erinnerte sich der Konditor, dem man die Liebe zur Buttercreme am Körper ablesen konnte. Er wurde aber sogleich von seiner Ehefrau berichtigt.

»Es war eine Schwarzwälder Kirschtorte mit viel Kirschwasser, Bär, das mögen die Amerikaner.«

Wer sich so detailliert an den Auftrag erinnern konnte, wusste vielleicht noch mehr, sagte sich Thomas und hakte nach.

»Können Sie mir den Namen des Geburtstagskindes sagen? Es müsste ein Arzt gewesen sein.«

»Oh, da muss ich jetzt passen.« Der Konditor schüttelte bedauernd den Kopf.

Thomas' Hoffnung ruhte auf dessen Frau, aber auch ihr fiel der Name nicht ein, obwohl sie hin und her überlegte. Thomas ärgerte sich, weil er ohne den korrekten Namen des Mannes auf der Stelle trat. Aber es half nichts, er musste anderweitig sein Glück versuchen. Er verabschiedete sich höflich von beiden und wollte gerade gehen, da meldete sich die Frau doch noch zu Wort.

»Dass mir das nicht eingefallen ist! Dieser Arzt hat vor Jahren für die Amerikaner gearbeitet.«

»Natürlich, das ist doch der mit der Hasenscharte«, ergänzte ihr Gatte.

»Schmiss nennt man das«, berichtigte die Frau.

»Hat er nicht in der Villa Schuster im Forst eine Praxis gehabt?«, fiel ihrem Gatten ein.

Diesmal gab ihm seine Ehefrau ohne zu zögern recht. Und Thomas schöpfte wieder Hoffnung.

»Wo ist denn diese Villa Schuster?«

»Die liegt außerhalb des Camps, mitten im Wald.«

»Eine Praxis im Wald?«, wunderte sich Thomas.

»Wahrscheinlich haben die dort Soldaten behandelt.«

»Und woher wissen Sie, dass er da praktizierte?«

»Weil wir doch früher eine Bäckerei waren und immer Brot dorthin geliefert haben. Jetzt machen wir nur noch Kuchen und Torten. Ist weniger Arbeit und schmeckt besser«, erklärte der Konditor und strich sich sanft über den Bauch.

Nachdem sich Thomas den Weg zur Villa hatte erklären lassen, fuhr er sofort los. Dabei machte er die Erfahrung, dass viele Feldwege ins grüne Nichts führten, denn trotz der Beschreibung des Konditorenehepaars dauerte es eine ganze Weile, bis er die Villa Schuster fand oder vielmehr das, was noch davon übrig war. Und das war nicht mehr als eine verfallene Ruine mit löchrigem Mauerwerk und offenem Dachstuhl. Drinnen sah es auch nicht besser aus. Thomas kämpfte sich durch ein Labyrinth aus verrosteten Eisenstreben, Drähten und geschmorten Kabeln, offensichtlich das Resultat eines Brandes. Im Keller entdeckte er alte Krankenliegen und verbeulte Arzneischränke mit abgeblätterter Farbe. Die Regale waren ausgeräumt, schriftliche Unterlagen oder Dokumente nicht zu finden. Aber der Text auf dem Messingschild, das an der Wand hing, war gut lesbar. Der Eid des Hippokrates hatte dem Feuer und der Zerstörung getrotzt.

Thomas fragte sich, warum dieser Arzt mitten im Wald praktiziert hatte. Aber war das überhaupt eine Praxis? Dafür lag die Villa doch zu abgeschieden. Um mehr herauszufinden, musste er jemanden finden, der ihm über dieses seltsame Gebäude Auskunft geben konnte.

Als er in den Ort zurückfahren wollte, um sich umzuhören, machte ihm sein Wagen einen Strich durch die Rechnung. Der Borgward hatte einen Platten und Thomas keinen Wagenheber. Nachdem er ausgiebig geflucht hatte, wollte er zu Fuß in den Ort, als es zu regnen begann. Obendrein wurde es langsam dunkel. Es half nichts, er musste die Nacht im Wald verbringen, andere Optionen gab es nicht. In der schmuddeligen Ruine wollte er auf keinen Fall schlafen, dann lieber in seinem Borgward. Zum Glück befand sich im Kofferraum eine alte Decke, die halbwegs Wärme bot. So lag er auf der harten Rückbank und wartete auf den Schlaf. Der kam aber nicht. Zu viel Chaos schwirrte in Thomas' Kopf umher. Die Flucht aus Berlin mit dem ungewissen Ausgang, der ungelöste Streit mit Peggy ... Wo sollte das alles enden? Erst ein Song aus dem Autoradio stimmte ihn optimistisch und wiegte ihn in den Schlaf: Es war »Stand By Me« von Ben E. King.

Kurz vor Mitternacht, der Regen hatte aufgehört, wurde er von seltsamen Geräuschen geweckt. Jemand kaute geräuschvoll, schmatzte zwischendurch laut, zerbiss offensichtlich Knochen. Oder träumte er? Die beschlagenen Scheiben boten ihm keine Sicht nach draußen, zumal es auch noch stockduster war. Thomas griff nach seiner PPK und einer Taschenlampe aus dem Handschuhfach und stieg aus. Der Lichtstrahl erfasste einen Fuchs, der sich über einen skelettierten Schädel hermachte. Thomas verscheuchte das Tier. Was ging hier nur vor? Er brachte den Schädel auf einer Fensterbank der Ruine in Sicherheit und legte sich wieder im Borgward schlafen.

Conny hatte einen Plan. Am Abend passte sie Hasso in seiner Lieblingsbar am Ku'damm ab. Da sich beide bereits flüchtig kannten, hatte Conny kein Problem, mit ihm ins Gespräch zu kommen. Im Lauf des Abends warf sie ihre Angel aus und köderte ihn mit Lobeshymnen auf seine Arbeit und frechen Bemerkungen gegenüber den anderen Reportern. Natürlich trug sie einen knappen Mini, der seinen Testosteronpegel steigen ließ. Nach zwei Cuba Libre waren sie schon per Du. Hasso legte wie selbstverständlich den Arm um ihre Schulter, sie ließ es geschehen. Zunächst war sie steif wie ein Brett, aber ein weiterer Cuba Libre lockerte sie auf. Auch den Schweißgeruch aus seiner Achselhöhle ertrug sie jetzt tapfer. Hasso, der nichts von ihrem inneren Kampf ahnte, fühlte sich ermuntert und grabschte fröhlich weiter. Er hatte ein klares Ziel vor Augen: Er wollte Conny abschleppen. Doch kurz vor Mitternacht versetzte sie ihm einen Dämpfer. Sie entschuldigte sich, weil am nächsten Tag viel Arbeit auf sie warte. Er, ganz der Kavalier, fuhr sie trotz seines Promillepegels mit seinem flotten Volvo-Coupé 1800s nach Hause. Conny bedankte sich mit einem Kuss, den man normalerweise nur Liebhabern oder Partnern gönnt. Aber in die Wohnung durfte er trotzdem nicht.

»Wirklich nicht? Ich hole auch Brötchen zum Frühstück!«, versprach er und setzte sein berüchtigtes Lausbubenlächeln auf.

»Vielleicht morgen Abend?«, fragte sie kokett und ließ ihn allein. Hasso fühlte sich wie ein Hund, der nicht in die Metzgerei durfte. Aber morgen war ja auch noch ein Tag.

In der Tat wiederholte sich am darauffolgenden Abend das gleiche Spielchen. Erneut hatten sie in der Bar ein heißes Warmup. Wieder zog er alle Anmachregister. Er lächelte sie unentwegt an, säuselte ihr ins Ohr, tentakelte ihre Schulter, strich sanft über ihre Knie und ließ wirklich nichts aus. Dem Objekt seiner Begierde – Conny – schien sein penetrantes Balzverhalten zu gefallen. Euphorisiert fuhr er sie wieder nach Hause und durfte trotzdem nicht über die Schwelle. Das ging nicht in seinen Kopf hinein. Zuerst lockte das Burgfräulein den Ritter zur Burg, und dann zog sie die Brücke hoch?

Natürlich wusste Conny, dass sie dieses Hinhalte-Spiel nicht ewig spielen konnte. Hasso würde irgendwann genug davon haben und sich einer anderen Mitarbeiterin zuwenden. Aber sie war sich genau darüber im Klaren, was sie tat. In der Mittagspause schaute sie unerwartet in sein Büro.

»Gilt dein Angebot mit den Brötchen noch?«, fragte sie keck.

»Oh, das ist aber schade. Ich muss schon um vier Uhr morgens nach Tempelhof. Du weißt doch, die Reportage in Vietnam wartet!«, erklärte er ihr bedauernd.

Natürlich wusste Conny das, stellte sich aber dumm.

»Und was hältst du davon, wenn ich heute Abend zu dir komme?«, fragte sie und fügte kokett hinzu: »Schlafen kannst du doch auch im Flieger!«

Davon hielt Hasso eine Menge.

Nach Feierabend fuhr Conny zu ihm, und Hasso, der keine Zeit verlieren wollte, kam gleich zur Sache und hob sie auf seinen Schoß. Er hatte schon für seine Reise nach Vietnam gepackt und konnte sich den restlichen Abend um das Schäferstündchen kümmern. Diesmal wollte er auf Nummer sicher gehen und sie möglichst schnell ins Schlafzimmer befördern.

»Dort haben wir es doch viel gemütlicher.«

»Eine gute Idee. Ich mache uns zwei Drinks fertig, zieh du dich schon mal aus, Liebling.«

Er nahm sie beim Wort, entledigte sich seiner Klamotten und

machte es sich auf seinem Bett gemütlich. Als sie mit zwei Gläsern Racke Rauchzart wiederkam, erwartete er sie im Adamskostüm. Sie stießen an und genehmigten sich den Liebestrunk. Was dann folgte, stand jedoch nicht in Hassos Drehbuch, sondern im Beipackzettel des starken Schlafmittels, das Conny heimlich in seinen Whisky gekippt hatte. Darin stand etwas von einem schnellen Wirkungseintritt, und das war nicht übertrieben. Mit einem Mal ging es schnell. Conny deckte ihn fürsorglich zu und machte, dass sie nach Hause kam. Dort holte sie ihren gepackten Koffer, fuhr nach Tempelhof und meldete sich in der Abflughalle bei dem Vertreter von Air America an, der Airline, die Militärpersonal nach Vietnam flog. Fotograf Otto Kogel, Hassos Buddy, der mit seiner Hornbrille und Glatze glatt als Zwilling von Heinz Erhard durchgehen konnte, wartete bereits. Conny machte dem erstaunten amerikanischen Offizier klar, dass sie anstelle ihres »unpässlichen« Kollegen Hasso fliegen würde.

»Ihm geht es nicht gut. Magenverstimmung. Aber ich kann für ihn einspringen.«

Ihr dreister Plan ging auf. Conny konnte sich durch ihren Presseausweis legitimieren. Außerdem bestätigte der erstaunte Kogel, dass sie für die *KLICK* arbeitete. Aber durfte sie Hasso einfach ersetzen?

»Natürlich, alles mit dem Chef abgesprochen«, versicherte sie ihm und gab ihren Koffer auf. Der misstrauische Kogel rief bei Hasso zu Hause an, aber der befand sich im Tiefschlaf und hörte das Telefon nicht, zumal Conny den Apparat in weiser Voraussicht auf leise gestellt hatte.

»Hasso geht es nicht gut, er hat sich schlafen gelegt«, erklärte sie. »Warum stören Sie ihn?«

Spätestens nach dieser Zurechtweisung war klar, dass die beiden keine Freunde werden würden. Das erklärte auch, warum sie im Flieger Wert auf Abstand legten.

Die Vögel begannen schon mit ihrem Morgenkonzert. Thomas, der in unbequemer Fötushaltung auf der Rückbank des Borgwards lag, fuhr hoch. Er brauchte eine Weile, um zu realisieren, wo er sich befand, und fühlte sich gerädert. Doch nicht nur die stechende Schulter und der Trommelwirbel im Schädel machten ihm zu schaffen, sondern auch die Tatsache, dass er immer noch nichts über den mysteriösen Arzt in Erfahrung gebracht hatte. Aber warum mysteriös? Vielleicht hatte der Mann gar nichts mit Egmonts Tod zu tun. Verfolgte Thomas eine falsche Spur? Das wäre was gewesen. Dann hätte er eine fürchterliche Nacht in einem fahruntüchtigen Auto irgendwo in der hessischen Wildnis vor einer abgebrannten Ruine für lau verbracht. Und dazu kam auch noch seine panikartige Flucht vor McNeil, die ihn eine Menge Ärger kosten würde, wenn nicht sogar seine Laufbahn bei der Berliner Polizei. Düstere Aussichten also. Deprimiert stieg er aus.

Die frische Luft tat Thomas gut. Sein Stimmungsbarometer schnellte nach oben und vertrieb seine Selbstzweifel. Nein, er hatte keinen Fehler gemacht. Er musste diesen Dr. Jekyll finden, er war seine einzige Spur. Doch dazu musste er zurück in die Zivilisation, um einen lächerlichen Wagenheber zu organisieren.

Nach einer Stunde Fußmarsch durch den Wald erreichte er endlich eine Landstraße. War er hier mit dem Borgward entlanggefahren? Er konnte sich nicht mehr daran erinnern. Und welche Richtung sollte er einschlagen? Rechts oder links. Er warf eine Münze, die die Richtung vorgab. Irgendwann musste eine Tankstelle oder ein Dorf auftauchen. Oder vielleicht ein Auto, das ihn mitnehmen würde.

Eine halbe Stunde später tauchte endlich ein Wagen auf und hielt prompt neben ihm. Es war ein grüner Polizeikäfer. Zwei Beamte im mittleren Alter stiegen aus und beäugten ihn kritisch.

»Was suchst du hier? Zeig deinen Ausweis!«

Thomas überhörte den rauen Ton und holte seine Dienstmarke heraus. An ihren erstaunten Mienen merkte Thomas, dass sie ihn für alles andere als einen Polizisten hielten.

»Probleme?«

»Wir … haben nach Ihnen gesucht. Genauer gesagt nach einem … Gammler, der sich hier rumtreiben soll«, versuchte einer der beiden zu erklären.

»Darf ich fragen, warum Sie mich gesucht haben?«

»Das soll Ihnen der Chef sagen. Steigen Sie bitte ein.«

Das tat Thomas auch. Während der Fahrt wechselten die beiden Polizisten kein Wort mit ihm. Offenbar wollten sie ihrem Vorgesetzten nicht ins Gehege kommen. Eine Viertelstunde später erreichten sie die Polizeiwache in Oberursel. Ihr Chef, eine hagere Gestalt mit Hühnerhals, druckste nicht lange herum.

»Die Amerikaner haben uns informiert, dass sich ein Fremder vor Camp King herumtreiben würde.«

»Ich hatte den Wachen doch meinen Polizeiausweis gezeigt!«, verteidigte sich Thomas.

»Davon wissen wir nichts. Was suchen Sie überhaupt in der Gegend? Das ist doch nicht Ihr Revier!«

Thomas zeigte ihm das Foto des Arztes. »Ich suche diesen Mann.«

»Noch nie gesehen. Was ist mit ihm?«

»Es geht um einen Todesfall, den ich bearbeite. Er könnte ein wichtiger Zeuge sein.« Der Hühnerhals reagierte sichtlich gereizt.

»Die Berliner Polizei ist hier nicht zuständig!«

»Natürlich nicht, deswegen haben wir in Frankfurt Amtshilfe beantragt. Offenbar mahlen die Mühlen der Bürokratie langsam …« Thomas hoffte, mit der Lüge durchzukommen.

»Aha. Aber sagen Sie mal, warum waren Sie zu Fuß unterwegs? Wo ist Ihr Auto?«

»Es steht im Wald vor der Villa Schuster.«

»Was wollten Sie denn da?«

»Ich hoffte, diesen Arzt dort zu finden, aber da ist ja alles abgebrannt. Überhaupt dieses Gebäude … Können Sie mir sagen, wozu es früher gedient hat?«

»Ich weiß nur, dass die Amerikaner es benutzt haben, eine Art Vereinshaus oder so … Aber nach der Brandstiftung haben sie es aufgegeben. War alles vor meiner Zeit.«

»Brandstiftung?«

»Ja. Ist nie geklärt worden, oder, Schulz?« Er wandte sich an einen seiner beiden Untergebenen, die aufmerksam zuhörten.

»Richtig, Chef. Verdächtig war dieser Kommunist, Meier. Aber man konnte ihm nichts nachweisen.«

»Welcher Meier?«, hakte Thomas nach. Sein Interesse war geweckt.

»Ein Schrotthändler aus der Gegend. Ein Querulant.«

»Genug jetzt, Schulz«, unterbrach ihn sein Chef sichtlich gereizt. »Ohne Amtsersuchen aus Frankfurt dürfen wir gar keine Auskunft geben. Ich rufe da lieber mal an.«

Schon hatte er den Hörer am Ohr und bearbeitete die Wählscheibe. Bei Thomas schrillten die Alarmglocken. Höchste Zeit, das Weite zu suchen.

»Wo ist denn das Klo?«, fragte er Schulz. Der zeigte nach hinten. Thomas bedankte sich mit einem Nicken und tat, als ginge er sein Geschäft erledigen. Doch er ließ das WC links liegen und wählte stattdessen den Ausgang.

Draußen hielt er zielgerichtet auf ein Taxi zu.

»Kennen Sie den Schrotthändler Meier?«

Der Taxifahrer nickte.

»Dann fahren Sie mich bitte dorthin.«

28

Saigon, 1966

Diese Stadt war eine Sauna. Schwül, heiß, stickig. Aber Conny war vorgewarnt und hatte sich vor der Landung in der Bordtoilette abgeschminkt, da sie verschmiertes Make-up hasste. Als jemand, der alles jederzeit unter Kontrolle haben wollte, versuchte sie, sich stets gegen unvorhergesehene Situationen zu wappnen. Trotzdem war ihr klar, dass sie bei dieser Reise auf viele Überraschungen stoßen würde. Sie kannte von diesem Land nur das, was im Fernsehen zu sehen war: Meist stand ein Fernsehreporter mit Mikro vor einer Straße oder vor irgendwelchen Palmen und beschrieb militärische Operationen der Amerikaner. Über die Hintergründe des Krieges wusste sie im Grunde nur das, was in Deutschland berichtet wurde. Die Nordvietnamesen waren die Bösen, die Südvietnamesen und Amerikaner die Guten. Würde Vietnam an die Roten fallen, würden die Nachbarländer wie Dominosteine folgen. Detaillierte politische Hintergründe und Einzelheiten kannte sie nicht und wollte sie auch gar nicht wissen, da sie der Ansicht war, dass der normale Leser sich nicht für politische Analysen interessierte. Er wollte nur spannende Geschichten lesen und unterhalten werden. Und das würde sie liefern, nahm sie sich vor, als sie die Gangway hinabstieg.

Hinter ihr trottete der betagte Kollege, der literweise Schweiß absonderte. Kogel konnte es noch immer nicht fassen, dass er für Conny Bilder machen musste, die seiner Ansicht nach lieber über Tratsch und Klatsch berichten sollte.

Das ungleiche Paar wurde von einem amerikanischen Offizier in tadellos gebügelter Uniform empfangen, der sich als Leutnant Brown vorstellte. Er erwies sich als der Briefing-Offizier, der sie die Woche über begleiten würde. Zunächst brachte er beide ins Hotel. Sein Chevrolet kämpfte sich durch die zahlreichen Mopeds, die den Verkehr in dieser chaotischen Stadt immer wieder zum Erliegen brachten.

Conny machte drei Kreuze, als sie endlich das Hotel Caravelle erreichten, ein modernes mehrstöckiges Gebäude, das viele ausländische Journalisten beherbergte. Sie sollten sich beide erst mal frisch machen, ordnete Brown an, danach würde er sie zu einem ersten Briefing abholen. Im Hotelzimmer meldete sich Connys besorgter Chef aus Berlin per Telefon.

»Sagen Sie mal, was ist denn mit Hasso gelaufen? Er hat gesagt, er hätte durchgeschlafen, und kann sich das nicht erklären …«

»Sonst hat er nichts gesagt?«

»Nein. Woher wussten Sie denn, dass er den Flug verpasst hat?«

Conny schaltete schnell. Sie hatte damit gerechnet, dass Hasso ihren Besuch in seiner Wohnung verschweigen würde.

»Na ja, er hat mich in der Nacht angerufen und mir gesagt, dass es ihm nicht gut gehe. Dann hat er mich gefragt, ob ich nicht an seiner Stelle nach Saigon fliegen würde.«

»Aha. Davon hat er mir gar nichts erzählt.«

»Ist ihm wahrscheinlich unangenehm. Wie dem auch sei. Ich bin jetzt hier.«

Eine kurze Pause trat ein. Dann schnarrte es streng aus dem

Telefonhörer: »Sie hätten sich vorher mit mir absprechen müssen!«

»Ich wollte Sie nicht mitten in der Nacht wecken. Außerdem hatten Sie mir doch gesagt, dass ich ihn ersetzen könnte, wenn etwas dazwischenkäme.« Conny ging jetzt in die Offensive.

»Ja, schon …«

»Und nun muss ich mir Vorwürfe anhören, obwohl ich Sie ernst genommen habe.«

»Ist ja gut, jetzt bringt es sowieso nichts. Wir müssen das Beste aus der Situation machen. Also wenden Sie sich an die Amerikaner, die machen sehr gute Pressetexte. Sie brauchen die nur ein bisschen umzuformulieren. Den Rest besorgen wir hier in der Redaktion. Und sehen Sie zu, dass Kogel ein paar anständige Bilder mitbringt!«

Conny ging ihr Chef auf die Nerven, auch wenn er über neuntausend Kilometer entfernt war. Sie brauchte keine Gouvernante. Und erst recht würde sie keine Presseberichte abschreiben. Er hielt sie wohl für minderbemittelt.

»Und rufen Sie mich jeden Tag an! Ich will wissen, wie Sie vorankommen.«

»Hallo? Der Empfang ist so schlecht«, log sie in den Hörer hinein. »Ich rufe später zurück.«

Conny legte auf. Von wegen zurückrufen. Sie würde ihn erst wieder in Berlin sprechen, in einer Woche, wenn der Trip hier zu Ende wäre. Und Kogels Fotos interessierten sie ohnehin nicht. Sie vertraute lieber ihrer eigenen Nikon.

Beim Briefing machte der amerikanische Presseoffizier deutlich, wie der Hase zu laufen hatte. Es gab ein festgelegtes Programm für Conny und Kogel.

»Das ist nett, dass Sie sich solche Mühe gemacht haben«,

meinte Conny. »Wann kann ich denn auf eigene Faust etwas unternehmen?«

»Jederzeit! Sagen Sie mir einfach Bescheid, und ich stehe zur Verfügung«, sagte Leutnant Brown lächelnd.

»Sorry, General, aber ich bin erwachsen und brauche kein Kindermädchen«, gab sie keck zurück. Das wiederum fand der forsche Leutnant gar nicht lustig.

»Das ist nicht vorgesehen«, sagte er ungehalten und tippte auf seine Uhr. »Und jetzt darf ich Sie zum ersten Termin bitten.« Der fand im amerikanischen Hauptquartier statt.

In der Halle tummelten sich zwei Dutzend Journalisten aus aller Herren Länder, darunter Jan Dietrich, ein bekannter deutscher Reporter, der fast jeden Abend im Fernsehen über den Vietnamkrieg berichtete. Unbestreitbar war er der Star des deutschen Trosses. Er lehnte sich lässig an einen Stehtisch und hielt im Kreise seiner Kollegen Hof. Nur Conny ignorierte er, als hätte sie die Masern. Eine Frau war in diesem erlauchten Männerverein offenbar unerwünscht. Die Herren richteten lieber ihre Aufmerksamkeit auf den Oberbefehlshaber, General Westmoreland, einen energischen Hünen, der, untermalt von den Klängen einer Armee-Combo, die Glen Millers »In the Mood« darbot, einen Gala-Auftritt hinlegte. Normalerweise trug er immer seine Khakiuniform, um seine Verbundenheit mit der Truppe zu demonstrieren. An diesem Abend hatte er sich jedoch in Schale geworfen und präsentierte seine Paradeuniform mit viel Lametta. Die Journalisten begrüßten ihn mit Applaus, den er huldvoll entgegennahm. Bevor er mit seiner Ansprache loslegte, erhielt Conny von ihrem Presseoffizier einen Umschlag mit der Rede von Westmoreland. Sie sollte ihn so viel wie möglich zitieren.

Der Vortrag selbst war eine Rechtfertigung der Politik der Amerikaner in Vietnam. Es ging um die Zurückdrängung des

Kommunismus und um die Verteidigung der freien Welt. Westmoreland bezeichnete die Nordvietnamesen als Termiten, die einen feigen Kampf unter der Erde führten. Dann sprach er über die neue Taktik der Amerikaner und Südvietnamesen: *Search and Destroy*, aufspüren und vernichten. Man wollte kein Gebiet besetzen, sondern nur Gegner eliminieren. Ein anderes Stichwort lautete *Body Count:* den Feind vernichten und die Anzahl der gefallenen Gegner zählen. Diese Strategie würde zu hohen Verlusten der Vietcong führen.

»Meine Herren, der Sieg ist nur eine Frage der Zeit!« Mit diesem Satz beendete Westmoreland seine Ausführungen und erntete erneut viel Applaus.

»Der Satz muss zitiert werden. Er eignet sich auch als Überschrift für Ihren Artikel«, raunte Brown Conny zu, die ärgerlich mit den Augen rollte. Der Mann nervte wie eine lästige Fliege. Sie wünschte sich sehnlichst eine Fliegenklatsche.

Nach dem Vortrag von Westmoreland durfte die Presse Fragen stellen. Die meisten drehten sich um die neuesten Waffen und um militärische Strategien. Dabei erwies sich Jan Dietrich als Freizeitgeneral. Er fachsimpelte mit Westmoreland über Militärtaktik, zitierte sogar Napoleon. Conny dagegen fand diese Gespräche öde. Typisches Männergequatsche eben. Kurz vor Schluss der Fragerunde meldete sie sich jedoch zu Wort.

»Sie haben den Feind als Termiten bezeichnet, Herr Generalfeldmarschall. Ist Ihnen bekannt, dass die Nazis die Juden auch als Ungeziefer bezeichnet haben?«

Conny erntete wegen dieser Frage irritierte bis verärgerte Blicke von ihren männlichen Kollegen. Der General selbst antwortete nicht und warf stattdessen Connys Presseoffizier einen strafenden Blick zu. Der reagierte sofort und nahm sie beiseite.

»Wenn Sie nächstes Mal Fragen stellen wollen, dann wenden Sie sich an mich. Außerdem kennt die US-Army den Rang eines Generalfeldmarschalls nicht.«

Conny sparte sich eine Antwort.

Nach dem offiziellen Teil gab es einen Umtrunk. Erneut wurde sie wie ein Paria behandelt und geflissentlich übersehen. Nur einer der Herren machte eine Ausnahme.

»Sie sind das erste Mal in Vietnam, nicht wahr, Madame?«

Sein französischer Dialekt war unüberhörbar.

»Richtig. Heute Morgen angekommen«, antwortete Conny mit einem wohlwollenden Blick. Der Fremde gefiel ihr. Er duftete umwerfend nach einem französischen Aftershave und sah aus wie ein Zwillingsbruder von Alain Delon.

»Pierre Dumas, französischer Korrespondent von Reuters.«

Sein galanter Handkuss kam überraschend, fand aber ihr Wohlwollen.

»Conny Martin aus Berlin.«

Pierre warf einen spöttischen Blick auf Westmoreland, der soeben mit einigen Journalisten anstieß.

»Es ist immer das Gleiche mit Westmoreland. *Body Count* ist seine Lieblingsvokabel, aber wenn man seine offiziellen Zahlen nachrechnet, dann dürften die Nordvietnamesen längst ausgerottet sein. Hinter vorgehaltener Hand sagt das hier jeder.«

»Und warum hören Sie sich seinen Vortrag dann an?«

»Weil ich gehofft habe, eine charmante junge Frau zu treffen, die ihn zum Generalfeldmarschall befördert.«

Sein schlagfertiges Kompliment war genau nach Connys Geschmack. Sie erklärte ihm, dass sie mit Politik und Militärtaktik nichts am Hut habe, das würden die Herren viel besser können. Sie würde lieber über die Menschen schreiben, spannende und emotionale Geschichten. Pierre, der aufmerksam zugehört hatte, machte ihr daraufhin einen Vorschlag.

»Ich verstehe Sie sehr gut. Wenn Sie wollen, zeige ich Ihnen die andere Seite von Saigon.«

Bei Conny schrillten die Alarmglocken. Er gefiel ihr zwar, aber er legte ein zu schnelles Tempo hin.

»Sie meinen wohl eher Ihr Hotelzimmer?«

»Madame, wenn ich das meinen würde, hätte ich Sie direkt gefragt«, gab er ohne Umschweife zu.

Pierre gefiel ihr immer mehr. Sie genoss mit ihm einen eisgekühlten Pernod und ließ sich von ihm den Krieg auf seine Art erklären.

»Wir Franzosen sind viel cleverer als die Amerikaner. Wir haben 1954 in Dien Bien Phu den Krieg gegen die Nordvietnamesen verloren und uns damit abgefunden. Aber die Amerikaner, die diesen Krieg niemals gewinnen werden, verhalten sich stur.«

»Das kann sein, aber das hilft mir für meine Reportage auch nicht weiter.«

»Dann gebe ich Ihnen ein paar Tipps, mit denen Sie vielleicht etwas anfangen können.«

Conny nahm Pierres Angebot gerne an und ließ sich von ihm das Nachtleben in Saigon zeigen.

»Der größte Feind der Amerikaner in Saigon ist nicht der Vietcong, sondern es sind die Geschlechtskrankheiten«, erklärte er grinsend. Conny erfuhr, dass in dieser Stadt, die als Ort der Freiheit verkauft wurde, die Bordelle wie Pilze aus dem Boden schossen.

»Es gibt einen Stadtteilpuff für die schwarzen G.I.s, einen für die Weißen und einen für die Offiziere. Aber wer schlau ist, fährt lieber nach Thailand, weil die Nutten dort besser überprüft werden.«

Pierre zeigte ihr eine ehemalige französische Villa, deren Eingang mit roten Laternen dekoriert war. Conny sah vom Auto aus, wie zwei Europäer aus einem Taxi stiegen und von einer eleganten Dame empfangen wurden. Einen der Männer erkannte Conny. Es handelte sich um Jan Dietrich, den deutschen TV-Reporter.

»Ach nee, der lässt sich hier also auch blicken …«

»Wollen Sie mal sehen, welches Beuteschema er bevorzugt?«

Pierre stieg aus und nahm Conny an der Hand. Er führte sie zu dem Garten der Villa, der mit Lampions behangen war. Zwischen den Palmen befand sich eine gut besuchte Bar. Davor tummelten sich Europäer und Amerikaner mit leicht bekleideten und stark geschminkten Vietnamesinnen. Pierre deutete auf eine Hollywoodschaukel vor dem Pool. Conny konnte es nicht fassen. Jan Dietrich saß da, auf seinem Schoß ein Mädchen, nicht älter als acht. Es trug einen Mini und war stark geschminkt.

»Ekelhaftes Arschloch!«, empörte sich Conny. »Mal sehen, was er für Augen macht, wenn er mich sieht.« Sie wollte Dietrich zur Rede stellen, aber Pierre hielt sie zurück.

»Bitte nicht. Das würde sehr viel Ärger geben!«

»Er vergreift sich an einem Kind!«

»Wir sind in Saigon, das ist hier nicht verboten.«

Conny sah ihn entgeistert an, weil sie das nicht glauben konnte. Aber Pierre legte mit eindringlicher Stimme nach.

»Außerdem gehört dieses Etablissement dem Bruder des Polizeipräfekten. Wir würden morgen mit dem ersten Flieger wieder nach Hause geschickt werden!«

Conny konnte das nur schwer akzeptieren. Am liebsten hätte sie diesem deutschen Star-Reporter die Leviten gelesen.

»Das ist ein Kampf gegen Windmühlen. Sie werden hier nichts erreichen«, legte Pierre nach.

Wutentbrannt machte Conny kehrt.

Später im Hotel suchte sie immer noch fassungslos nach Worten über das, was sie gesehen hatte.

»Vielleicht sollte ich über diesen Sündenpfuhl schreiben …«

»Warten Sie ab. Sie sollten sich trotzdem die Hölle mal angucken. So ein bisschen Krieg …«

Conny winkte ab. Sie wollte jetzt nicht über ihre Arbeit sprechen. Sie wollte abschalten und wandte sich unvermittelt an Pierre.

»Wirst du mich jetzt fragen, ob ich mit dir auf dein Zimmer will?«

Eine Stunde später lagen sie in seinem Bett. Während sie sich liebten, sang Michel Polnareff »Love Me Please Love Me«, der Lieblingssong von Pierre, der sich als Fan des französischen Sängers geoutet hatte.

Als sie am nächsten Morgen in ihr Zimmer zurückkehrte, fand sie eine Nachricht vor, dass ihr Chef um einen Rückruf bat. Conny ignorierte das. Stattdessen sprach sie Pierre auf sein gestriges Angebot an.

»Vielleicht sollte ich doch mal bei einem echten Kriegseinsatz dabei sein …«

29

Oberursel, 1966

Das Taxi setzte Thomas am Rande eines Güterbahnhofs ab, unweit eines verlassenen Stellwerks.

»Rechts über die Gleise, immer der Nase lang. Meier wohnt in einem alten Waggon. Aber passen Sie auf seinen Köter auf!«

Thomas nahm die Warnung zur Kenntnis und machte sich auf die Suche. Das Gelände diente der Bundesbahn offenbar als Waggonfriedhof. Er brauchte nicht lange zu suchen. Neben einem Schienenbus, dessen Scheiben mit Gardinen geschmückt waren, stand ein hagerer Mann um die sechzig, der am Motor seines Dreiradlieferwagens schraubte. Neben ihm hockte ein Rottweiler und nagte konzentriert an einem Knochen. Während Thomas sich Meier näherte, ließ er den Blick schweifen. Neben dem Schienenbus lagen Einzelteile von Autos und Motorrädern herum, alte Reifen, Schläuche, typisches Material eines Schrotthändlers.

Der Mann seinerseits machte keine Anstalten, zu Thomas herüberzuschauen. Im Gegensatz zu dem bulligen Rottweiler, der jetzt aufstand und ihm die Zähne zeigte. Thomas wich nicht zurück, sondern streckte ruhig die Hand aus.

»Vorsicht!«, warnte Meier, aber es war eine leere Drohung. Anstatt zu beißen, leckte der Hund mit seiner dicken Zunge über Thomas' Handfläche.

»Brav … Wie heißt du denn?« Thomas tätschelte den massiven Kopf des Hundes. Das sah sein Besitzer überhaupt nicht gern.

»Lassen Sie Jakob in Ruhe! Was wollen Sie überhaupt hier?«

»Entschuldigen Sie die Störung, mein Name ist Thomas Engel«, antwortete Thomas und hielt dem Mann die Hand hin, die dieser aber ignorierte.

»Ja, und?«

»Sind Sie Herr Meier?«

»Und?«

»Ich hätte gern mit Ihnen gesprochen.«

»Worüber?«

Thomas verzichtete auf lange Vorreden und wollte gleich zur Sache kommen. Er zeigte Meier das Foto des unbekannten Arztes.

»Darf ich fragen, ob Sie diesen Mann schon mal gesehen haben?«

Meier antwortete nicht. Aber seine Miene sprach Bände. Er blickte mit einer Mischung aus Ekel und Wut auf den Mann. Thomas blieb die Veränderung von Meiers Gesichtsausdruck nicht verborgen.

»Können Sie mir seinen Namen nennen?«

Meier schien ihn nicht zu hören. Er wurde unruhig, nervös, wollte sich eine Zigarette anzünden, was ihm mit seinen zittrigen Händen aber nicht gelang.

»Kann ich Ihnen helfen?«, fragte Thomas besorgt.

»Lassen Sie mich in Ruhe!« Meier warf die Zigarette auf den Boden und drückte sie hektisch aus, obwohl er sie gar nicht angezündet hatte.

»Ich kenne den nicht«, presste er hervor. »Und jetzt hauen Sie ab!«

»Ich glaube aber schon, dass Sie den Mann kennen«, insistierte Thomas.

»Ich habe nichts damit zu tun. Verschwinden Sie!«

Kaum hatte er zu Ende gesprochen, sprang der Rottweiler auf und begann, wild zu bellen. Ein grüner Polizeikäfer näherte sich vom Bahndamm her.

Thomas erkannte die beiden Polizisten wieder. Schnell suchte er Deckung hinter einem Güterwaggon, was Meier natürlich nicht entging. Da der Rottweiler aber weiterhin im Abwehrmodus knurrte, zogen es die beiden Polizisten vor, ihren Käfer nicht zu verlassen.

»Meier, wir müssen mit dir sprechen!«, rief Schulz vom sicheren Wagen aus.

»Was ist?«, fragte Meier genervt. Thomas sah sofort, dass er kein Freund der Polizei war.

»Wir wollen aussteigen. Nimm den Hund zurück!«

»Jakob ist ein Egoist. Der hört nicht auf mich.«

Die Bemerkung fanden die beiden nicht so lustig. Aber anstatt sich auf eine Diskussion mit Meier einzulassen, blieben sie im Auto sitzen.

»Hast du einen jungen Langhaarigen gesehen?«

»Was ist mit dem?«

»Der macht uns Ärger, Meier.«

»Was habe ich damit zu tun?«

»Er schien an dir interessiert. Hast du eine Ahnung, warum?«

»Ich kenne keine Langhaarigen.«

»Ist ein Kripomann aus Berlin. Weiß der Teufel, was der hier will.«

»Kripomann aus Berlin?«, wunderte sich Meier und blickte unmerklich in Thomas' Richtung.

»Richtig. War der hier?«

Thomas wartete gespannt auf Meiers Antwort. Ein Wort von ihm, und die Polizisten würden ihn womöglich kassieren. Offenbar hatte ihr Chef erfahren, dass es kein Amtsersuchen aus Berlin gab.

»Hier war niemand«, log Meier, und Thomas fiel ein Stein vom Herzen.

»Sag uns Bescheid, wenn der hier auftauchen sollte.«

»Was hat er denn ausgefressen?«

»Keine Ahnung. Aber er stellt dumme Fragen. Außerdem haben sich die Amis über ihn beschwert.«

»Warum das denn?«

»Weil der in der Gegend rumschnüffelt.«

Der Polizeikäfer entfernte sich wieder, was Thomas zum Anlass nahm, sich aus seinem Versteck zu wagen.

»Danke, Herr Meier.«

Meier winkte ab.

»Ich will nur keinen Ärger, das ist alles«, brummte er ungehalten. »Warum hast du verschwiegen, dass du ein Bulle bist?«

»Na ja, ich habe geahnt, dass die Polizei nicht Ihr Freund und Helfer ist«, antwortete Thomas und begann, die Ohren des Hundes zu kraulen.

»Dann kannst du ja jetzt wieder Leine ziehen.«

»Wollen Sie mir nicht vorher wenigstens den Namen des Mannes verraten?«, fragte Thomas und hielt ihm wieder das Foto hin. »Ich bin mir sicher, dass Sie ihn kennen.«

»Wie bist du überhaupt auf mich gekommen?«

»Ich werde Ihnen alles sagen, aber Sie müssen mir auch entgegenkommen.«

Meier schüttelte unwillig den Kopf, aber als er sah, dass Jakob Thomas' Liebkosungen genoss, hellte sich seine Miene auf.

»Halte Jakob da raus, ich rede ja mit dir.«

Thomas bedankte sich daraufhin bei dem Rottweiler und folgte Meier in den ausgedienten Schienenbus, der wie ein gemütlicher Wohnwagen eingerichtet war.

»Weswegen suchst du Stahl? So heißt dieser Verbrecher nämlich«, sagte Meier eher beiläufig und lüftete das Geheimnis um den Namen des Unbekannten.

Das ist eine Eröffnung nach Maß, schoss es Thomas durch den Kopf.

»Einen Moment, Herr Meier. Bevor ich Ihnen antworte, würde ich gerne wissen, ob Sie den auch kennen?«

Thomas zeigte ihm nun Egmonts Bild und erzielte erneut einen Volltreffer.

»Ein Amerikaner. Der ist fast genauso schlimm wie der Stahl. Weiß der Teufel, wie der heißt.«

»Egmont«, antwortete Thomas, lehnte sich zufrieden zurück und nahm einen tiefen Schluck aus der Bierflasche, die Meier aus einem Kühlschrank geholt hatte.

»Warum fragst du mich das alles?«

»Egmont ist vor einigen Tagen ermordet worden«, erklärte Thomas und führte aus, dass er in Zusammenhang mit der Mordermittlung auf die Spur eines deutschen Arztes gekommen war, den Egmont Dr. Jekyll genannt hatte. Meier musste zum ersten Mal lachen.

»Dr. Jekyll? Das ist gut. Stahl heißt jetzt nämlich Dr. Jäckel. Dein toter amerikanischer Freund war ein Witzbold!«

»Dr. Jäckel? Warum der neue Name?« Thomas sah Meier fragend an, der sich unruhig die Hand kratzte. Wieder versuchte er, seine Nervosität mit einer Zigarette zu beheben. Diesmal gelang es ihm, sie anzuzünden.

Meier nahm einen tiefen Zug, fand zur erhofften Ruhe. Mit einem Blick auf Thomas überkam ihn ein sentimentaler Schub.

»Dein Vater ist stolz auf dich, nicht wahr?«

»Ich habe den Kontakt zu ihm abgebrochen«, antwortete Thomas ohne Reue.

»Warum?«

»Er war als Polizist an Kriegsverbrechen beteiligt, zeigt aber keine Reue. Angeblich hat er nur seine Pflicht getan und Befehle ausgeführt.«

»Jäckel ist da von einem ganz anderen Kaliber«, erwiderte Meier. »Ein Überzeugungstäter durch und durch.«

»Ich bin ganz Ohr, Herr Meier.«

Meier zögerte. Er überlegte offenbar, inwieweit er Thomas vertrauen konnte. Von der Polizei hielt er sich stets fern, alte Überlebensregel. Thomas las seine Gedanken und legte eine Hand auf seine Schulter.

»Ich werde Ihnen keine Schwierigkeiten bereiten.«

Meier schien geneigt, ihm zu glauben, aber er brauchte offenbar noch einige Informationen.

»Bist zwar ein Bulle, tauchst allein auf, versteckst dich vor deinen Kollegen … Da stimmt doch was nicht.«

»Da scheint vieles nicht zu stimmen, Herr Meier, das haben Sie gut erkannt. Die Amerikaner, genauer gesagt die CIA ist nicht begeistert von meinen Aktivitäten, um es mal diplomatisch auszudrücken.«

Meier, der aufmerksam zugehört hatte, begann zu grinsen.

»Ehrlich gesagt ist es mir egal, dass man diesen Egmont um die Ecke gebracht hat. Nein, ich freue mich sogar darüber. Das hat er mehr als verdient.« Seine Offenheit überraschte Thomas. »Und wenn es nach mir ginge, müsste dieser Dr. Jekyll, also Dr. Jäckel alias Dr. Stahl, ebenfalls das Zeitliche segnen. Ich würde zu gern an seinem Grab stehen«, fügte Meier hinzu.

»Sie haben sicher Ihre Gründe«, sagte Thomas in der Hoffnung, dass sein Gegenüber reden würde.

»Also gut, du sollst die Geschichte hören«, entschloss sich Meier. »Jakob, mein einziger Freund, vertraut dir, obwohl er normalerweise Polizisten nicht riechen kann. Also vertraue ich dir auch. Aber ich kann nur wenige Einzelheiten über meine KZ-Zeit erzählen. Das alles ist so unerträglich, dass ich mit keinem darüber sprechen kann, höchstens mit Jakob. Die Erinnerungen daran begleiten mich schon mein halbes Leben ...«

Nach einer kurzen Atempause begann Meier, und obgleich er auf manches Detail verzichtete, wurde es eine lange Erzählung, die mit zwei Eimern voll Wasser begann und mit den Menschenversuchen in Camp King endete. Und immer hatte Dr. Stahl eine unrühmliche Rolle gespielt. Thomas, der atemlos zugehört hatte, reagierte mehr als irritiert.

»Ich kann das kaum glauben ... Ich verstehe nicht, warum die Amerikaner, die uns doch von den Nazis befreit haben, mit denen gemeinsame Sache gemacht haben.«

»Ich habe es auch nicht für möglich gehalten.«

»Und die haben in dieser Villa mit Menschen experimentiert?«, hakte Thomas nach, innerlich stark aufgewühlt.

»Offiziell war das eine Arztpraxis. Aber da drin ging es zur Sache. Wir haben vor Schmerzen gebrüllt, doch draußen hörte keiner zu. Einige haben nicht schreien können. Man hat sie zu Tode gequält und in der Umgebung verscharrt.«

Thomas schüttelte fassungslos den Kopf. »Ich weiß nicht, was ich dazu sagen soll.« Er erinnerte sich an den Schädel, den der Fuchs in der Nacht angenagt hatte, und es lief ihm kalt den Rücken hinunter.

»Manchmal pflege ich das eine oder andere Grab. Mehr kann ich für meine ehemaligen Kollegen nicht tun. Ich weiß nicht mal, wie die heißen. Aber jemand sollte sich um sie kümmern, nicht wahr?«

Thomas musste ihm zustimmen, aber es tat ihm in der Seele weh.

»Haben Sie deswegen diese Villa abgefackelt?«, fragte Thomas aus einer Eingebung heraus.

»Man konnte mir das nicht nachweisen«, lautete die trockene Antwort. Thomas reagierte mit einem leisen Lächeln und prostete ihm mit der Bierflasche zu.

»Wissen die Leute hier in der Umgebung von den Experimenten in der Villa?«

»Ich glaube nicht, und wenn, dann halten sie lieber die Klappe. Warum sollten sie es sich mit den Amis verscherzen? Die machen guten Umsatz mit denen.«

Thomas schüttelte fassungslos den Kopf.

»Und du glaubst, dass dieser Stahl mit Egmonts Tod etwas zu tun hat?«

»Deswegen will ich ihn finden. Bin mir sicher, dass er eine Menge über seinen Spezi sagen kann. Egmont war jedenfalls nicht der harmlose Psychologe, als der er verkauft wird.«

»Hauptsache, er lebt nicht mehr und kann niemanden mehr quälen.«

»Wissen Sie, wo ich diesen Stahl, oder sagen wir Jäckel, finde?«

»Nein. Ich halte mich lieber von ihm fern. Das ist ein wahrer Teufel.«

»Das glaube ich. Aber er wird sich verantworten müssen.«

Meier begann, bitter zu lachen, als er das hörte. Er hatte den Glauben an die Welt schon längst verloren.

»Die Amis halten doch ihre schützende Hand über ihn!«

»Wir haben einen Rechtsstaat, Herr Meier«, betonte Thomas.

»Auch wenn Sie bis jetzt nicht viel davon mitbekommen haben, was ich sehr bedaure.«

»Wenn der zur Rechenschaft gezogen wird, fresse ich einen Besen.«

Thomas schüttelte den Kopf, weil Aufgeben für ihn keine Option war. Er musste diesen Jäckel finden. Deswegen würde er nach Frankfurt fahren, um Erkundigungen über ihn einzuholen.

»Ich kann Ihnen nicht sagen, wie dankbar ich für Ihre Hilfe bin, Herr Meier!«

»Schon in Ordnung. Es hat mir gutgetan, mich mal ausquatschen zu können.«

»Ich hoffe nicht, dass Sie meinetwegen Ärger mit der Polizei bekommen.«

»Ich bin zweimal von den Toten auferstanden, diese Dorfbullen bereiten mir keine schlaflosen Nächte.«

Nach dem Gespräch fuhr Meier Thomas zu der verlassenen Villa im Wald, wo der Borgward stand. Mit seiner Hilfe war der Platten schnell behoben.

»Wenn Sie wollen, würde ich Sie gerne auf dem Laufenden halten«, gab Thomas dem Mann zum Abschied zu verstehen.

Meier antwortete mit einer Gegenfrage.

»Darf ich dich um einen Gefallen bitten?«

Thomas sah ihn fragend an.

»Wenn du ihn findest, dann mach ihn fertig. Erschieß ihn oder häng ihn auf oder schütte ihm Gift in den Kaffee oder bring ihn sonst wie um die Ecke. Kein Gericht wird ihn sonst belangen.«

»Ich darf das Gesetz nicht in die eigene Hand nehmen, Herr Meier. Aber ich verspreche Ihnen, dass ich alles dafür tun werde, dass er seine gerechte Strafe erhält.«

Meier, dessen Vertrauen in die deutsche Rechtsprechung gen null tendierte, schüttelte resigniert den Kopf.

»Leute wie Stahl kommen immer wieder durch …«

»Wenn ich nicht an den Rechtsstaat glauben würde, wäre ich kein Polizist.«

»Und wenn ich an etwas glaube, dann nur an Jakobs Liebe.«

»Ich muss jetzt fahren. Unter welcher Adresse kann ich Sie erreichen, Herr Meier?«

»Einfach den Ort angeben und ›Meiers Schrotthandel‹ dazuschreiben. Der Briefträger kennt mich. Er ist der Einzige, der vor Jakob keine Angst hat.«

Thomas bückte sich und kraulte den Rottweiler zum Abschied, dann machte er sich auf den Weg.

In Frankfurt suchte Thomas das Büro der Ärztekammer auf. Er fragte nach der Adresse eines gewissen Dr. Jäckel, es gab deren drei: einen Allgemeinarzt, einen Zahnarzt und einen Internisten. Der Zahnarzt kam nicht infrage, aber die beiden anderen rückten in Thomas' Fokus. Als Erstes suchte er den Allgemeinarzt in Wiesbaden auf. Schon beim Betreten der Praxis wurde Thomas klar, dass er zu dem Internisten musste. Der hier war keine dreißig Jahre alt und konnte auf keinen Fall eine Nazivergangenheit haben. Dumm nur, dass der Internist in Kassel wohnte.

30

Kassel, 1966

Thomas ärgerte sich, dass er Peggy nicht auf ihrer Arbeit erreichen konnte. Es war bereits Abend, als er in Kassel ankam, und in ihrem Atelier arbeitete niemand mehr. Er hoffte, sie bald wiederzusehen, aber zuvor musste er diesen Dr. Jäckel unter die Lupe nehmen. Da die Praxis bereits geschlossen hatte, entschied Thomas, ihn zu Hause aufzusuchen. Im Telefonbuch in einer Telefonzelle fand er die Adresse.

Dr. Jäckel wohnte in einem vornehmen Vorort von Kassel. Um nicht aufzufallen, parkte Thomas den Borgward am Ende der Straße und setzte seinen Weg zu Fuß fort. Der Arzt residierte in einer Jugendstilvilla mit bleiverglasten Fenstern und parkähnlichem Garten. Dem Sozialamt schien Jäckel insofern nicht zur Last zu fallen. Vom gegenüberliegenden Bürgersteig aus ließ Thomas den Blick unauffällig über das Grundstück schweifen. Vor der Garage stand ein dunkler Mercedes. Thomas fragte sich, wie er Informationen über diesen Arzt beschaffen konnte. Die Antwort gab ihm Dr. Jäckel schließlich selbst. Gemeinsam mit einer elegant gekleideten Dame – offenbar seine Gattin – verließ er das Haus und fuhr davon.

Kaum war die Limousine um die Kurve verschwunden, verschaffte sich Thomas mit seinen Tools Zugang. Nachdem er sich davon überzeugt hatte, dass er allein in der Villa war, betrat er das große Wohnzimmer, das vor Antiquitäten überquoll. Er lief über Perserteppiche, die mehrlagig den Boden bedeckten, und staunte über die Ölbilder an den Wänden, die bestimmt einiges gekostet hatten. Die Frage war, ob Jäckel etwas mit dem Tod von Egmont zu schaffen hatte. Thomas wusste nicht genau, wonach er suchen sollte, er hoffte auf Unterlagen, Akten oder Aufzeichnungen, die ihm in irgendeiner Weise weiterhelfen würden. Doch sowohl das Wohnzimmer als auch die übrigen Räume gaben diesbezüglich nichts her. Ein Büro oder Arbeitszimmer fand er nicht.

Als Nächstes durchsuchte Thomas den Keller. In der Hobbywerkstatt herrschte penible Ordnung. Die Schraubendreher, Zangen und Sägen hingen streng nach Größe und Funktion geordnet nebeneinander vor einer Werkbank. Auch das Gartenwerkzeug wartete in Reih und Glied auf seinen Einsatz. Dr. Jäckel schien aber nicht nur ein Ordnungsfanatiker zu sein, offenbar liebte er idyllische Landschaften und eine Heile-Welt-Atmosphäre, wie eine riesige Modelleisenbahn offenbarte. Als Thomas die kleine Siedlung mit Fachwerkhäusern sah, musste er an Camp King denken. In einem dieser Häuser hatte Dr. Jäckel mit Dr. Egmont sein Unwesen getrieben und seine menschenverachtenden Experimente aus Dachau fortgeführt.

Vom Keller aus ging es über eine Treppe in den weitläufigen Garten. Ein kiesbestreuter Weg führte zu einem Flachbau, der sich im Schatten einer Linde befand. War da vielleicht etwas zu finden?

Thomas' Vermutung erwies sich als richtig. Der Bau diente halb als Büro, halb als Labor. Auf der einen Seite befanden sich Reagenzgläser, Glasflaschen, ein Mikroskop, ein Bunsenbrenner. Auf der anderen Seite stand ein breiter Metallschrank. Er war abgeschlossen, was aber Thomas nicht davon abhielt, ihn zu öffnen.

In den Regalen reihten sich Aktenordner, Schriften, Bücher und ein Fotoalbum. Thomas entdeckte interessante Bilder, unter anderem Jäckel in schwarzer SS-Uniform sowie in Zivil neben uniformierten amerikanischen Offizieren. Alle lächelten in die Kamera, keine Spur von Feindschaft zwischen den ehemaligen Kriegsgegnern. Und der stets freundlich lächelnde Dr. Egmont war immer dabei. Nun widmete sich Thomas den Aktenordnern, die nach Jahreszahlen geordnet waren. Bereits der erste hatte es in sich: 1944/45 Dachau.

Auf den abgehefteten Seiten waren die Experimente mit den Häftlingen penibel dokumentiert. Es war eine Chronologie des Grauens. In der Hauptsache ging es um unterschiedliche Verhörtechniken mithilfe diverser Substanzen. Zusätzlich aufgelistet waren Versuche mit körperlicher Folter, wie der sogenannte Stehappell, simuliertes Ertrinken, Isolation in der Dunkelheit, Schlafentzug, Wandstehen und einiges mehr.

Thomas las in einem anderen Aktenordner der Zeitspanne 1951 bis 1953 über eine Operation namens Artischocke. Dabei handelte es sich um ein geheimes Forschungsprogramm der CIA. Das Ziel war, effektive Verhörmethoden zu entwickeln. Dabei wurde Bezug genommen auf Erfahrungen in den Konzentrationslagern der Nationalsozialisten.

Ein dritter Ordner widmete sich einem Forschungsprogramm namens MKULTRA. Dokumentiert waren zahlreiche Menschenversuche mit ahnungslosen Testpersonen, unter anderem in Camp King. Federführend war Dr. Egmont, dem Jäckel assistiert hatte. Den Probanden wurden Drogen (LSD oder Meskalin) in den unterschiedlichsten Dosen zugeführt. Thomas war schockiert, dass der Tod der Gefangenen in Kauf genommen wurde. Immer wieder wurde betont, dass es sich bei den Versuchspersonen um gefangen genommene KGB-Spione oder *bad boys* handelte. Meier hatte also mit seinen Beschreibungen nicht übertrieben.

Ein weiterer Aktenordner beinhaltete eine Zusammenfassung von Foltermethoden zwecks Schulung, also eine Art CIA-Folterbuch. Die Einleitung des Lehrbuchs zeigte, woher der Wind wehte: »Wesentliche Methoden betreffen psychische Folter zur Zerstörung der Persönlichkeit wie Erniedrigung, Drogen (Meskalin) und Elektroschocks sowie Stehfolter oder Unterkühlung nach Abspritzen mit Wasser.«

Thomas fragte sich erneut, ob der Arzt mit dem Tod seines amerikanischen Förderers zu tun hatte. Gab es keine aktuelleren Unterlagen? Thomas suchte weiter und fand Akten, die neueren Datums waren. Da war von einem Projekt Hades die Rede, für das Jäckel offenbar eine Zusammenfassung geschrieben hatte.

Gerade als er den Bericht lesen wollte, hörte er Geräusche. Geduckt eilte er ans Fenster. Der Mercedes und ein weiteres Auto hatten vor dem Haus angehalten. Dr. Jäckel stieg aus der Limousine aus – und McNeil aus dem zweiten Wagen! Thomas konnte es nicht fassen, als er den bulligen CIA-Mann sah. Beide Männer kamen ohne den Umweg über das Haus direkt auf den Bau zu. Eine Flucht nach draußen war unter diesen Umständen nicht möglich. Thomas musste sich schnellstens irgendwo verstecken. Er schloss den Schrank und zwängte sich in die Besenkammer neben dem Eingang. Dort versteckte er sich unter Todesangst hinter einigen großen Eimern.

»Und Sie haben Ihre Frau weggebracht?«, hörte er McNeil sagen.

»Sie ist bei meiner Tochter, Sir«, antwortete Dr. Jäckel auf Englisch mit starkem deutschem Akzent.

»Wann haben Sie Egmont das letzte Mal gesprochen?«

»Wir haben am Tag seiner Ermordung telefoniert, Sir.«

Seine Stimme klang unterwürfig, er schien mächtigen Respekt vor McNeil zu haben.

»Worum ging es bei dem Gespräch?«

»Wir sind die Einzelheiten unseres Konzepts durchgegangen und haben einen Zeitplan erstellt. Sie können alles überprüfen, ich habe darüber ein Protokoll verfasst.«

»Irgendetwas Persönliches besprochen?«

»Nichts Besonderes ... Aber er war anders als sonst. Er schien mir nicht ganz bei der Sache.«

»Ich will die ganze Wahrheit hören, Dr. Jäckel!«

»Nun, wissen Sie, ich kenne Dr. Egmont viele Jahre, und mit der Zeit ist ein gewisses Vertrauensverhältnis entstanden. Er hat angedeutet, dass er keinen Sinn mehr darin sehe, das Projekt Hades weiterzuverfolgen.«

»Wie hat er das begründet?«

»Dazu sagte er nichts. Bei unserem Telefonat kurz vor seiner Ermordung meinte er, dass der Krieg in Vietnam nicht zu gewinnen sei. Ich sagte scherzhaft zu ihm, er rede ja wie ein Kommunist. Er entgegnete darauf, nein, er rede wie ein Realist. Und dann ...«

»Was?«

»Er hat sich mit einem ›Leben Sie wohl‹ verabschiedet, als ob er länger verreisen würde ...«

»Aha. Hat er ein Tonband erwähnt?«

»Tonband?«

»Eine Tonbandspule!«

»Nein ...«

»Denken Sie scharf nach, Doktor. Ich will die Wahrheit hören!«

Das Gespräch nahm nun zu Thomas' Erstaunen den Charakter eines Verhörs an.

»Ich bitte Sie, Sir. Ich weiß nicht, wovon Sie reden.«

»Wir werden Ihr Haus auf den Kopf stellen!«

Thomas schluckte mehrmals, als er das hörte. Wenn McNeil seine Drohung jetzt wahrmachen würde, hätte er ein gewaltiges Problem.

»Ich verstehe nicht, warum Sie mir nicht glauben, Sir. Ich war immer loyal.«

»Ach was! Das haben Sie nicht umsonst getan. Wir haben damals Ihren Kopf aus der Schlinge gezogen!«

»Dafür bin ich Ihnen immer noch dankbar, Sir. Aber, bitte, durchsuchen Sie alles! Ich habe kein Tonband! Worum geht es da eigentlich?«

»Die Fragen stelle ich!«

»Hat es mit dem neuen Projekt zu tun, das wir für Vietnam ausarbeiten sollen?«

»Sie haben keine Fragen zu stellen! Ich sage nur eins. Wagen Sie es nicht, irgendetwas aus Ihrem Labor wegzuschaffen! Wir werden morgen die ganzen Akten abholen, haben wir uns verstanden?«

»Jawohl, Sir! Ich hätte trotzdem noch eine Frage ... Bin ich denn auch in Gefahr?«

»Nicht, dass ich wüsste.«

»Meine Gattin macht sich Sorgen. Sie wissen, wie Frauen sind. Ich habe eng mit Egmont zusammengearbeitet. Solche Fanatiker wie dieser Student werden immer mehr!«

»Niemand weiß, dass Sie für uns arbeiten. Übrigens könnte es sein – das ist aber eher unwahrscheinlich –, dass ein junger Mann aus Berlin auftaucht, ein eifriger Berliner Polizist ...«

»Was ist mit ihm?«

»Er ist im Grunde harmlos, aber ich will nicht, dass er uns Ärger macht. Rufen Sie mich sofort an, wenn er sich hier blicken lassen sollte.«

Das Gespräch war zu Ende, und die beiden Männer verließen das Gebäude. Thomas atmete erleichtert auf. Trotzdem wartete er noch einige Minuten, bevor er sich aus seiner unbequemen Position befreite. Er warf erneut einen schnellen Blick in das Büro und öffnete den Metallschrank auf der Suche nach einem Indiz. Das Gespräch zwischen Jäckel und McNeil hallte ihm noch in den Ohren. Dieser Dr. Stahl, beileibe kein Schreibtischtäter, sondern ein skrupelloser Sadist, der viele wehrlose Häftlinge zu Tode gequält hatte, verhielt sich nahezu devot gegenüber McNeil. Er erinnerte Thomas an einen ergebenen Auftragskiller, der für seinen Paten über Leichen ging. Zunächst für die Nazis, dann für die CIA. Welche Rolle spielte er in dem konkreten Fall? McNeil, dessen Augenmerk auf das ominöse Tonband gerichtet war, misstraute ihm jedenfalls. Zweifellos war Jäckel ein wichtiger Bestandteil des Puzzles, das Thomas noch zusammensetzen musste. Zunächst galt es aber, das Haus zu verlassen, um in Ruhe die weiteren Schritte zu überlegen. Mitten in seine Überlegungen hinein spürte er kaltes Metall an seinem Hinterkopf. Thomas erstarrte. Es war der Lauf einer Schrotflinte. Sie gehörte Jäckel, der hinter ihm stand.

»Schön ruhig bleiben! Und jetzt vorwärts, Marsch, Marsch …«

Er zeigte mit dem Lauf der Flinte auf einen Stuhl. Thomas nahm gezwungenermaßen Platz.

»Du hast dein Auto um die Ecke geparkt. Mit Berliner Kennzeichen«, erklärte Jäckel grinsend.

Thomas versuchte, cool zu bleiben, obwohl es in seinem Innern völlig anders aussah. Er ärgerte sich maßlos über seinen Fehler, den Borgward nicht weiter entfernt geparkt zu haben.

»Dir hat es wohl die Stimme verschlagen?«

Jäckel griff mit der linken Hand in Thomas' Hosentasche

und fischte zunächst die PPK und dann noch die Dienstmarke heraus.

»Der junge Polizist aus Berlin. Was suchst du hier?«

»Ich ermittle in einem Fall«, sagte Thomas ausweichend.

»Geht es nicht genauer?«, herrschte ihn Dr. Jäckel an.

»Es handelt sich um den Mord an Dr. Egmont. Und jetzt tun Sie die Waffe weg! Sie machen sich sonst strafbar«, gab ihm Thomas zu verstehen. Dr. Jäckel musste lachen.

»Du weißt wohl nicht, mit wem du es zu tun hast?«

»Natürlich weiß ich das, deswegen bin ich ja hier. Sie haben seit vielen Jahren mit Dr. Egmont im Auftrag der CIA gearbeitet. Und Sie haben kurz vor seinem Tod mit ihm telefoniert.«

»Woher weißt du das?«

»Ich bin Polizist, Dr. Jäckel, oder sollte ich Dr. Stahl sagen?«

Jäckel wirkte jetzt irritiert. Er griff mit der linken Hand zum Telefon.

»Ich würde McNeil nicht anrufen«, warnte ihn Thomas, der den Arzt durchschaut hatte.

Jäckels Konfusion stieg. Er sah Thomas mit zusammengekniffenen Augen an.

»McNeil spielt nicht mit offenen Karten. Oder hat er Ihnen schon gesagt, dass der Täter Sie als sein nächstes Opfer auserkoren hat?«

Thomas wollte bluffen. Zeit gewinnen, bis sich ihm eine Möglichkeit bot, Jäckel zu überwältigen. Aber noch biss der Fisch nicht an.

»Der Täter ist in Haft, erzähl mir nichts …«

»Der Student hat nichts mit der Tat zu tun, er fungiert lediglich als Sündenbock.«

Jäckel schüttelte misstrauisch den Kopf.

»Warum sollte ich in Gefahr sein?«

»Aus demselben Grund wie Egmont. Weil Sie für die CIA gearbeitet haben.«

»Ich werde McNeil fragen.«

Wieder warf Thomas Nebelkerzen, um Jäckel von einem Telefonat mit McNeil abzuhalten.

»Warum sollten Sie ihm trauen? Wenn es heiß wird, lässt er Sie fallen. Außerdem verdächtigt er Sie, ein brisantes Tonband zu verstecken.« Der Arzt wurde jetzt unsicher, legte den Telefonhörer auf die Gabel. Das Gewehr immer noch im Anschlag, ging er einen Schritt zurück und deutete auf eine Vitrine.

»Öffne die obere Schublade!«

Thomas stand langsam auf und tat wie befohlen.

»Hol die Spritze und die Ampullen heraus. Und dann nimmst du wieder Platz.«

Thomas blieb keine andere Wahl, weil der Arzt nicht den Eindruck machte, als ob er spaßen würde.

»Öffne die Ampulle und setze die Spritze auf. Aber achte darauf, dass dabei die Kanüle nicht zerbricht.«

»Das kann ich nicht.«

»Versuch es!«, herrschte ihn Jäckel an.

Thomas hielt die Kanüle in die Ampulle und zog langsam den Inhalt auf.

»Das spritzt du dir jetzt in den Unterarm.«

»Was ist das?«

»Muss dich nicht interessieren.«

Thomas hatte eine fatale Eingebung.

»Meskalin?«

»Du bist ja informiert«, wunderte sich Dr. Jäckel. »Dann kann ich ja richtig mit dir fachsimpeln, haha …«

»Glauben Sie etwa immer noch an die Wirkung einer Wahrheitsdroge? Das ist doch absurd.«

»Für dich vielleicht, für mich nicht. Auch wenn die Amerikaner die Forschungen eingestellt haben – ich habe die Wirkung niemals in Zweifel gezogen. Sie hätten mich länger damit experimentieren lassen sollen. Aber was soll's, jetzt habe ich doch eine ideale Versuchsperson.« Seine Augen funkelten gefährlich.

Thomas brach der Schweiß aus. Dieser Mann war ein Sadist und zu allem fähig.

»Sie brauchen mir keine Drogen zu geben, Dr. Stahl. Ich sage Ihnen auch so die Wahrheit.«

Sein kläglicher Versuch, den Arzt von seinem teuflischen Vorhaben abzubringen, schlug fehl.

»Mach endlich voran!« Dr. Stahl zielte mit dem Gewehr auf seinen Kopf.

Thomas blieb keine andere Wahl, er spritzte sich das Zeug in die Vene, war aber fest entschlossen, der Droge Widerstand zu leisten und sich mit aller Kraft gegen die Wirkung zu stemmen.

»Wie fühlst du dich?«, fragte Jäckel nach etwa einer Minute.

»Ganz gut«, log Thomas. Ihm wurde bereits übel.

»Und jetzt antworte. Wie heißt du?«

»Thomas Engel.«

»Wo wohnst du?«

»In Berlin.«

Thomas musste einsehen, dass die Droge langsam, aber stetig von ihm Besitz ergriff. Die Perspektive des Raumes verzerrte sich, die Farben verblassten. Jäckels Stimme schien aus der Ferne zu kommen.

»Was weißt du über mich?«

Thomas stemmte sich nun mit aller Kraft gegen das übermächtige Meskalin, er versuchte, sich zu konzentrieren.

»Sie hießen früher Stahl. Sie waren Arzt im KZ Dachau.«

»Woher hast du deine Informationen?«

Er fixierte Thomas und hob den Zeigefinger wie ein Lehrer. Thomas erinnerte sich an Meiers Worte, wonach Meskalin zu Lachanfällen und Schüben von Hysterie führen konnte. Damit wollte er Jäckel austricksen.

»Haha, Sie sehen aus wie ein Clown«, lachte er unerwartet los.

Dr. Jäckel gab ihm eine leichte Ohrfeige.

»Sei nicht albern. Antworte mir jetzt.«

Das tat Thomas nicht. Er begann, unablässig zu kichern, aber diesmal nicht bewusst, sondern unkontrolliert. Er konnte sein Verhalten nicht mehr steuern.

»Ich bin ein guter Polizist. Ich bin ein guter Polizist«, wiederholte er wie ein Papagei. Dessen ungeachtet versuchte Jäckel, die Befragung fortzusetzen.

»Woher hast du deine Informationen über mich? Bist du ein Ost-Agent?«

Diese Frage löste bei Thomas einen radikalen Stimmungswechsel aus. Er bekam Panik, schüttelte vehement den Kopf und begann zu zittern.

»Nein, ich bin kein Spion! Nein!«

Jäckel hatte jetzt alle Hände voll zu tun, um Thomas wieder unter Kontrolle zu bekommen. Er senkte die Stimme und versuchte sich als lieber Onkel Doktor.

»Ist ja gut, ist ja gut … Du brauchst keine Angst zu haben. Sag mir einfach, wer mich bedroht, dann wird alles gut! Mir kannst du vertrauen!«

Der sanfte Klang seiner Stimme verfehlte nicht die Wirkung. Thomas fasste Vertrauen und redete einfach drauflos.

»Das ist eine lange Geschichte, Doktor. Es fing damit an, dass ich nach Berlin gefahren bin, ich wollte dort zur Kripo, aber Böhmer, mein Chef, wollte mich lieber irgendwelche Leute observieren lassen … Das ist doch nicht gerecht, oder?«

»Das ist jetzt uninteressant«, winkte Jäckel ärgerlich ab, doch Thomas war so richtig in Fahrt. Das Meskalin löste seine Zunge.

»Und dann ist ein Kollege von mir umgekommen. Ich habe den Täter in der U-Bahn verfolgt. Dort habe ich ihn getötet, aber ich musste mich doch wehren. Ich hasse Böhmer, ohne seinen Auftrag wäre es gar nicht dazu gekommen!«

Thomas fühlte sich elendig und deprimiert und begann auch noch zu heulen, was Jäckel, der endlich vorankommen wollte, zur Weißglut brachte. Die Onkel-Doktor-Nummer war passé. Jetzt zog er andere Seiten auf.

»Hör sofort mit dem Gejammer auf und reiß dich zusammen, verflucht noch mal!«

Ungeduldig griff er mit der Rechten in eine Schublade und holte ein weiteres Spritzenbesteck heraus. Der Anblick der Nadel löste bei Thomas Panik aus.

»Keine Spritze mehr, bitte nicht!«

»Ruhe jetzt!«, erwiderte Jäckel und wollte die Spritze aufziehen. Dazu kam er aber nicht, weil Thomas wie eine Furie auf Jäckel sprang und dabei das Gewehr zur Seite riss. Es gab einen ohrenbetäubenden Knall, und die Schrotkugeln perforierten die Wände. Es kam zum Handgemenge, in dessen Verlauf Jäckel nach dem Bunsenbrenner griff, den er wie einen kleinen Flammenwerfer gegen Thomas einsetzen wollte. Sein Plan ging gehörig schief, weil die Flamme die Unterlagen auf dem Schreibtisch touchierte und einen Brand auslöste. Das Feuer griff schnell um sich und breitete sich aus. Hilfreich dabei waren die Flüssigkeiten in den Reagenzgläsern, die als Brandbeschleuniger fungierten. Entgeistert musste Jäckel mit ansehen, wie seine Unterlagen wie Zunder brannten. Thomas nutzte den Moment und griff blitzschnell nach seiner Pistole auf dem Schreibtisch, um sich Jäckel vom Leib zu halten. Aber das war gar nicht nötig. Der Arzt geriet ins Stolpern und fiel neben eine Gasflasche, die eine Sekunde später explodierte. Nur mit Mühe konnte sich Thomas mit einem Sprung durch das Fenster in Sicherheit bringen, während hinter ihm der Bau lichterloh brannte und zu Jäckels Krematorium wurde. Thomas, im Rausch, starrte fasziniert auf die tänzelnden Flammen, die ihre Farben lustvoll wechselten. Auch das Grün des Gartens wandelte sich in Kobaltblau. Die Droge schuf eine andere Realität. Doch dann ertönte ein lautes Geräusch, das Thomas in die wirkliche Welt zurückholte. Es war der schrille Ton des Martinshorns. Die Feuerwehr! Oder die Polizei? Schlagartig wurde ihm bewusst, dass er wegmusste. Mit eiligen Schritten machte er sich daran, den Garten zu verlassen. Aber vor dem Haus standen Leute, die aufgeregt diskutierten. Kurz entschlossen sprang er über den Zaun in das Nachbargrundstück und gelangte von dort aus auf die Straße. Gegen die Wirkung des Meskalins kämpfend, lief er wie in Trance zu seinem Borgward, und es gelang ihm irgendwie, den Motor zu starten. Es grenzte an ein Wunder, dass er seinen Wagen unfallfrei aus dem Vorort Kassels steuern konnte. Seine Konzentration ließ nach, er sah seine Umgebung verzerrt wie durch eine unscharfe Brille. Eine Weile versuchte er noch, gegen diese Beeinträchtigungen anzukämpfen, was ihn aber sehr viel Kraft kostete. So gesehen kam ihm der Autohof für Fernfahrer gelegen, der irgendwann auf der Landstraße auftauchte. Thomas brauchte dringend Schlaf, und den fand er in dem spartanisch eingerichteten Zimmer sofort.

31

Saigon, 1966

Kogel schlief gern lange. Die ersten Termine fanden ohnehin nach dem Mittagessen statt. Insofern ärgerte er sich über Conny, die ihn schon um sieben aus dem Bett holte.

»Aufstehen! Wir haben um acht einen Termin!«

»Davon weiß ich nichts«, protestierte Kogel. Auf dem Stundenplan des Presseoffiziers stand, dass der nächste Termin um vierzehn Uhr vorgesehen war, ein Empfang bei der First Lady. Aber Conny blieb hartnäckig. Kogel fügte sich schließlich und fuhr mit Conny zum Militärflughafen. Aber das war nicht alles. Er sollte seinen Anzug gegen verwaschenes Tarnzeug tauschen. Ein Offizier von der Materialausgabe bestand jedenfalls darauf.

Kogel ahnte nicht, was ihn erwartete, und Conny ging es ebenso. Sie wusste nur, dass sie sich mit ihrem Fotografen um Punkt acht Uhr bei einem Leutnant Benny Morgan blicken lassen sollte. Er würde beiden einen »aufregenden Trip« bescheren, hatte Pierre angedeutet.

Benny, mit dem französischen Reporter befreundet, hatte sich breitschlagen lassen, für eine hübsche deutsche Journalistin und ihren Fotografen zur Verfügung zu stehen. Er war ein hochdekorierter Hubschrauberpilot eines Bell UH-1, des Standard-Hubschraubers der US-Army. Mithilfe des Choppers, der Allzweckwaffe der Air Cavalry, schaffte er Verstärkung für die kämpfenden G.I.s heran oder transportierte Verwundete aus der Kampfzone.

Fliegen war schon seit der Kindheit Bennys Traum. Hier in Vietnam konnte er ihn ausleben. Aber die täglichen Einsätze gingen an seine Substanz. Er konnte den Kriegsalltag nur mit Kokain durchhalten, wie viele andere Piloten auch. Einen Sinn sah er schon längst nicht mehr in diesem Kampf weit weg von seiner Heimat. Bei jedem Einsatz hoffte er nur, dass er seinen Chopper heil wieder zur Basis brachte. Dass er Conny zu einem Einsatz mitnahm, war der Tatsache geschuldet, dass er sich durch ein hübsches Mädchen etwas Ablenkung erhoffte. Der Anblick der blonden Conny weckte Erinnerungen an seine frühere Freundin Janis, die ihm den Laufpass gegeben hatte, als er sich freiwillig zum Dienst bei der Army gemeldet hatte.

»Willkommen, Lady! Heute werde ich dein persönlicher Beschützer sein«, versicherte er Conny und hievte sie in den Helikopter. Sie sollte zwischen ihm und dem Copiloten Platz nehmen, während Kogel neben einem schweren Maschinengewehr angeschnallt wurde, das ein Offizier neben der abmontierten Tür anbrachte.

Dann hob der Hubschrauber ab. Zur Einstimmung flog Benny einige riskante Flugmanöver. Es ging rauf und runter wie in einer Achterbahn, was Kogel im Unterschied zu der Besatzung gar nicht witzig fand. Er übergab sich über den Sitz. Conny dagegen, die Kirmes liebte, hatte ihren Spaß.

»Wo fliegen wir hin?«, fragte sie Benny übers Mikro. Der steuerte jetzt seinen Chopper knapp über die Baumwipfel.

»Siehst du das Dorf da unten rechts? Wir machen jetzt den Charlie-Test!«

Conny entdeckte einige Hütten mit Strohdächern auf

einer Lichtung. Menschen standen davor. Sie schauten in den Himmel.

»Wer wegläuft, ist ein Roter!«, rief Benny und setzte zum Sinkflug an. Daraufhin stoben die Dorfbewohner davon.

»Sie hauen ab! Los, Mike! Gib denen Feuer!«

Der Offizier neben Kogel richtete den Lauf des Maschinengewehrs nach unten und gab Kogel ein Zeichen zum Fotografieren. Einige Sekunden später begann er zu feuern.

Ratatata …

Es regnete leuchtende Kugelstrahlen auf die Bambushütten und die Menschen.

Ratatata …

Durch den heftigen Rückstoß begann der Hubschrauber zu wackeln, was Benny jedoch im Griff hatte. Nach einigen Garben flog er dicht über das Dorf hinweg, und Conny sah das Resultat: Etwa ein Dutzend Frauen, Männer und Kinder lagen regungslos neben den Strohhütten. Sie hatten diese Menschen kaltblütig umgebracht. Schlagartig wurde ihr klar, dass sie gemeinsam mit Mördern und nicht mit coolen Typen, die lockere Sprüche zum Besten gaben, im Hubschrauber saß.

Der Schütze zählte ungerührt die Leichen und notierte alles auf einem Block.

»Zweiundzwanzig Charlie! Soll erfüllt!«, gab er Benny durch, der zufrieden nickte und abdrehte.

»Aber das waren doch Frauen … Kinder …« Conny starrte ihn verstört an.

»Alles Vietcong«, sagte Benny und grinste schief.

Für Conny brach eine Welt zusammen. Dieser lockere Typ war ein eiskalter Mörder! Benny seinerseits achtete nicht auf ihren entgeisterten Gesichtsausdruck, er war mit seinem Funkgerät beschäftigt.

»Kleine Änderung des Programms. Wir fliegen nicht zurück, sondern nach Westen. Ein Marines Squad hat Probleme mit Charlie. Wir müssen Post abholen!«, rief er Conny zu, die immer noch unter Schock stand. Aber dann biss sie die Zähne zusammen. Sie musste einen klaren Kopf bekommen, so schwer es ihr auch fiel. Sie wandte sich zu Kogel um.

»Wie geht es dir?«, fragte sie über Funk.

Kogel antwortete nicht. Er starrte sie mit kreidebleichem Gesicht apathisch an. Auch ihn hatte das Massaker offensichtlich mitgenommen. Conny hatte Mitleid mit ihm.

»Mensch, Otto, reiß dich zusammen. Wir müssen hier durch, danach können wir uns ausheulen!« Ihre Abneigung gegenüber diesem einfältigen und spießigen Fotografen war vergessen. Sie saß jetzt mit ihm im selben Boot.

»Da unten warten unsere Jungs auf uns! Aber wir müssen aufpassen, Charlie schießt von den Bergen, was das Zeug hält«, hörte sie plötzlich Benny. Der begann mit einem heiklen Landemanöver und brachte den Helikopter einen Meter über dem Boden zum Stehen. Aus dem Dickicht tauchten Marines mit länglichen Säcken auf, die sie in den Hubschrauber warfen. Die Soldaten waren völlig durchnässt und komplett verschlammt. Und immer wieder schlugen in der Nähe unzählige Granaten ein.

»Ihr beide bleibt im Hubschrauber, wir fliegen gleich weg, wenn wir die Pakete haben!«, schrie Benny Conny zu. Die sah plötzlich, dass aus einem der »Pakete« eine Hand herausragte. Von wegen Post! Es handelte sich um Leichensäcke! Conny, ohnehin am Rande des Zusammenbruchs, konnte das alles nicht fassen. Sie musste schnellstens hier weg und konnte es nicht erwarten, dass der Hubschrauber wieder startete. Daraus wurde jedoch nichts. Im nächsten Moment traf eine Granate das Heck.

Der Helikopter drehte sich um die eigene Achse und neigte sich gefährlich nach unten.

»Aussteigen, sofort aussteigen!«, schrie Benny, der die Kontrolle über den Chopper verlor. Und dann zog er Conny am Kragen nach draußen. Auch die restliche Besatzung und Kogel schafften es irgendwie, den havarierten Helikopter zu verlassen. Keine Sekunde später begann er, in Intervallen zu explodieren. Der Rumpf brach auseinander, und es regnete Trümmerteile, während eine gelbschwarze Rauchwolke aufstieg.

32

Berlin, 1966

Obwohl Willy Spanowski in die Mühlen der amerikanischen Justiz geraten war, saß er seine Untersuchungshaft in einem der traditionsreichsten Berliner Gefängnisse ab, der Justizstrafanstalt Tegel. Die hatte schon 1908 Wilhelm Voigt beherbergt, der als Hauptmann von Köpenick mit seinem Schalk die Obrigkeit der Lächerlichkeit preisgegeben hatte. Doch Spanowski war im Unterschied zu dem berühmten Hochstapler völlig spaßfrei veranlagt. Er vertrat seine politischen Ansichten mit einem dogmatischen Habitus, den man durchaus als fanatisch bezeichnen konnte. Folgerichtig glaubte er während der Übertragung des WM-Endspiels zwischen Deutschland und England den Revolutionär herauskehren zu müssen. Er befand sich mit anderen Häftlingen im Gemeinschaftsraum des Gefängnisses und verfolgte das Spiel. Der Glaube an eine Wiederholung des Wunders von Bern aus dem Jahr 1954 einte Häftlinge und Wärter gleichermaßen. Alle fieberten mit der deutschen Mannschaft mit. Beim Stand von 2:2 war die Spannung kaum auszuhalten, und als die Engländer einen Angriff starteten, ahnte der Fernsehreporter Rudi Michel das drohende Unglück: »Achtung … Achtung … er schießt! Nicht im Tor! Kein Tor! Oder doch? Was entscheidet der Linienrichter?«

Häftlinge und Wachpersonal sprangen aufgeregt auf und skandierten mit Blick auf den Bildschirm: »Kein Tor! Kein Tor!«

Zum Unglück der deutschen Elf gab der sowjetische Linienrichter Tofiq Bəhramov, der vom Schweizer Schiedsrichter Gottfried Dienst um Hilfe gebeten wurde, das Tor.

»Schiebung! Schiebung!«, hallte es durch das gesamte Gefängnis. Nur einer fiel aus der Rolle. Ausgerechnet jetzt glaubte Willy Spanowski, an das Klassenbewusstsein seiner Mithäftlinge appellieren zu müssen. Er stellte sich vor den Fernseher und rief nach Ruhe.

»Warum regt ihr euch denn so auf? Es ist doch nur gerecht, wenn die Mannschaft des kapitalistischen Deutschland verliert!«

»Geh zur Seite, du Idiot!«, schallte es ihm im Chor entgegen.

»Nun hört mir doch mal zu! Es gibt viel wichtigere Dinge als Fußball.«

Die Antwort kam prompt: Ein Fußball, den einer der Häftlinge für die Übertragung hatte mitnehmen dürfen, sauste mit voller Wucht gegen Spanowskis Stirn. Wie von einem harten Cross von Cassius Clay getroffen, ging er zu Boden und hörte um sich herum noch jemanden die Internationale pfeifen. Ein herbeieilender Wärter stellte seine Bewusstlosigkeit fest. Der Anstaltsarzt wollte seinerseits kein Risiko mit dem bekannten Häftling eingehen und wies ihn in die Klinik ein. Dort sollte er geröntgt und untersucht werden. Mit einer Gehirnerschütterung war schließlich nicht zu spaßen. Seinen Mithäftlingen war das alles egal. Sie ärgerten sich stattdessen über Herrn Bəhramov, der Jahre später in seiner Heimat Aserbaidschan mit einem Denkmal gewürdigt werden sollte.

Thomas blieb einfach verschwunden. Keine Nachricht, nichts.

Warum hatte er sie nicht vor diesen unverschämten Amerikanern gewarnt? Peggy machte sich Sorgen um Thomas, andererseits überwog der Ärger über sein Verhalten. In ihrer Missstimmung hörte sie im Radio, dass Spanowski in das städtische Krankenhaus verlegt worden war, weil er sich beim Fußballspielen verletzt hatte. Peggy glaubte keine Sekunde an einen Unfall. Sie ging ganz selbstverständlich davon aus, dass er bei einem Verhör misshandelt worden war. Seine Haft erinnerte sie an ihre eigene Vergangenheit. Sie hatte vier Jahre in einem streng geführten Fürsorgeheim verbringen müssen, wo Prügelstrafe und Demütigungen zur Tagesordnung gehört hatten.

Mit einem Mal bekam sie Mitleid mit Spanowski. Und wer war schuld an seiner Misere? Ausgerechnet Thomas, der ihn verhaftet hatte. Ihr Ärger über ihn wuchs. Den Rest gab ihr ein Zeitungsartikel über eine mögliche Auslieferung von Spanowski an die USA. Der Artikel endete mit einer hypothetischen Frage: »Droht Spanowski in Amerika die Todesstrafe?«

33

Saigon, 1966

»Keine Sorge, unser Dragon-Ship wird Charlie einheizen«, beruhigte Benny die verängstigte Conny und zeigte nach oben. Tatsächlich tauchte ein Flugzeug am Himmel auf und ließ Feuer auf die Felshänge regnen, in denen der Vietcong vermutet wurde. Alles brannte lichterloh, obwohl es unablässig schüttete.

Conny versuchte, ruhig zu bleiben, und sie hatte sich auch im Griff – im Unterschied zu Kogel, der nichts anderes im Sinn hatte, als ihr heftige Vorwürfe zu machen.

»Wohin hast du mich da nur gebracht! Hier kommen wir niemals lebend raus!«

»Hör auf zu jammern, das bringt uns auch nicht weiter«, wehrte Conny ihn ab. Sie konnte Kogels Defätismus jetzt nicht gebrauchen. Sie wollte lebend da rauskommen, hoffte, dass die Amerikaner die Situation in den Griff bekamen. Doch trotz des Entlastungsangriffs aus der Luft wurde die Stellung der Marines weiter von den Felshängen aus beschossen. Connys Verzweiflung wuchs: Sie saßen da wie auf dem Präsentierteller, die Lage wurde einfach nicht besser. Und dann hörte sie den Sergeant, der zum Rückzug blies.

»Hier bringt das nichts, Leute. Wir müssen uns allein bis zur nächsten Stellung durchschlagen!«, schrie er, nachdem er per Funk Rücksprache mit der Zentrale gehalten hatte. Auf sein

Kommando hin stolperten die Überreste des Squads – zehn ausgepumpte Marines –, die erschöpfte Conny und Kogel im Schlepptau, durch dichtes Elefantengras, stets gefolgt von hungrigen Moskitoschwärmen. »Wir haben einen Treffpunkt mit unseren Leuten per Funk ausgemacht, es wird alles gut«, versicherte ihr Benny und zog eine Linie Kokain. »Willst du auch? Tut gut.«

Conny verzichtete auf dieses Doping und fand einen anderen Weg, das Beste aus der Situation zu machen. Sie schoss mit ihrer Nikon fleißig Fotos und erkannte, dass sie beim Betrachten durch den Kamerasucher Abstand zu dem Grauen bekam. Das Nervenbündel Kogel seinerseits betrachtete seine Fotoausrüstung als unnötigen Ballast und beförderte sie ins Unterholz.

»Da vorne ist Charlie!«, brüllte auf einmal ein Marine und warf eine Handgranate. Conny ging hastig in Deckung und hielt sich die Ohren zu. Eine kurze, ohrenbetäubende Explosion ertönte. Conny wollte am liebsten nicht wieder aufstehen, aber Benny zog sie hoch.

»Alles vorbei, Charlie ist tot.«

Er zeigte auf einige Marines, die vor einem dampfenden menschlichen Torso hockten. Conny sah, wie einer der Soldaten ein Pikass in den Mund des Toten steckte.

»Damit Charlie weiß, dass wir den Tod bringen«, erklärte Benny. »Willst du kein Foto machen?«

Und Conny drückte wie in Trance ab. Kogel seinerseits übergab sich beim Anblick des Toten oder was von ihm übrig geblieben war.

»Weiter geht's! Setzt eure Füße immer in die Spuren des Vordermannes, sonst tretet ihr auf Minen!« Der Sergeant gab die Order, dass alle im Gänsemarsch zu gehen hatten.

Die erschöpften Männer folgten dem Befehl und tappten halbwegs diszipliniert durch das Gestrüpp. Nur einer tanzte aus der Reihe und verlor die Nerven. Kogel konnte nicht mehr. Ihm brannten die Sicherungen durch.

»Ich will weg hier!«, brüllte er hysterisch.

»Bitte, bleib ruhig, Otto, wir haben es bald geschafft«, versuchte Conny, ihn zu beruhigen, und wollte ihn in den Arm nehmen, aber er stieß sie rüde beiseite und rannte in das Dickicht.

»Bleib stehen! Es ist gefährlich hier!«, brüllte ihm der Sergeant hinterher. Kogel antwortete mit einem gellenden Schrei. Sofort eilten Conny und die Soldaten hinterher. Bereits nach wenigen Metern fanden sie ihn. Er lag bäuchlings in einer Grube, durchbohrt von einem Dutzend messerscharfer Bambusstäbe. Conny begann bei diesem Anblick zu würgen und wandte sich ab.

»Vorsicht! Die Spitzen sind mit Leichengift beschmiert«, warnte der Sergeant seine Männer, die versuchten, den Leichnam aus der Grube zu heben. Just in diesem Moment schlug eine Granate ein. Nun brannten ausgerechnet bei Benny die Sicherungen durch. Mit glasigen Augen packte er das Gewehr eines der Männer und feuerte wahllos in das Gestrüpp. Als er nachladen wollte, tauchte wie aus dem Nichts ein Mann mit Tropenhut und grüner Uniform auf und schoss aus seiner Kalaschnikow ein Loch in Bennys Kopf. Daraufhin eröffneten die Marines das Feuer. Conny wusste nicht mehr, was um sie herum geschah. Sie versuchte, dieser Hölle zu entkommen, rannte blindlings davon. Sie schlug sich durch das Gestrüpp, achtete nicht auf mögliche Bambusfallen, sie wollte nur weg. Erst nach einigen Minuten kam sie zur Ruhe. Sie rang nach Luft und ging erschöpft in die Knie. Als sie aufstand, blickte sie in den Lauf mehrerer Gewehre. Sie gehörten einigen jungen Männern in grüner Uniform. Über ihren Tropenhüten waren Tarnzweige angebracht. Conny rechnete mit dem Schlimmsten und schloss die Augen. Bitte keine Schmerzen, schoss es ihr durch den Kopf.

34

Berlin, 1966

Während Peggy überzeugt war, dass Spanowskis Leben im Krankenhaus gefährdet war, wurde er dort mit Samthandschuhen angefasst und residierte wie in einem Luxussanatorium. Das hatte er ausgerechnet dem amerikanischen Stadtkommandanten zu verdanken, der aus Spanowski keinen Märtyrer machen wollte. Den Protesten wegen angeblicher Haftschikanen sollte obendrein der Wind aus den Segeln genommen werden. Zu der Sonderbehandlung gehörte auch eine möglichst zurückhaltende Bewachung seitens der Polizei. Die beiden für diesen Dienst vorgesehenen Beamten sollten sich umsichtig gegenüber Spanowski verhalten und nicht auf seine Provokationen reagieren. So schoben sie im Flur vor seiner Tür Wache, was ihnen ganz recht war. Mit Interesse registrierten sie eine junge Frau im Arztkittel mit langen blonden Haaren, die sich mit einem leeren Rollstuhl näherte.

»Mein Name ist Dr. Schmitz. Ich muss den Patienten Spanowski zum Röntgen fahren«, erklärte sie mit forscher Stimme und warf einen geschäftigen Blick auf ihren Notizblock.

»Hauptwachmeister Kasulke!«, salutierte galant der Dienstältere und öffnete der jungen Ärztin die Tür. »Bitte schön, Frau Doktor, immer rein in die gute Stube!«

Die energische Frau Dr. Schmitz schob den Rollstuhl bis an Spanowskis Bett.

»Herr Spanowski, Sie sollen geröntgt werden. Ich darf Sie bitten mitzukommen.«

»Warum das denn? Ich bin doch schon geröntgt worden«, raunzte Spanowski, der gerade in die Lektüre des ersten Bandes des *Kapitals* von Karl Marx vertieft war.

»Aber der Chefarzt hat es angeordnet«, betonte die junge Frau mit Blick auf ihren Notizblock.

»Soll er doch seinen eigenen Schädel röntgen lassen«, gab Spanowski zurück.

»Na, na, das ist doch kein Ton! So redet man nicht mit einer Dame«, mischte sich Wachtmeister Kasulke ein, was bei Spanowski überhaupt nicht gut ankam.

»Was suchen Sie überhaupt hier? Für Sie heißt es: Wir müssen draußen bleiben!«

»Ich darf Sie jetzt bitten mitzukommen. Die Kollegen von der Röntgenabteilung warten schon«, drängte Dr. Schmitz und klopfte mahnend mit ihrem Bleistift auf den Block.

»Das ist nicht mein Problem.«

»Entweder, Sie gehen jetzt mit der Dame mit, oder wir helfen ein bisschen nach«, drohte Kasulke, der Spanowski ohnehin auf dem Kieker hatte. Sein jüngerer Kollege nahm ihn beiseite.

»Lass ihn doch, Erwin, nachher gibt's bloß Ärger.«

Die junge Ärztin, die nicht mit Spanowskis Sturheit gerechnet hatte, verlegte sich aufs Bitten und sah ihn mit großen Augen an.

»Bitte, Herr Spanowski, wenn ich Sie nicht in die Röntgenabteilung bringe, werde ich viel Ärger bekommen. Das ist doch nicht in Ihrem Sinne!«

Einerseits wollte Spanowski sein Bett nicht verlassen, andererseits nicht als Unmensch dastehen.

»Also gut, aber das wird eine schriftliche Beschwerde geben«, drohte er und stieg, seinen Karl Marx in der Hand, widerwillig aus dem Bett.

»Das Ding brauche ich nicht, ich bin kein Greis.« Er schob den Rollstuhl mit einem Tritt zur Seite.

»Das ist aber Vorschrift!«, betonte Dr. Schmitz.

Widerwillig gab Spanowski nach und nahm in dem Rollstuhl Platz.

Erleichtert schob die Ärztin ihren renitenten Patienten aus dem Krankenzimmer. Und mit Blick auf die beiden Polizisten, die sie begleiten wollten, sagte sie: »Sie können so lange hierbleiben, die Röntgenabteilung ist um die Ecke, und da dürfen Sie wegen der Gammastrahlen sowieso nicht rein.«

»Die Hornochsen wissen doch nicht, was Gammastrahlen sind«, kommentierte Spanowski laut. Diese Bemerkung wollte Kasulke mit einem Fußtritt beantworten, wurde aber von seinem Kollegen daran gehindert. Dr. Schmitz ihrerseits schob Spanowski mit Höchsttempo über den Flur. Zu seinem Erstaunen fuhr sie ihn samt Rollstuhl in den Aufzug und drückte auf »Erdgeschoss«.

»Wissen Sie nicht, wo sich die Röntgenabteilung befindet?«, herrschte Spanowski sie an.

Anstatt zu antworten, stoppte sie den Aufzug.

»Jetzt muss es schnell gehen. Uns bleiben nur ein, zwei Minuten!«

Zu seiner Überraschung zog sie eine Reisetasche hervor, die unter dem Rollstuhl verstaut war.

»Was geht denn hier vor, verdammt?«

»Meine Güte, ich befreie dich gerade!«, antwortete

Dr. Schmitz alias Peggy und zog eine Hose und einen Pullover aus der Tasche.

»Zieh das hier an!«

»Sie sind keine Ärztin?«, fragte Spanowski erstaunt. Er mochte zwar die kompliziertesten Texte verstehen, stellte sich jetzt aber ziemlich doof an.

»Zieh dich endlich um!«, drängte Peggy und drückte ihm die Hose in die Hand.

Nun fiel bei Spanowski der Groschen. Schnell schlüpfte er in die Hose.

»Die hier nimmst du auch!« Peggy setzte ihm ungefragt eine Hornbrille auf.

»Für welche Organisation arbeitest du? Wo sind die anderen Genossen?«

»Ich bin allein.«

»Was?«

Spanowski sah sie entgeistert an, aber Peggy machte Tempo.

»Wir haben jetzt keine Zeit. Wenn du fertig bist, verlassen wir den Aufzug, dann gehen wir ganz ruhig aus der Klinik und weiter zur U-Bahn.«

Spanowski, der wie Espenlaub zitterte, nickte hektisch.

»Immer schön ruhig bleiben, sonst machst du dich verdächtig«, sagte Peggy und richtete ihre blonde Perücke zurecht, die etwas verrutscht war. Sie selbst blieb erstaunlich ruhig, was damit zusammenhing, dass ihr verwegener Plan bis jetzt reibungslos ablief. Aber nun wollte sie die Aktion möglichst schnell hinter sich bringen.

Währenddessen nutzten die beiden ahnungslosen Polizisten Spanowskis Abwesenheit, um sich im Aufenthaltsraum eine Zigarette zu gönnen.

»Wie lange dauert denn das Röntgen?«, fragte Kasulke, als er mit seinem Kollegen wieder auf dem Posten stand.

»Keine Ahnung. Irgendwann wird der schon wiederauftauchen.«

»Meinetwegen kann der Stinkstiefel bleiben, wo der Pfeffer wächst«, winkte Kasulke ab.

Sein Wunsch wurde erhört. Mit dem Unterschied, dass da, wo sich Spanowski aufhielt, kein Pfeffer wuchs, sondern Kürbisse, Gurken und Salat.

35

Spanowskis Flucht glich für Lopez einem endgültigen Schuldeingeständnis. Dementsprechend machte er Böhmer die Hölle heiß.

»Ich erwarte von Ihrer Abteilung, dass Sie diesen Typen so schnell wie möglich hinter Schloss und Riegel bringen!« Böhmer sicherte ihm zu, jeden Stein in Berlin nach Spanowski umzudrehen. Er ließ zahlreiche Studentenwohnheime durchsuchen, einschlägige Lokale und sogar die Parteizentrale der SEW, des westberliner Platzhalters der SED. Trotzdem blieb Spanowski verschwunden. Niemand ahnte, dass der meistgesuchte Mann der Stadt in einer typischen Berliner Laube Unterschlupf gefunden hatte, umringt von bärtigen Gartenzwergen, die eine verblüffende Ähnlichkeit mit dem unrasierten Karl Marx aufwiesen. Es kam Spanowski zugute, dass Peggy und Thomas die Hecke trotz Bitten ihrer Vermieterin nicht geschnitten hatten – sie bot einen perfekten Sichtschutz. Nur die Vögel und ein vorwitziges Eichhörnchen waren Zeuge, wie Peggy und Spanowski das Refugium betraten. Kurz vorher hatte es geregnet, und Spanowski störte sich an den Ästen, die vor Nässe trieften.

»Können wir nicht woandershin?« Ärgerlich strich er sich über das feuchte Jackett. Peggy glaubte an einen Scherz und reagierte belustigt.

»Das Hilton war leider ausgebucht.«

»Aber das ist doch ungemütlich hier«, antwortete Spanowski

ohne jegliche Ironie. Peggy wunderte sich über ihn. Sie hatte ihn unter großer Gefahr befreit, und er stellte auch noch Ansprüche? Das konnte nicht sein. Der Aufenthalt im Knast hatte ihn bestimmt verwirrt. Aber sie würde ihn wieder auf Vordermann bringen, kredenzte ihm selbst gebrauten Holundersaft und reichte ihm zwei Stullen, die sie vorher im Kühlschrank deponiert hatte. Die schmeckten ihm.

»Du hast die Aktion im Alleingang durchgeführt? Das kann ich nicht glauben!«

»Wer soll mir denn geholfen haben?«, fragte sie genervt zurück, »deine Kumpels können doch nur Sprüche klopfen!«

»Aber wie lautet dein weiterer Plan?«, wollte er von Peggy wissen.

»Was noch? Ich habe dich befreit, das reicht doch, oder?«

Der scharfe Ton ihrer Frage zeigte Wirkung. Spanowski stieg endlich von seinem arroganten Olymp herab und ließ sich zu einem Lob hinreißen.

»Natürlich, das war eine sehr intelligente und sorgsam ausgetüftelte Aktion, Kompliment! Sie war revolutionär!«

»Danke für die Blumen, aber ich war mir gar nicht so sicher, ob alles funktionieren würde«, antwortete Peggy, die nicht gerne hochstapelte.

»Jeder Revolutionär saß schon mal im Knast oder lebte im Untergrund: Lenin, Trotzki, Mao oder Fidel Castro. Ich sehe mich also in bester Gesellschaft. Und alle Revolutionäre hatten Frauen oder treue Dienerinnen an ihrer Seite.«

»Ich habe schon von Lenin und Mao gehört, aber von den Frauen an ihrer Seite? Fehlanzeige!«, konterte Peggy.

»Es wird der Tag kommen, an dem die Frauen ihre Rechte einfordern werden. Aber bis dahin müssen wir uns in revolutionärer Ungeduld üben. Der primäre Widerspruch, der zu lösen ist, ist die Eliminierung der ökonomischen Antagonien! Die Emanzipation der Geschlechter ist der zweite Widerspruch.«

»Der zweite Widerspruch? Meinst du, dass das nicht so wichtig ist, ob die Frauen was zu sagen haben?«

»Aber nein, im Gegenteil«, säuselte er und legte eine Hand auf ihre Schulter. »Kein revolutionärer Prozess wäre ohne die Sanftheit der Frauen denkbar!«

Auf seine allzu sanften Annäherungsversuche legte Peggy jedoch keinen Wert. Sie schob seine Hand barsch weg.

»Damit mal eins klar ist. Zwischen uns wird nichts laufen. Du bist nicht mein Typ.«

»Aber warum hast du mich dann befreit?«

»Na, weil ich dich für unschuldig halte. Außerdem wollte ich so eine Art Wiedergutmachung. Ich bin nämlich mit dem Mann zusammen, der dich verhaftet hat.« Kaum hatte sie es ausgesprochen, bereute sie es. Spanowski ging ihre Beziehung zu Thomas nichts an. Aber zu spät, der Satz war raus und Spanowski empört.

»Du sprichst von dem Typen, der sich an die Amerikaner verkauft hat? Wie kannst du nur mit so einem repressiven Charakter zusammen sein?«, polterte er los.

»Was ist denn ein repressiver Charakter?«

»Jemand ohne Klassenbewusstsein. Jemand, der andere unterdrückt.«

»So einer ist Thomas nicht, okay? Vorsicht!«

Spanowski, der keinen Streit mit Peggy wollte, schaltete einen Gang runter.

»Ich nehme dir das doch nicht übel. Mit der Zeit wirst du deine Fehler erkennen und Selbstkritik üben.«

Der Kerl ist an Arroganz nicht zu überbieten, schoss es Peggy durch den Kopf. Das konnte ja noch heiter werden.

Thomas wollte zurück nach Berlin. Bevor er den westdeutschen Kontrollpunkt Helmstedt passierte, schickte er ein Telegramm an Meier:

Dr. Stahl hat in Kassel sein verdientes Ende gefunden. Knochen für Jakob.

Im ostdeutschen Grenzposten Marienborn ging es für Thomas erst mal nicht weiter, er musste den Borgward auf den Parkplatz fahren und sich zum Abfertigungsgebäude begeben. Obwohl er kein Gepäck dabeihatte, bestanden die Grenzpolizisten darauf, den Wagen nach Gepäck zu durchsuchen. Während sie sich den Kofferraum zeigen ließen, fiel Thomas ein, dass er seine PPK ins Handschuhfach gelegt hatte. Wenn die Grenzer sie finden würden, würde er eine Menge Probleme bekommen. Er musste handeln. Als sie das platte Rad im Kofferraum näher unter die Lupe nahmen, griff Thomas blitzschnell ins Handschuhfach, nahm die Pistole heraus und steckte sie in seine Tasche, hoffend, dass ihm eine Leibesvisitation erspart bliebe. Die gewagte Aktion erwies sich als richtig, denn einer der Grenzer forderte Thomas wenig später auf, das Handschuhfach zu öffnen. Schließlich konnte er die Reise fortsetzen. Während der Fahrt kreisten sein Gedanken um Egmonts Tod. Viele Fragen warteten auf Antworten. Thomas hatte zwar brisante Informationen über ihn in Erfahrung bringen können, aber inwieweit die mit seinem Ableben zusammenhingen, konnte er nicht einordnen. Eine Schlüsselrolle für die Aufklärung spielte seiner Ansicht nach nicht nur das ominöse Tonband, sondern ein geheimnisvolles Projekt namens Hades, aus dem Egmont aussteigen wollte, aus welchen Gründen auch immer. Oder fuhr Thomas auf dem falschen Gleis und übersah Spanowskis Täterschaft?

Durchaus möglich, dass der Student nicht zufällig im Leseraum des Amerika-Hauses auf Egmont getroffen war. Hatte er ihn vielleicht verfolgt? Dass Spanowski sich nicht mehr in Haft befand, ahnte Thomas nicht, da er von Peggys Husarenstück nichts wusste. Um in der Sache weiterzukommen, fasste er einen Plan: Er wollte erneut Egmonts Kalender durchgehen und versuchen, die letzten vier Wochen seines Lebens zu rekonstruieren. Vielleicht hatte er etwas Wichtiges übersehen. Aber die Überprüfung konnte er nicht im Präsidium machen, weil er auf keinen Fall auf McNeil treffen wollte. Er entschloss sich, in die Wohnung zu fahren.

Unterwegs machte Thomas an der ostdeutschen Raststätte Magdeburger Börde halt. Hungrig überflog er die Speisekarte. Er konnte mit dem Angebot nicht viel anfangen, da er sich unter Soljanka und Goldbroiler nichts vorstellen konnte. Also bestellte er einen Hammeleintopf für 1,35 Ostmark. Er schmeckte nach Hundefutter, das dazu gereichte Brot nach Presspappe. Thomas schob beides genervt zur Seite. Sollte er lieber einen Liter Kaffee bestellen? Als ein ostdeutscher Lastwagenfahrer eine Karo ansteckte, den billigsten Knaster, der in der DDR zu haben war, suchte er lieber das Weite. Das Zeug stank nach verbrannten Reifen. Ihm blieb nichts anderes übrig, als mit hungrigem Magen die Reise fortzusetzen. Nachdem er den Westberliner Grenzübergang Dreilinden passiert hatte, machte er an einer Tankstelle Rast. Am Parkplatz lockte eine Würstchenbude. Während er die Wurst bezahlte, fiel ihm hinter einem Baum ein Mann im Trenchcoat auf, der verdächtig zu ihm rüberschaute. Zufall? War er allein? Auf der anderen Seite entdeckte er eine weitere Person, ebenfalls im Trench. Auch dieser Mann, der auffällig oft in seine Richtung blickte, machte keinen koscheren Eindruck. Konnte es sein, dass er beschattet wurde? Durchaus möglich, dass sein Borgward bereits im westdeutschen Kontrollpunkt Helmstedt registriert worden war. Es half jetzt nichts, er musste sehen, wie er aus dem Schlamassel rauskam. Schnell in den Wagen und die potenziellen Verfolger abschütteln? Oder sollte er versuchen, sich zu Fuß von der Tankstelle zu entfernen? Die Antwort wurde ihm abgenommen.

»Willkommen in Westberlin, Herr Kollege!«, hörte er eine bekannte Stimme. Sie gehörte Hetzel, der soeben hinter dem Wurstverkäufer auftauchte. Mit ihm hatte Thomas nicht gerechnet, aber er versuchte, sein Erstaunen zu überspielen. Jedenfalls wusste er jetzt, dass die beiden Mantelmänner für Hetzel arbeiteten.

»Sie hier? Was für ein Zufall, Herr Hetzel!«

»Na, den Kommissar Zufall lassen wir mal lieber aus dem Spiel, nicht wahr?«

»Ich weiß nicht, wovon Sie sprechen.« Thomas, der fieberhaft darüber nachdachte, wie er aus dieser verzwickten Situation rauskommen konnte, stellte sich ahnungslos. Hetzel loszuwerden war mit Sicherheit kein Problem, aber die beiden Typen, die sich langsam näherten, würden sich nicht so leicht abschütteln lassen.

»Ich leiste ein wenig Amtshilfe für unsere amerikanischen Freunde. McNeil hat Sehnsucht nach Ihnen.«

Hetzel legte seinen Arm kumpelhaft auf Thomas' Schulter.

»Aber ich nicht nach ihm«, entgegnete Thomas und riss sich instinktiv los. Er wollte zu seinem Wagen, hatte aber keine Chance gegen die beiden Männer, die ihn abfingen. Widerstand wäre ein aussichtsloses Unterfangen gewesen, zumal einer von ihnen diskret, aber doch sichtbar seine Pistole auf ihn gerichtet hielt. Nachdem beide sich zudem rechts und links von Thomas postierten und ihn in Richtung eines Opel Rekord schoben, blieb ihm nichts anderes übrig, als in den Wagen zu steigen. Thomas, der hinten saß, sah, wie Hetzel in den roten Spider stieg.

»Augen zu!«, herrschte ihn einer seiner Bewacher an und setzte ihm eine undurchsichtige Sonnenbrille auf, während der andere ihm ein Tuch in den Mund stopfte. Thomas, dem Ersticken nahe, musste würgen. Die Fahrt ins Ungewisse dauerte eine gute halbe Stunde.

»Mitkommen«, hörte er einen der Männer sagen, als der Wagen anhielt. Erst als Thomas ausstieg, nahmen sie ihm die Brille und den Knebel ab. Sie befanden sich in einem Gewerbegebiet. Ringsum standen Hallen, Lagerhäuser, dazwischen erstreckten sich Brachflächen. In der Nähe ratterte oberirdisch die U-Bahn. Die Männer führten Thomas in ein leer stehendes, mehrstöckiges Haus, das wohl vor Kurzem fertiggestellt worden war. Er musste ihnen bis zur dritten Etage folgen. Plötzlich wurde eine der Türen aufgerissen. McNeil stürmte heraus und baute sich breitbeinig vor Thomas auf.

»*Hello, boy!* Da bist du ja endlich.«

Ehe Thomas reagieren konnte, führte der bullige CIA-Mann ihn wie einen verurteilten Häftling in einen Raum und schloss hinter sich ab. Das Zimmer war kahl eingerichtet. Ein Stuhl, ein Tisch mit einer Metalllampe, sonst nichts.

»Ganz schön dreist, in Berlin aufzutauchen.«

»Warum? Ich lebe und arbeite hier«, gab Thomas zurück.

»Du glaubst, du kannst dir alles erlauben? Du bist mir schon einmal weggelaufen, ein zweites Mal wird es dir nicht gelingen.«

»Wovon sprechen Sie, Sir?«

Anstatt zu antworten, nahm McNeil Thomas in den Polizeigriff.

»Wo ist das Tonband?«

»Welches Tonband?«

McNeil drückte den Arm fester. Thomas schrie vor Schmerzen.

»Was brüllst du so? Glaubst du, dass dein Freund Lopez dir hilft? Vergiss es!«

Nun schob McNeil Thomas an die Wand und durchsuchte ihn nach Polizistenmanier. Er holte die PPK aus der Tasche und drückte Thomas' Kopf auf die Tischplatte.

»Du hast Jäckel umgebracht.«

»Wen?« Thomas stöhnte. Sein Brustkorb brannte höllisch.

»Man hat dein Auto gesehen und gemeldet.«

McNeils Faustschlag traf Thomas unvorbereitet. Er taumelte, verlor die Orientierung.

»Profiboxer, was?« Thomas versuchte, sich nicht einschüchtern zu lassen, obwohl seine Nase zu bluten begann.

»Ich will das Band, sonst kommst du hier nicht lebend raus.«

McNeil erhöhte den Druck und verpasste Thomas eine Ohrfeige.

»Ich habe kein Band«, wiederholte Thomas röchelnd.

»Warum hast du Jäckel umgebracht? Wollte er das Band nicht rausrücken?«

»Es war Notwehr. Er hatte mich mit Meskalin vollgepumpt.«

»Du lügst.«

»Sehen Sie das hier?«

Thomas zeigte auf den Bluterguss an seinem Unterarm.

»Er hat bestimmt seine Gründe gehabt. Was hast du von Jäckel gewollt?«

»Ich wollte wissen, ob er etwas mit Egmonts Tod zu tun hatte.«

McNeil ließ ihn los und versuchte es jetzt anscheinend auf die weiche Tour.

»Ich werde aus dir nicht schlau. Stehst du auf der Payroll der Stasi oder des KGB? Was zahlen die dir für das Band?«

»Ich weiß nicht, wovon Sie sprechen, Sir.«

»Ich biete dir einen Deal an. Jäckel, das Nazischwein, ist mir egal. Ich vergesse, dass du da warst. Aber ich will dieses verfluchte Band!«

»Nazischwein? Sie haben mit ihm zusammengearbeitet!«

»Weil wir ihn gebraucht haben, aber davon verstehst du nichts. Das ist Politik.«

»Kann sein, aber er war in Nürnberg wegen seiner Menschenversuche zum Tode verurteilt worden.«

»Ich will jetzt keine Diskussion, ich will das Band!«

McNeil wählte wieder die harte Tour, schnappte sich Thomas und legte ihn bäuchlings auf den Schreibtisch. Dann zog er ihm die Schuhe und Socken aus und schlug ihm mit einem Totschläger, den er aus der Tasche holte, auf die nackten Sohlen. Thomas schrie vor Schmerzen, McNeil vor Wut.

»Ich will das Band!«

Thomas musste raus aus dieser Hölle. Er war zu allem entschlossen. Mit Blick auf die Metalllampe auf dem Tisch kam ihm eine Idee. Sie war waghalsig, aber er würde alles auf eine Karte setzen.

»Dieses Band«, stöhnte er, »hat das mit dem Projekt Hades zu tun?«

McNeil, der erneut zuschlagen wollte, hielt inne.

»Was weißt du darüber?«

Mit der Kraft der Verzweiflung griff Thomas nach der Lampe, vollführte eine kraftvolle Drehbewegung und schlug zu. Der massive Schirm traf McNeil frontal in das überraschte Gesicht. Der bullige Texaner taumelte, die Hände vor dem blutenden Gesicht, nach hinten. Thomas nutzte diesen Moment. Er öffnete das Fenster und stieg barfuß auf die Balustrade. Beherzt streifte er sich die Ärmel seines Sakkos über die Hände und rutschte in Feuerwehrmanier das Regenrohr hinab. Dabei zog er sich eine tiefe Schnittwunde am Fuß zu. Er biss die Zähne zusammen und humpelte über den leeren Hof. Zu seinem Glück befanden sich Hetzel und seine Männer offenbar im Gebäude und bemerkten ihn nicht. Er musste schnellstens hier weg und hoffte auf eine U-Bahn-Station in der Nähe.

Nach gut einer Viertelstunde sah er endlich den Bahnhof Savignyplatz. Ihm fiel ein, dass das Krankenhaus, in dem Dr. Linh arbeitete, nicht weit entfernt war. Dort wollte er seinen Fuß behandeln lassen. Er traf sie in der Ambulanz an. Beim Anblick der Wunde musste er nicht viel erklären.

»Oh weh, was ist mit Ihnen passiert? Schwester, bringen Sie ihn bitte in den Behandlungsraum!«

»Mir wäre es lieber, wenn wir unter uns blieben«, machte ihr Thomas mit ernster Miene klar. »Seien Sie mir bitte nicht böse, aber ich brauche jetzt keine Zeugen.«

»Das verstehe ich nicht. Sie sind doch Polizist!«

»Ich kann jetzt nicht mit Ihnen darüber sprechen.«

»Haben Sie noch nie von der ärztlichen Schweigepflicht gehört?«

»Dr. Linh, ich will Sie nicht in Schwierigkeiten bringen. Wie sieht es mit meinem Fuß aus?«

»Die Wunde muss desinfiziert und sofort genäht werden. Vorsorglich gebe ich Ihnen auch eine Tetanusspritze.«

Thomas vertraute ihr und ließ alles über sich ergehen.

»Sie müssen sich die nächsten Tage schonen.«

»Es kann sein, dass ich vorerst nicht wiederkommen kann. Haben Sie einige Schmerztabletten für mich?«

Sie reichte ihm eine Tablettenpackung.

»Oder wollen Sie Morphium?«

Thomas schüttelte energisch den Kopf.

»Bitte keine Drogen mehr, ich habe schon einige durch.«

»Haben Sie keine Schuhe? Wollen Sie so gehen?«, wunderte sie sich, als er barfuß durch die Tür wollte. Thomas konnte ihr schlecht erklären, dass seine Schuhe beim Berliner CIA-Boss waren, deswegen sparte er sich eine Antwort. Auf dem Weg zum Ausgang machte er wieder kehrt. McNeil und seine Entourage stiegen aus mehreren Autos aus.

»Ich habe noch ein weiteres Problem, Dr. Linh. Ich muss unbemerkt aus dem Gebäude raus. Gibt es einen Hinterausgang?«

Der Miene der Ärztin war die Brisanz seiner Frage anzusehen, aber anstatt Fragen zu stellen, nahm sie Thomas an die Hand und wollte mit ihm die Treppe hinunter. Ihr Blick fiel auf zwei Männer in Regenmänteln, die gerade das Gebäude betraten.

»Das sind bestimmt keine Freunde von Ihnen«, kombinierte sie.

»Da haben Sie recht. Und jetzt?«

»Lebendig kommen Sie hier nicht raus«, deutete sie an und lächelte leise.

Thomas sah sie irritiert an. Was meinte sie damit? Die Antwort fand er in einem düsteren, gekühlten, fensterlosen Raum, der sich im Keller befand. Dr. Linh hatte ihn in die Leichenhalle der Klinik gebracht! Nicht anders waren die beiden Liegen mit den mit einem grünen Laken bedeckten Körpern zu deuten. Dr. Linh schob eine leere Liege heran.

»Legen Sie sich bitte darauf, ich werde Sie zudecken. In spätestens einer halben Stunde werden Sie abgeholt.«

»Soll das ein Witz sein?«

»Absolut nicht, Herr Engel. Ich rufe den Bestatter an, der Sie mitnehmen wird. Aber der Plan funktioniert nur, wenn Sie sich auch totstellen.«

»Das werde ich«, lautete seine knappe Antwort. Er vertraute ihr und wollte jedes Risiko eingehen, nur um McNeil und Hetzels Leuten nicht erneut in die Hände zu fallen. Also legte er sich auf die Liege und spielte den Toten, hoffend, dass der Plan der freundlichen Ärztin aufgehen würde.

Keine Stunde später betraten zwei Männer in schwarzen Anzügen den düsteren Raum und hievten ihn in einen Sarg, den sie nach draußen trugen, wo der Leichenwagen wartete.

In der Zwischenzeit ließ McNeil die Klinik auf den Kopf stellen. Er veranlasste auch die Überwachung der Ein- und Ausgänge und Überprüfung der ausfahrenden Krankenwagen. Nur beim Leichenwagen verzichteten seine Leute aus Gründen der Pietät darauf und winkten ihn durch. Den beiden Bestattern fiel nicht auf, dass sich bei einer Ampelpause ihr toter Passagier selbstständig machte und aus dem Heck des Wagens humpelte. Umso größer war ihre Verblüffung, als sie später den leeren Sarg bemerkten.

Thomas seinerseits weilte wieder unter den Lebenden und musste schnellstens ein sicheres Versteck finden. Auf keinen Fall durfte er in seine Wohnung gehen, obwohl er gerade jetzt Peggy sehr vermisste. Er wollte sie auch nicht auf der Arbeit anrufen, weil er nicht wusste, ob die CIA die Leitungen abhörte. Ihm fiel nur ein sicheres Versteck ein.

36

Nördlich von Saigon, 1966

Die Soldaten ächzten unter ihrer Last, klagten aber nicht. Sie schleppten Marschgepäck, Munitionskisten und Maschinengewehre. Nur Conny, mit verbundenen Augen und angeleint an einen jungen Burschen, brauchte nichts zu tragen. Obwohl sie nicht wusste, was sie erwartete, empfand sie keine Angst. Wenn man sie hätte umbringen wollen, würde sie jetzt irgendwo im Dschungel liegen. Das stundenlange, monotone Stampfen über den bewachsenen Pfad strengte an, hatte aber auch etwas Meditatives. Es verscheuchte die schrecklichen Ereignisse der letzten Stunden, die blutigen Gefechte, den grauenvollen Tod des unglückseligen Kogel. Sie empfand keine Schuldgefühle. Er hätte nicht in den Dschungel laufen sollen. Mitleid mit Benny, der Frauen und Kinder erschießen ließ, um sein *Body-Count*-Konto zu füllen, hatte sie erst recht nicht. Ihr ging es jetzt nur um sich. Sie wollte überleben, und das würde sie auch.

Irgendwann, Conny war jegliches Zeitgefühl abhandengekommen, kam die schweigsame Kolonne zum Stehen. Ein junger Bursche entfernte ihre Augenbinde und sagte etwas auf Vietnamesisch zu ihr, was fremd, aber nicht unfreundlich klang. Sie befand sich in einer Art Mondlandschaft mit riesigen Trichtern, ohne jegliche Vegetation. Einer der Begleiter zeigte auf die tote Landschaft und auf den Himmel und sagte etwas, was sich wie »Bumbum« anhörte. Conny verstand. Diese trostlose Steppe war das Resultat von Bombenangriffen. Zu ihrer Überraschung krochen die Männer einer nach dem anderen in eine Art Fuchsbau. Sie musste ihnen gebückt folgen, was viel Mut von ihr erforderte, weil es sehr eng und dunkel wurde. Nach wenigen Metern konnte sie die Hand vor Augen nicht mehr sehen, sie hörte nur das angestrengte Keuchen der Vorder- und Hinterleute. Sie wollte tapfer sein und alles ertragen und konnte trotzdem nicht verhindern, dass ihr Herz zu rasen begann. Ihr Vordermann hörte ihr verzweifeltes Röcheln und griff nach ihr, begann leise zu singen. Ein vietnamesisches Lied, leicht pathetisch, aber in diesem Moment hilfreich. Conny erholte sich, atmete langsam durch.

Entweder, ich gehe jetzt unter, oder das ist die Chance meines Lebens, sagte sie sich und kroch tapfer weiter. Der Abstieg endete in einem großen Stollen. Jetzt verstand sie, warum Westmoreland die Nordvietnamesen mit Termiten verglich.

Ein hagerer Mann mit gescheitelten grauen Haaren in grüner Uniform kam auf sie zu und begrüßte sie. Er sprach Deutsch mit sächsischem Akzent.

»Guten Tag, gnädige Frau. Ich hoffe, es geht Ihnen den Umständen entsprechend.«

»Ich gehöre nicht zur Armee, ich bin Reporterin«, stellte sie schnell klar. »Mein Name ist Conny Martin. Ich kann Ihnen meinen Presseausweis zeigen.«

Sie kramte hektisch in ihrer Tasche und reichte ihm ein zerknittertes Dokument. Er überflog es und nickte dann.

»Wir werden versuchen, Sie so gut wie möglich zu behandeln, Frau Martin. Aus Sicherheitsgründen dürfen Sie die nächsten Tage nicht nach draußen. Hier unten wird Ihnen nichts geschehen.« Er reichte ihr das Dokument zurück.

»Ich bin also Ihre Gefangene?«

»Sie sind in unserer Obhut. Draußen wären Sie in großer Gefahr«, antwortete der Offizier diplomatisch.

»Was heißt draußen? Wo befinden wir uns denn?«

»Ungefähr einhundertzwanzig Kilometer nördlich von Saigon. Mehr darf ich aus Sicherheitsgründen nicht preisgeben.«

»Was wird aus mir?«, fragte sie besorgt.

»Das kann ich noch nicht sagen, ich muss mit meiner Kommandantur darüber sprechen. Hier unten können Sie sich frei bewegen.«

Bevor sie ihm weitere Fragen stellen konnte, rief er eine Soldatin zu sich und gab ihr auf Vietnamesisch einige Anweisungen. Die junge Frau, die Go hieß, führte Conny in einen Schacht, zeigte auf einige Waschkübel und reichte ihr ein Stück Seife. Conny bekam von Go auch neue, saubere Kleidung, eine schwarzgrüne Uniform, die wie ein bequemer Pyjama geschnitten war. Sie war jetzt kaum von den anderen Soldatinnen zu unterscheiden und wurde auch nicht anders behandelt. Schnell merkte sie, dass es in dieser Unterwelt tatsächlich wie in einem Termitenbau zuging. Jeder war in Bewegung und hatte eine Aufgabe zu erfüllen. Man knüpfte Hängematten aus erbeuteten Fallschirmen, stellte Sandalen aus Autoreifen zerstörter Militärlastwagen her oder präparierte Bambus für die tödlichen Fallen. In einer Krankenstation wurden rund um die Uhr Verwundete behandelt, unter anderem Patienten mit grässlichen Brandwunden. Der Strom für die Krankenstation wurde mittels Fahrraddynamos erzeugt.

Zum Alltag der Soldaten gehörten auch Schulungen. Sie saßen vor einer Tafel und hörten dem Offizier zu. Mittels eines alten Projektors wurden nordvietnamesische Wochenschauen gezeigt; zu sehen waren ihr Führer Ho Chi Minh, Szenen von arbeitenden Menschen in Hanoi, aber auch gefangene amerikanische Piloten.

Conny machte die angenehme Erfahrung, dass sie als Frau nicht anders behandelt wurde als die Männer. Es gab keine schrägen Blicke oder Anzüglichkeiten. Überhaupt war der Anteil an Frauen recht hoch. Das Essen bestand aus Reis und undefinierbarem Gemüse, manchmal mit einem Stück Fleisch.

Trotz der Sprachbarriere lernte sie den einen oder anderen ein wenig kennen. Beispielsweise den stets fröhlichen jungen Mann, der ihr im Tunnel ihren klaustrophobischen Anfall weggesungen hatte, oder den melancholisch blickenden Burschen in der Küchenausgabe. Die größte Nähe fand sie zu Go, die Conny zur Seite gestellt worden war. Die junge Frau arbeitete auf der Krankenstation und fasste schnell Vertrauen, zeigte Conny Fotos ihrer Eltern und das Bild eines jungen Mannes, den sie offenbar sehr liebte. Conny ihrerseits konnte mit keinem Bild dienen. In ihrer Brieftasche war kein Platz für Bilder ihrer Liebsten. Einen Mann oder einen Freund hatte sie nicht, und zu ihren Eltern pflegte sie seit Jahren keinen Kontakt mehr. Die Mutter jagte erfolglos einer Künstlerkarriere hinterher, der Vater arbeitete im diplomatischen Dienst irgendwo im Ausland. Conny nahm es ihnen übel, dass sie als Kind in ein Internat abgeschoben wurde. Wenn sie ihre Eltern besucht hatte, war sie sich wie das fünfte Rad am Wagen vorgekommen. Mit der Pubertät, die auch eine Loslösung von den Eltern bedeutete, hatte sich der endgültige Bruch vollzogen. Sie ging ihren eigenen Weg. Ausgerechnet in einem Erdloch unterhalb einer zerbombten Mondlandschaft wurde Conny bewusst, dass sie ihre Eltern vermisste. Einsam war sie trotzdem nicht, denn abends, wenn sie auf ihrem Feldbett lag, sang Go ihr etwas vor. Ihre weiche Stimme versetzte Conny in eine andere Welt.

»Wenn der Krieg vorbei ist, müssen wir uns wiedersehen, ja?«

Go verstand kein Wort, aber sie nickte und streichelte sanft über Connys Haare. In diesem Moment begann Conny zu heulen. Sie kam sich schäbig vor.

»Ich habe das nicht verdient, Go. Wenn du mich näher kennen würdest ... Ich bin nicht so nett. Ich kann gemein und abgebrüht sein ...« Go verstand Conny nicht, aber sie spürte, dass ihre Freundin verzweifelt war und Trost brauchte. Sie nahm sie in den Arm, und in diesem Moment machte Conny zum ersten Mal in ihrem Leben die Erfahrung, dass Freundschaft keine Worte brauchte.

37

Berlin, 1966

Endlich hatte Thomas es geschafft und stand vor dem Holztor der Laube. Schnell öffnete er mit seinen Tools das Schloss und huschte in den Garten. Seine Erleichterung währte nicht lange, weil er ein verdächtiges Rumoren im Gebüsch vernahm. Ein Schatten bewegte sich auf das Häuschen zu. Thomas vermutete einen Einbrecher oder einen Obdachlosen auf der Suche nach einem Schlafplatz. Das spielte aber jetzt keine Rolle. Er setzte alles auf eine Karte und riss den Unbekannten mit einem Hechtsprung zu Boden, nahm ihn in den Schwitzkasten. Schnell merkte er, welchen Fisch er an der Angel hatte.

»Spanowski?«

Der Möchtegern-Revoluzzer starrte entgeistert auf Thomas und hatte ein Déjà-vu.

»Nicht schießen!«, rief er aufgeregt.

»Halt die Klappe, du Idiot, du scheuchst hier alle auf!«

Thomas, der jeden Krach vermeiden wollte, hielt ihm den Mund zu. Stille kehrte trotzdem nicht ein, weil jemand, den Thomas sehr gut kannte, jetzt seinen Namen rief. Erstaunt drehte er sich um und sah Peggy, die aus der Laube geeilt war.

Zunächst war Klärung angesagt. Nach einer kurzen Verschnaufpause machte Peggy den Anfang und schilderte Thomas ihre gelungene Befreiungsaktion. Die Geschichte klang so unglaublich, dass Thomas sie ihr normalerweise nicht abgenommen hätte. Aber Spanowski stand leibhaftig vor ihm.

»Das ist ja der Wahnsinn! Du marschierst einfach als Ärztin verkleidet in das Krankenhaus und befreist den wichtigsten Häftling von Berlin.«

»Hättest du mir nicht zugetraut, oder?«

»Ganz bestimmt nicht. Aber bist du dir über die Folgen im Klaren?«

»Sein Leben war in Gefahr! Ich musste etwas tun, zumal du ihn hinter Gitter gebracht hast.«

Thomas hielt inne. Er konnte Peggy keine Vorwürfe machen. Die Situation war nun mal, wie sie war. Sie mussten das Beste daraus machen.

»Okay, okay, wir werden sehen, was daraus wird.«

Auch wenn er ihre Aktion im Stillen kritisierte, konnte er eine gewisse Bewunderung ihres Mutes und ihrer Konsequenz nicht verhehlen. So war Peggy halt: mutig, gerecht, aber auch eigensinnig – und deswegen liebte er sie. Er musste sie einfach in den Arm nehmen und küssen. Das gefiel ihr offensichtlich, und so fiel der Kuss länger aus, als Spanowski es erlaubte.

»Ist ja schön, dass ihr euch so liebt, aber was wird aus mir? Du willst mich doch wohl nicht verhaften?«

Seine Stimme holte Thomas in die Realität zurück.

»Nein, das werde ich nicht, obwohl ich mir immer noch nicht über deine Rolle in dem Fall im Klaren bin. Vielleicht wusstest du ja etwas über Dr. Egmonts Funktion bei der CIA«, spekulierte Thomas und gab damit den Startschuss für seine Geschichte. Er schilderte, was er über den Toten und dessen deutschen Kollegen Dr. Stahl herausgefunden hatte und dass er ins Fadenkreuz der CIA geraten war, weil die ein brisantes Tonband bei ihm vermuteten.

»Ich habe das alles nicht gewusst«, beeilte sich Spanowski zu versichern, »und ich habe ihn auch nicht umgebracht!«

»Du liest gerne Bücher über politische Attentate«, rief ihm Thomas ins Gedächtnis. »Außerdem weiß ich nicht, was ich von deinen Kontakten nach Ostdeutschland halten soll.« Angesichts dieser Mutmaßungen bekam Spanowski Panik.

»Ich habe ihn wirklich nicht umgebracht. Ich hätte nicht abhauen sollen, ich weiß, aber ich habe Angst gekriegt. Wie oft soll ich das noch sagen, warum glaubt mir denn keiner?«

»Was weißt du über das Hades-Programm?«, fragte ihn Thomas unvermittelt.

»Keine Ahnung, wovon du sprichst.«

»Was ist mit dem Tonband? Hast du Egmont deswegen umgebracht?«, setzte Thomas nach.

»Was für ein Tonband? Ich ... ich verstehe das alles nicht ...«

Spanowski fasste sich verzweifelt an den Kopf.

Beim Anblick dieses Häufchens Elend hatten Peggy und Thomas den gleichen Gedanken.

»Er ist alles Mögliche, aber ein Schauspieler ist er nicht«, meinte Thomas und erinnerte sich an das erste Verhör. Schon da waren ihm im Unterschied zu Lopez und McNeil Zweifel an Spanowskis Schuld gekommen.

»Der hat wirklich die Düse gemacht, weil er Schiss hatte. Dem sind einfach die Nerven durchgegangen«, schlussfolgerte Peggy verächtlich. »Ein Hasenfuß als Revolutionär, lächerlich!«

Peggys Spott kam Spanowski entgegen – er wandte sich an Thomas und sah ihn bittend an.

»Du wirst mich also nicht festnehmen?«

Thomas schüttelte den Kopf.

»Auch wenn ich es wollte, könnte ich es nicht, da ich selbst auf der Flucht bin.«

Jetzt, wo der Kelch der Verhaftung an ihm vorübergegangen war, glaubte Spanowski wieder den großen Revolutionär rauskehren zu müssen.

»Wir sollten eine revolutionäre Situation generieren. Ich werde Kontakt mit meinen Genossen aufnehmen. Danach werden wir über einen Aufstand diskutieren.«

»Deine Genossen waren unfähig, dich aus dem Knast zu holen«, spottete Peggy. »Und mit denen willst du einen Aufstand proben?«

»Sie haben eben noch nicht über das nötige revolutionäre Potenzial verfügt. Sie brauchen einen Anführer. Einen mutigen Mann, der die Massen mit Elan und Begeisterung …«

Spanowski unterbrach sich. Peggys und Thomas' Mienen sprachen Bände. Offenbar hielten sie sehr wenig von seinen Analysen, unabhängig davon wollten sie den Rest des Tages allein verbringen.

»Du kannst deine Rede gerne morgen fortsetzen, für heute reicht es. Ich muss mich jetzt erst mal ausruhen.«

Peggy gab Thomas recht, hatte aber für ihren Freund noch eine Anregung parat.

»Hinter der Laube warten ein Bottich und Seife auf dich«, deutete sie an.

»Ich muss fürchterlich stinken«, gab Thomas zu, der seit Tagen keine Dusche gesehen hatte. Insofern leistete er keinen Widerstand, als Peggy ihn bei der Hand nahm und mit ihm hinter die Laube ging.

»Der ist doch viel zu klein«, sagte Thomas beim Anblick des Bottichs.

»Du wirst schon reinpassen! Ich mache Wasser warm.«

Bevor er sich in die behelfsmäßige Wanne zwängte, wollte er seine Wunde reinigen. Aber das besorgte Peggy.

»Nach dem Bad werde ich dich ein wenig verarzten …«, flüsterte sie ihm ins Ohr.

Logisch also, dass Thomas am nächsten Morgen etwas Schlaf fehlte, was er aber nicht bedauerte. Spanowski seinerseits war der Resignation nahe.

»Ich werde den Rest meines wertvollen Lebens nicht in diesem grünen Gefängnis verbringen. Ich werde mich stellen.«

Das kam bei Peggy gar nicht gut an.

»Dafür habe ich dich nicht befreit!«, kommentierte sie genervt.

Auch Thomas las ihm die Leviten. »Du wirst schön hierbleiben, verstanden? Mir ist es völlig egal, ob du verhaftet wirst oder nicht. Aber ich will nicht, dass du Peggy in Schwierigkeiten bringst.«

»Warum sollte ich sie in Schwierigkeiten bringen?«

»Weil du beim ersten Verhör umkippen und wie ein Vogel singen wirst«, prophezeite Thomas.

»Ich habe bis jetzt doch auch nicht gesungen«, stellte Spanowski beleidigt fest.

»Warte mal ab, wenn dich McNeil richtig in die Mangel nimmt … Außerdem wirst du sowieso verurteilt, ob du ein Geständnis ablegst oder nicht. Kein Richter wird dir deine Story abkaufen.«

»Dann kann ich mich doch gleich aufhängen!«

»Jetzt hör auf zu jammern, verflixt, das bringt uns keinen Zentimeter weiter.«

Spanowskis Larmoyanz ging Thomas auf die Nerven.

»Und was bringt uns weiter? Hast du einen Plan, Herr Kommissar?«

Das war in der Tat die Gretchenfrage. Wie sollte es nun weitergehen?

»Ich muss dieses verdammte Band finden, das McNeil um jeden Preis haben will. Nur damit kann ich meinen Kopf aus der Schlinge ziehen.«

»Und was ist mit meinem Kopf?«, warf Spanowski ein.

»Wenn mein Kopf gerettet ist, wird es deiner auch sein«, machte Thomas ihm deutlich, fügte aber hinzu: »Entschuldige, Peggy, dass ich dich vergessen habe, aber natürlich werde ich alles dafür tun, damit auch du aus der Schusslinie kommst.«

»Aber das weiß ich doch, Liebling. Das Band scheint ja verflucht wichtig für diesen McScheiße zu sein.« Sie war seit der rüden Hausdurchsuchung nicht gut auf McNeil zu sprechen.

»Egmont war ein Geheimnisträger. Er muss brisante Informationen gehabt haben. Da war beispielsweise von diesem Projekt in Vietnam die Rede, diesem Hades-Programm …«

Spanowski wurde immer unruhiger. Das war alles zu viel für ihn.

»Das sind doch nur Spekulationen! Das hat alles keinen Sinn. Ich bin unschuldig und kann das beweisen! Deshalb werde ich mich stellen.«

»Du kannst gar nichts beweisen«, erinnerte ihn Thomas, und dann holte Peggy die ganz große Keule raus.

»Wenn du dich stellst oder sie dich erwischen, werden dich die Amis in die USA fliegen und auf dem elektrischen Stuhl grillen.«

»Das werden die niemals wagen!«

Dass Peggy geblufft hatte, war Thomas klar, aber trotzdem haute er in die gleiche Kerbe.

»Hast du immer noch nicht kapiert, mit wem wir es hier zu tun haben? Die CIA geht über Leichen.«

»Aber ich bin unschuldig«, wiederholte Spanowski mit weinerlicher Stimme.

Thomas wurde es jetzt zu viel. Er packte den selbst ernannten Revolutionsführer am Schlafittchen und rüttelte ihn unsanft durch.

»Sie brauchen einen Sündenbock, Mann! Und du bist ideal dafür.«

So deutlich hatte ihm keiner die Konsequenzen der amerikanischen Anklage vor Augen geführt. In seiner Not wandte sich Spanowski an Peggy.

»Warum hast du mich nur befreit? Damit hast du alles viel komplizierter gemacht.«

»Sorry, dass ich so blöd war«, entgegnete Peggy, die ihre Aktion schon längst bereute.

»Diese Diskussion ist reine Zeitverschwendung. Du bleibst hier, bis der Fall gelöst ist, basta!«

Nach diesem Machtwort nahm Thomas ein Stück Papier und einen Stift aus dem Regal.

»Gehen wir noch mal alles durch. Versuch dich an den Tag der Demonstration zu erinnern. Als du in das Amerika-Haus gestürmt bist …«

»Aber das habe ich doch alles schon erzählt. Ich bin nach oben gelaufen und habe ihn da liegen gesehen. Er hat stark geblutet.«

»Wer war alles oben auf der ersten Etage? Denk noch mal darüber nach!«

»Da waren jede Menge Leute.«

»Ist dir McNeil aufgefallen?«

»Nein.«

»Oder eine junge Frau, die irgendwie seltsam in der Nähe der Treppe hockte?«

»Nein!«

»Was ist mit dieser Frau?«, wollte Peggy wissen.

»Das war Egmonts Tochter, Rachel. Die hatte an dem Tag

Acid eingeworfen … Sie sah aus, als ob sie auf einem Horrortrip gewesen wäre.«

»Ja, und?«

Thomas winkte ab. Er konnte sich nicht vorstellen, dass Rachel etwas mit dem Tod ihres Vaters zu tun hatte.

»Diese Rachel, kennst du sie näher?«, hakte Peggy misstrauisch nach.

Thomas deutete auf die Stelle an seinem Hals, wo sich der mittlerweile verblasste Knutschfleck befand.

»Peggy, bitte, das erkläre ich dir ein anderes Mal, okay?«

»Und ich erkläre dir dann auch, was mit dem Lockenkopf im Bett passiert ist«, konterte Peggy.

»Zurück zu Egmont …«, rief sich Thomas in Erinnerung. Ihm war klar, dass eine weitere Befragung von Spanowski keinen Sinn machte. Er musste sich stattdessen auf Dr. Egmont konzentrieren. Was hatte er in den Tagen vor seinem Tod gemacht? Mit wem hatte er Kontakt gehabt? Es war notwendig, noch einmal den Kalender zu durchforsten. Vielleicht hatte er etwas übersehen? Doch die abfotografierten Kalenderseiten befanden sich im Borgward, der auf dem Parkplatz der Tankstelle stand. Peggy wollte sich darum kümmern.

»Jetzt rechnet sich, dass ich den Führerschein gemacht habe. Ich werde den Wagen besorgen! Nach mir wird nicht gefahndet, und ich glaube nicht, dass das Auto bewacht wird.«

Sie sollte recht behalten. Peggy fuhr zur Tankstelle und gelangte ohne Schwierigkeiten zum Parkplatz. Eine Stunde später parkte der Borgward in einer Gasse hinter der Kleingartenkolonie. Nun konnte Thomas versuchen, aus Egmonts Kalender schlau zu werden. Spanowski, der es sich mittlerweile in einer Hängematte bequem gemacht hatte, beobachtete ihn gespannt. Würde Thomas etwas finden, was ihn entlastete?

Gemeinsam mit Peggy ging Thomas jede einzelne Eintragung durch. Doch viele Abkürzungen sagten beiden nichts. Eine Sache fiel ihnen aber auf: Egmont hatte ein- bis zweimal die Woche das Theater besucht.

»Ist das nicht seltsam, dass er so oft ins Theater ging?«, wunderte sich Peggy.

»Theater/Schiffbauerdamm schreibt er immer aus. Benutzt keine Abkürzung. Seltsam.«

»Gibt es dieses Theater überhaupt?«, fragte Peggy.

»Natürlich gibt es dieses Theater, du Banausin«, meldete sich Spanowski zu Wort, der zu seinem arroganten Ton zurückgefunden hatte. »Da kann man mal sehen, wie es mit deiner Bildung steht.«

»Ja, dann öffne uns doch die Augen, Professor Klugscheißer«, forderte Peggy ihn auf.

Spanowski ließ sich das nicht zweimal sagen. Endlich konnte er mit seinem Wissen punkten.

»Das ist das sogenannte Berliner Ensemble, mein Lieblingstheater, ich bin da Stammgast. Die spielen Stücke von Bertolt Brecht. Ist dir Brecht ein Begriff? Ich gehe mal nicht davon aus …«

»Und warum ist dieses Theater so interessant? Warum gehst du da immer hin?«, wollte Peggy wissen.

»Wegen der Qualität der Inszenierungen! Blöderweise liegt es im Osten, es ist immer ein bisschen umständlich, da hinzukommen.«

Thomas war wie elektrisiert, als er das hörte.

»Das Theater liegt in Ostberlin? Das ist ja interessant …«

»Moment mal, wenn es in Ostberlin ist, wie konnte er als Amerikaner da einfach so rüberfahren?«, fiel Peggy ein.

»Umso leichter für ihn als Amerikaner. Gemäß dem Alliiertengesetz dürfen die Angehörigen der alliierten Streitkräfte jederzeit nach Ostberlin fahren«, erklärte Thomas. »Am Checkpoint Charlie geht das ganz problemlos.«

»Wann ist er denn das letzte Mal im Theater gewesen?«, fragte Spanowski im Duktus eines Sherlock Holmes.

»Laut Kalender vor neun Tagen«, antwortete Peggy. »Und ein paar Tage später wollte er schon wieder hin, aber da war er schon tot.«

»Das kann aber gar nicht sein, weil das Berliner Ensemble gerade Sommerpause hat, wie übrigens fast alle anderen Theater auch. Du hast dich wohl im Datum vertan.«

»Nein, das habe ich nicht«, konterte Peggy mit Blick auf den Kalender.

»Unsinn! Die haben Sommerpause, das weiß ich ganz genau.«

Bevor Peggy etwas darauf erwidern konnte, ging Thomas dazwischen.

»Ihr habt beide recht. Im Kalender steht ›Theater‹. Aber trotzdem hat es Sommerpause. Das kann doch nur zweierlei bedeuten: Egmont hat jemanden regelmäßig im Theater besucht, auch während der Sommerpause. Oder, was mir plausibler erscheint: Er hat jemanden regelmäßig getroffen. Und damit das nicht auffällt, hat er in den Kalender immer nur ›Theater‹ eingetragen, und zwar betont auffällig. Dabei hat er jedoch nicht an die Sommerpause gedacht …«

»Das erinnert mich an einen untreuen Ehemann, der seine Seitensprünge verbergen will«, meinte Peggy.

»Genau. Andererseits könnte Egmont auch jemand anders in Ostberlin getroffen haben. Beispielsweise jemanden vom Geheimdienst. Er scheint brisante Informationen gehabt zu haben.«

»Du glaubst, er war ein Doppelagent?«, wunderte sich Spanowski.

»Ich will nicht spekulieren, aber die Ostberliner Spur sollte ich unbedingt verfolgen«, dachte Thomas laut nach. »Dieser Dr. Jäckel hatte ihn scherzhaft gefragt, ob er für die Kommunisten arbeiten würde, weil er bei dem Hades-Programm aussteigen wollte.« Auf einen Zettel schrieb er *Spur Ostberlin*.

»Okay, eine Spur deutet auf eine mögliche Verbindung in Richtung Geheimdienst. Doch es gibt noch eine andere Spur, die man nicht vernachlässigen sollte«, führte Thomas aus und schrieb *Eheprobleme* auf den Zettel. »Laut seiner Tochter stand es nicht gut um die Ehe der Egmonts. Er soll Geld veruntreut und obendrein seine Frau betrogen haben.«

Es kam nicht oft vor, dass Peggy und Spanowski einer Meinung waren, aber jetzt wurde Thomas Zeuge dieses seltenen Moments.

»Was soll das denn jetzt? Mord aus Eifersucht?«, warf Peggy ein.

»Der Kommissar hat sich wohl vergaloppiert ...«, spottete Spanowski.

»Ich habe nur zusammengefasst, in welche Richtung die Ermittlungen normalerweise laufen müssten. Und ja, beide Spuren scheinen auf den ersten Blick nichts miteinander zu tun zu haben.«

»In der Tat. Entweder er war ein Spion oder ein Ehebrecher«, drückte es Peggy salopp aus.

»Oder beides«, sagte Thomas kaum hörbar. Ihm war eine Idee gekommen.

»Ich muss noch mal nach Little America und mich dort ein bisschen umhören. Kann ich euch beide so lange hier allein lassen?«

»Ich denke schon, aber willst du mir nicht sagen, was du vorhast?«

»Noch nicht …«, deutete Thomas an und wandte sich an Spanowski. »Welche Schuhgröße hast du?«

»Zweiundvierzig, was soll die Frage?«

»Zweiundvierzig ist perfekt. Meine Größe! Da haben wir doch was gemeinsam …«

Thomas bückte sich und zog dem erstaunten Spanowski einfach die Schuhe aus.

»Ich kann nicht barfuß durch Berlin laufen«, erklärte er, während er Spanowskis Schuhe anzog. Seine Wunde schmerzte zwar, aber die Tabletten wirkten.

»Du kannst doch nicht einfach meine Schuhe anziehen«, protestierte Spanowski.

»Ich brauche sie dringender als du«, lautete Thomas' lapidarer Kommentar. Dann nahm er Peggy beiseite. »Es tut mir leid, wenn ich in der letzten Zeit etwas idiotisch war, aber ich hoffe, dass alles gut ist zwischen uns.«

Sie antwortete mit einem Kuss.

»Ich hätte ihn im Krankenhaus lassen sollen«, gab sie selbstkritisch zu.

»Und ich hätte ihn gar nicht verhaften sollen«, ergänzte Thomas. Sie tauschten noch einmal Küsse aus, dann machte er sich auf den Weg. Um dem Risiko einer Verkehrskontrolle zu entgehen, verzichtete er auf den Borgward und fuhr mit einem alten Fahrrad, das sich im Schuppen befand. Es ging nach Little America, wo seine Verfolger ihn am wenigsten vermuteten.

38

Nördlich von Saigon, 1966

Conny bezeichnete sich oft als Stehaufweibchen, weil sie nach Tiefschlägen nie aufgab und immer nach vorne blickte.

Sie war ein richtiger Widder, fand sie, obwohl sie im Dezember geboren war. Und jetzt lebte sie einige Meter unter der Erde wie ein Maulwurf. Ihr schwebte eine Reportage vor, die sie mit ihren persönlichen Eindrücken und Empfindungen bereichern wollte, nichts Reißerisches, nichts rein Politisches, stattdessen so realistisch wie möglich, illustriert mit authentischen Bildern. Der vietnamesische Offizier hatte keine Bedenken, dass sie Fotos machte.

»Schreiben Sie, was Sie möchten, aber schreiben Sie ehrlich!«

»Ich verfasse keinen politischen Artikel, ich verstehe nicht genug von Politik. Ich möchte stattdessen von Menschen schreiben. Von ihrem Alltag, von ihren Träumen, von ihren guten und bösen Seiten. Und ich möchte Bilder, die alles zeigen!«

»Dann tun Sie das. Ich erwarte von Ihnen keinen Propagandaartikel. Und wissen Sie, die reine Wahrheit gibt es nicht. Aber es gibt die Aufrichtigkeit! Versuchen Sie also, ehrlich zu sein …«

»Darf ich Ihnen einige Fragen stellen?«, wollte sie wissen. Der Offizier hatte kein Problem damit.

»Natürlich.«

»Können Sie mir in eigenen Worten erklären, warum Sie kämpfen?«

»Weil die Amerikaner unser Land besetzt halten, sie bombardieren unsere Städte, sie töten unsere Kinder. Aber sie werden nicht siegen. Wir sind die Termiten, und sie sind die Elefanten, die den Boden platt trampeln. Die Termiten treffen sie aber nicht.«

Das Gleichnis mit den Termiten fand Conny treffend.

»Haben Sie die verbrannten Menschen gesehen, die wir behandeln?«, fragte er sie. »Kennen Sie Napalm? Das ist geliertes Benzin, über tausend Grad Celsius heiß. Das klebt am Menschen und brennt sich bis zu den Knochen durch!«

»Das ist schlimm, ja«, bestätigte Conny mit einem Schaudern. »Aber ich habe auch gesehen, wie ein Mensch von Ihrem giftigen Bambus durchbohrt wurde.«

»Sie haben recht. Das ist der Krieg. Wir müssen uns wehren. Wir wollen endlich unabhängig sein. Zuerst hatten die Franzosen uns besetzt, jetzt die Amerikaner.«

»Aber viele Südvietnamesen haben Angst vor dem Kommunismus.«

»Glauben Sie, unsere Soldaten sind allesamt Kommunisten? Natürlich schulen wir sie, aber sie kämpfen in erster Linie für ihr Land.«

Conny war nicht zufrieden mit seinen Antworten, weil er wenig über sich selbst und seine Motive erzählte. Stattdessen gab er mehr oder weniger die offizielle Linie seiner Regierung wieder. Seine Aussagen über den Befreiungskrieg gegen die Amerikaner klangen zwar plausibel, aber in ihren Augen idealisierte er den Kampf seiner Leute.

Benny war es egal gewesen, dass Frauen und Kinder ermordet wurden. Sie hingegen war von den »Feinden« verschont worden. Doch auch der Vietcong ging äußerst brutal vor, das Schicksal des armen Otto Kogel in der Bambusfalle sprach

Bände. Conny wollte jedoch keine Diskussion mit dem Offizier über diesen Krieg beginnen, ihr ging es nicht um die politische Dimension. Sie wollte über den Menschen hinter der Uniform schreiben. So versuchte sie es mit einer weiteren Frage, die ihr auf den Nägeln brannte.

»Verraten Sie mir, wo Sie so gut Deutsch gelernt haben?«

»Ich habe in der DDR Maschinenbau studiert«, lautete die knappe Antwort. Conny hörte an seinem Tonfall, dass er keine persönlichen Angaben preisgeben wollte. Er sah ihr enttäuschtes Gesicht und munterte sie mit einer neuen Nachricht auf: »Man hat angeordnet, dass wir Sie freilassen. Nun können Sie überlegen, ob Sie nach Hanoi wollen, um von dort zurückzufliegen. Aber der Weg ist sehr anstrengend. Sie könnten nur nachts marschieren und das auch nur auf bestimmten Pfaden. Eine Alternative wäre, dass wir Sie in die Nähe von Da Nang bringen, das ist nicht ganz so anstrengend, aber da müssen wir Ihnen die Augen verbinden, weil wir durch die Kampfzone müssen …«

Conny brauchte nicht lange zu überlegen.

»Ich würde mich für Da Nang entscheiden.«

»Ich werde alles veranlassen. Ich denke, dass Sie …«

Ein lauter, durchdringender Heulton unterbrach ihn. Er ließ Conny stehen, rannte aus dem Stollen und rief einige Männer zu sich, die aus allen Richtungen herbeieilten. In den Gängen herrschte nun rege Betriebsamkeit. Ratlos blickte Conny sich um und sah, wie zwei schwerverletzte Frauen in die Krankenstation gebracht wurden. Die herbeieilende Go gab Conny mit einem Zeichen zu verstehen, dass sie kommen solle. Conny lief zur Ambulanz und setzte sich auf eines der Fahrräder. Die Dynamos liefen auf Hochtouren. Ein anderer Heulton erklang, diesmal heller und schriller. Bis auf das medizinische Personal liefen jetzt alle Frauen und Männer in die Waffenkammer und holten Gewehre, Granatwerfer und Munition heraus. Von ihrem Fahrrad aus sah Conny, wie die Bewaffneten zum Ausgangsschacht strömten und nach draußen krochen. Nach wenigen Minuten herrschte in den Gängen gespenstische Stille, nur untermalt von den Schleifgeräuschen der Dynamos. Umso unerwarteter erfolgte eine Explosion, die alles erzittern ließ. Rauch und Staub breiteten sich aus, aber Conny erhielt von Go eine Sauerstoffmaske, die sie sich sofort überzog. Auch das medizinische Personal trug jetzt Masken. Eine zweite Explosion brachte den Stollen zum Beben, Sand rieselte auf den Boden. Im Schacht wurde es finster. Conny war lebendig begraben und fühlte, wie ihre Hoffnung sank. Wiederum war es Go, die ihr weiterhalf. Sie reichte Conny eine Taschenlampe und führte sie zum Ausgang. Dort traf sie auf Krankenschwestern und Ärzte, die alle in den Schacht wollten, der nach draußen führte. Conny reihte sich ein und wartete, bis sie an der Reihe war. Go stand neben ihr, hielt ihr die Hand und nahm ihr die Angst. Endlich konnte sie sich durch den engen Schacht zwängen, sie sehnte sich nach frischer Luft. Stattdessen strömte ihr, kaum dass sie sich mit Go nach draußen gezwängt hatte, beißender Benzingeruch entgegen. Dann ging es ganz schnell. Die Krankenschwestern und Ärzte vor ihr brüllten vor Schmerz und begannen zu brennen! Conny kam das zunächst surreal vor, aber die Menschen vor ihr verbrannten tatsächlich bei lebendigem Leib. Und dann sah sie einen amerikanischen Soldaten mit einer Art Tornister auf dem Rücken, der einen länglichen Brenner in der Hand hielt, welcher Feuer spie. Er kam direkt auf sie zu und gab einen Feuerstoß ab. In diesem Moment sprang Go auf Conny zu und stellte sich schützend vor sie.

39

Berlin, 1966

Nachdem Thomas das Fahrrad in einer Seitenstraße abgestellt hatte, näherte er sich Dr. Egmonts Haus zu Fuß. Er wollte zu seiner Nachbarin, die er allein zu Hause wähnte, weil er vermutete, dass sich ihr Mann in einer der Kasernen befand. Er behielt recht. Die Frau, die ihre platinblonden Haare wie Doris Day gestylt hatte, schlug mit kosmetischer Gartenarbeit wohl die Zeit tot. Thomas ging auf sie zu und setzte sein gewinnendstes Lächeln auf. Um Informationen aus ihr hervorzulocken, schlüpfte er in die Rolle des naiv-charmanten Jungen.

»Einen wunderschönen guten Tag! Ich hoffe, Sie können sich noch an mich erinnern?«

»Aber natürlich, Sie sind doch der nette deutsche Polizist.«

Sie reichte ihm die Hand. Er deutete galant einen Handkuss an.

»Danke, zu freundlich! Mein Name ist Thomas Engel.«

»Ellen Smith, aber nennen Sie mich bitte Ellen.«

Der Anfang war getan. Seine galante Art kam bei ihr an, und darauf wollte Thomas jetzt aufbauen. Er musste ihr Vertrauen gewinnen, um an sehr private Informationen über das Eheleben der Egmonts zu gelangen. Und Ellen, die den ganzen Tag zu Hause verbrachte, wusste bestimmt einige interessante Details zu berichten, dessen war er sicher.

»Das ist sehr nett, dass Sie sich an mich erinnern. Es war mir eine Ehre, der amerikanischen Polizei ein bisschen beistehen zu dürfen. Da jetzt der Fall abgeschlossen ist, muss ich einen Bericht verfassen. Doch ich möchte nichts Falsches schreiben, wissen Sie …«

»Aber wie kann ich Ihnen denn da helfen?«, fragte sie, während sie mit der Gartenschere einen Strauch in Form brachte. Thomas, der nicht direkt mit der Tür ins Haus fallen wollte, zögerte mit einer Antwort, druckste etwas herum, schaute verlegen auf den Boden.

»Na ja, ich hätte da einige Fragen, die jedoch etwas pikant und intim sind.«

Sein Kalkül ging auf. Die Worte *pikant* und *intim* klangen aufregender als die langweilige Gartenarbeit. Ellen legte die Schere weg und sah ihn erwartungsvoll an.

»Darf ich?«, fragte Thomas mehr rhetorisch.

»Bitte!«

»Es geht … nun ja, um die Ehe der Egmonts. Da Mrs. Egmont und Rachel in den Staaten sind, kann ich sie ja nicht weiter fragen, aber vielleicht …« Er unterbrach sich und schaute etwas verlegen, was ihre Neugier noch steigerte.

»Nun schießen Sie endlich los, Tom. Sie machen es ja richtig spannend.« Die Frau rieb sich die Hände und konnte seine Fragen kaum abwarten. Thomas hatte sie da, wo er sie haben wollte.

»Man munkelt, dass die Ehe der Egmonts in einer Krise steckte. Stimmt das?«

»Krise? Ich würde mal sagen, dass die Ehe nur noch auf dem Papier bestand. Früher oder später wäre es zur Scheidung gekommen! Wenn Sie nur wüssten …«

Na, das geht ja prima los, schoss es Thomas durch den Kopf.

Sie wartete offenbar nur darauf, ihre Informationen loszuwerden.

»Darf ich fragen, wie Sie zu dieser Einschätzung kommen?«

»Erstens habe ich Augen im Kopf, und zweitens habe ich öfters mit Melanie über ihre Probleme gesprochen. Sie brauchte jemanden, mit dem sie reden konnte. Und sie war bei mir an der richtigen Adresse, denn ich plaudere vertrauliche Dinge nicht gerne aus …«

»Davon bin ich überzeugt«, pflichtete ihr Thomas bei und dachte sich seinen Teil.

»Ihr Mann war ständig unterwegs, seit Jahren, und sie blieb allein zu Hause und zog die Tochter groß. Und alle vier Jahre ging es in ein anderes Land.«

»Natürlich, wer für den Service arbeitet, der kommt viel rum …«

»Eben. Aber das ist für eine Frau frustrierend, vor allem, wenn der Mann nicht über seine Arbeit reden darf …«

Thomas nickte verständnisvoll und ergänzte: »Und wahrscheinlich auch, wenn er, wie soll ich sagen, es mit der Treue nicht immer ernst nimmt?«

»Genau. Wissen Sie, Melanie war hart im Nehmen in dieser Beziehung, sie wusste, dass er während seiner Auslandseinsätze die eine oder andere Affäre hatte. Das war ja nie etwas Ernstes. Aber diesmal übertrieb er es.« Ellen holte sich eine Zigarette und verharrte. Thomas, von der Fußspitze bis zum Scheitel Kavalier, gab ihr Feuer.

»Brian wollte sich scheiden lassen.«

»Und das hat er so gesagt?«

»Ja! Ein paar Tage, bevor er von diesem Studenten erschlagen wurde. Es gab einen heftigen Streit mit Melanie, die keine Scheidung wollte. Aber er bestand darauf.«

»Kannte Mrs. Egmont die Neue ihres Mannes?«

»Soweit ich weiß, nein. Aber sie muss jung gewesen sein.«

»Woher wissen Sie das?«

»Das merkt eine Frau. Der Mann färbt sich plötzlich die Haare, zieht sich anders an ... Wir Frauen können unendlich geduldig sein, aber wir sind nicht blind.«

»Nein, ganz bestimmt nicht.« Thomas musste plötzlich an Peggy denken, die seinen Knutschfleck entdeckt hatte.

»Melanie ist blond, aber nicht dumm und erst recht nicht blind. Die langen schwarzen Haare auf dem Kragen ihres Mannes waren nicht zu übersehen ...«

»Diese Frau hatte schwarze Haare?«

»Genau!«

»Wissen Sie vielleicht, ob sie aus Ostberlin war?«

Ellen zögerte mit der Antwort und wich meinem Blick aus.

»Das weiß ich nicht, das hat Melanie mir nicht erzählt.«

Thomas ahnte, dass dies nicht die ganze Wahrheit war.

»Vielleicht hat sie sich das nicht getraut zu sagen, aber Sie, Ellen, würden sich doch einem Freund anvertrauen, oder?«

Sie sah ihn fragend an.

»Nun ja, wir kennen uns noch nicht lange, aber ich habe das Gefühl, als ob wir einander vertrauen könnten ...« Er flankierte seinen Satz mit einem tiefen Blick in ihre Augen, was sie in Verlegenheit brachte. Sie nickte leicht, zögerte aber mit einer Antwort. Thomas setzte nach, er wähnte sich kurz vor dem Ziel.

»Ellen, ich sollte vielleicht betonen, dass ich die Quellen meiner Informationen nicht preisgebe ...«

Seine Zusicherung beruhigte Ellen. Der Damm war nun endgültig gebrochen.

»Brian sagte, er würde nach Ostberlin ins Theater fahren, aber er hatte immer eine Tüte mit Sachen dabei. Und wissen

Sie, was drin war? Strumpfhosen, Wäsche, Parfüm und Seife! Nimmt man das ins Theater mit?«

Thomas wunderte sich, dass sie so genau Bescheid wusste. Sie bemerkte seinen erstaunten Blick und fügte schnell hinzu: »Wohl um Melanie nicht zu kränken, stellte er seine Tüte immer vor dem Haus ab. Na ja, eines Tages fiel mein Blick zufällig darauf. Ich habe natürlich nicht hineingeguckt, aber das rosa Babydoll war nicht zu übersehen.«

Thomas blinzelte ihr kumpelhaft zu.

»Ich hätte reingeguckt. Wir Menschen sind halt neugierig, das ist doch nicht schlimm.« Ellen nickte zustimmend, sie fühlte sich von Thomas verstanden. Das ermunterte sie, noch mehr preiszugeben.

»Wenn Sie mich fragen, er hatte sich eine leichte Dame angelacht, eine ostdeutsche Nutte. Die hat ihn bestimmt geködert …«

»Ach ja?«

»Es ist doch ein offenes Geheimnis, dass diese Flittchen unsere Männer anlocken! Bei den ledigen Offizieren haben sie leichtes Spiel. Aber sie sollten ihre lackierten Pfoten von unseren verheirateten Männern lassen! Die hat seine Hormone derart durcheinandergebracht, dass er Frau und Job aufgeben wollte.«

»Den Job auch?«, wunderte sich Thomas.

»Wie soll man das denn sonst verstehen, wenn er seiner Frau sagt, dass er auswandern will?«

»Klar. Aber sind Sie sicher, dass es sich um eine Prostituierte gehandelt hat?«

Sie nickte.

»In der Nachbarschaft bleibt halt nichts verborgen. Die Gerüchteküche … Na ja, ein Kollege meines Mannes hat Brian drüben mit dieser Frau gesehen.«

»Und?«

»Dieser Kollege hatte diese Dame auch mal kennengelernt, aber das muss unter uns bleiben, weil …« Ellens Stimme stockte. Sie sah auf die Straße, und Thomas folgte ihrem Blick. Ein amerikanischer Straßenkreuzer näherte sich dem Haus.

»Oh, mein Mann!« Ellen drückte die Zigarette aus und richtete ihre Haare. »Ich würde an Ihrer Stelle nicht mit ihm darüber sprechen …«

Thomas verstand sofort.

»Alles gut, Ellen, Sie haben mir sehr geholfen. Diskretion ist Ehrensache. Vielen Dank, und was ich noch sagen wollte: Wenn ich mit Ihnen verheiratet wäre, ich würde Sie nicht betrügen!« Ein kurzes, fast freches Blinzeln, dann entfernte sich Thomas.

»Sie hieß Tania«, hörte er Ellen in seinem Rücken.

»Wie bitte?« Thomas drehte sich erstaunt um.

»*Für Tania* stand auf einer Kette, die er ihr geschenkt hat.«

Spätestens seit dem Gespräch mit Ellen wusste Thomas, dass er nach Ostberlin fahren würde, um nach einer dunkelhaarigen ostdeutschen Prostituierten namens Tania zu suchen, die mit Egmont Kontakt pflegte. Auf den ersten Blick ähnelte das der Suche nach der berühmten Nadel im Heuhaufen, andererseits ging Thomas von einer überschaubaren Zahl von infrage kommenden Frauen im Ostsektor der Stadt aus, da Prostitution offiziell in der DDR verboten war. Trotzdem hatten Jimmy und auch Ellen von den Lustfahrten der weißen Offiziere gesprochen. Thomas fragte sich, warum sie die Gefahren ignorierten. Die drohten von den Frauen, die von der Stasi oder dem KGB auf Freier aus dem Westen angesetzt wurden, um geheimdienstliche oder brisante Informationen zu erpressen. Thomas erinnerte sich an das Gespräch mit Hetzel, der von Honigfallen gesprochen hatte. War Egmont in eine solche Falle getappt? Oder war die angebliche Geliebte nur Tarnung, um mit dem KGB oder der Stasi Kontakt aufzunehmen?

Es half alles nichts: Er musste die dunkelhaarige Tania finden. Zunächst wollte er in Erfahrung bringen, wie man in Ostberlin als westlicher Besucher Kontakt zu Prostituierten aufnahm. Er musste jemanden fragen, der sich in diesem Metier auskannte.

Thomas hatte von einem sogenannten Finanzierungsunternehmen in einer Seitenstraße des Kurfürstendamms gehört. Dort würde ein gewisser Lowski unter Umgehung der gesetzlichen Lage Prostituierte vermitteln. Thomas traf den Mann in seinem kleinen, schlichten Büro an. Sein massiver Körper fand gerade noch Platz im Schreibsessel.

»Ich suche ein Mädchen …« Weiter kam Thomas nicht, da Lowski ihm sogleich ins Wort fiel.

»Kein Problem, der Herr. Darf ich Ihnen meine Speisekarte anbieten?« Er reichte Thomas unaufgefordert ein Album mit »seinen« Mädchen. Unter den Bildern der Frauen standen Telefonnummer, Name und Adresse.

»Mit zehn Mark Vermittlungsprovision sind Sie dabei, den Preis für das Mädchen machen Sie natürlich mit ihr aus. Wissen Sie, die Damen haben auch mittags Zeit, abends müssen die Herren ja bei ihrer Gattin sein. Sie verwenden auch keine zu starken Parfüms, damit die Herren zu Hause nicht auffallen …«

»Das ist ja schön und gut, aber ich suche ein Mädchen im Osten.«

»Kein Problem, der junge Herr. Auch in Spandau bin ich tätig.«

Grinsend holte er aus der Schublade ein Album heraus und wollte es Thomas reichen.

»Nein, ich meine in Ostberlin.«

Lowskis Speckrollen wabbelten vor Empörung, als er das hörte. Ärgerlich tippte er sich an die Stirn.

»Willst du mich auf den Arm nehmen?«

»Nein. Ich suche Mädchen in Ostberlin«, wiederholte Thomas ruhig.

Ärgerlich legte Lowski das Album wieder weg und schüttelte unwirsch den Kopf.

»Falsche Baustelle!«

»Ich weiß, dass dort auch angeschafft wird.«

»In Leipzig, Café Cosmo, während der Messe und das ganze Jahr über, da ist was los. Die nehmen sogar Ostmark, aber was habe ich mit Leipzig am Hut?«

»Ich rede doch von Ostberlin!«

»Natürlich gibt es drüben auch Flittchen«, brauste Lowski auf. »Gott sei Dank können die Berliner Herren nicht rüber, Ostberlin ist für die tabu. Aber die Gastarbeiter, meistens die aus Anatolien, haben es leicht mit ihren Pässen.«

»Amerikanische Offiziere sollen sich da auch blicken lassen«, ergänzte Thomas eher beiläufig.

Lowski winkte ab.

»Weil die glauben, dass die Mädels dort keine Professionellen sind. Aber Pustekuchen. Die wissen genau, was sie machen. Und zu so einer willst du hin? Warum das denn?«

»Ich will da nicht hin. Ich stelle nur Erkundigungen an.«

Bei Lowski schrillten die Alarmglocken.

»Moment mal, bist du Bursche etwa von der Sitte?«

Thomas antwortete mit einem Zehnmarkschein.

»Reporter. Wo findet man in Ostberlin diese Mädchen?«

Lowski steckte ungerührt den Geldschein ein.

»Versuch es im Hotel Berolina oder vor dem Intershop am Bahnhof Friedrichstraße.«

Thomas hatte genug gehört. Zufrieden verließ er das sogenannte Finanzierungsunternehmen. Bevor er zur Gartenlaube zurückfuhr, kaufte er einen Ostberliner Stadtplan, den er genau studieren wollte. Darüber hinaus besorgte er sich in einer Wechselstube Ostmark, die zu einem sehr günstigen Kurs verscherbelt wurden.

»Und wie willst du nach Ostberlin kommen?« Peggy klang besorgt.

Thomas hatte ihr von dem Gespräch mit Egmonts Nachbarin Ellen berichtet und sie gebeten, Spanowski so wenig wie möglich davon zu erzählen. Der bekam sowieso nichts mit, weil er in der Hängematte in die Lektüre seines Karl Marx vertieft war.

»Vielleicht kann mir Jimmy helfen.«

Peggys Begeisterung über Thomas' Plan hielt sich in Grenzen, aber sie kannte ihn zu gut, um zu versuchen, ihn umzustimmen. Er konnte genauso stur sein wie sie.

»Okay, ich werde mit Spanowski hier ausharren. Mein Chef kriegt zwar die Krise, wenn ich mich weiter krankmelde, aber da muss ich durch! Viel schlimmer sind die Sorgen, die ich mir deinetwegen mache!«

Das war Thomas bewusst. Er nahm sie in den Arm und bemühte sich, ihr die Angst zu nehmen.

»Ich komme da heil wieder raus, Peggy. Mein Wort drauf!«

Als Spanowski wissen wollte, wie es nun weitergehen würde, wurde er nur knapp informiert. Thomas und Peggy betrachteten ihn als Sicherheitsrisiko und hatten Sorge, dass er womöglich die Nerven verlieren und sie verpfeifen würde.

»Du bleibst mit Peggy ein, zwei Tage hier. Ich habe noch etwas in Westdeutschland zu erledigen, was uns weiterbringen kann«, deutete Thomas an, bevor er sich auf den Weg machen wollte.

»Moment mal. Ich will meine wertvolle Zeit nicht als Kleingärtner vertrödeln.«

»Die Alternative ist Einzelhaft in Spandau, da wird demnächst eine Zelle frei werden, wenn Albert Speer entlassen wird. Dorthin würden dich die Amis stecken, wenn sie dich erwischen.« Thomas spielte auf den ehemaligen Rüstungsminister des NS-Regimes Albert Speer an, der seine zwanzigjährige Haft absaß. Thomas' Drohung zeigte Wirkung.

»Da sitzt auch noch Hitlers Stellvertreter Rudolf Hess ein. Das ist ein Knast für Kriegsverbrecher, da will ich auf keinen Fall hin!«, protestierte Spanowski und fügte sich seinem Schicksal in der Gartenkolonie.

Thomas war erleichtert. Endlich konnte er seinen Plan in die Tat umsetzen. Er verabschiedete sich von Peggy mit einem innigen Kuss und machte sich auf die Suche nach Jimmy, den er in einer Bar oder einem Burgerladen vermutete. Die Bars, die nur für Offiziere vorgesehen waren, konnte er sich getrost sparen. Und die anderen für die niederen Ränge duldeten oft keine Blacks, wie Thomas erfuhr, als er nach Jimmy fragte und ihn beschrieb. Seine Suche zog sich bis zum späten Abend hin, und Thomas war keinen Zentimeter weitergekommen. In Jimmys Kaserne wollte er sich nicht nach ihm erkundigen, das erschien ihm doch zu gewagt. Er war mit seinem Latein am Ende und wollte sich schon auf den Rückweg machen, da lief ihm Jimmy quasi in die Arme. Der kam gerade aus dem Outpost, dem größten amerikanischen Truppenkino in Berlin, wo derzeit der neueste Film von Alfred Hitchcock lief, der Spionagethriller *Der zerrissene Vorhang*.

»Hey, *man*, was machst du denn hier? Mein Boss und seine

Cowboys suchen dich wie verrückt, und du tauchst einfach so auf?«

Thomas, der erleichtert war, seinen Freund zu sehen, nahm ihn zur Seite und kam sofort zur Sache.

»Ich muss mit dir reden, Jimmy. Ich habe ein Problem!«

»Ich würde sagen, du hast mehr als das«, grinste Jimmy. »Lass uns von hier verschwinden. Ich kenne ein ungestörtes Plätzchen.«

Besagter Ort befand sich einige Hundert Meter hinter dem Kino auf einer Brache, die offenbar als Parkplatz diente. Thomas erkannte schemenhaft Personen in den Autos.

»Willkommen im mobilen Armeepuff … Hier fahren die amerikanischen Beschützer abends die deutschen *girls* hin zum … na du weißt schon.«

»Deutsche Männer bevorzugen es, in der Mittagspause ins Bordell zu gehen, weil sie ja abends zu ihren Frauen müssen«, antwortete Thomas, der aber nicht gekommen war, um mit Jimmy über das Sexualleben seiner Landsleute zu sprechen.

»Bevor ich loslege, würde ich gerne wissen, was dein Boss McNeil über mich erzählt hat. Warum wird nach mir gefahndet?«

»Das weiß ich nicht. Es heißt nur, dass du so etwas wie ein Feind des Landes bist.«

Da konnte sich Thomas nur an die Stirn fassen.

»Ich bin alles Mögliche, aber bestimmt kein Spion.«

»Das weiß ich doch, aber mein Boss macht keine Späße. Die CIA hat dich im Visier. Bin gespannt, wie du aus dieser Scheiße rauskommen willst.«

»Ich muss meine Unschuld beweisen. Deswegen suche ich dringend ein Tonband, das mich entlastet.« Thomas zögerte, Jimmy seine Geschichte zu erzählen. Würde er ihn damit in Gefahr bringen? Vielleicht war es doch ein Fehler gewesen, den Freund aufzusuchen. Das sah Jimmy aber anders.

»Keine halben Sachen, *man*. Spuck es aus. Ich bin nicht aus Zucker. Erzähl mir die Story!«

Das tat Thomas auch. Er holte aus und berichtete, was bisher passiert war. Nur dass Peggy Spanowski befreit hatte und mit ihm in der Laubenkolonie ausharrte, verschwieg er. Er wollte sie unbedingt da raushalten.

»Die CIA-Jungs sind keine Chorknaben. Die gehen auch mit den Nazis ins Bett«, kommentierte Jimmy sarkastisch, als er von der Zusammenarbeit zwischen CIA und ehemaligen Kriegsverbrechern hörte. »Aber ich will mich da nicht einmischen, das sollen die Weißen unter sich ausmachen.«

»Das verstehe ich, Jimmy, aber für mich sieht das anders aus. Ich muss nach Ostberlin, das ist meine einzige Spur. Ich sehe keine andere Möglichkeit, an dieses verdammte Tonband zu kommen.«

»Hey, das ist ja wie in dem Hitchcock-Film. Da war auch ein amerikanischer Spion, der nach Ostberlin gereist war!«, fiel Jimmy ein, dem die Brisanz des ganzen Unterfangens offenbar noch nicht bewusst war.

»Aber das hier ist kein Film, Jimmy, und außerdem bin ich kein Spion.« Thomas legte eine Hand auf seine Schulter und sah ihn ernst an. Der verstand jedoch nicht, worauf Thomas hinauswollte.

»Ohne deine Hilfe kann ich nicht rüber, Jimmy. Du bist meine letzte Rettung. Dein Boss hat mit Sicherheit die Grenzübergänge nach mir heißgemacht. Sobald ich meinen Pass vorzeige, bin ich fällig.«

Jimmy fuhr sich aufgeregt über den Kopf. Er musste mehrmals schlucken und versuchte, seine Gedanken zu ordnen.

»Spuck deinen Plan aus!«, forderte er Thomas schließlich auf.

»Okay, dann hör zu. Es gab doch den einen oder anderen Tunnel früher, der von Osten nach Westen ging. Vielleicht wäre das eine Möglichkeit? Kann doch sein, dass die CIA sozusagen noch einen Geheimtunnel in der Schublade hat?«

Jimmy schüttelte den Kopf.

»Keine Ahnung. Ich weiß auch nicht, wie ich diese Information beschaffen sollte! Sonst noch eine Idee?«

Die hatte Thomas. Allerdings hatte die es in sich, wie Jimmy feststellen musste.

Thomas druckste etwas herum, bevor er die Katze aus dem Sack ließ. »Als G.I. kannst du problemlos nach Ostberlin fahren, um einzukaufen oder in ein Museum zu gehen oder was auch immer, oder?«

»Richtig. Wir müssen den DDR-Aufpassern nur den Ausweis hinhalten und brauchen nicht mal die Scheibe runterzukurbeln.«

»Ja, so habe ich das geahnt. Deshalb ... Vielleicht könntest du mich ja mitnehmen, unterm Sitz oder im Kofferraum. Ihr macht doch täglich eure Patrouillenfahrten nach Ostberlin, diese Flag-Tours.«

Jimmy, der atemlos zugehört hatte, schüttelte fassungslos den Kopf.

»Was du verlangst, ist der Wahnsinn. Das ist Kamikaze.«

Thomas dachte da nicht anders.

»Ist mir absolut klar. Aber ich muss unbedingt nach drüben.«

»Warte mal, ich könnte dir einen falschen Ausweis besorgen«, schoss es Jimmy durch den Kopf.

»Das wäre natürlich einfacher.«

»Aber das dauert ein bisschen. Der Freund, den ich anhauen könnte, macht gerade Heimaturlaub«, fiel Jimmy ein.

»Sorry, aber es brennt. Ich muss schnellstens rüber.«

»Du bist ein guter Typ. Du hast mir geholfen, als mir die MP an den Arsch wollte. Dir ist auch egal, dass ich schwarz bin. Aber McNeil würde mich in den Dschungel zu Charlie schicken …« Jimmy schüttelte bei dem Gedanken den Kopf.

Thomas hatte seinen Freund noch nie so aufgewühlt erlebt. Sofort überkam ihn das schlechte Gewissen. Er durfte Jimmy nicht in Gefahr bringen.

»Daran hätte ich denken müssen, Jimmy, sorry. Vergiss alles, was ich dir gesagt habe. Du hast mich nicht gesehen, und wir haben uns nicht getroffen.«

Er klopfte ihm freundschaftlich auf die Schulter und wandte sich zum Gehen. Aber da hatte er die Rechnung ohne Jimmy gemacht.

»Nicht so schnell, *man*, warte doch!«

Thomas sah ihn fragend an. Jimmy seufzte. Was sollte er machen? In seinem Kopf arbeitete es heftig, er ging auf und ab, zog die Stirn in Falten, kratzte sich zunächst am rechten Ohr, dann am linken. Thomas wartete gespannt auf Jimmys Entscheidung, wobei er ihm eine Absage nicht übel genommen hätte. Aber der Freund hatte noch Beratungsbedarf.

»Und wenn du dieses mysteriöse Tonband hast, willst du das meinem Boss geben, damit er die Finger von dir lässt?«

»Richtig.«

»Wohin genau willst du in Ostberlin?«

»Ich habe da zwei Adressen. Zum Hotel Berolina und zum Intershop Friedrichstraße.«

»Aber ich mache keine Inspektionsfahrten, dafür bin ich nicht vorgesehen …«

»Na ja, ich dachte, weil ihr doch auch privat nach Ostberlin dürft …«

»Für die niederen Ränge ist das nicht einfach. Wir dürfen zwar, aber es wird derzeit nicht gern gesehen. Ich weiß nicht, was McNeil dazu sagen würde, wenn ich ihn um Erlaubnis fragen würde.«

»Denkt er etwa, du würdest mit den Stalins Kontakt aufnehmen?«

»Keine Ahnung, was er denkt. Aber ich brauche ihn ja nicht zu fragen.«

Jimmy tat das, was er immer tat, wenn ihn etwas stark beschäftigte. Erneut ging er auf und ab, zog die Stirn in Falten, kratzte sich an den Ohren, dachte aber zu Thomas' Glück laut nach.

»Ich könnte mich morgen krankmelden. Und dann ... Pass auf! Ich kann es dir nicht versprechen, ob's klappt. Wenn ich morgen um elf nicht am Richard-Wagner-Platz bin, musst du einen anderen Weg finden.«

Thomas wusste nicht, was er sagen sollte. Jimmy wollte es tatsächlich versuchen. Was für ein Freund!

»Jimmy, das ... das ist ...«

Anstatt weiter nach Worten zu suchen, umarmte er Jimmy, der aber um Geduld bat.

»Erst mal abwarten, ob es funktioniert.«

»Es ist schon Wahnsinn, dass du es überhaupt versuchen willst«, meinte Thomas gerührt.

Sie gaben sich zum Abschied die Gettofaust. Bevor sie auseinandergingen, hatte Thomas noch eine Frage.

»Schon Neuigkeiten von Stevie?«

Jimmys Miene verdunkelte sich, er senkte den Kopf.

»Er ist gefallen«, sagte er leise.

Thomas war einfach nur traurig, als er das hörte.

»Oh verdammt, das tut mir leid!«

»Hab es gestern erfahren.«

Thomas bekam Gewissensbisse. Mutete er Jimmy zu viel zu?

»Hör mal, vergiss meinen Plan. Wenn das rauskommt, bist du deinen sicheren Job los … Dann musst du auch an die Front. Das kann ich nicht verantworten!«

Jimmy wollte nichts davon wissen. Sein Entschluss stand fest.

»Das Thema ist durch. Wir sehen uns morgen um elf, wenn alles klappt.«

Er wartete Thomas' Antwort gar nicht erst ab und entfernte sich schnell. Auch Thomas machte sich auf den Weg. Peggy erwartete ihn schon ungeduldig.

40

Am nächsten Morgen wurden Peggy und Thomas von einem Überschallknall geweckt. Wie so oft hatte ein sowjetischer Düsenjäger aus Lust und Laune die Schallmauer über Westberlin durchstoßen und für Glasschäden und geplatzte Bildröhren gesorgt.

Wahrscheinlich war Thomas der einzige Mensch in Berlin, der sich über die Aktion freute.

»Ohne diesen Idioten hätte ich glatt verschlafen!« Schnell begann er, sich anzuziehen.

»Das ist eine ziemlich gefährliche Aktion. Ich habe Angst um dich …« Am liebsten hätte Peggy ihren Liebsten nicht losgelassen, aber er musste sich beeilen.

»Den Spinner aus dem Krankenhaus zu befreien war doch viel gefährlicher«, beruhigte er sie.

»Und wie hältst du mich auf dem Laufenden?«

»Das wird aus Ostberlin kaum möglich sein, Peggy. Aber wenn ich bis morgen Abend nicht zurück bin, wendest du dich an Jimmy.«

Sie sahen sich tief in die Augen, noch ein letzter zärtlicher Kuss, dann eilte er davon. Spanowski bekam davon nichts mit. Er schlief den Schlaf der Gerechten – offenbar war er nur durch ein Geschwader der Roten Armee wach zu bekommen.

Eine Stunde später wartete ein nervöser Thomas am Richard-Wagner-Platz auf Jimmy. Würde der Freund es schaffen? Wenn nicht – es gab keinen Plan B. Der wurde auch nicht benötigt. Jimmy tauchte auf die Minute genau auf. Er saß am Steuer eines braunen Buick, den er mit einer Vollbremsung vor Thomas zum Stehen brachte.

Thomas wurde akustisch von den Beatles begrüßt, die aus dem Autoradio »Baby you can drive my car« sangen. Thomas kletterte auf den Beifahrersitz. Der Buick setzte sich in Bewegung. Das Abenteuer – oder war es ein Himmelfahrtskommando? – konnte losgehen.

Natürlich wollte Thomas wissen, wie Jimmy es geschafft hatte, an seinem Vorgesetzten McNeil vorbei an so einen Wagen zu kommen. Und vor allem wollte er wissen, wie es ihm gelungen war, nach Ostberlin fahren zu dürfen.

»Du glaubst es nicht, ich habe McNeil gesagt, dass ich dich nach drüben fahre, damit du dieses Tonband findest«, erklärte Jimmy und erntete einen äußerst irritierten Blick seines Fahrgasts.

»Ha, das wäre schön, nicht wahr? Aber sobald mein Boss deinen Namen hört, wird er zum Stier. Und mir als Nigger würde er sowieso niemals etwas erlauben. Er ist nämlich ein Redneck.« Jimmy seufzte und nahm einen tiefen Zug von seiner Zigarette. Thomas rümpfte die Nase.

»Was rauchst du für ein Kraut? Riecht aber sonderbar …«

»Das ist Gras, *man*, Marihuana.«

»Du rauchst jetzt Haschisch?«

»Die beste Medizin gegen Stress. Meine Nerven liegen blank, das ist keine Kaffeefahrt. Willst du einen Zug?«

Thomas winkte dankend ab. Von Drogen hatte er genug.

»Schon mal Acid genommen?«

»Das ist was für Weiße«, winkte Jimmy ab, »Acid ist *shit*. Wenn man das Zeug geschluckt hat, kann es sein, dass man auf einen Horrortrip kommt. Dann wird man ein anderer. Dann kann man sogar einen Freund töten.«

»Jemanden töten?«

Jimmy nickte heftig. Offenbar gehörte LSD nicht zu seinem Drogenarsenal. Seine Worte zeigten Wirkung bei Thomas. Rachels Drogenkonsum schoss ihm durch den Kopf. Was, wenn sie am Tag der Demonstration im Amerika-Haus einen Horrortrip gehabt hatte und … Nein, er konnte sich Rachel nicht als Mörderin ihres Vaters vorstellen. Jedenfalls musste er sich erst mal auf die andere Spur konzentrieren. Jimmy unterbrach seine Gedanken.

»Hey, willst du nicht doch einen Zug?«

»Verrate mir lieber, wie du an die Karre gekommen bist.«

»Ein Colonel braucht schwarze Eier und Krimsekt. Normalerweise fährt immer ein anderer für ihn shoppen, aber leider ist der heute krank geworden, und ich konnte ihn ersetzen.«

Jimmy blinzelte Thomas kumpelhaft an. Der verstand sofort.

»Ich weiß gar nicht, wie ich dir danken soll, Jimmy …«

»Schon gut. Die Sachen kriege ich in der Nähe der Friedrichstraße, wo du auch hinwillst. Aber ich setze dich vorher ab, damit man uns nicht zusammen sieht.«

»Verstanden.«

»Jetzt wird es ernst, gleich kommt die Kochstraße, Checkpoint Charlie«, unterbrach ihn Jimmy, der in eine ruhige Seitenstraße einbog und den Wagen anhielt. Mit ernster Miene instruierte er Thomas für den illegalen Grenzübergang. Damit alles reibungslos verlaufen konnte, musste der sich unter die Rückbank zwängen, die Jimmy hochschob. Thomas kam sich wie eine Sardine in der Büchse vor, was Jimmy jedoch nicht davon abhielt, die gefährliche Aktion zu starten.

»Es geht los. Der Countdown läuft!«

Zehn Minuten später glitt der Buick auf die Kontrollbaracke zu. Der Checkpoint lag mitten in Berlin, an der Grenze zwischen dem amerikanischen und dem sowjetischen Sektor, zwischen Kreuzberg und Berlin-Mitte, und durfte nur von Alliierten und Ausländern benutzt werden. Gemäß dem Viermächtestatus der Stadt durften sich die westlichen Alliierten frei in Ostberlin bewegen, genauso wie die Sowjets in Westberlin. Und genau an diesen Kontrollpunkt steuerte Jimmy jetzt seinen Wagen und passierte die US-Grenzbaracke, vorbei an einem warnenden Schild mit der Aufschrift: You are leaving the American sector.

Thomas hielt den Atem an. Auf Ostberliner Seite warteten die Grenzsoldaten auf den Buick. Trotz Jimmys Versicherung, dass die Volkspolizisten die Autos der Alliierten nicht durchsuchen durften, pochte Thomas' Herz auf Hochtouren. Seine Angst war unbegründet. Der ostdeutsche Grenzer warf nur einen neugierigen Blick in den Innenraum und winkte Jimmy durch, der seinen Dienstausweis an die Scheibe hielt, während im Hintergrund ein riesiges Plakat die alliierten Besucher begrüßte:

Wer die DDR angreift, wird vernichtet.

Jimmy ließ sich von dieser martialischen Warnung nicht einschüchtern und summte vergnügt einen Song. Plötzlich hörte er hinter sich eine laute Trillerpfeife. Er stoppte den Wagen und kurbelte die Seitenscheibe nach unten.

Thomas' Puls schnellte nach oben.

»Ist was, Mr. Stalin?«, rief Jimmy dem Volkspolizisten zu.

»Sie fahren mit eingeschalteten Scheinwerfern, Soldat.«

Jimmy dankte salutierend, gab Gas und freute sich, den Stacheldrahtverhau und die bewaffneten Grenzsoldaten hinter sich zu lassen. Nach einer Weile bog er in eine Nebenstraße ein. Kopfsteinpflaster ersetzte jetzt den Asphalt und überforderte die Blattfederung des Buick. Thomas spürte jeden Stoß.

»Unsere Autos sind eben für die Highways ausgelegt und nicht für ostdeutsche Holperstrecken«, kommentierte Jimmy das leise Stöhnen unter der Rückbank.

»Wann darf ich hier raus?«, wagte Thomas leise zu fragen.

»Warte noch ein bisschen …«

»Wie lange habe ich Ausgang in Ostberlin?«

»Bis siebzehn Uhr. Wir treffen uns im Café Sibylle, eine Milchbar in der Karl-Marx-Allee. Bloß nicht anquatschen, wenn du mich siehst. Folge mir wie ein Hündchen, wenn ich da rausgehe. Ich werde den Wagen so parken, dass du unbemerkt einsteigen kannst«, instruierte ihn Jimmy mit ernster Stimme.

»Café Sibylle. Karl-Marx-Allee, verstanden.«

»Du wirst es nicht verfehlen, es gibt in Ostberlin nicht viele Cafés. Ausgehen ist kaum möglich. Die Roten haben die Bürgersteige von morgens an hochgeklappt.«

»Und was ist, wenn ich es aus irgendeinem Grund nicht schaffe?«

»Dann hast du ein Problem. Die Stasi-Knaste sind keine Luxusresorts«, lautete die unsentimentale Antwort.

»Kein Plan B auf Lager, Jimmy?«

Sein Freund, der sonst immer ein Lächeln im Gesicht hatte, nickte ungewohnt ernst.

»Nein. Heute um siebzehn Uhr ist Deadline. Ich kann dir leider nicht garantieren, dass ich morgen noch mal hier antanzen werde.«

»Ich schaffe es, Jimmy.«

Der hörte nicht hin. Seine Aufmerksamkeit galt einem grauen Wartburg, der hinter ihm herfuhr.

»Willkommen, Mr. Stasi! Eine graue Blechdose folgt uns.«

»Und jetzt?«

»Normalerweise nichts Besonderes, das machen die immer, wenn einer von uns rüberfährt. Aber heute stören diese Läuse!«

»Hast du eine Idee?«

»Ich werde die Idioten austricksen!«

Jimmy fuhr den Wagen an den Straßenrand, unweit einer Haltestelle der S-Bahn.

»Ich steige aus und werde die Motorhaube öffnen. Die werden denken, ich hätte eine Panne. In der Zeit wirst du heimlich den Wagen verlassen. Da vorn fährt die U-Bahn, da kannst du leicht allein weiterkommen.«

»Alles klar!«, ertönte es unter der Rückbank.

»Mach dich bereit.«

Jimmy zog die Handbremse. Er stieg aus und öffnete die Motorhaube. Zufrieden stellte er fest, dass der Wartburg in gebührendem Abstand parkte. Während er zum Kofferraum ging, öffnete er unauffällig die der Straße abgewandte Hintertür einen Spaltbreit.

»Go, Johnny, go ...!«, flüsterte Jimmy, während er demonstrativ einen Werkzeugkasten aus dem Kofferraum hievte. Sein gewagtes Ablenkungsmanöver funktionierte. Da die Stasi-Leute ihn im Visier hatten, entging ihnen, dass Thomas sich durch den Türspalt nach draußen zwängte und bis hinter eine Litfaßsäule robbte. Von dort überquerte er im Laufschritt die Straße. Nicht weit davon sah er den Zugang zur U-Bahn-Station Spittelmarkt. Nun zahlte sich sein Studium des Stadtplans aus. Hier fuhr die Pankow-Bahn, die am Alexanderplatz haltmachte. Von dort aus würde er nur eine Viertelstunde Fußweg bis zum Hotel Berolina brauchen.

Thomas mischte sich unter die Fahrgäste. Ob er mit seiner

Jeans und der Pilzfrisur auffallen würde? Zu seinem Leidwesen sah er keine langhaarigen jungen Männer in der Bahn. Obendrein spürte er die Blicke der Fahrgäste auf sich gerichtet. Er ärgerte sich, dass er sich darüber vor der Fahrt hierher keine Gedanken gemacht hatte. Aufmerksam behielt er die Leute im Blick, die ihn aber nicht weiter beachteten, was ihn beruhigte. Den Rest der Fahrt würde er gefahrlos hinter sich bringen. Doch dann stiegen bei der nächsten Haltestelle zwei Volkspolizisten ein, die laut »Ausweiskontrolle!« riefen.

Thomas' Gedanken rasten. Er musste bis zur nächsten Haltestelle Zeit gewinnen. Möglichst unauffällig drängte er sich zum vorderen Teil des Waggons vor und hoffte, so der Kontrolle zu entgehen. Zu seinem Leidwesen kamen die Vopos zügig voran, da die Fahrgäste bereitwillig ihre Ausweise zeigten. Die beiden Polizisten näherten sich unaufhörlich, während die nächste Haltestelle noch auf sich warten ließ. Als nur noch ein Fahrgast zwischen ihm und den Polizisten stand, schien er das Rennen gegen die Zeit verloren zu haben. Thomas wusste beim besten Willen nicht, wie er aus dieser Bredouille rauskommen würde.

»Ihr Ausweis ist nicht mehr gültig!«, sagte der Volkspolizist streng zu dem Mann neben ihm. »Sehen Sie das denn nicht?«

»Zwei Tage, das ist doch nicht der Rede wert«, wehrte sich der Mann.

»Was der Rede wert ist oder nicht, haben nicht Sie zu entscheiden!«

»Jetzt stellen Sie sich doch nicht so an!«

Die Diskussion wurde lauter und zog sich zu Thomas' Erleichterung bis zur nächsten Haltestelle Klosterstraße hin. Kaum öffneten sich die Türen, sah er zu, dass er ausstieg. Er setzte seinen Weg lieber zu Fuß fort. In einem heruntergekommenen, verwaisten Pissoir fand er die Ruhe, sich erneut mithilfe des Stadtplans zu orientieren. Er musste sich den Weg bis zum Hotel merken, wenn er nicht mit der auffälligen Straßenkarte in der Hand gesehen werden wollte.

Sein weiterer Weg führte über den Alexanderplatz. Dort herrschte rege Geschäftigkeit. Thomas fiel zunächst der Baustellenrumpf des neuen Fernsehturms auf, an dem emsig gearbeitet wurde. Ein Lautsprecher spuckte irgendwelche Parolen aus, die im Lärm der Presslufthämmer untergingen. Ein Stück weiter fand eine kleine Kundgebung statt. *Blut für Vietnam! Lokomotiven für Vietnam!*, stand auf den Plakaten. Davor versuchten einige Männer in Arbeitskitteln und mit Büchsen in der Hand, die Passanten zu einer Spende zu bewegen. Doch die meisten ignorierten den Propagandatrupp. Mehr Interesse wurde einem jungen Mann mit Stirnband zuteil. Er spielte auf einer akustischen Gitarre den Song »Universal Soldier« von Donovan.

Schnell sammelten sich ein paar Frauen und Männer und hörten aufmerksam zu, bis mehrere Vopos auftauchten und sie mit hartem Griff wegdrängten. Immerhin erging es ihnen besser als dem jungen Musiker, der an die Kandare genommen und abgeführt wurde. Im Westen hat man es auf die Gammler abgesehen, hier im Osten auf die langhaarigen Musiker, dachte Thomas. Unbeirrt setzte er seinen Weg fort. Unter einer Plakatwand mit der Aufschrift FREUNDSCHAFT MIT DER SOWJETUNION SICHERT DEN FRIEDEN! schlenderte eine Gruppe sowjetischer Soldaten vorbei. Die jungen Männer scherzten und tranken aus Wodkaflaschen. Sie wurden von den Leuten schlicht ignoriert.

Thomas' Blick fiel auf die Auslage eines Geschäfts. Wie verloren lag da ein einzelnes Stück Seife mitten im ansonsten leeren Schaufenster. Thomas rieb sich die Augen, als er den Preis sah: 20 Mark! Ob es damit zusammenhing, dass es sich um ein westliches Fabrikat handelte?

Nach wenigen Minuten tauchte endlich das Hotel Berolina in der Karl-Marx-Allee auf. Der Verkehr auf dieser breiten sozialistischen Vorzeigestraße hielt sich in Grenzen, da der Erwerb von privaten Autos für die meisten Volksgenossen ein unerfüllter Traum blieb. Andererseits machten sie reichlich Gebrauch vom kulturellen Angebot, stellte Thomas mit Blick auf eine Menschentraube vor den Kassen des *Kino International* fest, das sich vor dem imposanten Hotel Berolina befand, welches er nun zielgerichtet betrat.

Sein Ziel war das Restaurant, das laut Lowski als Treffpunkt für bezahlte Kontaktaufnahmen diente. Also schloss er sich einem Strom von Besuchern an, die sich in Richtung Eingang bewegten. An der Tür fing ihn eine stattliche Kellnerin mit hochgesteckter Betonfrisur ab.

»Guten Tag, der Herr, wie viele Personen?«

»Ich bin allein, wenn Sie verstehen, was ich meine.«

Das tat sie offenbar nicht, wie ihre Gegenfrage bewies: »Haben Sie reserviert?«

Thomas, der ein »Haben Sie gedient?« herauszuhören glaubte, schüttelte den Kopf.

»Nein, ich habe gehört, das ist hier nicht nötig.«

Sie schüttelte streng den massiven Kopf und klopfte mit einem Stift auf ihren Notizblock.

»Ohne Reservierung geht hier gar nichts.«

»Ich nehme gerne auch einen Tisch mit zwei Stühlen.« Er zeigte auf einen Zehn-Mark-Schein, aber die Frau schien sich vom Westgeld nicht überreden zu lassen.

»Wir haben keinen Tisch frei. Sie müssen sich vorher anmelden.«

»Gerne, das mache ich«, antwortete er freundlich, und dann tat er so, als ob ihm noch etwas eingefallen wäre. »Ach so, ich hätte da eine Frage. Ich suche eine junge Dame namens Tania. Können Sie mir weiterhelfen?«

Anstatt zu antworten, warf ihm die Kellnerin einen vernichtenden Blick zu. Thomas legte lieber den Rückwärtsgang ein und versuchte sein Glück in der Hotelbar im Foyer. Auch hier bekam er ohne Reservierung keinen Platz, da half auch kein verstecktes Wedeln mit Valuta. Trotzdem fragte er eine Kellnerin nach einer Tania. Fehlanzeige. Er ärgerte sich über Lowski. Dessen Tipp hatte sich als Rohrkrepierer erwiesen.

Jetzt blieb ihm nur noch der Intershop am Bahnhof Friedrichstraße. Um Zeit zu gewinnen – er hätte sonst eine gute Dreiviertelstunde Fußweg auf sich nehmen müssen –, ging er das Risiko ein und fuhr mit der S-Bahn bis zum Thälmannplatz. Von dort aus kalkulierte er zehn Minuten Fußweg bis zum Bahnhof ein, was auch zutraf. Die Frage nach dem Standort des Intershops war schnell beantwortet. Thomas sah eine Menschentraube vor einem Kiosk stehen, darunter auch westalliierte Militärangehörige, die auf Einkaufstour waren und mit harten Devisen zahlten. Die meisten von ihnen hatten sich mit russischen Wodkaflaschen eingedeckt. Dazu passte die Losung einer Propagandatafel, die unübersehbar an der Fassade des Bahnhofs prangte: FÜR UNVERBRÜCHLICHE FREUNDSCHAFT MIT DEM SOWJETVOLK!

Thomas' Interesse galt aber nicht den östlichen Spirituosen, sondern zwei jungen Frauen mit blonden Hochfrisuren, die für hiesige Verhältnisse aufreizend gekleidet waren und sich mit einigen Soldaten unterhielten. Als eine der beiden einen Soldaten verabschiedete und sich allein eine Zigarette ansteckte, sprach Thomas sie an.

»Hallo, wie geht's?«

»Danke, und dir?«

Thomas holte unauffällig einen West-Zehner raus.

»Kannst du mir helfen?«

»Mit zehn Mark kommst du bei mir nicht weit.«

»Ich will nur eine Information. Ich suche Tania.«

»Welche Tania?«

»Sie hat schwarze Haare.«

»Die habe ich auch«, grinste die Frau und schob kurz ihre blonde Perücke nach oben. »Aber ich heiße Inge«.

»Und Tania?«

»Kenne ich nicht.«

»Den hier? Schon mal gesehen?«

Thomas zeigte ihr ein Bild von Egmont, was bei Inge für irritiertes Kopfschütteln sorgte.

»Was bist du denn für einer?«

»Nichts Schlimmes. Ist eine private Sache.«

Die Frau wusste nicht, was sie von der Antwort halten sollte. Aber sie steckte trotzdem den Zehner ein.

»Den kenne ich auch nicht.«

»Hast du einen Tipp, wo ich sonst fragen könnte?«

Wieder wechselte ein Zehner aus Thomas' Portemonnaie zu der Frau.

»Hotel Berolina, aber da geht nichts ohne Beziehungen.«

»Das habe ich auch schon gemerkt. Und wo sonst?«

»Hotel Unter den Linden, die Cafébar ganz oben.«

»Wo finde ich das Hotel?«

»Nicht weit von hier, Ecke Friedrichstraße.«

Dankbar schob er ihr noch einen Zehner rüber und machte sich auf den Weg. Bis jetzt war er wie ein Hamster im Rad gelaufen, aber er musste jede Chance nutzen.

Das Hotel ragte mit seiner frischen Fassade aus der betongrauen Umgebung heraus. Um mögliche Verfolger abzuschütteln, nahm Thomas einen langen Umweg um das Karree in Kauf. Erst als er sicher war, dass er nicht beschattet wurde, wagte er, das Gebäude zu betreten, wo er im nostalgisch gehaltenen Foyer von einer metallenen Skulptur eines Berliner Blumenmädchens der Jahrhundertwende begrüßt wurde. Die Fahrstühle mit ihren schmiedeeisernen Verkleidungen schienen die Hotelbesucher ins vergangene Jahrhundert befördern zu wollen. Aber Thomas hatte keine Augen für die innenarchitektonischen Feinheiten der Einrichtung, sondern fuhr mit dem Lift hinauf zur Cafébar. Zu seiner Überraschung teilte er die Kabine mit einigen schwarzhaarigen, schnurrbärtigen Männern, die mit der blonden Liftdame flirteten.

»Mädchen hier sehr hübsch. Kompliment!«, sagte einer und zwirbelte seinen imposanten Schnurrbart.

»Hübscher als Kreuzberg!«, ergänzte sein Kollege. Unweigerlich musste Thomas an Lowski denken, der über die Gastarbeiter schimpfte, die sich lieber im Osten vergnügten und die Preise im Westen kaputtmachten. Genau das hatte wohl auch das Trio aus Anatolien im Sinn, das ohne Umschweife die Cafébar aufsuchte. Sie wurden am Eingang von einem Kellner wie alte Bekannte begrüßt und an einen Tisch am Fenster geführt. Obwohl die Bar nur mäßig besucht war und die kleine Tanzfläche leer blieb, spielte eine Hotelcombo leise einen Song, der Thomas bekannt vorkam. Es klang nach »The Last Time« von den Rolling Stones, allerdings im Rumba-Rhythmus und ohne Gesang. Thomas hatte keine Zeit, sich darüber zu wundern, weil der Kellner, der ihn in seiner schwarzen Livree an einen Kaiserpinguin erinnerte, angeschossen kam.

»Der Herr wünscht einen Tisch? Wie viele Plätze?«

»Ich bin allein, möchte aber einen Zweiertisch, wenn Sie verstehen, was ich meine«, deutete Thomas an. Der Kellner verstand sofort und nickte. Er nahm ihm die Jacke ab und führte ihn an einen Tisch mit zwei Stühlen.

»Was darf ich bringen?«

»Eine Cola«, bestellte Thomas, aber dann fiel ihm ein, dass er im Osten war. »Sie haben doch Cola?«

»Selbstverständlich, der Herr.«

Der Kellner entfernte sich schmunzelnd, und Thomas begann, die Umgebung mit den Augen abzusuchen, gespannt auf das, was ihn erwartete. Sein Blick wanderte zu dem Fenstertisch, der mittlerweile von sechs Personen bevölkert wurde, da sich drei junge Frauen dem Gastarbeiter-Trio hinzugesellt hatten. Alle scherzten miteinander, man schien sich zu kennen. Einige Fläschchen 4711 wanderten in Richtung der Ostberliner Damen.

»Guten Tag, darf ich mich zu Ihnen setzen?« Thomas drehte sich um und sah eine Frau in einem braunen Cocktailkleid. Sie war dunkel geschminkt, hatte schwarze Haare und erinnerte ihn an die französische Chansonsängerin Juliette Gréco.

»Gerne, nehmen Sie doch Platz.«

Thomas stand höflich auf und rückte ihr galant den Stuhl zurecht. Da tanzte auch schon der umtriebige Ober an.

»Die Dame wünschen?«, fragte er, was Thomas lächerlich fand, weil es offensichtlich war, dass die *Dame* zum Inventar gehörte.

»Einen Piccolo, bitte!«

Der Kellner notierte es zufrieden und ließ die beiden allein. Thomas überlegte, wie er das Gespräch beginnen sollte, aber sie nahm ihm die Arbeit ab.

»Sind Sie das erste Mal in Ostberlin?«

Thomas nickte.

»Man merkt wohl sofort, dass ich nicht von hier bin?«

»Ich jedenfalls schon«, schmunzelte sie. »Beruflich unterwegs?«

»Richtig. Ich bin in der Baubranche tätig. Und Sie?« Sie war erstaunt über die Frage und blickte ihn irritiert an. Wollte er sie etwa auf den Arm nehmen?

Im nächsten Moment merkte Thomas seinen Fauxpas. Er lächelte verlegen.

»Vielleicht sollten Sie mich nach meinen Hobbys fragen …«, deutete sie an.

»Das werde ich auch bestimmt, aber vorher darf ich mich vorstellen. Ich heiße Thomas.«

»Tamara.«

Beide warteten ab, bis der Kellner Cola und Piccolo brachte und sich galant entfernte. Die Frau prostete Thomas zu, klimperte dabei mit den Wimpern, versuchte, verführerisch zu wirken. Thomas merkte sofort, dass da keine echten Gefühle im Spiel waren, aber das störte ihn nicht, weil er ja selbst keine emotionalen oder sexuellen Erwartungen hegte.

»Tamara, ich würde Sie gerne etwas fragen. Ich suche ein bestimmtes Mädchen in Ostberlin. Vielleicht können Sie mir helfen.«

Sie blickte ihn überrascht an.

»Dieses Mädchen heißt Tania und hat schwarze Haare.«

Nun lächelte sie kokett und strich sich leicht über die Haare.

»Und Tamara mit den schwarzen Haaren reicht Ihnen nicht?«

»Nur wenn Sie diesen Herrn kennen.«

Zu ihrer Überraschung zeigte ihr Thomas das Foto von Dr. Egmont. Sie wirkte irritiert.

»Ich verstehe nicht …«

»Haben Sie diesen Herrn schon mal gesehen? Er muss öfter hier gewesen sein«, behauptete Thomas einfach.

»Suchen Sie nun den Herrn oder die Dame?«

»Die Dame.«

»Sie sind hier falsch!« Ihre Stimme klang mit einem Mal frostig. Thomas versuchte sofort zu deeskalieren.

»Schon gut, Tamara, ich wollte Ihnen keine Schwierigkeiten bereiten.«

Er prostete ihr zu, warf einen Blick in Richtung Kellner. Tamara las seine Gedanken.

»Ihn würde ich an Ihrer Stelle nicht nach einer Tania fragen.«

Die Warnung saß. Thomas musste vorsichtig sein, kein Risiko eingehen, zumal ihm nicht entging, dass der Kellner ihn mit einem Raubvogelblick im Visier hatte.

»Nachher will er noch wissen, warum jemand aus dem Westen fremden Damen Fotos zeigt.«

Thomas wurde es plötzlich zu heiß.

»Nehmen Sie es bitte nicht persönlich, aber ich werde jetzt besser zahlen.«

»Ich nehme nie etwas persönlich auf der Arbeit. Aber jetzt zu zahlen ist das Beste, was Sie tun können!« Das sah auch Thomas so, der den Kellner herbeirief, während Tamara hinter der Theke verschwand. Auch die drei Gastarbeiter ihrerseits verließen mit ihren Begleiterinnen das Café und gingen mit ihnen feixend die Treppe hinunter. Offensichtlich fand die weitere Völkerverständigung in den Hotelzimmern statt.

Nachdem Thomas seine Jacke von der Garderobe geholt hatte, verließ er das Café. Seine Ermittlungen waren ein Schlag ins Kontor. Aber das half jetzt alles nichts, er hatte keine Kontaktpersonen in Ostberlin, die er zu Rate ziehen konnte, er war mit seinem Latein am Ende. Wie sollte es weitergehen? In zweieinhalb Stunden würde er Jimmy treffen und mit leeren Händen nach Hause fahren. Wie sollte er die Zeit bis dahin verbringen? Er beschloss, zum verabredeten Café Sibylle zu gehen, das nicht weit entfernt war. Kurz griff er in seine Tasche, um nachzusehen, wie viel Ostmark er noch besaß. Verwundert stellte er fest, dass ihm jemand einen Zettel in die Tasche gesteckt hatte. *17 Uhr, S-Bahnhof Schönhauser Allee,* stand da geschrieben. Er las einmal, er las zweimal. *17 Uhr, S-Bahnhof Schönhauser Allee?* Wie kam der Zettel in seine Tasche? Er erinnerte sich, dass der Kellner ihm im Café die Jacke abgenommen und in der Garderobe deponiert hatte. Aber auch vor den Intershop-Buden hätte ihm jemand heimlich etwas zustecken können. Was sollte er davon halten? War das eine Falle, oder wollte ihn jemand ungestört sprechen? Dummerweise würde Jimmy ihn um siebzehn Uhr abholen. Thomas überlegte fieberhaft, aber die Zeit rannte ihm davon. Am sichersten wäre es, den Zettel zu ignorieren und zur verabredeten Zeit mit Jimmy nach Westberlin zu fahren – allerdings ohne greifbares Resultat. Er könnte aber auch auf volles Risiko gehen und sich stattdessen zur Schönhauser Allee begeben. Wie sollte er sich bloß entscheiden?

41

Jimmy wartete Punkt siebzehn Uhr vor dem Café Sibylle. Wenn Thomas sich im Café befand, würde er ihn sehen und rauskommen. Doch das tat er nicht. Ungeduldig betrat Jimmy das Lokal und blickte sich um. Das Publikum setzte sich aus jungen Ostdeutschen und zwei französischen Soldaten zusammen, aber von Thomas war nirgends eine Spur. Um nicht aufzufallen, entschloss sich Jimmy, im Café zu warten, und bestellte eine Vita Cola, die ihm zu seinem Erstaunen durchaus schmeckte.

Zunächst machte er sich um Thomas keine Sorgen, der hatte bestimmt die S-Bahn verpasst oder war in die falsche Straßenbahn eingestiegen. Doch nach einer halben Stunde verflog sein Optimismus. Nicht, dass Thomas verhaftet worden war? Nicht auszudenken, was dem Freund blühen würde … Jimmy verließ nervös die Bar und rauchte etwas Gras zur Beruhigung. Einigen Passanten fiel der süßliche Duft der Zigarette auf, aber sie konnten den Geruch nicht so recht einordnen und gingen weiter. Jimmy rotierte innerlich und hielt es vor Spannung kaum aus. Was war schiefgelaufen? Sollte er noch länger auf Thomas warten? Als er auf der anderen Straßenseite zwei Vopos entdeckte, die ihn offenbar auf dem Schirm hatten, rechnete er mit dem Schlimmsten. Hatte man Thomas gefoltert und so von dem geplanten Treffen im Café erfahren? Jimmy versuchte, sich nichts anmerken zu lassen. Er kehrte zu seinem Wagen zurück und machte sich mit einem beklemmenden Gefühl auf den Heimweg.

Auch Peggy war beunruhigt. Sie hatten zwar keine genaue Uhrzeit ausgemacht, aber Thomas war ihrer Ansicht nach überfällig. Wiederholt schaute sie auf die Uhr. Obwohl Spanowski noch immer in seine Marx-Lektüre vertieft war, blieb ihm ihre Unruhe nicht verborgen.

»Meine Analyse war richtig. Seine individuelle Aktion war grundfalsch. Er hat seine Kräfte völlig überschätzt. Er kann nicht allein den Kampf gegen diesen Unterdrückungsapparat gewinnen.«

»Sagt der Herr Doktor Weltverdreher«, kommentierte Peggy genervt.

Dessen ungeachtet postierte sich Spanowski vor ihr wie ein Lehrer vor einem Schulkind und begann zu dozieren.

»Ihm fehlt die Fähigkeit, das Subjekt-Objekt-Verhältnis unter den spezifischen Bedingungen als Moment der möglichen Optionen tendenziell zu begreifen …«

»Halt doch einfach mal die Klappe!«, kanzelte ihn Peggy ab.

»Ich verstehe ja deine revolutionäre Unruhe und Ungeduld, aber wir müssen die Angelegenheit kritisch-rational erörtern …«

Peggy merkte, wie ihre Temperatur langsam, aber sicher anstieg. Spanowski dagegen merkte es nicht und fuhr fort.

»Es ist eine vertrackte Situation, aber die werden wir dialektisch auflösen. Da von ihm offenbar keine Lösung zu erwarten ist, müssen wir sehen, dass wir selbst eine revolutionäre Stimmung erzeugen!«

Peggy reichte es.

»Ich ziehe dir gleich den Stecker raus!«

Ihre Drohung verpuffte bei Spanowski. Er war jetzt in Fahrt, schlug seinen Wälzer auf und blätterte darin geschäftig.

»Nur ein Aufstand der emanzipativ denkenden Menschen

kann uns helfen. Es gibt in der Geschichte der Klassenkämpfe einige erfolgreiche Beispiele dafür, beispielsweise die Pariser Kommune.«

Peggy versuchte, ihn zu ignorieren, und sah erneut auf ihre Uhr. Sie überlegte fieberhaft, wie sie Thomas helfen könnte. Spanowski seinerseits hatte Antworten gefunden: »Damals in Paris hatten die Räte die Macht übernommen, die Polizei und den Unterdrückungsapparat unter Kontrolle gebracht und die Gefängnisse gestürmt. Ich lese dir das mal vor …«

»Nein!«

Doch Spanowski hatte kein Einsehen und begann zu lesen. Peggy hielt sich die Ohren zu. Sie ertrug diesen Menschen, der revolutionäre Phrasen im Akkord drosch, nicht länger. Nicht nur seine Fremdwörter gingen ihr auf den Keks, sondern auch seine Stimme, sein Auftreten, ja sein Aussehen, einfach alles.

»Aufhören!«, schrie sie laut

»Was ist?«

»Ich gehe jetzt. Ich muss was tun!«

»Und was?«

»Thomas suchen!«

Die Vorstellung, allein im Kleingarten zu bleiben, löste bei Spanowski blankes Entsetzen aus. Panik ergriff ihn.

»Nein! *Nein!* Du kannst mich doch jetzt nicht allein lassen!« Er stellte sich Peggy in den Weg und faltete die Hände wie zum Gebet. »Und wenn man dich schnappt? Dann sehe ich alt aus hier.«

»Nach mir wird nicht gesucht. Außerdem passe ich auf mich auf.«

»Nein, bitte, geh nicht fort.« Er ergriff Peggys Hand.

Peggy schob ihn wie eine lästige Fliege beiseite.

»Warum nicht? Wenn du schon Revolution spielen kannst,

dann brauchst du auch keine Mutti! Falls Thomas auftaucht, dann sag ihm, er soll hierbleiben, bis ich zurück bin.«

Peggy wartete Spanowskis Antwort nicht ab. Sie ging einfach. Ihr war es egal, was mit diesem Sprücheklopfer passieren würde. Sie wollte nur wissen, wo sich Thomas befand. Thomas, den sie über alles liebte.

Als Erstes wollte sie Jimmy suchen und ihn nach Thomas fragen. Sie fuhr mit dem Bus zur Truman Plaza und klapperte dort den Supermarkt und einige Bars ab, allerdings ohne Erfolg. Anders als Thomas am Abend zuvor gelang es ihr nicht, Jimmy aufzutreiben. Als sie einige schwarze G.I.s sah, fasste sie sich ein Herz und fragte nach ihm.

»Jimmy? Welcher Jimmy?«, bekam sie zur Antwort. Zu blöd, dass sie weder seinen Nachnamen noch seinen genauen Dienstgrad kannte. Und richtig idiotisch, dass ihr das nicht vorher eingefallen war. Ihre Suche zog sich bis zum späten Abend hin, und irgendwann gab sie auf. Und wenn Thomas vielleicht doch noch im Kleingarten erschienen war?

Als sie erwartungsvoll die Laube betrat, wurde sie lediglich von Spanowski erwartet. Er hatte sich wieder beruhigt und war ganz der alte.

»Ich wusste, dass du nicht verhaftet wirst, denn wie sagt Mao Tse-tung? ›Der Revolutionär bewegt sich im Volk wie ein Fisch im Wasser.‹«

Doch Peggy verzichtete gern auf das Kompliment. Sie sorgte sich um Thomas, ja, hatte große Angst um ihn. Sie hatte schließlich mit eigenen Augen gesehen, dass die DDR-Grenzschützer über Leichen gingen.

42

Thomas hatte beschlossen, die einzige Chance zu nutzen, die sich ihm bot. Wollte er in der Causa Egmont weiterkommen, musste er volles Risiko eingehen und sich mit dem oder der Unbekannten treffen. Dass er dadurch Jimmy verpasste, nahm er bewusst in Kauf. Er würde schon eine Lösung für seine Rückkehr finden. Erneut wagte er eine Fahrt mit der U-Bahn und stieg bei der Schönhauser Allee aus.

Um einer erneuten Ausweiskontrolle zu entgehen, achtete er diesmal genau auf die einsteigenden Fahrgäste.

Die Bahn war voll, er fiel in der Menge nicht auf, jedenfalls bildete er sich das ein. Da er eine knappe Stunde vor der verabredeten Zeit ankam, beschloss er, die Zeit in einer Kneipe zu verbringen, aber die einzige, die er fand, hatte geschlossen. Im Unterschied zu Westberlin, das über siebentausend Kneipen aufwies, sah es hier mau aus. Jimmy hatte nicht übertrieben.

Möglichst unauffällig schlenderte er durch die Straßen. Anders als am Alexanderplatz sah es hier baufällig aus. Nichts als altersgraue Wohnhäuser mit bröckelnden Fassaden, die nach Sanierung riefen. Es war nicht so, dass Westberlin vor prunkvollen Fassaden nur so strotzte. Auch dort waren längst nicht alle Bauruinen beseitigt, und nicht wenige Straßenzeilen in bestimmten Stadtvierteln wie etwa Kreuzberg gammelten regelrecht vor sich hin. Aber das war kein Vergleich zu Ostberlin. Obendrein waren viele Straßen nicht asphaltiert, sondern mit dicken Steinen gepflastert. Dass es weniger Autos gab, gefiel Thomas wiederum, denn oft genug nervte der hektische Verkehr auf der anderen Mauerseite. Im Gegensatz zu Westberlin schien es hier auch keine Penner oder Bettler zu geben, die unter Brücken hausten. Stattdessen kehrten ältere Männer mit roten Armbinden die Straßen. Taten sie es freiwillig? Aus freien Stücken warteten jedenfalls gut zwei Dutzend Menschen vor einem Lebensmittelladen, in dem es nur Weinsauerkraut, eingelegtes Obst und Backpflaumen gab. Drinnen sah es auch nicht besser aus: leere Regale, so weit das Auge reichte, aber an der Wand ein rotes Banner mit der Losung Öl und Fleisch für das vietnamesische Volk!

Thomas wunderte sich. Hier standen die Leute Schlange vor den leeren Lebensmittelläden und auf dem Ku'damm vor den Juweliergeschäften.

»Wir kriegen Backpflaumen und spenden den Rest nach Vietnam, das haben wir gerne!«, kommentierte eine ältere Frau, die soeben aus dem Laden kam, kopfschüttelnd.

»Und bei uns im Betrieb müssen wir unbezahlte Sonderschichten einlegen, damit Herrn Ho Chi Minh die Schrauben nicht ausgehen«, ergänzte ein Mann. In der Warteschlange machte sich Unmut über die Bevorzugung des »vietnamesischen Volkes« breit. Die von oben verordnete Solidarität kam wohl nicht so gut an.

»Was denkst du darüber, junger Mann?«, wurde Thomas gefragt, aber anstatt zu antworten, entfernte er sich lieber schnell in Richtung S-Bahnhof. Um den Blicken zu entgehen, blieb ihm nur eine Unterführung, die nicht gerade einladend aussah. Auch hier im Halbdunkel nervte Thomas eine Losung: Der Sozialismus leuchtet uns voran!

Den Kommentar eines Witzbolds fand er wiederum lustig:

Genossen, wählt PDA – Partei der Armleuchter!

Während sich Thomas über den Protest amüsierte, schaute er auf seine Uhr. Siebzehn Uhr! Jetzt musste der Unbekannte jeden Moment auftauchen und hoffentlich Licht ins Dunkel bringen. Und wenn es doch eine Falle war? Thomas fiel eine Gestalt auf, die sich langsam in seine Richtung bewegte. Als sie näher kam und die Schattenlinie verließ, erkannte er Tamara. Sie hatte also den Zettel in seine Jackentasche gesteckt! Gut fünf Meter vor ihm blieb sie stehen und sah sich vorsichtig um.

»Mit Ihnen hätte ich gar nicht gerechnet«, gab Thomas offen zu.

»Wer sind Sie?«, fragte sie knapp.

»Ich heiße immer noch Thomas Engel, und ich bin natürlich nicht aus der Baubranche. Aber ich würde gerne die Dame sprechen, die Dr. Egmont kannte. Ich gehe mal davon aus, dass Sie es sind.«

»Was wollen Sie von mir?« Ihre Stimme zitterte. Sie stand unter Strom, war voller Vorsicht.

»Können wir uns nicht woanders unterhalten? Ich weiß nicht, ob das hier der passende Ort ist.« Auch Thomas sah sich jetzt hektisch um. Ihr Verhalten machte ihn noch nervöser, als er ohnehin schon war.

»Wer sind Sie?«

»Sie können mir vertrauen, ich werde Ihnen alles erklären. Aber wir sollten wirklich einen besseren Ort finden.«

Die Frau schüttelte vehement den Kopf, machte auf dem Absatz kehrt und ging wieder. Dann aber blieb sie doch stehen, rang mit sich. Nach einer kurzen Pause sagte sie kaum hörbar: »Folgen Sie mir, aber halten Sie Abstand. Man darf uns nicht zusammen sehen.«

Ohne seine Antwort abzuwarten, ging sie los. Thomas wechselte die Straßenseite und folgte ihr mit einigem Sicherheitsabstand. Er vertraute ihr, obwohl er davon ausgehen musste, dass sie, als Angestellte des Hotels mit Kontakt zu Ausländern, für die Staatssicherheit arbeitete. Aber das Risiko war er bereit einzugehen, unabhängig davon, dass ihm Alternativen fehlten. Nach etwa zehn Minuten bog sie in eine Seitenstraße ein. Erneut ein prüfender Blick, dann schloss sie die Tür eines alten, mehrstöckigen Hauses auf, wartete auf Thomas und ließ ihn eintreten. Ihre Wohnung lag im vierten Stock.

»Setzen Sie sich«, forderte Tania ihn auf und rückte einen Stuhl zurecht. »Möchten Sie Tee oder ein Bier?«

Thomas antwortete mit einer Gegenfrage.

»Tania oder Tamara?«

»Tania. Nur auf der Arbeit nenne ich mich Tamara.«

»Dann zuerst einen Tee und danach ein Bier, Tania.«

Während sie in der kleinen Küche den Tee zubereitete, ließ Thomas den Blick schweifen. Altbau mit hohen Decken, Kohleofen, schlichtes Sofa und Sessel, keine Bilder an den Wänden. Wirkte etwas lustlos eingerichtet. Zwei Koffer in der Ecke schienen auf eine bevorstehende Reise zu warten.

»Was ist mit Brian passiert?«, fragte sie unvermittelt.

»Sie wissen, dass er tot ist?«

Tania nickte.

»Durch das Westfernsehen. Ein Student hat ihn ermordet. Aber ich kann das nicht glauben …« Tania senkte den Kopf, schloss die Augen.

»Es tut mir leid«, sagte Thomas bedauernd. Sie wischte sich die Tränen ab.

»Was wollen Sie von mir? Kannten Sie ihn?«

»Das ist eine lange und komplizierte Geschichte, und es ist vielleicht naiv von mir, sie Ihnen zu erzählen. Ich weiß nicht, welche Rolle Sie spielen, aber ich werde das Risiko eingehen. Und ich hoffe, dass Sie dann auch mit offenen Karten spielen …«

»Ich höre.«

Thomas begann. Er erzählte, wie er Dr. Egmont gefunden und den tatverdächtigen Spanowski verhaftet hatte. Weil er mittlerweile von seiner Unschuld überzeugt sei, würde er auf eigene Faust ermitteln. Das wiederum hätte die CIA auf den Plan gerufen.

»… und jetzt bin ich in deren Fadenkreuz und schwebe in Lebensgefahr.«

Das mysteriöse Tonband erwähnte Thomas bewusst nicht, weil er nicht alle Informationen preisgeben wollte. Und um Jimmy zu schützen, verschwieg er auch die Details seiner illegalen Einreise. Tania, die gebannt zugehört hatte, brannte eine Frage unter den Nägeln:

»Wie sind Sie auf mich gekommen?«

»Über Umwege. Laut seinem Terminkalender besuchte Dr. Egmont öfters ein Theater in Ostberlin, was mein Misstrauen erregte. Außerdem machte eine neugierige Nachbarin der Egmonts Bemerkungen über eine Geliebte namens Tania in Ostberlin. Ich zählte eins und eins zusammen und versuchte halt hier mein Glück.«

Tania schien seine Angaben nicht anzuzweifeln und stellte nur eine weitere Frage.

»Wer weiß, dass Brian mich gekannt hat?«

»Niemand. Und bis vor einer Stunde wusste ich es auch nicht!«

Erleichtert steckte sie sich eine Zigarette an.

»Sie können mir also hundertprozentig vertrauen«, versicherte ihr Thomas.

»Jetzt haben Sie sich ein Bier verdient.« Sie reichte ihm eine Flasche Radeberger, sah zunächst ein wenig verloren aus dem Fenster, dann auf die beiden Koffer. Sie schien ganz in Gedanken versunken. Stille trat ein, nur das leise Ticken der Wanduhr war zu hören. Das Geräusch machte Tania offenbar verrückt. Sie stand auf, nahm die Uhr von der Wand und brachte sie ins Badezimmer.

»Glauben Sie an die große Liebe? An die Liebe auf den ersten Blick?«, fragte sie ihn dann.

»Ja. Ich habe meine Freundin so kennengelernt.«

Der Satz wirkte bei Tania wie ein Dammbruch. Jetzt sprudelte es aus ihr heraus: »Das ist schön, nicht wahr? Ich habe das erlebt und weiß Gott, ich bin nicht naiv und leicht zu beeindrucken. Ich bin auch nicht sonderlich romantisch, im Gegenteil. Als Jugendliche war ich vom Kommunismus überzeugt. 1953, als die Arbeiter demonstrierten, hätte ich gern den Aufstand niedergeschlagen, so dachte ich als treue FDJlerin. Logisch, dass das Ministerium für Staatssicherheit auf so eine wie mich aufmerksam wurde. Ich machte mehrere Schulungen, ich lernte Englisch, ich wurde in die konspirative Arbeit eingeweiht, mit anderen Worten: Aus mir sollte eine Agentin der Aufklärung werden. Zunächst hieß es, ich würde im kapitalistischen Ausland eingesetzt werden, aber dann hatte man für mich etwas anderes vorgesehen. Ich sollte mit sogenannten frauenspezifischen Methoden Kontakte zu westlichen Männern herstellen. Man könnte auch sagen, dass ich ein Stasi-Lockvogel bin, wenn Sie verstehen, was ich meine?«

»Ich denke schon«, antwortete Thomas, der jedes ihrer Worte registriert hatte.

»Man sagte mir, ich hätte ein sehr kontaktfreudiges Naturell und würde selbstsicher auftreten. Insofern sei ich geeignet, um intime Beziehungen herzustellen. Natürlich alles im Dienst des Sozialismus!«

»Und das haben Sie einfach mitgemacht?«

»Ich beschwerte mich bei meinem Führungsoffizier, aber er sagte wörtlich: ›Besser kannst du unserem Staat nicht helfen!‹ Als ich mich weigerte, hieß es: ›Willst du zurück in das Leben der Werktätigen? Kein Problem, das Kombinat Blechbüchse in Bitterfeld braucht dringend Küchenhilfen!‹ So saß ich auf einmal selbst in der Falle, und die war alles andere als honigsüß.« Tania lachte bitter und steckte sich eine neue Zigarette an.

»Haben Sie Dr. Egmont im Café kennengelernt? Hat man Sie auf ihn angesetzt?«

»So in etwa. Eines Tages betrat ein Amerikaner das Café. Groß, Mitte vierzig etwa. Amerikaner im Café sind für uns wie Goldfische. Aber dieser hier wollte nur etwas trinken, er war gar nicht wegen eines Mädchens gekommen. Ich legte trotzdem die übliche Platte auf, klimperte mit den Wimpern, zeigte ihm Bein, aber er reagierte nicht darauf. ›Gefalle ich Ihnen nicht?‹, fragte ich ihn genervt. ›Doch, aber ich bin nicht in Stimmung‹, sagte er. Er erzählte, dass er sich mit seiner Frau nach einem Theaterbesuch in Ostberlin gestritten habe. Sie war allein zurück in den Westen gefahren, er wollte aber noch einen Umtrunk nehmen. Nach dieser Beichte ging er. Aber zwei Tage später kam er wieder. Diesmal hatte er mir etwas mitgebracht, ein französisches Parfüm, nicht das übliche Kölnisch Wasser, das es sonst gibt. Ich dürfe das nicht annehmen, sagte ich. Er erwiderte, er würde mir das versteckt schenken, und dann reichte er mir den Flakon unter dem Tisch. Ja, er war witzig. Wir kamen ins Gespräch und redeten über dies und jenes, und irgendwann merkte ich, dass es anders war als bei den üblichen Kunden. Er sah mich nicht als leichtes Mädchen, er mochte mich wirklich. Als er ging, sagte er, dass er mich wieder besuchen würde, und ich flüsterte ihm zu, dass das nicht gut sei. Meine Offiziere würden verlangen, dass er endlich mit mir in eine KW gehen würde.«

»Was ist eine KW?«

»Konspirative Wohnung. Dahin nehmen wir die Gäste mit, und dort werden sie gefilmt oder fotografiert … Aber ich wollte das nicht. So verabredete ich mich mit ihm woanders.«

»Hier?«

Sie nickte, schwelgte in Erinnerungen.

»Es war wahnsinnig, es war gefährlich, aber es war Liebe. Fortan trafen wir uns heimlich hier, und offiziell hieß es immer, dass er ins Theater ging. Das klingt jetzt vielleicht wie ein kitschiger Liebesroman, aber es war Realität.«

»Das glaube ich. Und kitschig finde ich die Geschichte nicht«, versicherte er ihr.

»Wir hatten auch keine Geheimnisse voreinander. Er wusste, dass ich bei der Stasi war, und ich, dass er für die CIA arbeitete.«

»Das verlangt großes Vertrauen!«, entfuhr es Thomas, und Tania nickte.

»Wir haben über alles gesprochen, auch darüber, dass seine Ehe nur noch auf dem Papier existierte. Aber sie war schon vor mir kaputt, ich brauchte also kein schlechtes Gewissen zu haben.«

»Welche Zukunft gaben Sie sich beide? Immerhin lebten Sie auf fremden Planeten.«

»Schön formuliert. Obwohl wir wussten, dass wir unser Planetensystem nicht verlassen konnten, wollten wir ausbrechen.« Sie zeigte auf die beiden Koffer. »Mich hielt hier nichts mehr. Warum ich wegwill? Ich habe die Phrasen satt. Dass der Sozialismus die Bedürfnisse der Bevölkerung befriedigt, kann ich bestätigen – allerdings gilt das nur für die Parteioberen. Ich sehe im Hotel, wie das läuft. Die Kader gönnen sich georgischen

Cognac, das Fußvolk kriegt billigen Fusel. Nur die Vietnamesen bevorzugen Whiskey, am liebsten Bourbon, Jim Beam zwölf Jahre gelagert.«

»Vietnamesen?«

»Die wichtigen kommunistischen Kader, die unseren Arbeiterstaat besuchen. Einer meiner Stammgäste, ein hoher Funktionär aus Hanoi, kommt öfters nach Ostberlin. Besucht seinen Sohn, der hier studieren darf, im Unterschied zu dessen Altersgenossen, die an die Front müssen und gegen die Amis kämpfen. Da staunen Sie, was?«

»Mittlerweile nicht mehr«, antwortete Thomas. »Meine Erfahrung ist, dass die Grenzen zwischen Gut und Böse durchlässig sind. Aber zurück zu Dr. Egmont. Wohin wollte er mit Ihnen reisen?«

»Wir hatten alles ausgemacht. Er hatte zwei Pässe organisiert, mit neuen Identitäten. Er wollte mit mir nach Australien, dort wollten wir ganz neu anfangen ... ein Stück Land kaufen, alles war arrangiert. Aber an dem vereinbarten Tag kam er nicht ... Ich verstand das nicht, ich wartete und wartete. Dann erfuhr ich im Fernsehen von seinem Tod.«

Tania schlug die Hände vors Gesicht und weinte stumm.

»Warum hat man uns eine Minute vor zwölf unseren Traum zerstört?«

Weil Egmont die Schulden seines Lebens bezahlen musste, hätte Thomas am liebsten geantwortet, aber das behielt er für sich.

»Tania, wer könnte ein Motiv haben, Dr. Egmont zu töten?«

Anstatt zu antworten, sah sie geistesabwesend aus dem Fenster, ihr Blick schweifte ab.

»Wissen Sie eigentlich, wo Sie sich befinden? Im richtigen Osten Berlins. Hier wohnen tatsächlich die Werktätigen, das war immer so, schon vor dem Krieg. Es wimmelt von Mietskasernen. Die besseren Kreise haben den Rosenthaler Platz und Prenzlauer Berg immer gemieden. Das hier ist sozusagen die Bronx von Berlin gewesen.«

Sosehr sich Thomas auch für die Geschichte Berlins interessierte, die Gegenwart interessierte ihn mehr.

»Ich frage mal anders, Tania. Was wussten Sie konkret über seine Arbeit?«

»Er sagte: ›Tania, wenn du wüsstest, was ich alles mitgemacht habe, würdest du mich gar nicht lieben.‹ Und ich habe ihm darauf geantwortet: ›Ich bin auch kein Engel, wir wollen nur nach vorne blicken!‹ Daraufhin entgegnete er: ›Ich kann nicht einfach kündigen. Ich weiß zu viel.‹«

»Hat er Ihnen Details seiner Arbeit anvertraut?«

Sie winkte ab.

»Warum soll ich über das alles sprechen? Er ist tot …«

»Ich will nicht seinen Ruf besudeln, Tania, ich will herausfinden, wer sein Mörder ist!« Obwohl er sie eindringlich ansah und sie seinem Blick nicht auswich, versagte sie ihm eine Antwort. Um weiterzukommen, musste Thomas sie aus der Reserve locken.

»Ich weiß, dass er an einem bestimmten Projekt mit dem Namen Hades gearbeitet hat. Er hat Ihnen doch bestimmt davon erzählt, nicht wahr?«

Tania schüttelte den Kopf. Sie wollte ihm nicht antworten.

»Wovor haben Sie Angst, Tania?«

»Was für eine Frage! Sein Mörder würde vor mir bestimmt nicht haltmachen. Ich bin Mitwisserin!«

»Was wissen Sie denn?«, hakte Thomas nach. Er musste jetzt aufs Ganze gehen. Seine Frage bewirkte bei Tania einen abrupten Stimmungswechsel.

»Sie gehen jetzt besser. Es war ein Fehler, Sie zu treffen.«

Thomas wollte kurz vor dem Ziel nicht aufgeben. Er ging jetzt aufs Ganze.

»Es existiert ein Tonband, Tania, das im Besitz von Dr. Egmont war. Wissen Sie etwas davon?«

»Ein Tonband? Nein. Nie davon gehört.« Sie schüttelte vehement den Kopf und wich seinem Blick aus, was Thomas genau registrierte.

»Sie wissen von dem Tonband, Tania.«

»Wie kommen Sie darauf? Wenn es eines gegeben hätte, dann hätte Brian mir das gesagt!« Thomas, der sie genau beobachtete, fiel auf, dass sie ihre Augen stark zusammenkniff. *Red Flag*. Sie log. Er erhöhte den Druck.

»Wo hat er das Tonband deponiert?«

»Also, bitte! Ich weiß nicht, wovon Sie sprechen.« Sie stand kopfschüttelnd auf und steckte sich hektisch eine Zigarette an. Thomas hatte wohl in ein Wespennest gestochen.

»Ich könnte Ihre Wohnung durchsuchen«, drohte Thomas und sah sich prüfend um. »Mehr als eine Stunde brauche ich nicht, um hier alles auf den Kopf zu stellen.«

»Hören Sie doch auf! Hier ist kein Tonband!«

»Wirklich nicht?«

»Sie können gern alles durchsuchen«, forderte sie ihn auf und schaute ihm mitten ins Gesicht.

Das wiederum glaubte ihr Thomas aufs Wort. Das Tonband befand sich woanders. Er rief seinen Plan B auf. Der sah vor, dass er jetzt die Wohnung verließ.

»Und Sie wissen wirklich nicht, was es mit diesem Band auf sich hat?«

»Nein! Gute Nacht!«

»Wie Sie wollen, Tania. Schade.«

Thomas stand auf und trat zur Tür, verabschiedete sich.

»Leben Sie wohl, und alles Gute!« Die Tür fiel hinter ihm ins Schloss.

Die Straße war ruhig, nur das knatternde Zweitaktgeräusch einer Schwalbe durchbrach die Stille. Während Thomas von einer Toreinfahrt aus Tanias Haus beobachtete, hatte er viel Zeit, um über seine Eindrücke von diesem Teil Berlins nachzudenken. Die allgegenwärtigen Propagandasprüche hatten nichts mit dem Alltag der Menschen zu tun. Backpflaumen und Sauerkraut für die Bevölkerung, Wodka und Kaviar für die Devisen zahlenden Ausländer. Prügel von Volkspolizisten für Straßenmusikanten. Eine bewachte Mauer für die eigene Bevölkerung. Kein Wunder, dass Tania das Leben hier satthatte. Die Frage war nur, ob sie in seine Falle tappen würde. Sie wusste mit Sicherheit über das Tonband Bescheid. Er musste nur warten. Als schließlich das Licht in ihrer Wohnung erlosch, waren seine Nerven zum Zerreißen gespannt. Würde sie ins Bett gehen oder die Wohnung verlassen?

Sein Kalkül ging auf. Tania, in einen Mantel gehüllt, verließ mit schnellen Schritten das Haus. Thomas folgte ihr mit gebührendem Abstand. Wenn er sie kurz aus den Augen verlor, wies ihm das laute Klacken ihrer Absätze auf dem Kopfsteinpflaster den Weg. Nach einer Weile erreichte sie den Friedhof der Georgen-Parochialgemeinde, wie Thomas auf einer Tafel am Eingang las.

Tania ging zielstrebig auf einen Grabstein zu. Aus der Entfernung konnte er nicht sehen, was sie dort machte, aber er konnte es sich denken. Dr. Egmont und Tania hatten auf dem Friedhof einen toten Briefkasten angelegt. Nach etwa fünf Minuten machte sie sich auf den Rückweg. Beim Überqueren der Prenzlauer Allee wurde sie von zwei Männern angesprochen. Die beiden trugen graue Arbeitskittel und waren stark alkoholisiert.

»Na, Puppe, so allein unterwegs? Noch Lust auf einen Umtrunk?«, lallte einer von ihnen und wurde übergriffig. Als Tania seine Hand von ihrer Schulter schlug, reagierte der andere aggressiv.

»He, du Flintenweib, du spinnst wohl?«

Er packte Tania fest an der Hand und schüttelte sie unsanft.

»Du wirst jetzt mit uns einen trinken, sonst werden wir böse!«

»Lasst mich los. Loslassen!«

Tania wehrte sich vergebens gegen die beiden Männer, die an ihr zerrten. Thomas musste und wollte eingreifen.

»Pfoten weg! Lasst die Frau in Ruhe!«

Er lief auf die beiden Männer zu und baute sich vor ihnen auf.

»Wer bist denn du? Mach, dass du Land gewinnst«, schleuderte ihm einer der Männer entgegen. Thomas fackelte nicht lange und nahm ihn in einen schmerzhaften Polizeigriff. Dann stieß er sein Knie in den Hintern des verdutzten Mannes.

»Ist ja gut, Herr Leutnant! War doch nur ein Missverständnis!«

Sieh an, der Polizeigriff ist also auch im Osten bekannt, schoss es Thomas durch den Kopf. Was lag also näher, als den Vopo zu spielen?

»Machen Sie, dass Sie nach Hause kommen, sonst nehme ich Sie mit auf die Wache!«, drohte er den beiden, die sich sofort davonmachten.

»Kommen, Sie, Genossin, ich bringe Sie nach Hause!«

Thomas hakte sich bei Tania ein und setzte mit ihr den Weg fort.

»Das war Hilfe in letzter Sekunde, vielen Dank«, meinte Tania, die ihre Überraschung über Thomas' Auftauchen nicht verbergen konnte. »Sie wollen doch nicht wieder zu mir?«

»Wohin denn sonst?«, antwortete er in einem Ton, der keine Widerworte duldete.

Eine gute halbe Stunde später wärmte er sich in ihrer Küche bei einem Tee auf.

»Müssen Sie nicht zurück in den Westen?«

»Das kann ich nicht ohne Weiteres, mein Fahrer ist nicht mehr da.«

»Wie bitte?«

»Ich sollte um siebzehn Uhr abgeholt werden. Aber da war ich mit Ihnen verabredet.«

»Obwohl Sie deshalb nicht zurückkönnen?«, fragte sie ungläubig.

»Ich bin das Risiko eingegangen. Ich muss die Wahrheit über Dr. Egmont wissen«, gab ihr Thomas eindringlich zu verstehen.

»Sie sind verrückt! Wissen Sie nicht, was Ihnen hier blüht, wenn man Sie verhaftet?«

»Ich habe die Wahl zwischen Pest und Cholera. Die Stasi würde mich in den Bau stecken, die CIA durch die Mangel drehen. Die einzige Chance, die mir bleibt, ist dieses verfluchte Tonband. Wenn ich es habe, dann gibt es eine Chance auf einen Deal.«

Thomas sah sie eindringlich an. Er wollte ihr eine Brücke bauen, aber sie schüttelte energisch den Kopf.

»Ich kann Ihnen nicht helfen. Sie müssen jetzt gehen!«

»Nicht ohne das Tonband«, machte er ihr klar und zog sich zu ihrer Überraschung die Schuhe aus.

»Was machen Sie da?«

»Ich muss meine Füße schonen, diese Schuhe sind mir einfach zu eng.«

Jetzt verstand Tania gar nichts mehr.

»Was reden Sie da?«

»Sie haben recht, die Füße sind momentan nicht wichtig«, kommentierte er amüsiert und streckte die Beine aus. »Aber das Tonband ist es!«

»Ich sagte es doch, ich habe es nicht«, wiederholte sie.

»Verkaufen Sie mich nicht für dumm, Tania. Sie haben es vorhin vom Friedhof abgeholt.«

Erneut schüttelte Tania den Kopf und tat empört, was Thomas zu einem Schmunzeln animierte.

»Warum lachen Sie?«, fragte sie verunsichert.

»Wenn ich beim Theater wäre, würde ich Sie nicht engagieren.«

Sie lächelte ihn verlegen an, steckte sich eine Zigarette an und nahm überraschend auf seinem Schoß Platz.

»Ich bitte Sie, Tania, das haben Sie doch nicht nötig!«

Er schob sie sanft beiseite, stand auf und trat zum Tisch, wo sich ihre Tasche befand. Ein kurzer suchender Blick, dann holte er ein Holzkästchen heraus. Er bewegte den Schiebedeckel zur Seite. Ein Bündel mit Dollarscheinen und zwei amerikanische Pässe fielen auf den Tisch.

»Das war für unsere Ausreise«, erklärte sie mit leiser Stimme.

Thomas antwortete nicht darauf. Stattdessen klopfte er leicht gegen das Holz. Tania verfolgte jede seiner Bewegungen mit angespannter Miene.

»Was suchen Sie denn noch?«

»Das wissen Sie ganz genau«, antwortete Thomas. Er hantierte am Kästchen, bis er einen Hohlraum fand, in dem sich eine kleine Tonbandspule befand. Ein tonnenschwerer Stein fiel ihm vom Herzen. Tania ihrerseits reagierte wie angestochen und versuchte, ihm das Band aus der Hand zu reißen. Er schüttelte den Kopf.

»Was sollte mit dem Band passieren, wenn Dr. Egmont etwas zustoßen sollte?«, fragte Thomas, während er die Spule betrachtete.

»Ich sollte es westlichen Journalisten zukommen lassen«, gab sie leise zu.

»Das können Sie gerne tun, aber zuvor möchte ich mal reinhören.«

Davon schien Tania nichts zu halten.

»Das Band gehört mir!«, betonte sie trotzig.

»Im Moment ist es konfisziert«, machte Thomas ihr klar und sah sich um.

»Haben Sie hier irgendwo ein Tonbandgerät?«

Sie schüttelte den Kopf.

»Wo kann ich in Ostberlin dieses Band abspielen?«

Keine Antwort.

»Sie bekommen es nicht eher, bis ich es mir angehört habe.«

Sie überlegte kurz.

»Bei einem Bekannten. Er ist Musiker.«

»Dann werden wir morgen früh dorthin gehen!«

Thomas stand auf und reckte sich müde. Es war ein langer und anstrengender Tag gewesen, und er wusste nicht, wie die Geschichte enden würde, aber er hatte das Band. Ein Etappensieg. Morgen würde er weitersehen. Jetzt aber stand Schlaf an.

»Und wo wollen Sie so lange schlafen?«

»Hier natürlich!«

Ohne ihre Antwort abzuwarten, nahm er sie an der Hand und führte sie in den Nebenraum, der offenbar als Schlafzimmer diente, wenn man von dem breiten Bett ausging. Dann schloss er hinter sich die Tür ab und steckte den Schlüssel ein.

»Damit Sie in der Nacht nicht auf dumme Gedanken kommen.«

Ohne ihre Antwort abzuwarten, zog er sich Hemd und Hose aus.

»Aber dafür kommen Sie auf dumme Gedanken?«

»Das bestimmt nicht. Ich habe eine Freundin, die ich liebe.«

Er legte sich ins Bett und verstaute das Band und den Schlüssel unter dem Kopfkissen.

»Ich rate Ihnen, vom Kissen wegzubleiben, ich habe einen leichten Schlaf«, warnte er sie.

»Und wo soll ich schlafen?«

»Neben mir ist noch Platz.«

»Sie sind ja ganz schön dreist«, kommentierte Tania und schaltete das Licht aus. Dann zog sie ihren Rock und ihre Bluse aus und legte sich ebenfalls hin.

Beide lagen schon eine ganze Weile wortlos da, jeder in seine eigenen Gedanken vertieft. Thomas durchbrach das Schweigen.

»An seinem letzten Tag wollte er sich von seiner Tochter verabschieden. Davon gehe ich zumindest aus, denn er hatte sie zu einem Gespräch gebeten – aber dazu kam es nicht.« Thomas rief sich die Worte in Erinnerung, die er mit Rachel gewechselt hatte. »Es kam deshalb nicht zum Gespräch, weil sich ihr Vater mit McNeil unterhielt … Was, wenn McNeil von Dr. Egmonts Aussteigerplänen erfahren hat? Kennen Sie ihn?«

»Brian hat ihn oft erwähnt. Ein Choleriker, den er seit Jahren kannte. Bei unserem letzten Treffen hat er mir gesagt, dass er mit ihm sprechen wollte. Ihm seinen Abschied mitteilen. Ich hatte ihn gewarnt, es nicht zu tun, weil ich diesem McNeil nicht traute …«

»Und er wollte es trotzdem?«

»Ja. Er hatte ein Druckmittel – das Tonband, seine Lebensversicherung! Aber es hat nichts genutzt.«

Tania richtete sich auf und schaltete die kleine Nachttischlampe an.

»Wenn dieser Student es nicht war, dann McNeil. Er hat Brian auf dem Gewissen!«

»Sie glauben, dass McNeil ihn umgebracht hat?«

»Er hatte ihm doch gedroht. ›Du kannst nicht einfach aussteigen, du kennst die Regeln‹, das hat er gesagt.«

»Das deckt sich mit meinen Beobachtungen. Ich habe selbst einige Tage vor der Tat gesehen, dass er Dr. Egmont bedroht hat. Denkbar ist, dass er ihn erneut zur Rede stellen wollte. Es kam zum Streit, in dessen Verlauf McNeil ihn erschlug. Und als Spanowski in den Raum kam, lag Dr. Egmont tot am Boden …«

»Brian hat ihn immer als brutal und gewalttätig beschrieben«, erinnerte sich Tania.

»Warum ist Egmont mit seiner Information nicht zur Stasi oder dem KGB gegangen? Er hätte sich doch mit Ihnen hier eine Existenz aufbauen können.«

»Er wollte sein Land nicht verraten. Aber ich hätte das auch nicht gewollt. Man hätte uns als Propaganda-Pärchen missbraucht.«

»Ich will ganz ehrlich sein, Tania. Ich habe einen Riesenrespekt vor seiner Entscheidung, aber ich kann nicht gutheißen, was er in der Vergangenheit getan hat. Er war Experte für Folterpraktiken und hat mit einem verurteilten Naziverbrecher zusammengearbeitet.«

»Hat nicht jeder Mensch das Recht, seine Fehler einzusehen? Außerdem war er der erste Mensch, der mich wirklich geliebt hat.« Tania schaltete das Licht aus und deckte sich zu.

»Das ist gut für Sie, Tania. Es ist auch müßig, jetzt den Richter zu spielen. Aber er hätte bestimmt nicht gewollt, dass das Tonband in die Hände seines Mörders fällt.« Thomas schloss die Augen. Er musste jetzt schlafen. Morgen war ein wichtiger Tag. Er würde das Tonband abhören und vielleicht endlich eine Antwort auf die Frage nach Dr. Egmonts Mörder bekommen.

43

Auch am nächsten Tag blieb Peggys Suche nach Jimmy erfolglos. Frustriert kehrte sie in die Gartenkolonie zurück und wunderte sich über den intensiven Bratenduft, der aus der Laube strömte.

Seit wann kochte Spanowski? Sie folgte der Duftspur und sah zu ihrem Erstaunen eine etwa sechzigjährige Dame in Kittelschürze am Herd, während Spanowski am Küchentisch saß und fleißig Kartoffeln schälte.

»Was ist denn hier los?«

»Was wohl? Mutti kocht Gulasch«, antwortete Spanowski, als wäre es das Selbstverständlichste auf der Welt.

»Mutti? Welche Mutti?«

Peggy starrte ungläubig auf die ältere Dame am Herd, die soeben das Fleisch abschmeckte. Dass sie sich im Versteck des meistgesuchten Mannes in Berlin befand, schien ihr nichts auszumachen, jedenfalls sah sie keineswegs ängstlich aus.

»Sie sind die junge Dame, die Willy geholfen hat! Das ist aber nett, dass wir uns auch kennenlernen.«

Spanowskis Mutter wischte sich die Hände an ihrer Schürze ab und begrüßte Peggy, die sich fragte, wie diese nette, liebenswürdige Dame in die Laube gekommen war. Spanowski, der ihre Frage wohl ahnte, gab ihr die Antwort.

»Ich habe Mutti gestern von der Telefonzelle aus angerufen. Damit sie sich keine Sorgen um mich macht. Sie hat sich daraufhin von Hannover aus auf den Weg gemacht, um mich zu besuchen.«

Die ältere Dame nickte zustimmend und legte ihre Hand beruhigend auf seinen Unterarm.

»Das war auch gut so, ich war ja sehr besorgt um Willy. Er ist unschuldig, er kann keiner Fliege was zuleide tun. Ich kenne doch meinen Jungen!«

Peggy wusste nicht, ob sie über die Situation weinen oder lachen sollte. Andererseits fand sie seinen Alleingang sehr riskant.

»Das freut mich, aber ich hätte es besser gefunden, wenn Ihr Söhnchen mir Bescheid gegeben hätte.«

»Warum? Ich bin dir keine Rechenschaft schuldig!«, keifte Spanowski und widmete sich wieder seinen Kartoffeln. Jetzt reichte es Peggy. Sie holte aus ihrer Tasche ein Fahndungsblatt mit seinem Bild, das sie von einer Laterne entfernt hatte.

»Weil die Berliner Polizei jeden Stein nach dir umdreht. Was ist, wenn dich jemand in der Telefonzelle gesehen hat?«

Mutter Spanowski kam seiner Antwort zuvor. Mit Blick auf den Steckbrief meinte sie:

»Da gibt es aber viel bessere Bilder von dir. Hier guckst du so streng.«

»Man kann ihn darauf erkennen«, sagte Peggy genervt. Ihre Abneigung gegenüber Spanowski stieg auf der nach oben offenen Werteskala. Wie konnte er seine Mutter hierherlotsen? Die Gefahr, entdeckt zu werden, war dadurch bestimmt nicht kleiner geworden. Seine Verhaftung war ihr mittlerweile egal, aber die Laube wäre danach als Unterschlupf verbrannt. Und wo sollte Thomas unterkommen, wenn er wiederauftauchte? Doch das Kind war jetzt in den Brunnen gefallen, sie musste das Beste daraus machen, deshalb beließ Peggy es bei einer mahnenden Frage.

»Sie werden doch vorsichtig sein, Frau Spanowski, nicht wahr?«

Die alte Dame antwortete mit einem verschmitzten Lächeln. »Natürlich! Ich weiß, wie man sich konspirativ verhält. Mit der Polizei werde ich schon fertig. Kennen Sie Miss Marple?«

»Nein, wer ist das?«

»Eine resolute Hobbydetektivin, die der dämlichen Polizei oft ein Schnippchen schlägt. Gehen Sie denn nicht ins Kino?«

»Nein, aber wenn alles vorbei ist, werde ich es machen«, versicherte ihr Peggy. Die Dame gefiel ihr. Sie war mutig und hatte einen frechen Witz, etwas, was sie bei der älteren Generation oft vermisste. Nur schade, dass ihr Sohn Willy nichts von ihrem Humor und ihrer Schlagfertigkeit geerbt hatte.

Tanias Bekannter, der über ein Tonband verfügte, wohnte in der Chausseestraße. Während Thomas unten auf der gegenüberliegenden Straßenseite warten sollte, wollte Tania die Lage sondieren, wie sie sagte. Nach wenigen Minuten kam sie mit einem etwa dreißigjährigen Mann zur Tür heraus. Sie wechselten noch einige Worte, dann entfernte er sich schnell. Tania winkte Thomas herbei, der ihr die Treppe hoch bis in eine Wohnung auf der zweiten Etage folgte.

»Wir haben eine Stunde Zeit«, machte sie ihm klar und schaltete sofort das Radio ein. Sie drehte es auf laut und legte den Finger auf die Lippen, was Thomas als Maßnahme gegen eventuelle Wanzen interpretierte. Anschließend legte sie die Spule in das Tonbandgerät und erklärte Thomas mit leiser Stimme, dass der Musiker wegen seiner kritischen Lieder nicht sonderlich beliebt bei der Stasi sei.

»Was heißt nicht beliebt? Wird er observiert?«

»Er wird nicht observiert, sondern operativ technischen Mitteln und Methoden ausgesetzt«, erklärte Tania sarkastisch.

»Und er weiß das?«

»Sicher.«

»Und dass Sie bei der Stasi sind …?«

»Ist ihm bekannt.«

»Komisch …«

»Warum komisch? Hier kann man sich seine Freunde nicht aussuchen. Irgendeiner spitzelt immer, sagen wir.«

Das Tonband war jetzt zum Abspielen bereit. Tania drückte den Startknopf. Da im Hintergrund das Radio ertönte, mussten beide dicht vor den Lautsprecher rücken.

Egmonts Stimme erklang zwar leise, aber doch deutlich:

»Mein Name ist Brian Egmont. Ich bin neunundvierzig Jahre alt, und während ich spreche, im vollen Besitz meiner geistigen Kräfte.

Ich arbeite seit 1945 für den amerikanischen Staat, und der Inhalt dieses Bands ist zum Zwecke der Aufklärung meines gewaltsamen Todes gedacht.

Um meine Ausführungen zu verstehen, möchte ich einige grundsätzliche Bemerkungen machen. Die US-Regierung entschied nach dem Krieg, dass der Wert des Wissens der ehemaligen Nazis ihre Verbrechen überwog. Sie startete daraufhin eine Operation namens Paper Clip. Über eintausendvierhundert Wissenschaftler, die in Nazideutschland gedient hatten, wurden für den amerikanischen Staat rekrutiert. Darunter befanden sich auch rechtskräftig verurteilte Ärzte, die an menschenverachtenden Versuchen für das nationalsozialistische Regime beteiligt gewesen waren. Diese Mediziner wurden mit neuer Identität ausgestattet. Die Situation verschärfte sich nach der Berliner Blockade 1948. Es war die erste internationale Krise des Kalten Krieges. Deutschland wurde das neue Schlachtfeld zwischen Ost und West. Die Anzahl der CIA-Mitarbeiter wurde in Deutschland verdoppelt, die verdeckten Aktionen gegen die Sowjetunion nahmen zu. Wir mussten

Spione und Agenten, die für die Sowjetunion arbeiteten, ausfindig machen. Um Informationen aus ihnen herauszupressen, entwickelten wir die unterschiedlichsten Verhörmethoden. Der Leiter der CIA, Allen Dulles, rief den Krieg der Gehirne aus. Wir sollten die ultimative Wahrheitsdroge finden. Unsere Experimente und Versuche waren Teil der CIA-Programme unter den Decknamen Artischocke und MKULTRA.

Ich arbeitete eng mit dem deutschen Arzt Dr. Stahl zusammen, der jetzt in Kassel unter dem Namen Dr. Jäckel eine Praxis betreibt. Dr. Stahl war im Nürnberger Ärzteprozess zum Tode verurteilt worden, wurde aber von uns begnadigt. Er hatte während seiner Versuche im KZ Dachau Verhörtechniken entwickelt, auf die wir aufbauen konnten. Dazu gehörten körperliche Verhörmethoden (Stehappell, Waterboarding) und Versuche mit chemischen Substanzen wie Meskalin und LSD. Es gelang mir, in Zusammenarbeit mit ihm die Verhörmethoden weiterzuentwickeln. So machten wir Versuche mit LSD, auch in Verbindung mit Elektrostößen. Sie dienten dazu, die Feinde unseres Landes zu bekämpfen. Immer mehr Geld und Ressourcen wurden in die Menschenversuche gepumpt. Bei vielen Experimenten war der Tod der Versuchspersonen kalkuliert. Diese Verhöre fanden bis in die Fünfzigerjahre auch in Deutschland statt, in sogenannten Safe Houses, die von außen nicht als Verhörzentren zu erkennen waren. Eines davon fungierte offiziell als Krankenstation und befand sich in unmittelbarer Nähe der amerikanischen Militärsiedlung Camp King in Oberursel. Die Probanden rekrutierten sich dort meist aus Personen, die der Spionage für die Sowjetunion verdächtig waren. Die deutsche Regierung wurde offiziell nicht informiert, obwohl im Camp die Organisation Gehlen, aus der später der BND hervorging, ihr erstes Hauptquartier bezog.

Aber letztlich gelang es uns nicht, eine wirksame Wahrheitsdroge zu entwickeln.

Die Kenntnisse, die ich mir mittlerweile für die CIA angeeignet hatte, führten dazu, dass ich an einem Handbuch für Verhörtechniken mitarbeitete.

Die Ergebnisse unserer Arbeit sollten auch für die Ausbildung verwendet werden, unter anderem in der internationalen Polizeiakademie in Georgetown. Böse Zungen mögen behaupten, dass ich ein Spezialist für Folterpraktiken war, ich dagegen betrachte mich als Experten für Verhörtechniken.

1966 bekam ich einen neuen Auftrag. Ich sollte meine Kenntnisse im Rahmen eines Projekts einbringen, das für den Krieg in Vietnam vorgesehen war. Der Arbeitstitel lautete Operation Hades. Worum geht es dort genau?

Um Informationen über unsere Gegner zu erhalten, sollen in Südvietnam mehrere Safe Houses errichtet werden, mit anderen Worten: Folterzentren. Das Ziel ist, nordvietnamesische Kader und Intellektuelle zu neutralisieren. Ich weiß, Parallelen zum Zweiten Weltkrieg tauchen auf. Auch jüdische, polnische und russische Intellektuelle wurden von den Nazis gezielt eliminiert, um ihren Einfluss auf den Rest der Bevölkerung zu mindern.

Doch Vietnam brachte mein Weltbild ins Wanken. Ich konnte mich mit eigenen Augen davon überzeugen, dass wir ein korruptes Regime unterstützten, das ohne uns keine Sekunde lebensfähig wäre. Medizinisch ausgedrückt: Wenn Nordvietnam die Cholera war, dann hatten wir es in Südvietnam mit der Pest zu tun. Unsere Armee und unsere Regierung täuschen die amerikanische Bevölkerung systematisch über das wahre Ausmaß dieses Krieges. Er ist nicht zu gewinnen. Stattdessen führt man einen erbarmungslosen Krieg gegen Kinder, Frauen und Greise. Anstatt dies zu beenden und mit den Nordvietnamesen zu verhandeln, entschied sich unsere Regierung, immer mehr Soldaten zu entsenden. Und ich soll Teil dieser Strategie werden.

Ich bat meinen Vorgesetzten, genauer gesagt McNeil, mich von die-

ser Aufgabe zu entbinden. Meinem Wunsch wurde nicht entsprochen. Ich geriet in eine persönliche Krise, weil meine Frau meine Situation nicht nachvollziehen konnte. Sie hat kein Verständnis dafür, dass ich meinen hochdekorierten Job beenden will. Und dann passierte etwas, was meinen Entschluss, meinen Dienst aufzugeben, zementierte. Ich wurde Zeuge, wie Professor Phan, ein angesehener Chirurg in Saigon, von uns zu Tode gefoltert wurde. Er war verdächtigt worden, Geheimgespräche mit Nordvietnam geführt zu haben. Auch wenn es stimmen sollte, so wären diese Gespräche mehr als gerechtfertigt gewesen. Er war ein angesehener Chirurg, der in Deutschland ausgebildet worden war. Die Umstände seines Todes wurden vertuscht, man gab den Vietcong die Schuld. Für mich war damit eine rote Linie überschritten. Ich musste die Organisation, die CIA, die ich immer als Familie betrachtete, verlassen. Ich hatte nicht vor, meine brisanten Informationen zu Lebzeiten der Öffentlichkeit zur Verfügung zu stellen, ich bin kein Verräter.

Zum Schluss möchte ich auf Folgendes hinweisen: Dieses Band ist für die Öffentlichkeit bestimmt. Im Falle meines Todes soll es veröffentlicht werden. Es kann keinen Zweifel geben, dass mein Ableben auf das Konto der CIA geht, die ich immer als meine Familie angesehen habe. Aber offensichtlich wird ein Verlassen der Familie mit dem Tode bestraft.«

So weit Dr. Egmont.

Die Stimme ihres Geliebten hatte Wunden bei Tania aufgerissen.

»Er lag richtig. Er lag so richtig!«

Thomas seinerseits zollte Dr. Egmont für seine Beichte Respekt. Für seine Verbrechen hingegen zeigte er kein Verständnis. Er sah ihn als einen Technokraten des Todes an, der frei von jeder Moral mit Mördern wie Dr. Stahl anderen Menschen unfassbares Leid zugefügt hatte. Sein Sinneswandel in Vietnam sprach für ihn, aber entband ihn nicht von seiner Gesamtschuld. Das brisante Tonband legte Zeugnis davon ab. Wie sollte Thomas mit diesem Wissen umgehen? Aber zunächst mussten er und Tania die Wohnung des Musikers verlassen.

»In der Nähe ist ein kleiner Park, da können wir hin, am besten über Nebenstraßen. Halten Sie trotzdem Abstand!«, warnte Tania. Thomas folgte ihr unauffällig. Erleichtert stellte er fest, dass das Ostberliner Gartenamt den Park vernachlässigt hatte. Thomas entdeckte viel unfrisiertes Grün, wild wachsendes Gesträuch und zwischendurch das eine oder andere Liebespaar auf einer Bank. Thomas sah Tania fragend an. Ein Refugium für verbotene Paare?

»Ein Treffpunkt für diejenigen, die noch auf eine eigene Wohnung warten«, lautete ihre Antwort. »Jedenfalls sind wir hier ungestört«

Beruhigt kam Thomas zur Sache.

»Was wussten Sie über dieses Tonband, Tania?«

»Nur, dass er es besprochen hatte. Er hatte McNeil gewarnt: Sollte ihm etwas passieren, würde das Band die CIA in erhebliche Schwierigkeiten bringen.«

Thomas nickte. »Jetzt ist mir klar, warum McNeil und die CIA unbedingt in den Besitz des Bandes kommen wollen. Dr. Egmont war sehr glaubwürdig. Man könnte ihn nicht einfach als Kommunisten oder Staatsfeind abstempeln.«

»Bedeutet das etwa, dass Sie das Band veröffentlichen wollen?«

»Es war doch sein Wunsch. Erstens muss die Öffentlichkeit die volle Wahrheit über die Politik der CIA erfahren, und zweitens ist es mein persönlicher Schutzschild gegen McNeil.«

»Aber dieser Schutzschild hat Brian nichts genützt«, gab Tania zu bedenken. »Er hat ihn trotzdem umgebracht.«

»Ich muss es eben geschickter anstellen.«

»Sie haben mir versprochen, mir das Band zurückzugeben«, erinnerte sie ihn.

»Sorry, aber dann würde ich meinen einzigen Trumpf verlieren.«

»Und mein Trumpf? Ich bin auch in Gefahr!«

»Nicht, was McNeil angeht. Der hat in Ostberlin nur schwer Zugriff, außerdem gehe ich davon aus, dass er von Ihrer Existenz keine oder zumindest keine genaue Kenntnis hat.«

»Aber wie können Sie sicher sein, dass Sie mit diesem Band etwas bewirken werden? Die Westberliner Presse schreibt doch nur, was die Amerikaner wollen, und das sage ich nicht, weil ich aus dem Osten komme!«

»Es gibt ja nicht nur die Berliner Presse«, entgegnete Thomas, verschwieg aber, dass er nur spärliche Kenntnisse über die politische Ausrichtung der deutschen Zeitungen hatte.

»Wie dem auch sei. Solange Sie in Ostberlin sind, ist das Band wertlos.«

Tania hatte den Finger in die offene Wunde gelegt. Das Problem der Ausreise, das Thomas aus gutem Grund bisher verdrängt hatte, harrte der Lösung. Eine Flucht aus Ostberlin war quasi unmöglich. Ihm war noch Gromeks Tod in Erinnerung. Daher hoffte er auf Jimmy.

»Es besteht eine kleine Möglichkeit, dass mein Bote heute Nachmittag noch mal vorbeischaut.«

»Wer ist das?«

»Nehmen Sie es mir nicht übel, Tania, aber ich muss ihn schützen.«

»Schön und gut, doch ich hatte auch nicht vor, in Ostberlin meinen Lebensabend zu verbringen.«

»Sie haben aber noch das Geld und einen Pass auf Ihren Namen. Sie finden bestimmt noch eine Möglichkeit, hier rauszukommen.«

»Es ist ein amerikanischer Pass. Wie soll ich ohne Brian damit ausreisen? Sie sind so naiv.«

»Ich bedauere, aber ich wüsste nicht, wie ich Ihnen helfen könnte. Ich weiß ja selbst nicht, ob ich hier heil rauskomme. Wenn mein Fahrer mich nicht abholt, dann Gnade mir Gott. Ich habe das bis jetzt verdrängt, glauben Sie mir.« Er sah sie bedauernd an und stand auf. Das Gespräch war für ihn zu Ende. Für Tania jedoch nicht.

»Nehmen Sie mich mit!«

Thomas, von der Bitte überrascht, schüttelte den Kopf und ging auf die Straße zu. Tania folgte ihm hartnäckig.

»Warum nicht?«

»Ich weiß nicht, ob mein Fahrer wiederauftaucht. Außerdem würden wir beide nicht in das Versteck im Auto passen.«

»Aber wir haben auch in ein Bett gepasst«, deutete Tania augenzwinkernd an.

»Da sind wir uns auch nicht sehr nahegekommen.«

Thomas hoffte, das Thema vom Tisch zu haben. Irrtum.

»Ich werde für die Fahrt bezahlen. Und zwar einen sehr guten Preis!«

»Bitte, Tania, das Thema ist durch!«

»Ich spreche nicht von Sex«, erwiderte sie ebenfalls genervt, und dann ließ sie die Bombe platzen: »Ich spreche vom sogenannten Maulwurf, der den westlichen Geheimdiensten zu schaffen macht. Ich könnte Ihnen seine Identität verraten.«

Thomas' Überraschung währte nur kurz.

»Guter Witz, Tania, wirklich. Nur schade, dass ich den Namen ebenfalls kenne.«

»Caspari war doch nur ein kleiner Fisch«, winkte Tania ab. »Der Maulwurf ist denen nicht ins Netz gegangen.«

Ihre Aussage irritierte Thomas. Woher kannte sie Caspari?

»Entweder Sie glauben Ihren Leuten oder mir.«

»Warum sollte ich Ihnen glauben?«

»Weil ich den Maulwurf kenne. Ich weiß, wie er heißt. Er ist momentan nicht aktiv, damit Gras über die Sache wächst.«

»Sie bluffen!«, wehrte Thomas ab, doch ihre ernste Miene verunsicherte ihn. »Woher wollen Sie ihn kennen? Ich bin kein Geheimdienstexperte, aber ich gehe davon aus, dass nur ganz wenigen in der Staatssicherheit seine wahre Identität bekannt ist.«

Sie nickte zustimmend, legte eine kurze Pause ein, und dann spielte sie ihren Trumpf aus.

»Aber es gibt eine Person, die ihn sozusagen akquiriert hat. Und die steht vor Ihnen. Stichwort Honigfalle!« Thomas starrte sie ungläubig an, aber Tania legte noch eine Schippe drauf. »Ich kann das beweisen.«

»Und wie?«

»Durch eindeutige Fotos.«

Thomas kam kurzzeitig ins Grübeln. Konnte er Tania vertrauen?

»Die will ich sehen.«

»Das glaube ich gerne. Aber ich muss die erst besorgen.«

»Siebzehn Uhr Café Sibylle. Bringen Sie die mit!«

Er warf noch einen Blick auf seine Armbanduhr und entfernte sich dann. Kurz dachte er über Tanias Angebot nach. Hatte sie tatsächlich den Maulwurf akquiriert? Oder bluffte sie nur, um in den Westen zu kommen?

44

Warum sollte ein Revolutionär, der Kapitalisten und Ausbeuter, also die Klassenfeinde, wegen ihres ausschweifenden Lebensstils kritisierte, mit einem Gartenhaus ohne fließendes Wasser und Fernsehen vorliebnehmen? Und warum sollte er auf Muttis Gulasch und ihre frisch gebügelten Hemden verzichten, ganz zu schweigen von den neuen Schuhen, die er dringend benötigte? Seine Mutter bediente ihn doch gern, das war keine Ausbeutung. Folgerichtig entschloss sich Spanowski für eine Verbesserung seines Aufenthaltes. Am liebsten wäre er zu seiner Mutter gefahren, aber sie lebte in Hannover, unerreichbar für ihn. Und so bat er sie, bei Tante Else, die in Charlottenburg eine Wohnung besaß, anzufragen, ob er nicht dort unterkommen könne. Natürlich ging seine Mutter auf seinen Wunsch ein und machte sich auf den Weg zu ihrer Schwester.

Eine Stunde später stand Spanowski in der Telefonzelle vor der Gartenkolonie und fragte sie, ob es grünes Licht für einen Umzug gebe.

»Else will keinen Ärger mit der Polizei, aber ich habe ihr die Leviten gelesen. Sie soll sich mal nicht so anstellen. Du bist schließlich kein Verbrecher!«

»Ich kann also kommen, Mutti?«

»Ja, natürlich. Aber pass auf dich auf, mein Junge!«

»Das tue ich, Mutti. Mit den blonden Haaren erkennt mich

sowieso keiner«, beruhigte er sie und strich sich über die neue Frisur, die er Peggy zu verdanken hatte.

»Dann mach dich gleich auf den Weg! Und bring doch die liebe Peggy auch mit. Hier ist sie viel sicherer als in der Laube«, bat sie ihn.

»Bis nachher, Mutti! Du kannst ja schon mal Eisbein kochen, ich habe Hunger.«

Zufrieden legte Spanowski auf. Nur kurz überlegte er, ob er in die Laube zurückkehren sollte, um seinen Karl Marx zu holen. Zeitverschwendung. Außerdem wollte er Peggy nicht begegnen, die er natürlich niemals mitnehmen würde. Gerade als er aus der Telefonzelle treten wollte, fiel ihm ein grüner Polizeikäfer auf, der bis zu dem Tor der Gartenkolonie vorfuhr. Zwei Wachtmeister stiegen aus und gingen auf das Vereinsheim zu. Als sie einen Mann mit Rechen und Spaten sahen, zeigten sie ihm ein Fahndungsplakat, das Spanowski sehr bekannt vorkam. Er zählte eins und eins zusammen. Er musste schnellstens hier weg. Aber sollte er nicht Peggy warnen? Zeit genug hätte er, weil sich die Laube auf der hinteren Seite der Kolonie befand. Aber nein, das kam nicht infrage. Ihm war das erzwungene Zusammenleben mit Peggy längst zu viel. Immer wieder hatte sie an ihm etwas auszusetzen. Das nervte. Außerdem verfügte sie nicht über das politische Bewusstsein, um seine dahingehenden Analysen ernst zu nehmen. Folglich überließ er Peggy ihrem Schicksal und fuhr zu seiner Mutti, wo das Eisbein auf ihn wartete.

Peggy ihrerseits war nicht nach Essen. Sie machte sich Sorgen um Thomas. Erneut wollte sie zur Truman Plaza fahren, um nach Jimmy zu suchen. Aber wo steckten Spanowski und seine Mutter? Etwa in der Stadt? Nicht, dass sie verhaftet worden waren! Um Spanowski würde sie keine Krokodilstränen weinen, aber hoffentlich hielt er die nette Dame heraus. Eine männliche Stimme unterbrach ihre Gedanken.

»Ist jemand da?«

Das Törchen quietschte. Zwei Wachtmeister schauten in den Garten.

»Guten Tag, junge Dame, wir bitten um Ihre Mitarbeit. Haben Sie diesen Mann schon mal gesehen?«, fragte einer der Beamten etwas steif, während sich sein Kollege umschaute.

»Nein, nie gesehen. Ist der etwa gefährlich?«

»Das kann man wohl sagen. Er wird wegen Mordes gesucht.«

»Das ist ja schlimm! Aber warum suchen Sie ihn hier?«

»Im Rahmen der Fahndung können wir die Gartenkolonien nicht auslassen.«

»Natürlich nicht, und jetzt entschuldigen Sie mich bitte, die Arbeit ruft.«

»Hier wohnt doch niemand, oder?«, meldete sich der zweite Beamte zu Wort, der nur der Form halber einen Blick durch die Scheibe in das Innere der Laube warf.

»Niemand. Ich bin bloß hier, um die Blumen zu gießen. Die Laube gehört meiner Vermieterin, die ein bisschen schwach auf den Beinen ist«, antwortete Peggy etwas unüberlegt.

»Aber in der Küche wurde doch gegessen, da stehen Teller herum!«

Die Polizisten sahen sich vielsagend an und betraten misstrauisch die Laube. Peggy schwante Übles. Sie eilte hinterher.

»Fräulein, entweder, Sie haben uns einen Bären aufgebunden, oder jemand hat es sich hier gemütlich gemacht!«

Sein Blick fiel auf die Teller und die Kochreste im Topf.

»Das wäre ja schrecklich! Dann wäre ich ja in Gefahr gewesen!«, rief Peggy betont erschrocken.

»Was haben wir denn hier?« Der Beamte hielt eine blonde Perücke hoch. »Ist die von Ihnen?«

»Wie kommen Sie denn darauf? Sie sehen doch, dass ich schwarze Haare habe!« Peggy schüttelte gespielt empört den Kopf. Doch offenbar waren ihre schauspielerischen Fähigkeiten nicht überzeugend, denn jetzt steckten die beiden Polizisten die Köpfe zusammen und tauschten sich leise aus. Bei Peggy schrillten die Alarmglocken. Blitzschnell machte sie kehrt und rannte nach draußen. Sofort hetzten die beiden Beamten hinter ihr her.

»Stehen bleiben! Wir müssen sonst von der Schusswaffe Gebrauch machen!«, hörte sie einen der Beamten rufen. Von dieser Drohung ließ sie sich nicht beeindrucken. Auch nicht, als der andere Kollege tatsächlich einen Schuss auf sie abfeuerte. Die Kugel traf einen Apfel, der gut fünf Meter von ihr entfernt an einem Baum hing. Trotzdem nahm Peggys Flucht ein jähes Ende. Und das hatte mit einem älteren Laubenpieper zu tun, der mit seiner Schubkarre um die Ecke kam und frontal mit ihr kollidierte.

Um die Bürger der DDR zu erfassen und zu kontrollieren, war das Ministerium für Staatssicherheit unter der Leitung von Erich Mielke mit deutscher Gründlichkeit vorgegangen. Als Anzeichen von krankhafter Sammelwut war ein ausgeklügeltes System der Überwachung entwickelt worden. Von jedem Bürger, der ins Visier des MfS geriet, wurden Karteikarten verfasst, die unterschiedliche Informationen enthielten und in mehreren Archiven gelagert wurden. Die Verlagerung der Karteien hatte den Vorteil, dass die einzelnen Archivmitarbeiter lediglich über ein Teilwissen über die erfassten Bürger verfügten. Nur in der Abteilung Auslandsaufklärung des MfS, die von dem geheimnisumwitterten Markus Wolf geleitet wurde, waren sämtliche Daten der Betroffenen in einem eigenen Archiv zusammengeführt. Die zentrale Lagerung sollte den Schutz der Identität der Mitarbeiter und Agenten gewährleisten, die im Auftrag des MfS im Ausland tätig waren.

All das wusste Tania, als sie die U-Bahn-Haltestelle Magdalenenstraße verließ, um sich in das riesige Gelände des Stasi-Ministeriums in Berlin-Lichtenberg zu begeben. Dank ihres Dienstausweises ließen die Wachposten sie an der Pforte problemlos ins Areal.

Das riesige Karree war eine kleine Welt für sich. Jedes Gebäude beherbergte eine eigene Abteilung. Natürlich war das Gebäude Nummer eins dem allmächtigen und eitlen Erich Mielke vorbehalten. In Haus 15 befand sich die Abteilung HVA, Auslandsspionage. Einer von Wolfs Offizieren, Oberst Michael Fuchs, pflegte um dreizehn Uhr immer im Casino zu speisen. Das wusste Tania, die Fuchs vor der Essensausgabe abpasste.

»Tania, das ist ja eine Überraschung!« Fuchs' Augen leuchteten, als er sie sah. »Ich hoffe, es geht dir gut.«

Da er ungestört mit Tania reden wollte, wählte er einen kleinen Tisch neben dem Eingang aus.

»Den Umständen entsprechend, und du weißt, das hat mit dir zu tun.«

Er blinzelte sie verheißungsvoll an. Man musste blind sein, um nicht zu erkennen, dass er sie über alles begehrte.

»Ist deine Frau etwa hinter die Sache mit uns gekommen?«, fragte Tania und nahm einen Schluck aus seinem Wasserglas.

»Gott sei Dank nicht!«, meinte Fuchs mit gedämpfter Stimme. »Tania, ich muss dich wiedersehen. Allein.«

Sie antwortete auf sein Begehren mit intensiver Beinarbeit

unter dem Tisch. Ihr Füßeln steigerte seine Begierde nur noch mehr.

»Hast du nachher Zeit? Ich könnte mir ein, zwei Stündchen freischaufeln.«

Tania zog abrupt ihre Füße zurück.

»Michael, ich bin gekommen, um dir etwas zurückzugeben.« Sie holte aus ihrer Handtasche einen Brief, den sie ihm vor die Nase hielt. Blitzschnell schnappte er ihn und steckte ihn ein.

»Bist du wahnsinnig?« Zorn löste seine Begierde ab.

Anstatt zu antworten, öffnete sie ihre Tasche. Sein Blick fiel auf ein Briefbündel, das von einem rosa Geschenkbändchen zusammengehalten wurde. Beim Anblick der Liebesbriefe fuhr ihm der Schreck in die Glieder.

»Du … du hast sie noch? Du solltest sie doch wegwerfen.«

»Habe ich aber nicht. Und weißt du, warum? Weil meine Mutter immer sagte: Es gibt Sachen, die hebst du lieber auf, beispielsweise Liebesbriefe von verheirateten Männern. Man weiß doch nie, wann man sie wieder braucht!«

Fuchs ahnte offenbar, dass Tania etwas im Schilde führte, und legte seine Gabel beiseite.

»Kommen wir zur Sache. Entweder, ich gebe dir diese Briefe zurück, oder ich sorge dafür, dass sie die Runde machen. Deine Kollegen und deine Frau werden sie mit Kusshand lesen.«

»Willst du mich ruinieren?« Seine Stimme stockte, er schluckte schwer.

»Das kommt ganz auf dich an, mein Lieber. Und jetzt hör mir genau zu. Die Kantine schließt in vierzig Minuten. Du hast Zeit genug, um in die Abteilung zu gehen und mir ein bestimmtes Foto zu besorgen.«

»Wovon redest du?«

»I.M. Maulwurf. In seiner Akte befinden sich mindestens

sechs kompromittierende Bilder von ihm und mir. Eins davon will ich haben.«

»Du weißt nicht, was du da redest, Tania.«

Fuchs, mittlerweile kreidebleich, rotierte. Tania blickte ungerührt auf ihre Uhr und drängte:

»Noch fünfunddreißig Minuten. Du kannst es schaffen, brauchst nur die fünfzig Meter zum Gebäude zurückzulegen.«

»Du verlangst von mir etwas Unmögliches.« Er schüttelte heftig den Kopf und hatte Mühe, ruhig zu bleiben. Tania dagegen war die Ruhe in Person.

»Ach was. Es wird niemand merken, dass ein Bild fehlt. Schwund ist immer, vor allem, wenn es sich um pikante Aufnahmen handelt? Du hast nichts zu befürchten – jedenfalls weniger, als wenn ich diese zwanzig Liebesbriefe öffentlich mache.«

Ein furchtbarer Verdacht kam in ihm auf: »Hat man dich abgeworben? Bist du auf die andere Seite gewechselt?«

»Ganz bestimmt nicht. Aber ich brauche ein Bild, auf dem er und ich zu sehen sind.«

Um die Dringlichkeit der Angelegenheit zu unterstreichen, tippte sie leise auf ihre Uhr. Sie wusste, dass er auf sehr heißen Kohlen saß. Um den Druck zu erhöhen, um seinen Hintern quasi qualmen zu lassen, begann sie, aus einem der Briefe vorzulesen.

»›Schatz, hast du nachher eine Stunde Zeit? Ich sehne mich so nach dir … nach deinen weichen Schenkeln …‹«

Fuchs zuckte zusammen, als er das hörte, seine Miene verzog sich grimmig. Sein hasserfüllter Blick würde mich töten, wenn er könnte, dachte Tania.

»Vergeude die Zeit, die dir bleibt, nicht mit Rachefantasien. Hol mir lieber das Bild!«

An Peggy musste ein Exempel statuiert werden. Sie hatte dem

Mörder eines amerikanischen Staatsbürgers zur Flucht verholfen und durfte nicht auf Milde hoffen. Dass ihre Befreiungsaktion ohne Gewaltausübung auskam und eher einer Köpenickiade glich, wurde als besonders schwerwiegend angesehen. Der amerikanische Stadtkommandant verstand da keinen Spaß. Für einen Moment hatte er sogar überlegt, sie in das Gefängnis Spandau zu stecken, aber dann ließ er doch davon ab. Sie war trotz ihrer dreisten Befreiungsaktion keine Kriegsverbrecherin, und außerdem hätten die Amerikaner sich mit den anderen Alliierten absprechen müssen. Deshalb landete sie schließlich in einer Arrestzelle der amerikanischen Militärpolizei. Die ganze Zeit wurde sie insofern korrekt behandelt, als dass sie weder physisch noch psychisch genötigt wurde. Im Zellentrakt innerhalb des Kasernengeländes – von außen gar nicht als Knast zu erkennen – wurde sie von Wärterinnen betreut. Nun saß sie in einer Zelle und ärgerte sich über Spanowski, der sich in Sicherheit hatte bringen können. Noch wütender war sie auf sich, weil sie diesen Typen aus dem Krankenhaus befreit hatte. Sie sehnte sich nach Thomas, um den sie sich große Sorgen machte. Wie ging es ihm? Wo steckte er? Die Ungewissheit nagte an ihr. Vor Nervosität lief sie wie ein Tiger im Käfig hin und her. Ihre Anspannung löste sich, als die Tür aufgeschlossen wurde. Die Militärpolizistin ließ einen südländisch aussehenden Mann eintreten.

»Guten Tag, Miss, mein Name ist Carlos Lopez, ich bin Verbindungsoffizier der amerikanischen Polizei, sozusagen der oberste amerikanische Bulle in Berlin.«

Er reichte ihr die Hand, die sie aber ignorierte. Lopez ließ sich davon nicht beirren und kam direkt zur Sache.

»Sie wohnen mit Thomas Engel zusammen, Ihre Vermieterin hat ausgesagt, dass Sie mit ihm verlobt sind.«

»Na und?«

»Sie haben den Mann befreit, den er verhaftet hat. Ist ein bisschen seltsam, nicht wahr?«

Peggy, die auf ein Gespräch mit Lopez keinen Wert legte, schaute demonstrativ zum kleinen, vergitterten Fenster.

»Ich würde gerne diese verzwickte Geschichte verstehen, Miss.«

Peggy machte keine Anstalten, ihm dabei zu helfen.

»Hat er Ihnen geholfen? Nein, das kann ich mir nicht vorstellen. Oder doch? Wie gesagt, eine verzwickte Geschichte. Ich verstehe das alles nicht.«

»Tja …«, kommentierte Peggy, die nicht daran dachte, ihm auf die Sprünge zu helfen.

»Schade, dass ich Tom nicht fragen kann. Er ist wie vom Erdboden verschwunden. Sein Chef hat gesagt, dass er seit einigen Tagen überfällig ist?«

Auch auf diese Frage bekam er keine Antwort.

»Ich mag Ihren Verlobten, er ist ein guter Polizist. Tom ist zwar ein bisschen zu engagiert, aber er ist ja noch jung.«

Obwohl Lopez sich sehr von McNeil und seinen Kumpanen unterschied, die letztens ihre Wohnung durchsucht hatten, blieb Peggy auf Distanz. Sie traute den Amis nicht.

»Ich weiß nicht, wo er ist. Und wenn ich es wüsste, würden Sie es von mir nicht erfahren«, machte sie ihm klar.

Lopez ließ sich nicht entmutigen, er blieb weiterhin geduldig und höflich am Ball.

»Möglich, dass er in Schwierigkeiten ist. Ich könnte ihm helfen.«

»Ich traue euch nicht!«

»Wen meinen Sie mit ›euch‹?«

»Das wissen Sie ganz genau. Ihr brutaler Kollege hat Thomas beinahe umgebracht, um das …«

Peggy unterbrach sich. Sie wollte das Tonband nicht erwähnen. Aber Lopez hatte anscheinend ihre Gedanken gelesen und beendete ihren Satz.

»… um das Tonband zu bekommen, wollten Sie sagen.«

Peggy schüttelte vehement den Kopf.

»Bitte, Miss, vertrauen Sie mir.«

»Warum sollte ich Ihnen vertrauen? Ihr geht über Leichen!«

»Ich nicht, Miss. Ich bin ein Polizist, der seinen Job genauso ernst nimmt wie Tom.« Er sagte es mit derart großer Überzeugung, dass Peggy leicht unsicher wurde.

»Übrigens fand ich die Aktion im Krankenhaus mit dem Rollstuhl nicht nur tollkühn, sondern auch witzig«, ergänzte Lopez und begann zu lachen. Peggy konnte nicht anders und stimmte mit ein. Als sie sich dabei ertappte, war ihr das unangenehm, denn angesichts der Gefahr, in der Thomas schwebte, gab es nichts zu lachen.

»Ich weiß nicht, wo Thomas ist.«

»Aber Sie haben bestimmt einen Verdacht. Er hat sich Ihnen anvertraut. Er liebt Sie doch!«

Dieser Lopez war ein cleverer Bursche, aber musste man ihm deswegen vertrauen? Peggy hatte immer noch ihre Zweifel, also gab sie ihm keine Antwort. Lopez wurde unruhig, schließlich gab er sich einen Ruck. Er ging auf sie zu, senkte seine Stimme.

»Ich will Ihnen etwas sagen, was mich in große Schwierigkeiten bringen kann, aber ich tue es trotzdem. Ich fürchte, dass Toms Leben in Gefahr ist. Mein sogenannter Kollege hat ihn im Visier. Und der geht wirklich über Leichen.«

Er sah Peggy eindringlich an, was nicht ohne Wirkung blieb. Sie begann zu wanken. Sagte er die Wahrheit? Wollte er Thomas wirklich schützen? Konnte sie ihm vertrauen?

45

Die Uhr zeigte fünf Minuten vor fünf. Thomas warf einen Blick in das volle Café, sah Jimmy aber nirgends. Würde er kommen? Thomas hatte sich zwar um einen Tag verspätet, aber wie er Jimmy kannte, würde er alles in Bewegung setzen, um ihn aus Ostberlin rauszuholen. Thomas' Spannung stieg. Er dachte in diesem Moment nicht an Tania, zumal er nicht glaubte, dass sie auftauchen würde. Ihr Angebot – die Enttarnung des Maulwurfs gegen eine Flucht in den Westen – nahm er nicht ernst. Doch was, wenn sie jetzt die Stasi auf ihn hetzen würde, um ihn und das Tonband zu kassieren? Vielleicht würde sie mit einer Ausreise belohnt werden, wer weiß. Die brisanten Informationen des Tonbands wären gutes Futter für die ostdeutsche und sowjetische Propaganda. Seht her, was der imperialistische Klassenfeind in Vietnam alles treibt! Thomas ärgerte sich über sich selbst. Warum hatte er ihr nur vertraut? Instinktiv tastete er nach dem Band in seiner Hosentasche. Er würde es niemals hergeben. Er würde es wie einen Körperteil verteidigen.

Der kleine Zeiger sprang jetzt auf fünf. Wo blieb Jimmy? Panik ergriff ihn. Er verließ das Café und suchte die Umgebung mit den Augen ab. An der Ecke standen zwei Männer in grauen Jacken und schauten auffällig zu ihm herüber – oder täuschte er sich? Thomas wurde nervös. Es war Zeit zu verschwinden. Aber wo sollte er hin? Er befand sich auf feindlichem Terrain und war von seiner Welt abgeschnitten. Genauso gut hätte man ihn auf dem Mond aussetzen können. Mit Blick auf die beiden Männer entschloss er sich zum Rückzug. Gerade als er gehen wollte, spürte er eine Hand auf seiner Schulter. Erschrocken wandte er sich um und blickte auf eine strahlend weiße Zahnreihe.

»Hey, *man*, alles frisch?«

Thomas fiel ein tonnenschwerer Stein vom Herzen. Er hätte Jimmy am liebsten umarmt, aber das wollte er sich lieber für später aufheben. Er begnügte sich stattdessen mit einer unauffälligen Kopfbewegung und tat so, als ob er sich um seine Schnürsenkel kümmern müsste. Jimmy verstand natürlich. Er steckte sich eine Zigarette an und blies eine süßliche Cannabiswolke in den Himmel.

»Folge langsam dem schwarzen Mann«, hörte er Jimmy sagen, der sich auf den Weg machte und die breite Allee in Richtung Strausberger Platz überquerte. Thomas sah, wie Jimmy auf eine Parkbucht neben der Fahrbahn zuging, in der westliche Autos standen. Offensichtlich hatten die Ostberliner Behörden diesen Platz für Besucher aus dem Westen vorgesehen. Am Ende der Opels, Mercedes und Fiats stand ein olivgrüner Kombi. Jimmy hatte ihn seitwärts an einer dicht bewachsenen Hecke geparkt. Thomas begriff sofort. Wenn er sich geschickt anstellte, konnte er unbemerkt einsteigen. Er ging davon aus, dass die Ladefläche des Kombis so präpariert war, dass er sich dort verstecken konnte.

Thomas schaute sich um. Am Ende der Parkbucht unterhielten sich zwei Vopos. Wie sollte er unbemerkt zu Jimmy gelangen? Ihm kam eine Idee. Seinen Schlüsselbund in der Hand, schlenderte er unauffällig-auffällig die Autoreihe entlang, so als würde er gleich in einen der Wagen steigen. Der Trick wirkte, die Vopos wandten sich ab. Diesen Moment nutzte Thomas und eilte zu Jimmy, der wie beiläufig die Heckklappe öffnete. Thomas sah, dass der Kombi einen doppelten Boden hatte. Er musste nur in die Öffnung hineinklettern, die Jimmy mit einer Platte verschließen würde. Gerade als er einsteigen wollte, sah er in etwa zehn Metern Entfernung eine Frau, die sich in gebückter Haltung hinter einem Ford Taunus verbarg. Es war Tania. Sie sah zu ihm herüber. Thomas zögerte, war unsicher.

»Nicht einschlafen, *man!*«, drängte Jimmy.

Währenddessen schlich Tania zum Jeep.

»Ich habe den Fahrschein.« Sie zeigte auf einen Umschlag.

»Dann steigen Sie ein«, forderte Thomas sie auf, ohne lange zu überlegen.

»Hey, du machst wohl Witze? Ich bin doch kein Truppentransporter«, protestierte Jimmy, der die Frau nicht kannte.

»Bitte, Jimmy, diesen Gefallen wirst du mir nicht abschlagen. Es ist wichtig.«

Mit Blick auf die beiden Vopos, die sich jederzeit zu ihnen umdrehen konnten, blieb Jimmy nicht viel übrig, als Tania durch die Heckklappe in den Wagen zu befördern. Sie und Thomas passten gerade so in den Hohlraum, den Jimmy mit dem Deckel verschloss. Danach ging es Schlag auf Schlag. Jimmy setzte sich ans Steuer und gab ordentlich Gas. Der Achtzylinder hörte sich viel satter an als die mickrigen Zweitakter aus Zwickau, dachten die beiden Vopos, als der Kombi an ihnen vorbeirauschte. Obwohl es gegen die Vorschriften war, erwiderten sie das Winken des schwarzen G.I.s am Steuer mit einem freundlichen Salutieren. Zu gern hätten sie eine Runde mit dieser Karre des Klassenfeinds gedreht.

»Hey, ihr beiden, hört ihr mich? Oder habt ihr Besseres zu tun?«

Thomas und Tania klebten wie siamesische Zwillinge dicht

aneinander, Wange an Wange, da passte nicht mal das berühmte Blatt Papier dazwischen.

»Wer ist die Lady in black?«

»Eine Bekannte, die in den Westen will.«

»Ich dachte, du hättest schon ein Mädchen.«

»Das habe ich auch. Tania ist eine Geschäftspartnerin«, erklärte Thomas und fügte mit leiser Stimme hinzu: »Ich hoffe nicht, dass Sie als blinder Passagier mitfahren und der Umschlag leer ist.«

»Sie sollten mir langsam vertrauen.«

»Es bleibt mir auch nichts anderes übrig.«

»Was ich Ihnen schon letztens im Bett sagen wollte ... Sie riechen gut. Hat Ihnen Ihre Freundin das noch nicht gesagt?«

»Nein, aber ich werde sie danach fragen.«

»*Shut up, guys!* Wir nähern uns der Grenze«, hörten sie Jimmys Stimme. »Die Stasi-Jungs sind in einem Wartburg hinter uns her, aber sie wagen nicht, uns anzuhalten«, lachte er und winkte seinem Verfolger während einer Ampelpause zu. »Weiß der Geier, wofür diese Idioten bezahlt werden. Die hätten mich am Parkplatz beschatten sollen.«

»Hast du Idioten gesagt?«

»Richtig.«

»Er spricht nicht gerade freundlich über Ihre Kollegen«, flüsterte Thomas.

»Ehemalige Kollegen«, stellte Tania richtig.

»Ladies and Gentlemen, die Kontrolle beginnt«, flüsterte Jimmy und näherte sich dem Ostberliner Wartehäuschen. Thomas und Tania hielten im Gegensatz zu Jimmy den Atem an.

»Soldat, Sie sind doch gestern schon rübergefahren«, stellte einer der Wachleute mit Blick auf seinen Notizblock fest.

»Gut beobachtet, Genosse Stalin. Ich exportiere den ganzen

Beluga in den Westen«, entgegnete Jimmy frech. Er wusste natürlich, dass die amerikanischen Armeefahrzeuge nicht durchsucht werden durften.

Der angesprochene Grenzer wollte gerade zu einer Antwort ansetzen, da bemerkte er den mahnenden Blick seines Kollegen.

»Weiterfahren!«

Jimmy salutierte und gab Gas. Thomas hatte zwar nicht sehen können, was sich da genau vor dem Wachhäuschen abgespielt hatte, aber er hatte alles genau hören können. Und das nötigte ihm viel Respekt vor Jimmys Coolness ab.

Das Erste, was Jimmy im Westen tat, war, den Kombi in eine unbelebte Straße zu fahren, um die Passagiere möglichst unauffällig aussteigen zu lassen. Die beiden brauchten jetzt dringend frische Berliner Luft.

Erleichtert verließen Thomas und Tania ihr stickiges Versteck und streckten sich. Sie fühlten sich, als hätten sie nach einer gefährlichen Operation das Licht der Welt erblickt.

»Jimmy, das vergesse ich dir nie. Du bist ein wahrer Freund!« Thomas umarmte Jimmy, der bescheiden abwinkte.

»Schon gut! War ein kleiner Service, mehr nicht.«

Thomas wandte sich erwartungsvoll an Tania.

»Ihren Fahrschein, bitte!«

Tania griff in ihre Tasche und holte eine Pistole heraus. Jimmy und Thomas blickten überrascht in den Lauf einer Makarow.

»Sieht aus wie eine russische Neun-Millimeter-Makkaroni«, kommentierte Jimmy mit Kennerblick.

»Und die ist geladen, meine Herren!«

Thomas war so überrascht, dass er die Situation gar nicht begriff.

»Wo kommt denn die Pistole her?«

»Ein kleines Souvenir aus meinem Vorleben«, antwortete Tania durchaus ironisch.

»Soll das ein Witz sein?«, fragte Thomas irritiert.

Tania antwortete mit einem Kopfschütteln.

»Hey, Lady, wir sind die Guten, leg die Knarre weg!«, forderte Jimmy sie auf.

»Es passiert euch nichts, keine Sorge. Ich wollte mich von euch verabschieden. Und da ich keine Umarmungen mag, halte ich euch eben auf Abstand.«

»Ich verzichte gerne auf Umarmungen, aber du schuldest mir trotzdem eine Information!«, platzte es aus Thomas heraus.

»Endlich sind wir beim Du. Und ich dachte schon, du wirst mich ewig siezen …«

Thomas war nicht nach Scherzen zumute.

»Ich habe dir vertraut, Tania!«

»Das kannst du auch, Thomas. Aber zunächst muss ich in Sicherheit sein. So lange musst du dich gedulden.«

»Das war gegen die Abmachung«, protestierte Thomas. Er ärgerte sich, dass er ihr vertraut hatte. Das war unprofessionell gewesen.

»Nein, wir haben nicht über den Zeitpunkt der Übergabe gesprochen«, erklärte Tania im Ton einer Juristin. »Außerdem hast du das Tonband, damit kannst du arbeiten.«

Sie drückte dem verdutzten Thomas einen flüchtigen Kuss auf die Wange, dann machte sie sich eilig davon. Damit wollte sich Thomas nicht abfinden, doch bevor er ihr folgen konnte, spürte er Jimmys Hand auf seiner Schulter.

»Lass die Lady laufen, kümmere dich um deinen Kram.«

»Aber das war mein Kram!« Thomas hatte mächtig Wut im Bauch. »Ich Idiot habe ihr die Nummer mit dem Maulwurf geglaubt!«

»Aber du hast das Tonband, *man*, oder?«

Das stimmte. Es kam auf das Tonband an, seine Lebensversicherung.

»Das hab ich, Jimmy. Kannst du mich irgendwo in Neukölln absetzen? Ich muss zu Peggy, die wartet in einem Kleingarten auf mich.«

»Sicher, aber ich muss zunächst was erledigen.«

Beide stiegen ein. Der Kombi setzte sich in Bewegung.

»Wo hast du eigentlich diesen Wagen her? Der ist wie geschaffen für eine Flucht!«

»Die Karre ist topsecret. Hat die CIA präpariert.«

»Ach, und wie bist du da drangekommen?«

»Das ist eine lange Story. Später mehr«, antwortete Jimmy und steuerte den Kombi in eine Ausfallstraße. Währenddessen überlegte Thomas, was als Nächstes anstand. Zunächst einmal Peggy im Kleingarten aufsuchen, danach überlegen, was mit dem Tonband zu tun war. Die beste Option war seiner Ansicht nach die Flucht nach vorn. Die Presse einschalten. Die brisanten Informationen öffentlich machen und einen Skandal verursachen. Nicht ein radikaler Student hatte Dr. Egmont umgebracht, sondern der Berliner CIA-Chef McNeil. Dr. Egmont – ein intimer Kenner der CIA – musste nicht nur sterben, weil er den Dienst quittieren, sondern weil er brisante Informationen öffentlich machen wollte, beispielsweise die geplante, groß angelegte Undercover-Operation gegen die vietnamesische Bevölkerung namens Hades, die gegen die Genfer Konvention verstieß. Und den Mord an einem südvietnamesischen Arzt, der sich für Friedensverhandlungen eingesetzt hatte. Diese Fakten konnte Thomas anhand des Tonbands beweisen.

Während ihm das alles durch den Kopf ging, fiel ihm gar nicht auf, dass Jimmy in die Straße einbog, die nach Grunewald führte. Erst als sein Freund den Wagen am Straßenrand stoppte, wunderte er sich über die grüne Umgebung.

»Was wollen wir hier?«

Anstatt zu antworten, meinte Jimmy: »Hey, *man*, glaubst du an Gott?«

Die Frage kam überraschend. Thomas sah in sein Gesicht. Die fröhliche Lausbubenmiene war verschwunden, stattdessen hatte Jimmy eine ungewohnt traurige Falte im Gesicht.

»Ich weiß es nicht, Jimmy. Ich bin zwar getauft, aber keine Ahnung, wann ich das letzte Mal in der Kirche war. Warum fragst du?«

»Du glaubst also nicht daran, dass du in den Himmel kommst, wenn du stirbst?«

»Wenn ich tot bin, bin ich tot«, meinte Thomas, der sich noch nie ernsthaft Gedanken über ein Leben nach dem Tod gemacht hatte. Er war zwar katholisch, aber sein Glaube hielt sich in Grenzen, was auch mit dem Priester in seinem Heimatort zusammenhing, der Keuschheit predigte und mit seiner Haushälterin in Urlaub fuhr.

»Ich sehe das auch so, aber ich finde es nicht gut. Ich beneide die Menschen, die daran glauben, dass wir nicht nur ein Stück Fleisch sind oder ein Haufen Knochen, sondern eine Seele haben. Und dass es ein Leben nach dem Tod gibt.«

Thomas fragte sich, warum Jimmy plötzlich ein religiöses Thema ansprach. Waren das die Nachwirkungen des Joints? Oder lag es an Stevies Tod?

»Kann sein, Jimmy, vielleicht sollte ich mir mal darüber Gedanken machen. Jetzt gerade habe ich andere Sorgen.«

Jimmy legte eine lange Pause ein, dann meinte er: »Die Seele lebt nach dem Tod weiter, das denken die Vietnamesen. Aber das haben wir ihnen nicht gegönnt ...« Jimmy blickte nachdenklich nach draußen, hielt erneut inne. »Unsere Offiziere haben uns immer befohlen, dass wir den toten Vietnamesen die Ohren abschneiden. Wer die meisten Ohren brachte, bekam Lagerurlaub oder eine Extraration Bier oder so was. Und weißt du, warum? Weil diese Menschen glauben, dass sie nur in ihren Himmel kommen, wenn ihr Körper unversehrt ist. Es reichte nicht, dass man die Lebenden erschoss, nein, man bestrafte auch die Toten, man zerstückelte ihre Körper. Sie durften nicht in den Himmel kommen.«

Jimmy schlug die Hände vors Gesicht und begann zu schluchzen. Thomas fühlte sich zunächst hilflos, dann legte er tröstend einen Arm um seine Schultern.

»Und weißt du, ich habe da mitgemacht«, sagte Jimmy. »Ich habe auch Ohren abgeschnitten.« Er sah Thomas mit Tränen in den Augen an. »Im Krieg werden aus Menschen Monster, das sag ich dir …«

Thomas glaubte ihm aufs Wort.

»Ich komme mir so schäbig vor. Ich habe den armen Schweinen die Seele getötet. Aber ich will das nicht mehr. Ich will es nicht.« Jimmy wischte sich die Tränen ab und startete den Motor. Die Fahrt ging weiter. Die nächsten Minuten wechselten sie kein Wort miteinander. Das Gespräch hatte Thomas aufgewühlt. Er fragte sich, ob er an Jimmys Stelle im Krieg ebenso reagiert hätte. Steckte in ihm auch ein Monster?

Jimmy verlangsamte plötzlich die Fahrt und bog nach rechts in einen Feldweg ein, hielt an, stieg wortlos aus.

»Was ist los?«, wollte Thomas wissen.

Jimmy schaute zu ihm rüber und senkte den Kopf. Thomas machte sich jetzt Sorgen um seinen Freund und folgte ihm. Als sie eine Lichtung erreichten, blickte er zum Himmel hoch. Eine düstere Wolkenfront war aufgezogen. Ferner Donner rollte, Wind kam auf. Jimmy, der vor einer Blutbuche stand, starrte mit glasigen Augen auf den Boden. Blitze flammten auf, Donner ertönte. Thomas erschrak. Ein Schauer setzte abrupt ein, als hätte jemand einen Wasserhahn aufgedreht. Thomas stand wie unter einer Dusche, aber das war ihm egal. Er wollte auf seinen Freund zugehen, da trat plötzlich jemand vor, den er hier nie vermutet hätte. Es war McNeil, der eine 45er in der Hand hielt.

Der Regen prasselte unaufhörlich auf die drei Männer im Wald. Nur McNeil, der den Regen hasste, blieb dank seines Schirms halbwegs trocken. Thomas und Jimmy dagegen waren binnen Sekunden bis auf die Haut durchnässt. Thomas blickte von McNeil zu Jimmy und wieder zurück. Er begriff nicht, jedenfalls weigerte er sich, an das Unmögliche zu denken. Nein, das konnte nicht sein. Unmöglich. Hatte Jimmy ihn tatsächlich an diesen CIA-Schergen verraten? Er sah ihn fragend an, und als der Freund seinem Blick auswich, hatte er die Antwort.

»Warum, Jimmy?«

»Ich will keine Ohren mehr abschneiden, ich will kein Monster werden«, antwortete Jimmy leise. »Und ja, es ist ein dreckiger Deal …«

»Schon gut, jetzt bin ich dran!«, unterbrach ihn McNeil barsch, der langsam auf Thomas zuging. »Und du gibst mir das Band, *boy*.«

Obwohl Thomas wusste, dass er in einer aussichtslosen Lage steckte, machte er keine Anstalten, McNeils Aufforderung nachzukommen. Er blieb einfach stehen und bewegte sich nicht. Er würde das Band niemals hergeben, sagte er sich. McNeil wurde ungeduldig und entsicherte seine Waffe.

»Ich hasse Regen, ich will hier weg. Mein Bourbon wartet!«, brüllte er in den Wald.

»Sie werden mich schon erschießen müssen, wenn Sie an das Band kommen wollen, Sir.«

»Jetzt werde nicht albern, verdammt. Gib mir endlich dieses verfluchte Teil!«

Thomas schüttelte den Kopf. Nun wurde es McNeil zu viel. Er richtete die Waffe auf Thomas.

»Ich zähle bis drei, dann bist du Vergangenheit.«

»Sir, das war nicht abgemacht!«, mischte sich Jimmy unerwartet ein. »Es ging nur um das Band! Und das bekommen Sie doch!«

»Halt dich da raus!«, kanzelte ihn McNeil ab, doch Jimmy ließ sich nicht einschüchtern. Er wandte sich an Thomas.

»Hey, *man*, gib ihm das Band, dann wird alles gut.«

»Du sollst dich raushalten, habe ich gesagt«, maßregelte ihn McNeil und begann zu zählen: »Eins … zwei …«

»Sie werden doch nicht schießen, Sir!«, rief Jimmy und wollte nach McNeils Hand greifen. Dazu kam er nicht. McNeil richtete den Revolver auf ihn und drückte zwei Mal ab. Jimmy ging zu Boden. Sofort eilte Thomas zu ihm, richtete den Oberkörper seines Freundes auf, nahm seinen Kopf in die Hände. Jimmy, in der Brust getroffen, schluckte schwer, dann spuckte er Blut.

»Hey, Jimmy, mein Freund …«

Jimmy reagierte mit einem matten, kraftlosen Lächeln.

»Meine Seele …«

»Du schaffst es, Jimmy!«

Jimmy schüttelte den Kopf.

»Schreib meiner Mom …«, hauchte er leise. Thomas streichelte sanft über den Kopf des Freundes, den er nicht als Verräter sah.

»Ich hätte genauso gehandelt, Jimmy … Glaub mir!«

Es war, als ob Jimmy den Satz gehört hätte, er nickte stumm, dann brach sein Blick, und er war für immer gegangen. Stille kehrte ein, sogar das Prasseln des Regens war nicht mehr zu hören.

Thomas umarmte seinen toten Freund und schrie das lauteste »Nein!« seines bisherigen Lebens in den Wald. McNeil dagegen hatte keine Zeit für Sentimentalitäten.

»Warum bedauerst du ihn? Der schwarze Judas hat dich verraten!«

»Ich habe das Band abgehört. Sie und Ihre Firma sind erledigt, McNeil. Ihr Kopf wird rollen, dafür werde ich sorgen!«

Als McNeil das hörte, begann er zu kichern.

»Du willst mich fertigmachen? Wovon träumst du nachts?«

Sein Fußtritt brachte Thomas zu Fall.

»Du wirst keinem mehr was erzählen. Man wird von einer Schießerei zwischen einem korrupten Bullen und einem unschuldigen G.I. ausgehen.«

McNeil richtete die Waffe auf ihn. Thomas sah zunächst in zwei kalte Augen, dann in den Lauf. Ein Schuss ertönte.

»Sie sind ein Teufel, McNeil!«, stöhnte Thomas, der in die Brust getroffen wurde.

»Nein, Bursche, du hast es immer noch nicht begriffen. Ich schütze mein Land!«

McNeil hielt seine Waffe nun auf Thomas' Kopf. Der Fangschuss. Thomas wusste, dass es vorbei war. Er schloss die Augen und dachte an ein paar Liedzeilen aus »Tomorrow Never Knows« von John Lennon.

Ein weiterer Schuss.

46

Als er die Lider aufschlug, blickte er in zwei mandelgrüne Augen. Sie gehörten zu einem Gesicht, das er kannte. Es war Dr. Linh, die ihn fürsorglich ansah und mit einem Tuch Schweiß von seiner Stirn tupfte. Er wollte etwas sagen, aber die Lippen versagten ihren Dienst.

»Pssst ...! Sie müssen sich ausruhen!«, hörte er.

»Was ist mit mir?«, hauchte er.

»Wir haben die Kugel entfernen können, sie war auf eine Rippe aufgeprallt und hat zum Glück keine lebensbedrohlichen Organe getroffen«, erklärte Dr. Linh mit sanfter Stimme.

Thomas nickte leicht und schloss wieder die Augen.

Irgendwann, er hatte jegliches Zeitgefühl verloren, suchten Sonnenstrahlen einen Weg durch das hohe Fenster und weckten ihn auf. Er sah Schleier, die sich wellenartig bewegten. Etwas krabbelte wie eine Schlange die Wand hoch. Thomas kniff die Augen zu, um besser sehen zu können – die Schlange entpuppte sich als Heizungsleitung über dem Putz und die Schleier als wehende Vorhänge. Wo war er? Thomas hatte das Gefühl, lange geschlafen zu haben, er wollte sich recken, aber das ging nicht, weil sein Brustkorb schmerzte. Er schloss die Augen und versuchte, sich an die Momente vor seinem Schlaf zu erinnern. Bildfetzen tauchten auf.

Er liegt verletzt auf dem nassen Waldboden, McNeil hält den Revolver auf seine Stirn. Dann ein Schuss, und McNeil fällt neben ihn. Ein

Mann beugt sich über ihn, rüttelt ihn heftig und fordert ihn auf, nicht einzuschlafen. Es ist Lopez.

»Junge, schlaf nicht ein, bleib wach! Es ist alles gut. Es ist alles gut!«

Was danach passiert war, wusste er nicht mehr. Thomas war John Lennon dankbar. *It is not dying.* Er lebte!

Sehnlichst wünschte er sich Peggy an seine Seite. Wo war sie nur? War ihr etwas zugestoßen? Er wurde unruhig.

Die Tür ging auf, und Dr. Linh betrat das Krankenzimmer. Sie war in Begleitung eines Mannes, den er kannte. Lopez.

»Dieser Herr möchte mit Ihnen sprechen, Herr Engel«, erklärte Dr. Linh. »Er hat die Erstversorgung gemacht und die Blutung gestillt. Ohne ihn hätten Sie wohl nicht überlebt.«

Thomas warf Lopez, der an der Tür stand, einen dankbaren Blick zu.

»Ihre Freundin ist unterwegs, Herr Engel«, fügte die Ärztin hinzu und ließ sie beide allein. Lopez ging auf Thomas zu und strich ihm sanft über den Kopf.

»Du siehst gut aus, Officer …«

Thomas musterte ihn misstrauisch, obwohl er kein schlechtes Gefühl hatte, da Lopez alles andere als bedrohlich wirkte.

Lopez nahm einen Kaugummi aus der Tasche und bot ihn Thomas an. »Spearmint, der erfrischt.«

Thomas hob ablehnend die Hand.

»Sie haben mir das Leben gerettet, danke.«

Lopez winkte bescheiden ab.

»Meine Zeit bei der Army war doch zu etwas nütze. Ich habe eine Ausbildung zum Sanitäter gemacht«, erinnerte sich Lopez, während er eine Schachtel Zigaretten hervorholte. Thomas war nicht nach Zigarettenqualm. Er schüttelte unwillig den Kopf.

»Keine Sorge, ich rauche kalt«, beruhigte ihn Lopez und steckte sich eine Zigarette zwischen die Lippen.

»McNeil ist einfach zu weit gegangen. Da ist eine Menge gelaufen, was so nicht hätte laufen dürfen.«

»Beispielsweise hat er seinen Freund Egmont umgebracht, weil der aus eurer Familie aussteigen wollte. Und er hat Jimmy umgebracht … kaltblütig … Warum haben Sie das nicht verhindert?«

»Ging nicht.«

»Weil er schwarz war?«

»Weil ich zu spät kam!«

Thomas wusste nicht, ob er Lopez glauben sollte.

»Ich habe nichts gegen Schwarze, wir Hispanics machen da keine Unterschiede.« Das sagte Lopez sehr überzeugend, und Thomas wollte ihm das abnehmen. Lopez konnte zwar zynisch sein, aber im Grunde hatte er ihn als einnehmend und fair kennengelernt, unabhängig davon, dass er ihm das Leben gerettet hatte. Trotzdem konnte er nicht vergessen, für wen Lopez arbeitete.

»Wo ist das Band?«

»Am besten, du vergisst es.«

»Das werde ich ganz bestimmt nicht. Ich bin voll im Bilde über eure Machenschaften. Und glauben Sie mir, ich werde mit meinem Wissen nicht hinter dem Berg halten …«

Thomas hatte sich in Rage geredet und keuchte schwer, ihm ging es nicht gut, sein Mund war trocken. Lopez gab ihm ein Glas Wasser und versuchte, ihn zu beruhigen.

»Schön ruhig bleiben, Officer. Vielleicht sollte ich erst einmal einiges klarstellen. Natürlich weiß ich, dass du das Tonband abgehört hast. Aber das bringt dir nichts, weil dieses Band schon vernichtet ist. Und ohne Beweise werden dir nur die üblichen linken Propagandablätter glauben.«

Thomas schnaufte ärgerlich, weil er wusste, dass Lopez recht hatte.

»Aber du kannst beruhigt sein. Auch wir fanden nicht gut, dass McNeil wie ein Elefant im Porzellanladen agiert hat. Er war nicht mehr tragbar. Die CIA braucht solche Typen nicht, das schafft wenig Vertrauen …«

»Wir? Haben Sie umgesattelt?«

»Es kann sein, dass ich mich umorientiere.«

»Zumal McNeils Job frei geworden ist.«

»So ist es.«

»Ihnen sind doch die Verbrechen der Firma in Vietnam bekannt?«

»Dort herrscht Krieg«, kommentierte Lopez lapidar.

Thomas ließ ihm das nicht durchgehen: »Ein Krieg, der nicht zu gewinnen ist.«

»Das sagst du. Unser Präsident hat jetzt eine Truppenverstärkung angeordnet.«

»Umso schlimmer. Immer mehr Menschen werden dagegen demonstrieren und euch die Hölle heißmachen. Warum verhandelt ihr nicht?«

»Ich bin kein Politiker und du auch nicht.«

»Ihr könnt mir trotzdem nicht den Mund verbieten. Was ich weiß, werde ich an die Öffentlichkeit bringen.«

»Genug gequatscht, Officer«, winkte Lopez ab und fuhr in amtlichem Ton fort: »Kommen wir zur Sache. Ich bin beauftragt, dir einen Deal anzubieten.«

Thomas, der nicht bereit war, sich auf ein Geschäft mit der CIA einzulassen, wollte etwas einwenden.

»Erst zuhören. Also. Spanowski wird rehabilitiert, die Fahndung beendet. Deine Miss ist ohnehin aus der Haft entlassen worden.«

»Peggy war verhaftet worden?«

»Sie war der Berliner Polizei ins Netz gegangen … Aber das

ist Vergangenheit. Außerdem kannst du weiter als Polizist arbeiten. Also alles wie gehabt.«

Thomas wusste nicht, was er von diesem Kuhhandel halten sollte.

»Noch Fragen?«, hakte Lopez nach.

»Wie wollt ihr McNeils und Jimmys Tod der Öffentlichkeit verkaufen?«

»McNeil war vom KGB gekauft. Egmont und Jimmy hatten das herausgefunden und mussten deswegen sterben.«

Thomas schüttelte ungläubig den Kopf.

»Warte es ab. Das steht morgen in den Zeitungen ... und in Berlin haben wir einen sehr guten Draht zur Presse. McNeil wird schnell vergessen sein.«

»Apropos McNeil. Wieso waren Sie eigentlich im Wald? Haben Sie doch mit ihm unter einer Decke gesteckt?«

Lopez machte eine wegwerfende Bewegung.

»Du kannst auf deine Lady stolz sein. Sie hat mir den Tipp mit Ostberlin gegeben. Daraufhin habe ich McNeil beschattet ...«

»Peggy hat mit Ihnen gesprochen?«

»Sie war nicht dumm. Sie liebt dich. Man kann glatt neidisch sein.«

Lopez klopfte Thomas auf die Schulter und wandte sich zum Gehen. Vor der Tür fiel ihm noch etwas ein.

»Ach ja, wen hat Egmont in Berlin besucht?«

»Irgendeine Frau ... Er ist mit ihr fremdgegangen«, antwortete Thomas ausweichend. Er sah nicht ein, Lopez sein ganzes Wissen zu offenbaren.

»Und die hatte das Tonband?«

Thomas nickte.

»Wieso hat sie es dir gegeben?«

»Weil ich ein guter Bulle bin«, antwortete Thomas frech.

»Erzähl mehr!«

Thomas verneinte. Er war nicht bereit für eine Zusammenarbeit mit Lopez.

Der akzeptierte Thomas' Weigerung und wandte sich zum Gehen. Im gleichen Moment stürmte eine überglückliche Peggy ins Krankenzimmer. Sie sagte nichts, und auch Thomas verlor kein Wort. Sie nahm seine Hand, streichelte ihn. Thomas lief ein Glücksschauder über den Nacken.

47

Kassel, 1966

Es war eine sehr würdige Beerdigung von Dr. Jäckel alias Dr. Stahl. Nach dem Trauergottesdienst wurde der Sarg mit großem Tamtam zu Grabe getragen, gefolgt zunächst von der Witwe und den beiden Töchtern, dann von Dutzenden Trauernden. Auch ein Vertreter der amerikanischen Streitkräfte war vertreten. Ein bisschen aus der Reihe tanzte dagegen Meier, der in Begleitung seines Rottweilers Jakob das Schlusslicht der Trauernden bildete.

»Aus der Erde sind wir genommen, zu Erde sollen wir wieder werden, Asche zu Asche, Staub zu Staub.«

Nach diesen Worten des Pastors traten zunächst die Angehörigen vor und warfen Blüten oder Erde in das Grab. Danach folgten die anderen Trauergäste und taten es ihnen gleich. Auch Meier und Jakob traten ans offene Grab. Meier aber warf keine Blüte ins Grab und auch keine Erde, sondern nur ein kleines, verwittertes Schild, das er aus dem Folterhaus nahe Camp King geholt hatte. Neugierig beugten sich einige Trauergäste über das Grab und lasen den Eid des Hippokrates.

Die Konfusion der Trauergäste steigerte sich, als Jakob sein hinteres rechtes Bein hob und auf den Sarg pisste. Dr. Stahl hätte sich im Grabe umgedreht, wenn es ihm möglich gewesen wäre. Meier dagegen legte ein lautes Lachen hin, das Homer erfreut hätte.

48

Berlin, 1966

Körperlich ging es Thomas von Tag zu Tag immer besser, aber der Verlust seines Freundes wog schwer. Er machte sich Vorwürfe.

»Hätte ich McNeil das verfluchte Band doch gegeben!«, sagte er sich immer wieder. Peggy, die ihn jeden Tag im Krankenhaus besuchte, sah das anders.

»So einer wie McNeil konnte doch mit Zeugen nichts anfangen. Er hätte Jimmy und dich ohnehin erschossen.«

Auch wenn Peggys Worte plausibel klangen, konnten sie Thomas' Melancholie nicht vertreiben. Seine Selbstzweifel blieben. Hinzu kamen die Vorwürfe, die er sich wegen Tania machte.

»Ich habe ihr wirklich das Märchen vom Maulwurf geglaubt. Wie ein Anfänger bin ich ihr auf den Leim gegangen.« Zu seinem Erstaunen zeigte Peggy ein gewisses Verständnis für Tanias Verhalten.

»Sie wollte halt in den Westen, und das kann ich schon nachvollziehen.«

»Trotzdem hat sie mich ausgenutzt. Ich bin einfach zu gutgläubig.«

»Du solltest jetzt weniger grübeln, dann wirst du auch schneller gesund und kannst das Krankenhaus verlassen«, versuchte Peggy, ihm klarzumachen.

Nicht viel anders dachte auch Dr. Linh, die sich rührend um Thomas kümmerte. Ihr blieb seine Unruhe nicht verborgen, zumal er auch noch wenig Appetit zeigte und nachts kaum schlief.

»Sie waren sehr nah am Tod und haben nur knapp überlebt. Das ist viel wichtiger als alles andere. Ihr Körper wird langsam gesund, aber Sie müssen auch an Ihre Seele denken. Wir nennen es das seelische Gleichgewicht. Und damit Sie positiv denken, habe ich Ihnen eine Lotusblume mitgebracht.« Sie stellte eine Vase mit einem Lotus auf seinen Nachttisch und erklärte ihm die Bedeutung: »Bei uns ist der Lotus das Zeichen für Erneuerung und Neubeginn. Während seine Wurzeln im Schlamm stecken, blüht er über der Oberfläche. Man sieht immer die Blüte, auch wenn die Wurzeln im Dunkeln sind.«

»Das haben Sie sehr schön gesagt, Dr. Linh.«

»Die Blume ist auch ein kleines Abschiedsgeschenk, Herr Engel. Meine Zeit in diesem Krankenhaus neigt sich dem Ende zu. Ich werde wieder in meine Heimat reisen, weil ich dort dringender gebraucht werde.«

»Ich dachte, dass Sie nicht mehr zurückwollten, weil es dort zu gefährlich ist ...«

»Machen Sie sich keine Gedanken um mich, Herr Engel, ich passe auf mich auf, es wird mir nichts passieren. Ich habe mein seelisches Gleichgewicht wiedergefunden.«

Thomas verstand nicht, was sie damit meinte, traute sich aber nicht nachzufragen, weil er nicht zu indiskret sein wollte. Ihr Abschiedsgeschenk, die Lotusblume, übte in der Tat eine beruhigende Wirkung auf ihn aus. Sie zog seine Blicke auf sich, vertrieb seine zermürbenden Gedanken und übte eine entspannende Wirkung auf ihn aus. Auch haderte er nicht mehr mit sich. Er hatte sein Bestes gegeben und versucht, ein guter Polizist zu sein. Dass er gegen die Machenschaften der CIA nichts ausrichten konnte, lag nicht an ihm. Er kannte seine Grenzen und machte sich keine Vorwürfe mehr. Er wollte keiner Ideologie dienen, sondern – so naiv es klang – der Gerechtigkeit. Der Begriff des Schutzmanns passte perfekt auf ihn. Dazu gehörte das wichtigste Gebot: *Du sollst nicht töten*. Um den Satz zu unterstreichen, musste man nicht an Gott glauben. Es war ein universelles Gesetz. Das bedeutete, dass auch Mörder oder Verbrecher ein Recht auf Gerechtigkeit hatten, wie der Folterspezialist Brian Egmont.

Und genau hier lag die Crux. Thomas fragte sich, ob McNeil tatsächlich als Mörder infrage kam. Warum sollte dieser Mann – der Jimmy kaltblütig erschossen hatte – Dr. Egmont umbringen, bevor er im Besitz des Tonbands war? Aus Affekt? Möglich, aber nicht wahrscheinlich.

Thomas konnte den Fall gedanklich nicht zu den Akten legen, was ihn aufwühlte. Und diesmal sorgte die Lotusblume nicht für Beruhigung. Irgendetwas hatte er übersehen, aber er hütete sich, darüber mit Peggy zu sprechen. Für sie war der Fall abgeschlossen, genauso wie für die Öffentlichkeit. Die Zeitungen, die tagelang über den Mord an Dr. Egmont und die dreiste Befreiung seines Mörders geschrieben hatten, berichteten stattdessen über McNeil, der als Agent des KGB entlarvt worden war. Der lange Arm des amerikanischen Stadtkommandanten zeigte Wirkung. Auf die KLICK konnte er sich verlassen.

49

Saigon, 1966

Wie durch ein Wunder hatte nur Conny die Zerstörung der unterirdischen Stellung des Vietcong überlebt. Die Nachricht von ihrer Befreiung breitete sich in Saigon, wo man sie schon für tot erklärt hatte, in Windeseile aus. Die ausländischen Reporter, die sie vorher wie einen Paria behandelt hatten, rissen sich jetzt um ein Interview. Davon wollte Conny jedoch nichts wissen, sie wies die Hotelleitung an, keinen Besuch zuzulassen. Eine Ausnahme machte sie aber schon. Pierre durfte sie sehen.

»Ich bin so froh, dass du lebst, Chérie. Ich habe mir große Vorwürfe gemacht, dass ich diesen Flug arrangiert habe, das kannst du mir glauben.« Er war den Tränen nah.

»Du hast mich nicht dazu überredet, Pierre, ich wollte ja unbedingt etwas Spannendes erleben«, beruhigte sie ihn.

»Dein Schicksal hat alle bewegt. Du brauchst nur die Nachrufe zu lesen, die man verfasst hat.«

Zu ihrer Überraschung zeigte er ihr einige Zeitungsausschnitte, die er aufbewahrt hatte.

»Warum hast du sie gesammelt?«, fragte sie erstaunt, während sie die Artikel überflog. Man schrieb von der mutigen deutschen Reporterin, die während eines Angriffs der Vietcong ihr Leben gelassen hatte.

»Irgendetwas musste ich von dir haben ... Mir blieb ja sonst nichts.«

Conny war gerührt und überrascht. Pierre, dieser charmante Filou, zeigte ja echte Gefühle.

»Du bist süß, Pierre!« Sie belohnte seine Ehrlichkeit mit einem Kuss.

»Und jetzt?«, flüsterte er erwartungsvoll.

»Jetzt brauche ich ein Bad. Entspannen. Zur Ruhe kommen. Das war zu viel auf einmal.«

»Soll ich gehen?«

»Magst du nicht hierbleiben und mir den Rücken einseifen? Zum Lohn erzähle ich dir, was ich so alles erlebt habe.«

Pierre gefiel die Idee, und so setzte sie ihn, während sie in der Wanne lag und seine Massage genoss, über ihre Erlebnisse ins Bild. Pierre kam aus dem Staunen nicht mehr heraus, und seine Bewunderung ihres Mutes wuchs immer mehr.

»Jetzt müsstest du doch die Reportage haben, die du immer haben wolltest, oder?«

Sie antwortete mit einem Kuss.

»Bevor ich nach Berlin zurückfliege, würde ich gerne meine Bilder hier entwickeln lassen. Ich muss wissen, wie sie geworden sind, Pierre, das ist mir sehr wichtig. Kannst du mir helfen?«

Natürlich konnte er das. Noch am selben Tag suchten sie ein Labor auf. Ihre Bilder machten ihn sprachlos.

»Deine Redaktion wird begeistert sein. Die Fotos sind eindringlich, intensiv und erschütternd zugleich. Ich bin so stolz auf dich!«

Das aufrichtige Lob aus dem Mund eines Mannes, der meist nur spöttisch über die Arbeit seiner Kollegen sprach, bedeutete Conny besonders viel. Sie fiel in seine Arme. Beide vergaßen ihre Arbeit, den Krieg ringsum und überhaupt die Probleme der Welt.

Am nächsten Morgen wachte zunächst Pierre auf. Lauter Straßenlärm und stickige Luft drangen durch das geöffnete Fenster. Saigon war schon quicklebendig, aber Conny schlief noch. Er beobachtete sie still und strich ihr zärtlich über das Haar. Als sie die Augen öffnete, überraschte er sie mit seinen Worten.

»Ich habe mich verliebt, Chérie. Ich wäre glücklich, wenn wir …« Weiter kam er nicht, weil sie ihm mit dem Finger die Lippen verschloss. Er verstand nicht. »Aber Chérie …«

Sie rutschte zu ihm und kuschelte sich an ihn.

»Es geht nicht, Pierre, es tut mir leid. Es gibt keine Zukunft für uns.«

»Warum nicht? Liebst du mich nicht?«

»Ich habe dich sehr gern, Pierre, und vielleicht ist es sogar Liebe, aber du lebst in Saigon, und ich werde heute nach Berlin zurückfliegen.«

»Heute schon? Warum?«

»Ich habe gestern mit meinem Chef telefoniert. Er wartet auf mich, und das ist gut, weil ich so schnell wie möglich meine Reportage schreiben will.«

»Und dann?!«

»Ich komme nicht wieder hierher, Pierre.«

»Dann komme ich nach Berlin!«

»Das wäre schön, aber das glaubst du selbst nicht, oder? Hier hast du einen ruhigen Job – was willst du in Berlin?«

»Das weiß ich nicht«, gab er zu, und seine Miene nahm melancholische Züge an.

Und so blieben ihm nur die Zeilen von Michel Polnareff, der vergebens um Liebe bat, während Conny im Flieger saß und an der Reportage ihres Lebens arbeitete.

Von ihrem ursprünglichen Plan, reißerisch und unterhaltsam über den Krieg in Vietnam zu berichten, war sie abgerückt. Stattdessen schwebte ihr eine mehrteilige, persönlich gefärbte Artikelserie vor. Eine Art vietnamesisches Tagebuch, illustriert mit ihren eigenen Fotos. Sie wollte nichts auslassen, weder ihre Eindrücke von Saigon, das sie als Sodom und Gomorrha erlebt hatte, noch ihre Erfahrungen mit der amerikanischen Kriegsführung und erst recht nicht ihre Zeit bei den Vietcong.

Ihr Chef in Berlin war gar nicht begeistert, als er ihr vietnamesisches Tagebuch las und die Bilder sah.

»Der Text ist zu persönlich, zu emotional. Außerdem kommen die Amis nicht gut weg, im Gegenteil. Saigon ist doch kein Puff! Und die Vietcong ... Du beschreibst die als normale Menschen. Dann deine Bilder. Teilweise zu brutal, der Leser will doch kein Leid sehen! Und überhaupt, unsere amerikanischen Freunde kannst du doch nicht so darstellen!« Er hatte sich regelrecht in Rage geredet.

»Okay, Ihre Begeisterung hält sich also in Grenzen«, kommentierte Conny sarkastisch. »Sonst noch was?«

Es kam tatsächlich noch ein Nachschlag. Mit Blick auf das gemeinsame Foto von Conny und ihrer Freundin Go, das sie per Selbstauslöser gemacht hatte, holte er zum Schlusswort aus: »Das ist doch alles kommunistische Propaganda! Diese Typen haben unseren Fotografen auf dem Gewissen! Aufgespießt wie Schaschlik haben sie ihn! Und du willst sie in Schutz nehmen?«

»Davon kann überhaupt keine Rede sein. Sie sind beileibe keine Heiligen. Aber sie kämpfen um ihr Land!«, trug sie mit Vehemenz vor. Trotzdem redete sie gegen eine Wand. Kritik an den amerikanischen Verbündeten war tabu, machte er ihr mehrmals deutlich. Schließlich wurde es Conny zu bunt. Sie stellte ihm ein Ultimatum.

»Entweder mein Tagebuch und die Fotos werden gedruckt, oder ich gehe damit woandershin!«

Die Reaktion ihres Chefs war schallendes Gelächter.

»Das einzige Blatt, das so was abdrucken würde, ist *Neues Deutschland!* Mädchen, in welcher Welt lebst du?«

Das Wort *Mädchen* brachte das Fass zum Überlaufen. Conny beendete die Diskussion und verließ wortlos das Büro. Sie wollte jetzt volles Risiko eingehen – erstens kündigen und zweitens ihre Reportage verkaufen, aber natürlich nicht an irgendein kommunistisches Blatt im Osten, sondern eine Zeitung im Westen.

Sie fuhr mit ihrem Text und den Fotos zu einem Bereichsleiter einer bekannten Fotoagentur, den sie mal bei einem Empfang kennengelernt hatte. Als er die Reportage las und die Fotos sah, erkannte er sofort deren Brisanz. Connys packender Bericht kam seiner Ansicht nach genau zur richtigen Zeit.

»Der Vietnamkrieg ist Top-Thema heutzutage. Und mir werden meist Fotos von den siegreichen Amis gezeigt. Aber hier sehen wir auch mal die Kehrseite der Tapferkeitsmedaille, nämlich das ganze Elend des Krieges!«

Er vermittelte ihr ein schnelles Treffen mit dem Chefredakteur der auflagenstarken Illustrierten *Planet* in Hamburg. Bereits nach der Hälfte des Textes schlug der dortige Chef vom Dienst zu, die Fotos hatten es ihm sowieso gleich angetan.

»Wir werden Ihr Tagebuch in unserer nächsten Ausgabe exklusiv veröffentlichen!«

Als Thomas im Krankenhaus einige Tage später die *Planet* las, war er schwer beeindruckt.

»Guck mal, Peggy, was Conny da geschrieben hat. Richtig eindrucksvoll. Hätte ich der gar nicht zugetraut!«

Peggy konnte ihm da nur recht geben. Auch sie war nach

dem Lesen des Artikels derart erschüttert, dass sie ihr Bild von Conny korrigieren musste. Die junge Journalistin schrieb nicht sensationslüstern oder reißerisch, sondern emotional und durchaus informativ.

»Kaum zu glauben, dass Conny das fabriziert hat, meine Hochachtung!«

Nicht nur ihre Schilderungen gingen unter die Haut, sondern auch ihre ungeschminkten Fotos vom Krieg.

»Wenn ich die Bilder sehe, muss ich an Jimmy denken. Genauso hat er den Krieg beschrieben«, sagte Thomas. Bei einem Foto blieb er hängen. Da lag ein toter Vietcong auf dem Boden des Dschungels. In seinem Mund steckte ein Pikass. Peggy bemerkte, dass ihn das Bild nicht losließ.

»Was hast du?«

»Dieses Pikass ... ob das ein Zufall ist?«

Thomas kramte in seiner Brieftasche, die er im Schränkchen deponiert hatte, und holte die Spielkarte heraus, die er im Amerika-Haus aufgesammelt hatte.

»Ich hatte sie neben Egmonts Leiche gefunden, konnte aber nichts damit anfangen ...«

»Denkst du etwa immer noch an den Fall?«

»Ich kann nun mal mein Polizeihirn nicht ausschalten«, kommentierte Thomas mit Blick auf die Karte, »es gibt da noch einige offene Fragen ...«

Das sah Peggy überhaupt nicht so.

»Dr. Egmont war ein Verbrecher! Der hat die Strafe bekommen, die er verdient hat!«

Ihre Worte hallten bei Thomas nach. »Was hast du da gesagt?«

»Er war ein Verbrecher«, wiederholte Peggy trotzig.

»Nein, das meine ich nicht. Du hast gesagt: ›Der hat die Strafe bekommen, die er verdient hat.‹«

Konnte das Motiv für Brian Egmonts Tod *Bestrafung* sein? Oder gar *Rache?* Dann würde McNeil als Täter auf jeden Fall ausscheiden.

»Trauerst du ihm etwa nach?«, fragte Peggy, die von seinen Gedanken nichts ahnte.

»Ich will einen ungeklärten Mord aufklären. Dass das Opfer selbst ein Verbrecher war, spielt für mich keine Rolle. Vielleicht ist das naiv oder zu moralisch«, antwortete Thomas ganz im Sinne eines idealistischen Polizisten. Das sah Peggy anders. Für sie gab es weitaus größere Ungerechtigkeiten als Egmonts Tod. Um eine Diskussion, die vielleicht in einen Streit ausgeartet wäre, zu vermeiden, wechselte Thomas das Thema. So sprachen beide über Filme und Musik und dass es wieder an der Zeit war, ein Konzert zu besuchen. Er genoss Peggys Anwesenheit, war aber auch nicht unglücklich, als sie nach Hause fuhr. In ihrer Gegenwart konnte sein Polizeihirn nicht frei denken. Dabei hatte Peggy ihm ein wichtiges Stichwort geliefert. Das Motiv Rache könnte bei Egmont, der viele Menschen ins Unglück gestürzt hatte, eine Rolle spielen. Basierte die Täter-Opfer-Beziehung auf Rache? Die Liste seiner Opfer war lang. Thomas blickte fragend auf die Lotusblüte in der Vase. Würde sie ihm Erleuchtung bringen? Da er sich nicht auf die Kraft der Blume verlassen wollte, versuchte er, Conny telefonisch zu erreichen. Das war nicht einfach, weil sie nicht mehr bei der Berliner Redaktion angestellt war. Er solle es doch in Hamburg bei der *Planet* versuchen, teilte ihm eine Sekretärin mit. Das tat Thomas auch und hatte Glück.

»Hallo, Conny, ich wollte dir zu dem Artikel und den eindringlichen Fotos gratulieren!«

»Ja, das nennt man einen *scoop*, nicht wahr? Einige Fotos sind sogar an die *LIFE* verkauft! Aber wenn du jetzt willst, dass ich über dich eine Reportage mache – der Zug ist abgefahren, das hast du verpennt, mein Lieber!«

Ihre burschikose Art ärgerte Thomas nicht. So kannte er Conny eben, das nahm er ihr nicht übel.

»Nein, es geht nicht um mich«, schmunzelte er.

»Dann bin ich ganz Ohr, mein Lieber!«

»Mir ist bei deinen Fotos etwas aufgefallen, was ich nicht verstanden habe. Es geht um die Spielkarte Pikass. Sie steckt im Mund eines toten Vietcongs. Hat das eine bestimme Bedeutung?«

»Oh Mist, das hätte ich schreiben sollen, sorry. Also, das Pikass ist die Todeskarte. Die G.I.s tragen diese Karte am Helm, um den Vietcong Angst einzujagen. Und wenn sie einen Vietnamesen umbringen, steckten sie ihm ein Pikass in den Mund. Ist das nicht krank?«

»Ja, das ist es … Danke schön und viel Erfolg noch!«

Thomas legte auf. Pikass war also die Todeskarte. Mit einem Mal konnte sich Thomas nicht vorstellen, dass die Karte zufällig in die Nähe des toten Dr. Egmont gelangt war.

Am nächsten Morgen fand die morgendliche Visite ohne Dr. Linh statt. Der Chefarzt, der sich ansonsten nicht oft blicken ließ, erkundigte sich persönlich nach Thomas' Befinden.

»Der Heilungsprozess macht enorme Fortschritte, Herr Engel«, stellte er während der Untersuchung zufrieden fest.

»Darf ich denn dann nach Hause?«

»Nicht so schnell, junger Mann. Noch ist die Wunde nicht vollständig verheilt. Die Gefahr einer Entzündung ist gegenwärtig.«

Thomas, der seine Entlassung nicht erwarten konnte, nickte resigniert.

»Ich hoffe, dass Sie mit der Arbeit von Dr. Linh zufrieden waren«, meinte der Professor, während er Thomas' Krankenakte anschaute.

»Natürlich, sie ist meiner Ansicht nach eine sehr gute Ärztin.«

»Das ist auch kein Wunder. Der Apfel fällt nicht weit vom Stamm, heißt es ja so schön. Schon ihr Vater war einer der besten Chirurgen, die ich kannte!«

Thomas wurde hellhörig.

»Sie kannten ihren Vater?«

»Natürlich, ich habe mit ihm studiert. Er war dann mehrere Jahre Chefarzt in Bonn, ehe er nach Saigon zurückkehrte. Er wollte dort am Aufbau des Gesundheitssystems mitarbeiten.«

»Er wollte?«

»Leider hat der Vietcong ihn umgebracht. Das war insofern besonders tragisch, weil ihm jegliches politisches Engagement fremd war. Er verfolgte rein humanitäre Ziele.«

Thomas hatte mit Interesse zugehört.

»Herr Professor, haben Sie irgendwelche Informationen über die Umstände seines Todes?«

»Nicht mehr, als in den Zeitungen stand. Und seine Tochter sprach nicht darüber, was ich auch nachvollziehen kann«, antwortete der Professor und setzte seine Visite im nächsten Krankenzimmer fort. Thomas blieb allein zurück. Egmont hatte in dem Tonband einen Arzt in Saigon erwähnt, der wegen seiner Friedensverhandlungen mit den Nordvietnamesen sterben musste. Die Amerikaner hatten die Schuld an seinem Tod den Vietcong in die Schuhe geschoben. Er hieß Phan oder so ähnlich, jedenfalls nicht Linh, wie die junge Ärztin. Handelte es sich um denselben Arzt? Thomas musste mehr über diesen Mann erfahren und rief nach dem Chefarzt.

»Eine Frage noch, Professor. Wie hieß der Vater von Dr. Linh?«

»Na, wie wohl! Professor Phan«, antwortete der von der Tür aus, »von ihm hatte ich doch gesprochen!«

Thomas' Puls schnellte nach oben.

»Und warum heißt seine Tochter Linh?«

»Im Vietnamesischen gibt es drei Namen. Den Familiennamen, den Mittelnamen und den Rufnamen, und der lautet bei unserer Ärztin Linh«, erklärte der Professor geduldig und verabschiedete sich wieder. Thomas dagegen war wie elektrisiert. Bei Dr. Linh handelte es sich um die Tochter des Professors, der mit Dr. Egmont in Saigon befreundet gewesen war. Aber Thomas brauchte wasserdichte Beweise. Trotz der verordneten Bettruhe verließ er zum Leidwesen der Stationsärztin das Krankenhaus. Per Taxi ging es zur Bibliothek. Er wandte sich an einen Mitarbeiter, der für das Zeitungsarchiv zuständig war.

»Ich suche eine Nachricht oder eine Meldung über einen vietnamesischen Arzt, der in Saigon ums Leben gekommen ist.«

»In den hinteren Regalen finden Sie alle Tageszeitungen, die wir archivieren«, lautete die knappe Antwort des jungen Mitarbeiters, der sich seine Frühstückspause nicht nehmen ließ. Darauf konnte Thomas keine Rücksicht nehmen. Er musste ihm jetzt Beine machen und holte seinen Dienstausweis hervor.

»Meine Zeit ist knapp bemessen. Wenn Sie sich bitte etwas mehr bemühen würden ...«

»Das ist natürlich etwas anderes. Wollen wir doch mal sehen, was wir machen können!« Der junge Angestellte sprang förmlich von seinem Stuhl und eilte auf eine bestimmte Regalreihe zu.

»Wissen Sie den Namen der Zeitung?«

Thomas schüttelte den Kopf.

»Ich hätte Sie sonst nicht vom Frühstück abgehalten. Aber als fleißiger Zeitungsleser haben Sie vielleicht diesen Artikel noch im Kopf. Es geht um einen südvietnamesischen Arzt, der vom Vietcong ermordet wurde. Er hatte vorher in Deutschland gearbeitet.«

Diese Information reichte dem jungen Bibliothekar, um aktiv zu werden.

»Ich glaube, ich kann Ihnen da weiterhelfen. Nehmen Sie doch ruhig so lange Platz.«

Das machte Thomas gern. Er fühlte sich noch schwach auf den Beinen, obendrein schmerzte seine Brust, wenn er sich zu sehr anstrengte. Das tat seinerseits der Bibliothekar, der fleißig in den Regalen wühlte. Wollte er so schnell wie möglich zurück an sein Butterbrot oder den strengen Kommissar wieder loswerden? Wahrscheinlich beides. Einige Minuten später kam er seinen Zielen näher.

»Hier habe ich einen entsprechenden Artikel, Herr Kommissar!«

Zufrieden reichte er Thomas einen Ordner. Der las in einem Artikel einer überregionalen Zeitung, dass ein Professor Phan, der in Deutschland als Chefarzt gearbeitet hatte, in Saigon bei einem Angriff der Vietcong ums Leben gekommen sei. Das war insofern tragisch, weil er mit seiner Tochter, ebenfalls Chirurgin, in Saigon eine Klinik eröffnen wollte. Professor Phan hatte sich einer Initiative von Wissenschaftlern angeschlossen, die sich um Friedensverhandlungen mit Nordvietnam bemühten. Offenbar war er dadurch ins Visier der Nordvietnamesen geraten, die kein Interesse an Friedensverhandlungen zeigten. Für Thomas, der die Wahrheit kannte, handelte es sich um eine Falschmeldung, die von den Amerikanern gestreut worden war. Das war einer der Gründe für Dr. Egmont gewesen, mit der CIA zu brechen. Thomas rief das Krankenhaus an und fragte die Krankenschwester nach der Adresse von Dr. Linh. Er begründete seinen Wunsch damit, dass er ihr gerne ein Abschiedsgeschenk mit auf den Weg geben wolle. Nachdem er die Anschrift erhalten hatte, machte er sich mit einem Taxi auf den Weg.

Dr. Linh hatte in Wilmersdorf in einem möblierten Zimmer gewohnt. Ihre Vermieterin, eine ältere Dame in Kittelschürze, teilte Thomas mit, dass Dr. Linh vor einer Stunde zum Flughafen Tegel gefahren sei, der im französischen Sektor lag. Die junge Ärztin wollte nach Paris und von dort über Moskau nach Vietnam fliegen. Thomas hatte einen bestimmten Verdacht, als er das hörte, behielt ihn aber für sich. Bevor er sich auf den Weg zum Flughafen machte, warf er einen Blick in das Zimmer der Ärztin. Ihm fiel ein kleiner Buddha auf einem Beistelltisch auf, der inmitten von frischen Blumen und Kerzen gütig in den Raum blickte.

»Das ist ihr Hausaltar gewesen. Er ist so schön, ich traue mich gar nicht, ihn zu entfernen. Früher hing auch ein Bild ihres verstorbenen Vaters dort«, erklärte die Vermieterin und bedachte Thomas mit einem traurigen Blick.

»Hat sie über ihren Vater gesprochen?«

»Nicht viel, aber vor einigen Tagen sagte sie, dass ihr Vater jetzt seine Ruhe gefunden habe.«

»Wissen Sie, was sie damit meinte?«

Die Vermieterin verneinte, aber Thomas glaubte die Antwort zu wissen. Er musste sofort nach Tegel.

50

Saigon, 1966

Saigon war wie eine Waschküche. Dr. Egmont hatte genug von der Stadt und machte sich für den Rückflug nach Berlin fertig, wo die Arbeit am Projekt Hades wartete. Seine Motivation tendierte gen null, weil er vom Sinn dieses Krieges nicht überzeugt war. Auch das ambitionierte Projekt würde das Blatt nicht wenden. Stattdessen hieß das Gebot der Stunde Verhandlungen, um weiteres Blutvergießen zu vermeiden. Insofern fand er, dass der Professor mit seiner Einschätzung richtiglag. Von ihm wollte sich Egmont verabschieden. Er fuhr in die Villa, traf dort aber nur dessen besorgte Tochter an. Egmont erschrak, als er sie sah. Die sonst so gepflegte junge Frau hatte ein aufgedunsenes Gesicht und wirkte übernächtigt.

»Dr. Egmont, ich mache mir Sorgen um meinen Vater!«

»Was ist mit ihm?«

»Er ist vor zwei Tagen ohne Begründung von der südvietnamesischen Polizei abgeholt worden. Seitdem habe ich kein Lebenszeichen mehr von ihm bekommen.«

»Haben Sie sich bei den Behörden gemeldet?«

»Man sagt mir nichts. Keiner fühlt sich zuständig … Was mache ich nur? Ich weiß nicht mehr weiter …« Die junge Frau war völlig aufgelöst, sie zitterte am ganzen Körper. Egmont, der das Bedürfnis hatte, ihr zu helfen, nahm sie in den Arm.

»Ich kümmere mich darum. Machen Sie sich keine Sorgen.«

Seine Worte taten ihr gut und sorgten dafür, dass sie sich beruhigte. Sie vertraute ihm und sah ihn erwartungsvoll an.

»Wo kann ich in Ruhe telefonieren?«

Sie führte ihn in den Nebenraum und ließ ihn allein. Egmont rief sofort den CIA-Abteilungsleiter in Saigon an.

»Ich bin es, Egmont. Es geht um Professor Phan. Seine Tochter vermisst ihn, offenbar haben die Vietnamesen ihn verhaftet. Wissen Sie etwas darüber?«

»Dr. Egmont, ich bin gerade im Meeting. Aber fahren Sie in das Safe House Nr. 5 und sprechen Sie mit dem diensthabenden Offizier.«

Egmont legte auf und wandte sich an die Tochter des Professors, die im Nebenraum ausgeharrt hatte.

»Ich werde mich um Ihren Vater kümmern«, versprach er ihr.

»Was ist mit ihm? Geht es ihm gut?«

»Es wird alles in Ordnung kommen, vertrauen Sie mir.«

Ohne weitere Erklärungen eilte er nach draußen und ließ sich von seinem Fahrer zu dem betreffenden Safe House bringen. Es lag etwas außerhalb von Saigon in einer ehemaligen französischen Villengegend. Nichts deutete darauf hin, dass hinter der charmanten Fassade des französischen Kolonialhauses Menschen unsagbares Leid zugefügt wurde. Man führte Egmont, der schon von einem amerikanischen Leutnant erwartet wurde, in den Spiegelraum. Das Verhör war in vollem Gange. Der Professor – der gerade die Stehfolter über sich ergehen lassen musste – war nicht wiederzuerkennen. Sein Gesicht war rot unterlaufen, er hatte verquollene Augen. Er durfte sich nicht an die Wand lehnen, um seine geschwollenen Beine zu entlasten. Egmont wusste genau, was der Professor gerade durchmachte, hatte er doch die Symptome dieser Verhörtechnik in seiner Broschüre genau beschrieben. Aber nun sah er zum ersten Mal, wie sich die Stehfolter konkret bei einem Menschen auswirkte.

»Nennen Sie uns die Hintermänner, dann dürfen Sie wieder Platz nehmen«, forderten seine Befrager, zwei amerikanische Offiziere, ihn auf.

Der Professor wollte antworten, brachte aber nur unverständliche Laute hervor.

»Warum wird dieser Mann verhört?«, wollte Egmont von seinem Begleiter wissen, der sich nicht sonderlich am Geschehen im Verhörraum zu stören schien.

»Ihm werden geheime Kontakte zu den Kommunisten nachgesagt.«

»Das ist Unsinn, lassen Sie ihn frei.«

»Das geht nicht, Sir, wir haben den Befehl, ihn zu verhören!«

»Das muss aufhören! Beenden Sie das Verhör!«, herrschte Dr. Egmont den verdutzten Offizier an.

»Bei allem Respekt, Sir, dazu haben Sie keine Befugnis.«

»Das wollen wir doch sehen! Ich rufe den General an.«

Im nächsten Moment sah er durch das Spiegelglas, wie der Professor zusammenklappte. Vergebens versuchten die Offiziere, ihn wieder auf die Beine zu stellen.

»Aufstehen!«

»Hier wird nicht geschlafen!«

Der Professor reagierte nicht. Er blieb regungslos liegen. Dr. Egmont hielt es im Spiegelraum nicht aus. Er eilte in das Verhörzimmer und versuchte, den Professor zu reanimieren. Vergebens. Er war außer sich.

»Wer hat angeordnet, dass der Mann die ganze Zeit stehen musste?«

»Wir haben uns nur nach Ihren Vorgaben gerichtet,

Dr. Egmont!«, sagte der Offizier und zeigte auf eine Broschüre. »Das haben Sie selbst geschrieben!«

»Aber da steht nicht, dass man jemanden sterben lässt, verflucht noch mal!«

Mitten im Streit betrat ein Colonel den Verhörraum.

»Was geht hier vor?«

»Professor Phan ist tot! Ihre Männer haben ihn zu Tode gefoltert«, schrie Dr. Egmont und merkte nicht, dass er zum ersten Mal in seinem Leben das Wort Folter gebrauchte. Ungeachtet dessen hielt sich das Mitleid des Colonels in Grenzen.

»Leute, ihr müsst das nächste Mal besser aufpassen«, ermahnte er seine Männer, als hätten sie ein Glas Wasser umgekippt und nicht einen Menschen zu Tode gequält.

»Was machen wir mit der Leiche, Sir?«

»Offizielle Verlautbarung: Professor Phan ist bei einem heimtückischen Angriff der Vietcong ums Leben gekommen«, antwortete der Colonel und ging wieder.

Egmont konnte es nicht fassen.

»Warum ist dieser Mann verhaftet worden?«, rief er ihm hinterher.

»Wir hatten Informationen, dass er Kontakt mit oppositionellen Kreisen aufgenommen hatte.«

»Und wenn schon. Der Professor hat sich für Friedensverhandlungen eingesetzt!«

»Verhandlungen mit den Kommunisten? Was soll das bringen, jetzt, wo wir so kurz vor dem Sieg stehen, Dr. Egmont? Außerdem ist es Verrat an unseren südvietnamesischen Verbündeten, die mit aller Kraft ...«

Egmont, der die Phrasen satthatte, fiel ihm ins Wort: »Hören Sie auf, Nebelkerzen zu werfen! Das glauben Sie doch selbst nicht.«

Er wartete die Antwort des erstaunten Colonels nicht ab und wandte sich angewidert zum Gehen. Beim Verlassen der Villa entdeckte er auf der anderen Straßenseite die Tochter des Professors, die ihm offenbar nachgefahren war. In ihrer Miene spiegelte sich ihre ganze Verzweiflung wider. Was war mit ihrem geliebten Vater? Egmont wandte sich verschämt ab, stieg in seinen Wagen und ließ sich eiligst zum Flughafen bringen. Er hasste dieses Land. Er hasste seinen Job.

51

Berlin, 1966

Sie hatte nur einen Koffer und ihre Umhängetasche. Sie strahlte Ruhe und Zufriedenheit aus. Sie sah aus, als ob sie eine lange, mühselige Reise hinter sich gebracht hätte, dabei stand ihr eine bevor. Gerade hatte sie bei Air France eingecheckt und stand nun in einer Schlange vor der Passkontrolle. Thomas ging langsam auf sie zu, was ihm nicht leichtfiel, weil seine Brust schmerzte und jeder Atemzug eine Qual war. Er gehörte ins Krankenbett, das wusste er, aber er hatte hier etwas Wichtiges zu erledigen. Er durfte sie nicht fliegen lassen. Viel lieber wäre er gekommen, um sich von ihr zu verabschieden.

»Dr. Linh! Ich muss mit Ihnen sprechen!«

»Herr Engel! Was machen Sie denn hier? Sie dürfen doch das Bett noch gar nicht verlassen«, mahnte sie im Ton einer besorgten Ärztin.

»Ich weiß, Dr. Linh, aber ich wollte Sie noch vor Ihrem Abflug erreichen.« Mühsam holte er Luft und fasste sich an die Brust. Als sie das sah, verließ sie sofort die Schlange und kümmerte sich um ihn, brachte ihn zu einer Bank, damit er sich setzen konnte.

»Woher wissen Sie, dass ich heute abfliege?«

»Von Ihrer Vermieterin«, keuchte er.

Mit dieser Antwort hatte sie offenbar nicht gerechnet. Auch

nicht damit, dass er ihr das Pikass gab, das er aus seiner Brieftasche nahm.

»Ich wollte Ihnen die Karte zurückgeben.«

»Die … die gehört mir nicht …«, sagte sie irritiert.

Thomas sah sie ernst, ja, traurig an, weil er wusste, dass er ihr wehtun musste.

»Ich bin Polizist. Und das ist jetzt das Problem.«

»Welches Problem? Ich weiß nicht, wovon Sie sprechen.«

Thomas nahm ihr die Unwissenheit nicht ab. Sie ahnte garantiert, worauf er hinauswollte. Aber noch konfrontierte er sie nicht mit seinem Verdacht. Er hoffte, sie würde von selbst das Tor zur Wahrheit öffnen.

»Wohin fliegen Sie heute?«

»Nach Hause.«

»Aber Sie fliegen nicht nach Saigon, sondern nach Hanoi.«

Sie schüttelte verlegen den Kopf, wich seinem Blick aus. *Red flag.* Sie log. Es half nichts, er musste sie verhören.

»Sie fliegen zuerst mit der Air France nach Paris und dann mit der Aeroflot über Moskau nach Hanoi.«

Sie strich sich über den Kopf, wurde wieder unruhig.

»Entschuldigen Sie, Herr Engel, aber ich muss jetzt zu meinem Flug.«

»Wir sind noch nicht fertig!«

Sein Ton war unerwartet laut. Zum ersten Mal, seit er sie kannte, verhielt er sich ihr gegenüber wie ein Polizist.

»Erinnern Sie sich noch, als wir uns an dem Tag der Demonstration vor dem Amerika-Haus kurz gesehen haben? Ich war in Hektik und habe Sie beinahe umgestoßen.«

Sie nickte zögernd.

»Ich dachte damals, Sie hätten auch gegen den Krieg demonstriert, aber das stimmt gar nicht, oder?«

»Ich war zufällig da«, antwortete sie kaum hörbar.

»Bitte, machen Sie es uns beiden doch nicht so schwer.«

Sie mied seinen Blick, starrte jetzt auf den Boden.

»Sie kamen gerade aus dem Amerika-Haus. Sie hatten kurz vorher Dr. Egmont erschlagen.«

»Warum sollte ich das getan haben? Ich kannte ihn doch gar nicht.«

»Doch, Sie kannten ihn. Er war für den Tod Ihres Vaters indirekt verantwortlich.« Thomas musste eine kurze Pause einlegen. Das Atmen fiel ihm schwer. »Ihr Vater muss ein ehrenwerter Mensch gewesen sein, jemand, der sein Land liebte und diesen sinnlosen Krieg beenden wollte. Er hatte sich für Verhandlungen mit Nordvietnam eingesetzt.«

Wieder nickte Dr. Linh.

»Damit geriet er ins Visier der CIA.«

Erneutes Nicken. Zwei Tränen rollten über ihre Wangen zum Kinn. Thomas wusste, dass sie ihren Widerstand aufgegeben hatte.

»Sie haben Dr. Egmont in Saigon kennengelernt. Wussten Sie da schon, dass er für die CIA arbeitete?«

Sie wischte sich die Tränen weg, hatte sich wieder gefasst.

»Er hatte es meinem Vater gegenüber angedeutet. Er mochte meinen Vater, so dachte ich jedenfalls. Als man ihn verhaftet hatte, bot er seine Hilfe an. Er fuhr zu einem heimlichen Gefängnis. Ich folgte ihm und wartete draußen. Ich hoffte und betete, aber es nutzte nichts. Er kam da raus, sah mich wortlos an und ließ sich zum Flughafen fahren. Einen Tag später sagte man mir, dass die Kommunisten meinen Vater zu Tode gefoltert hätten. Natürlich glaubte ich ihnen kein Wort. Von einem südvietnamesischen Polizeioffizier, den ich bestechen konnte, erfuhr ich die ganze Wahrheit. Auch über Dr. Egmont. Er war ein Folterspezialist!«

»Er hat Ihren Vater nicht persönlich gefoltert.«

»Aber er war dafür verantwortlich! Ich habe sein Folterbuch gelesen. Davon gibt es eine vietnamesische Übersetzung.«

»Sind Sie nach Berlin gekommen, um ihn zu richten? Damit Ihr Vater seinen Seelenfrieden findet?«

»Nein, ich wollte hier ein neues Leben beginnen, fern von Gewalt und Elend. Saigon konnte ich nicht mehr ertragen. Aber dann habe ich ihn zufällig in Berlin gesehen. Ich bin ihm ins Amerika-Haus gefolgt und wollte ihn zur Rede stellen.«

»Das stimmt nicht, Dr. Linh. Sie hatten doch das Pikass dabei. Sie wollten ihn töten.«

»Ja und nein. Ich hatte die Karte seit Monaten immer dabei für den Fall, dass ich ihm einmal im Leben begegnen würde. Aber im Amerika-Haus wollte ich nur mit ihm sprechen. Er sollte mir alles erklären. Ich wäre auch mit einer Entschuldigung zufrieden gewesen. Ich fragte ihn: ›Warum haben Sie meinen Vater nicht retten können?‹ Wissen Sie, was er antwortete? ›Das ist Vergangenheit. Ich habe damit nichts mehr zu tun!‹ Kein Wort des Bedauerns, nichts. Als er aus dem Zimmer wollte …«

Dr. Linh schlug die Hände vors Gesicht, und Thomas beendete ihren Satz.

»… sind Sie in die Tathandlung eingetreten, um es bürokratisch zu formulieren. Mit anderen Worten: Sie haben ihn erschlagen.«

»Dass es die Freiheitsstatue war, ist purer Zufall«, fügte sie leise hinzu. »Aber es passte.«

Der Aufruf zum Flug nach Paris ertönte aus den Lautsprechern.

»Und warum jetzt nach Hanoi?«

»Weil ich dort mehr gebraucht werde als hier. Hanoi wird täglich bombardiert, auch die Krankenhäuser. Ich bin keine Kommunistin, wenn Sie das denken. Ich bin unpolitisch. Aber ich kann mein Land nicht leiden sehen.«

Thomas wollte antworten, aber seine Stimme versagte. Die Brust schmerzte.

»Sie müssen zurück ins Krankenhaus, Herr Engel! Ich hole Hilfe ...« Sie war ehrlich besorgt.

»Nein. Kümmern Sie sich um Ihren Flug«, sagte er mühevoll. Er wandte den Kopf in Richtung Passkontrolle.

»Wollen Sie mich denn nicht verhaften?«

»Die amerikanische Militärpolizei hat den Fall zu den Akten gelegt. Und jetzt gehen Sie, bevor Sie den Flug verpassen!«

Sie stand irritiert auf und wollte gehen, hatte aber noch eine Frage.

»Hätten Sie mich verhaftet, wenn der Fall nicht abgeschlossen wäre?«

Er blieb ihr die Antwort schuldig.

Aber Peggy, die ihn am Abend im Krankenhaus besuchte, verriet er die Antwort.

»Ich hätte sie nicht verhaftet, und ich ärgere mich darüber. Das klingt zwar absurd, aber wie soll ich es dir erklären? Ein Polizist, wie ich ihn verstehe, muss sich an die Gesetze halten.«

Das sah Peggy wieder mal ganz anders.

»Theoretisch hast du vielleicht recht, aber den Bullen und der Justiz ist nicht immer zu trauen. Und Dr. Linh hat nur für Gerechtigkeit gesorgt, was ich sehr gut nachvollziehen kann. Manchmal muss man eben das Recht in die eigene Hand nehmen!«

Selbstjustiz kam für Thomas absolut nicht infrage, aber darüber wollte er mit Peggy nicht diskutieren. Er hätte sie ohnehin nicht überzeugen können.

Seit ihrem *Tagebuch* hatte Conny einen gut dotierten Posten als Chefreporterin bei der *Planet.* Ihr Traum hatte sich erfüllt: Sie konnte sich ihre Themen selbst aussuchen. Das tat sie auch. Sie entschied sich für eine Reportage über den Berliner Studentenführer Willy Spanowski. Der willigte ein, was unter anderem mit ihren schonungslosen Bildern vom Vietnamkrieg zusammenhing. Außerdem arbeitete Conny nicht für diesen Berliner Verleger, dessen Zeitungen täglich über die Studenten herzogen …

Spanowski hatte ihr viel über seine Verhaftung und seine Flucht zu erzählen, dabei sparte er wohlweislich Peggys Anteil aus. Stattdessen erfand er irgendwelche *Genossen*, die nach seinen Anweisungen die Flucht möglich gemacht hatten. Über sein Versteck hüllte er den Mantel des Schweigens, sprach andeutungsvoll von vielen konspirativen Wohnungen, ohne ins Detail zu gehen. Den Kleingarten erwähnte er mit keinem Wort, weil ihm der als Versteck für einen Revolutionär zu piefig erschien. Conny nahm seine Erzählungen aus Tausendundeiner Nacht für bare Münze und schrieb fleißig mit. Sie setzte ihn auch fotografisch ins linke Licht. Spanowski umringt von Hunderten Büchern, Spanowski als Redner mit Megafon im strömenden Regen und einiges mehr. Aber sie wollte auch die unpolitischen Leser erreichen und lichtete ihn gemeinsam mit seiner Mama vor dem Herd ab. Die Resonanz auf Connys Reportage (oder war es eine Homestory?) war überwältigend. Willy Spanowski stand jetzt noch mehr im Mittelpunkt des medialen Interesses. Auch außerhalb Deutschlands wurde man auf diesen charismatischen Studentenführer aufmerksam. Italienische und skandinavische Medien klopften bei ihm wegen Interviews an. Und Spanowski lieferte. Er verlegte jetzt seinen Schwerpunkt auf den Krieg der Amerikaner in Vietnam und plante in Berlin einen Vietnamkongress. Das nächste Jahr würde heiß werden.

Peggys Reaktion auf Connys Artikel fiel weniger schmeichelhaft als ihre Reportage über Vietnam aus.

»Der Spanowski, den Conny beschreibt, ist eine Mischung aus Che Guevara und Popeye, so ein Unsinn. Der Typ ist alles andere als ein Held!«

»Da hast du recht, Peggy, aber andererseits kann ein Vietnamkongress ganz nützlich und wichtig sein«, kommentierte Thomas, der dem Artikel durchaus etwas Positives abgewinnen konnte. Er war gerade aus dem Krankenhaus entlassen worden und lümmelte sich mit Peggy auf dem Sofa.

»Der Zweck heiligt nicht die Mittel. Mir tun die Leute leid, die hinter solch einem Idioten herrennen.«

»Unglücklich das Land, das Helden nötig hat«, kommentierte Thomas mit einem Zitat von Brecht.

»Das kannst du ja seinen Fans, die an seinen Lippen hängen, hinter die Ohren schreiben.«

»Wie gesagt, ich finde es trotzdem richtig, dass sie gegen diesen Krieg protestieren. Und es werden immer mehr!«

»Das heißt, dass da wieder viele Observationen auf dich warten.«

Damit sprach Peggy einen wunden Punkt bei Thomas an. Am nächsten Tag stand nämlich sein erster Arbeitstag nach langer Zeit an.

»Ich werde überhaupt niemanden mehr observieren. Entweder ich komme zur Kripo, oder ich schmeiße alles hin.«

»Wirklich?« Peggy nahm Thomas seine Entschlossenheit nicht ab.

»Wirklich! Wenn ich morgen zum Dienst antrete, werde ich Böhmer die Pistole auf die Brust setzen«, versicherte er ihr. Peggy hatte da jedoch ihre Zweifel.

52

Als Thomas das Präsidium betrat, nahm er schnurstracks Kurs auf das Büro seines Chefs. Böhmer stand im Flur neben den üblichen Verdächtigen: Hetzel und Lopez. Diesmal hatten sich zudem die französischen und englischen Verbindungsoffiziere eingefunden. Worüber die fünf sprachen, wusste Thomas nicht, er wusste nur, dass er klar Schiff machen wollte. Entschlossen ging er auf seinen Chef zu, der ihm jovial auf die Schulter klopfte, als wären sie beide die besten Kumpel.

»Na, Engel, wieder auskuriert? Leutnant Lopez hat erzählt, dass du bei einem Einsatz für unsere amerikanischen Freunde unter die Räder gekommen bist …«

»Darf ich Sie nachher sprechen, Herr Böhmer?«

Und schon war es vorbei mit der gespielten Harmonie.

»Mein Terminkalender platzt heute, guck dir lieber den Einsatzplan auf deinem Schreibtisch an.«

»Einsatzplan?«

»Observation, du weißt schon. Name und Ort habe ich aufgeschrieben.«

»Deswegen wollte ich mit Ihnen sprechen. Ich will das nicht mehr machen. Ich möchte zur Kripo versetzt werden.«

Böhmer, der gerade Hetzel und Lopez in sein Büro folgen wollte, schüttelte unwirsch den Kopf und bügelte das Thema ab. »Die Sache ist durch!«

Für Thomas aber nicht. Er wandte sich an Lopez.

»Leutnant Lopez, darf ich Sie einen Moment sprechen?«

Lopez trat eher unwillig zu Thomas, während die anderen in Böhmers Büro verschwanden.

»Wir hatten einen Deal«, erinnerte Thomas den Amerikaner.

»Richtig. Willkommen im Club!«

Thomas ließ nicht locker. »Aber ich wollte zur Kripo!«

»Davon war nicht die Rede.«

»Das ist nicht fair!«, protestierte Thomas.

»Du kannst froh sein, dass Böhmer dich nicht entlassen hat. Das wollte er nämlich wegen mangelhafter Arbeitsauffassung. Ich habe ein Veto eingelegt.«

Thomas wurde es jetzt zu viel.

»Wollen Sie, dass ich zur Presse gehe? Über die Machenschaften der CIA berichte?«

Lopez ließ sich von dieser Drohung nicht beeindrucken.

»*Come on*, ohne Beweise wird man dich auslachen. Du bist jung, warum willst du Don Quijote spielen?«

Er ließ Thomas stehen und verschwand in Böhmers Büro. Thomas blieb wütend zurück. Die Berliner Polizei konnte ihn mal. Das war sein letzter Arbeitstag heute. Ärgerlich trat er an seinen Schreibtisch und überlegte, wie er am besten kündigen sollte. Er nahm den Einsatzplan, den Böhmer für ihn hinterlegt hatte, und wollte ihn in den Papierkorb befördern. Auf der Ablage darunter befand sich ein blau umrandeter Umschlag mit blauer Briefmarke.

Per Airmail
Persönlich
Thomas Engel
Polizeipräsidium Berlin

Neugierig öffnete Thomas den Umschlag und nahm ein Foto heraus.

Darauf waren zwei Personen zu sehen. Eine barbusige Frau und ein nackter Mann. Beide im Bett in einer eindeutigen Position. Bei der Frau handelte es sich um Tania. Auch der Mann war klar zu erkennen.

Thomas konnte es nicht fassen. Er schüttelte zunächst ungläubig den Kopf, aber dann musste er schmunzeln. Die Vorgangsnummer und der Stempel auf der Rückseite des Fotos wiesen es als Originaldokument des MfS aus. Tania hatte ihr Wort gehalten und ihm den wahren Maulwurf präsentiert.

»Sorry, dass ich dir misstraut habe, Tania«, sagte er leise und rieb sich zufrieden die Hände. Er freute sich auf das, was nun folgen würde. Dafür nahm er gerne die Stunde Wartezeit vor Böhmers Büro in Kauf. Und dann ging die Tür auf, und Böhmer verabschiedete seine Besucher im Flur. Einer von ihnen, Hetzel, marschierte direkt auf Thomas zu.

»Wenn du keine Lust auf diese Abteilung hast, wir suchen immer noch tüchtige Mitarbeiter!«

»Wenn ich was von dir will, melde ich mich«, sagte Thomas ihm frech ins Gesicht. Hetzel schien ihm das plötzliche Duzen nicht übel zu nehmen.

»Immer nach vorne schauen. Du kommst auch noch zu uns. Wir haben sie alle!« Grinsend kehrte er zurück zu Böhmer und Lopez. Der bemerkte, dass Thomas ihn erneut herbeiwinkte. Genervt ging Lopez auf ihn zu.

»Was gibt es denn noch?«

»Sind Sie jetzt eigentlich der CIA-Chef in Berlin?«

»Was soll die Frage? Nein, bin ich nicht.«

»Keine Ambitionen, es zu werden?«

»Kümmere dich lieber um deinen Job.«

»Ich verstehe … Die Karriereleiter ist zu steil …«, kommentierte Thomas ironisch.

Lopez war nicht zum Scherzen zumute.

»Ein Wort noch, und Böhmer schickt dich nach Hause.«

Aber die Drohung prallte an Thomas ab.

»Warum drohen Sie dem Mann, der Sie zum CIA-Chef befördern kann?«

Das war zu viel für Lopez, der genervt mit den Augen rollte.

»Du solltest morgens nicht so viel Bourbon trinken!«

»Den Drink kannst du gleich selbst gebrauchen, Lopez! Wie heißt du eigentlich mit Vornamen?«

»Jetzt reicht es. Entweder du bist betrunken oder wahnsinnig. Am besten, du gehst jetzt nach Hause, aber sofort!«

»Willst du nicht vorher wissen, wer der Maulwurf ist? Du weißt doch, der Informant, der für die Stasi arbeitet.«

Lopez zeigte Thomas einen Vogel. Er nahm ihn offenbar nicht mehr ernst.

»Ich gehe mal zu Böhmer rüber.«

Lopez hatte sich ärgerlich abgewandt, aber Thomas packte ihn am Arm.

»Ihr denkt alle, dass es Caspari war. Aber da seid ihr auf dem Holzweg!«

»Lass mich los, *boy!*«

Vergebens versuchte Lopez, Thomas abzuschütteln.

»Von wegen *boy!* Caspari war nur Beifang. Der große Fisch schwimmt noch. Der Maulwurf lebt! Die Stasi hat ihn nur auf Eis gelegt, damit ihr denkt, dass er enttarnt worden ist.«

»Ist das dein Ernst?«

»Wenn du mir dein Wort gibst, dass ich zur Kripo komme, werde ich das beweisen.«

Thomas hielt ihm die Hand hin, und der zögernde Lopez schlug ein.

»Ich sage nur: Honigfalle ...«, deutete Thomas an und reichte Lopez das Foto. Der starrte ungläubig auf das Bild. Sein Kiefer klappte herunter, was ein wenig albern aussah. Kopfschüttelnd wendete er das Foto und sah auf der Rückseite die Vorgangsnummer. Er zweifelte keine Sekunde an der Echtheit des Bildes. Fassungslos sah er in Thomas' Gesicht. Der grinste siegessicher. Endlich fand Lopez seine Stimme wieder.

»Wo hast du das her?«

»Dienstgeheimnis.«

Lopez klopfte ihm anerkennend auf die Schulter.

»Eres un demonio!«

Thomas verstand ihn zwar nicht, aber er registrierte mit tiefer Befriedigung, dass Lopez entschlossen auf Böhmer und Hetzel zusteuerte. Sein Gang erinnerte ihn an Gary Cooper in *Zwölf Uhr mittags*. Der Showdown begann.

Zunächst nahm Lopez Hetzel zur Seite und schob ihn unsanft in Richtung Ausgang. Anschließend packte er den verdutzten Böhmer am Kragen und stieß ihn in das Büro. Dann knallte er die Tür zu, und Thomas wusste, dass die Observationen der Vergangenheit angehörten.

Epilog

Thomas feierte seine Versetzung ins Kommissariat 5 mit Peggy in der Dicken Wirtin am Chamissoplatz, einem der wenigen Lokale, in denen Langhaarige und Beatfreunde nicht schräg angeguckt wurden. Richtige Jubelstimmung kam nicht auf, als aus der Box ein trauriger Song der Beatles ertönte, »In My Life«.

Thomas bekam feuchte Augen in Erinnerung an Jimmy. Peggy versuchte, ihn zu trösten, und legte ihre Hand auf seine Schulter. Der sentimentale Moment wurde durch eine bekannte Stimme unterbrochen.

»Hallo, ihr beiden Turteltäubchen. Schön, dass ich euch treffe.«

Conny hatte gerade das Lokal betreten und die beiden erblickt.

»Ich bin beruflich in Berlin, ich schreibe über Böhmers Enttarnung als Topspion. Das war doch dein Chef, Thomas, oder nicht? Kannst du mir ein paar Hintergründe zu der ganzen Story geben?«

»Ich könnte dir alles darüber erzählen, Conny, aber ich bin jetzt bei der Kripo und habe mit diesem ganzen politischen Scheiß nichts mehr am Hut.«

Thomas' Antwort machte Conny, was selten vorkam, sprachlos. Diesen Moment nutzte Thomas, um Peggy an die Hand zu nehmen und mit ihr das Weite zu suchen. Er hatte das Kapitel Böhmer für sich abgeschlossen, was Peggy nachvollziehen konnte.

Auf dem Nachhauseweg wurden sie auf der Kantstraße Zeuge einer Vietnam-Demonstration. An der Spitze des Zuges marschierte Spanowski mit einem Megafon. Lautstark unterstützt wurde er dabei von seinem Spezi Josef, der wie üblich nicht von seiner Seite wich. Peggy stöhnte genervt auf.

»Müssen wir diesen Idioten jetzt immer über den Weg laufen?«

»Wo die recht haben, haben die recht. Der Krieg ist ungerecht.«

»Dann latsch doch mit diesen Kindergarten-Revoluzzern mit. Und danach gründest du mit ihnen eine Kommune.« Es bestand kein Zweifel, dass Peggy in der Beurteilung der Protestbewegung eine komplette Kehrtwende hingelegt hatte. Das fand Thomas wiederum lustig.

»Was ist denn daran so witzig?«

»Weil du Kindergarten-Revoluzzer gesagt hast.«

Sein Lachen war nicht von langer Dauer, als er sah, dass Spanowski sich einer Demonstrantin zuwandte, die neben ihm stand und deren Gesicht ihm in der Hektik nicht aufgefallen war. Aber jetzt, wo sie von Spanowski geküsst wurde, erkannte er sie.

»Sieh mal an, Spanowski hat jetzt eine neue Flamme. Und die sieht gar nicht mal so schlecht aus! Hätte ich ihm gar nicht zugetraut«, lästerte Peggy.

»Die kenne ich«, kommentierte Thomas mit Blick auf die junge Frau.

»Aha. Und woher?«

»Die hat in einer Striptease-Bar getanzt«, antwortete Thomas trocken.

Peggy warf ihm einen Blick zu, als ob er den Verstand verloren hätte. Aber Thomas war völlig klar im Kopf. Bei der Demonstrantin handelte es sich zweifelsfrei um Hetzels Mitarbeiterin, die er als V-Frau einsetzte. Was hatte er gesagt? *Ich kriege sie alle …*

Nachwort

Half the story is never been told, sang Bob Marley und wie recht er doch hatte. Denn die Geschichte der »Operation Paperclip«, der geheimen Kollaboration amerikanischer Militärs mit NS-Kriegsverbrechern, auch mit verurteilen KZ-Ärzten, führt bis heute ein Schattendasein. Ich muss gestehen, dass auch ich von dieser unglaublichen Zusammenarbeit nicht wusste. Insofern bin ich David Talbot, Annie Jacobsen und Egmont R. Koch dankbar, die mich mit ihren Publikationen auf diese dunkle Seite der amerikanischen Nachkriegspolitik aufmerksam gemacht haben.

Diese geheime Operation, in erster Linie vom CIA orchestriert und dem Kalten Krieg geschuldet, bildet eines der historischen Fundamente unserer Geschichte 1966.

Ein anderes bildet der Vietnamkrieg, der heutzutage aus den Schlagzeilen verschwunden ist. Interessante und nahezu unbekannte Details über die unheilvolle Rolle der CIA in diesem Krieg, den die amerikanischen Militärs ohne Rücksicht auf die Zivilbevölkerung führten und der auf Fake News basierte, lieferten mir Heynowski und Scheumann, beide übrigens DDR-Dokumentarfilmer. Über den Alltag im damaligen Saigon, das einem Sündenpfuhl glich, fand ich u.a. bei Peter Scholl-Latour viel Lesenswertes. Sehr hilfreich erwies sich auch die Lektüre von damaligen Zeitschriften. Besonders hervorzuheben sind die Reportagen im *Spiegel*, *Stern* und *Life*. Der Vietnamkrieg war damals das wichtigste Thema in den Nachrichten.

Im Nachhinein ist man oft schlauer, aber in der Causa Vietnam hätte die amerikanische Administration schnell sehen können und müssen, dass dieser Krieg nicht zu gewinnen war. Im Gegenteil, anstatt die rote Flut einzudämmen (Westmoreland), brachte man weltweit eine ganze Generation auf die Barrikaden. Dieser Krieg war der Treibstoff für die Rebellion der Jugend, die mächtig an Fahrt gewann. Was heute *Fridays for Future* war damals die Bewegung gegen diesen Krieg. Im Zentrum war West-Berlin, wo die Revolte 1966 ihren Anfang nahm und 1968 ihren Höhepunkt fand. Aber das damalige, geteilte Berlin ist mit dem heutigen nicht zu vergleichen.

Also musste ich mich zu einer Zeitreise durch eine Stadt aufmachen, die im Kalten Krieg der Hotspot der Spionage und Geheimdienste war. Stasi und KGB waren im wahrsten Sinne nur durch eine scharf bewachte Mauer von der CIA getrennt.

Heute ist nicht nur die Mauer verschwunden, sondern auch *Little America* mit seinen Garnisonen, Kinos und Einkaufszentren. Und wer kennt noch die sog. Geisterbahnhöfe? Oder die Ost-Berliner Hotels, in denen Sexarbeiterinnen der Stasi westliche Besucher für harte Valuta ihre Dienste anboten?

Das alles und noch viel mehr erfuhr ich durch zahlreiche Gespräche, u.a. im Stasi-Unterlagen-Archiv, in den Berliner Verkehrsbetrieben, im Alliiertenmuseum Berlin, in der Polizeihistorischen Sammlung, in der JVA Tegel. Dankeschön für die Unterstützung!

Ach ja, sehr hilfreich war auch die Stasi Mediathek, ein sehr informatives Onlineangebot des Bundesarchivs und natürlich der Baedeker Berlin, Ausgabe 1966.

Am wenigsten Recherche erforderte der Soundtrack der Geschichte. Mit den Songs der Beatles, Supremes, von Donovan,

Nancy Sinatra und Michel Polnareff (in Deutschland leider fast vergessen) bin ich aufgewachsen.

Den Titelsong *Tomorrow Never Knows* liefert Mastermind John Lennon, der schon damals seiner Zeit voraus war. Ein Song, der auch heute futuristisch klingt, obwohl er 1966 herauskam.

Der Trip in das aufregende Jahr 1966 habe ich meiner Verlagsleiterin Nicole Geismann zu verdanken, natürlich auch meiner Agentin Andrea Wildgruber. Sie haben das Buch möglich gemacht. Mein Dank gilt auch dem informativen und spannenden Austausch mit meiner sorgfältigen und kompetenten Lektorin Angela Kuepper, die ihren Finger auf wunde Textstellen gelegt hat. Erwähnen muss ich auch meine Lebensgefährtin Doris sowie meinen Sohn Linos, die mich während des Schreibens mit Kommentaren und Anmerkungen produktiv geärgert haben. Und mein Terriermix Pippa sorgte dafür, dass ein Hund in der Geschichte vorkommt und keine Katze.

Was ist noch zu sagen?

Vielleicht, dass ein Buch zu schreiben genauso lehrreich sein kann, wie ein neues zu lesen.

1967 wartet.